JN053906

ミステリアム

ディーン・クーンツ
松本剛史 訳

DEVOTED
BY DEAN KOONTZ
TRANSLATION BY TSUYOSHI MATSUMOTO

ハーパー
BOOKS

DEVOTED

BY DEAN KOONTZ

COPYRIGHT © 2020 BY THE KOONTZ LIVING TRUST

Japanese translation rights arranged with the Koontz Living Trust c/o InkWell management, LLC, New York, through Tuttle-Mori Agency, Inc., Tokyo

All characters in this book are fictitious.
Any resemblance to actual persons, living or dead,
is purely coincidental.

Published by K.K. HarperCollins Japan, 2021

ジョー・マクニーリーに。

彼の数多い美徳のひとつは
自分自身を笑い飛ばし――
そしてわれわれを笑わせてくれることだ。
彼がいることで、この世界はより良い場所になる。

すべての知が、あらゆる疑問とその答えの総体が凝縮された存在、
それが犬である。
　　——フランツ・カフカ

われわれは孤独だ、偶然に生まれたこの星の上で絶対的に孤独だ。
そしてわれわれを取り巻くあらゆる生命のなかで、
絶えず味方でいつづけてくれたものは、犬をおいて他にはない。
　　——モーリス・メーテルリンク

飢えた犬を拾って不自由なく過ごさせてやれば、
決して嚙みついたりはしない。
これは犬と人間との本質的な差だ。
　　——マーク・トウェイン

犬はおのれ自身以上にあなたを愛してくれる、
この地上で唯一の存在である。
　　——ジョシュ・ビリングス

ミステリアム

おもな登場人物

ウッドロウ（ウッディ）・ブックマン――高機能自閉症の11歳の少年
メーガン・ブックマン――ウッディの母親。画家
ジェイソン・ブックマン――ウッディの父親。故人
リー・シャケット――リファイン社のCEO。スプリングヴィル研究施設所長
ドリアン・パーセル――巨大コングロマリット、パラブル社の取締役会長
ハスケル・ラドロー――パーセルの友人
ヘイデン・エックマン――パインヘイヴン郡の保安官
リタ・キャリックトン――パインヘイヴン郡の保安官補
サッド・フェントン――パインヘイヴン郡の保安官補
カーソン・コンロイ――医師。パインヘイヴン郡の検死官
ティオ・バービゾン――カリフォルニア州司法長官
ベン・ホーキンス――作家。元海軍特殊部隊隊員
ローザ・レオン――ホスピス看護師
ロジャー・オースティン――弁護士
ドロシー・ハメル――老婦人。〈キップ〉の保護者

闇よりなお昏く

火曜日、午後四時——水曜日、午後五時

1

あの事故から三年がたったいま、メーガン・ブックマンは心身ともに健康な状態にはあるけれど、ときおり得体の知れない不安に襲われることがある。時間がどんどんなくなろうとしている、足下にいつかぽっかり穴が開いて呑《の》み込まれてしまう、そういった不安。これは何かの予感めいたものではなく、三十歳で夫を亡くしたことの影響なのだ。あの愛は永遠に続くと、彼とともにずっと歳《とし》をとっていくのだと思っていた。なのにすべてが前触れもなく奪われてしまった。もう時間がないと、わたしに伝えてくるこの感覚――でも、これはいずれ消える。いつもそうだった。

メーガンは一人息子の部屋のドアの前に立ち、その後ろ姿を眺めていた。いろいろな関連機器をつないだパソコンに向かい、いま興味のある何かの調べ物をしているところを。

ウッドロウ・ブックマン、みんなからウッディと呼ばれるその少年は、十一年間生きてきたなかで一度も言葉を発したことがない。誕生後二、三年は泣き声をあげていたが、四歳になってからはそれもなくなった。笑いはするけれど、何か話しかけられたり、面白いものを見たりしたせいで笑うことはめったにない。ウッディが楽しい、面白いと感じる理由は本人の内面的なもので、母親のメーガンにもそれは計り知れない。珍しいタイプの自閉症だという診断は下っていたが、医者もどう判断したものか困っているというのが本当のところだった。

幸いなことに、いわゆる自閉症に関連づけられるような問題行動は何もなかった。かんしゃくは起こさず、頑固にもならない。初めて見る人間には警戒心を抱き、怖がることも少なくないが、よく知っている人たちのそばにいるかぎり、触られてひるんだり、身体的接触への苦痛を訴えたりはしない。話しかけられれば集中して聞くし、控えめに見ても子どものころのメーガンに劣らず素直だった。

学校へは通わず、家庭教師もつけていない。ウッディは独学の天才だった。四歳の誕生日からたった数カ月以内にひとりで読むことを覚え、三年後には大学レベルの本を読むまでになっていた。

メーガンはウッディを愛していた。どうして愛せないわけがあるだろう。夫と自分の愛の結晶なのだ。ひとつの命がメーガンの内に形づくられ、心臓が鼓動を始めた。それからいままでの年月、息子の心臓はずっと、彼女のそれとシンクロして打ちつづけていると感じられた。

しかもウッディは、クッキーのテレビＣＭに出てくるどんな子どもにも負けないくらい可愛らしく、この子なりに深い愛情を示してくれる。ハグやキスをされるのは受け入れる一方で、お返しのハグやキスをすることはない。でもまったく予想していないときに、手を伸ばしてメーガンの手の上に重ねたりする。彼女の漆黒の髪に触れたあと、これはママから受け継いだんだねというように、自分の髪を触ったりもする。

なかなか視線を合わせようともしないけれど、たまに目が合ったとき、その目がうっすらと涙で光っていることがある。するといつも、自分が悲しがっていると誤解されないように、にっこりと笑みを見せてくれる。その涙はうれし涙なの、とたずねると、ウッディはうなずく。でも、なぜうれしいのか説明することはできない――説明しようとしない。

意思を通じ合わせるのが難しいために、ふたりはメーガンが望むほど、おたがいの生きる日々を百パーセントまで分かち合うことはできず、そのことは絶えず悲しみとなってつきまとっていた。この子のことでは千回も胸を痛めてきた。でもこの子のおかげで、千回も心を癒やされもしたのだ。

この子が健常であってくれたら、自閉症でなかったら、などと思ったことはない。もしこの子が〝普通〟だったら、いまとは別の子になってしまう。自分たちが歩んでいるのはきびしい道のりだけれど、それでも――ある意味、それだからこそ――メーガンはウッディを愛していた。

そしていま、部屋のドアから息子の姿を見ながら、こう声をかけた。「何か困ったことはない、ウッディ？　だいじょうぶ？」

パソコンの画面にじっと意識を集中させながら、背中を向けたまま、彼は右腕をいっぱいに伸ばして上げ、天井を指さしてみせた。ずっと以前に彼女が理解した、だいじょうぶだよという、そしておそらく、〝ぼくは月の上にいるんだ、ママ〟、といったような身振りだ。

「じゃあいいわ。いま八時だから。十時には寝るのよ」

ウッディは上げた人差し指をくるくる回してみせると、また手をキーボードに戻した。

2

二年近くにわたって書きためてきた『息子による復讐《ふくしゅう》――忠実に編纂《へんさん》された怪物的巨悪の検証』と題した文書をセーブすると、十一歳のウッディ・ブックマンはパソコンの電源を切った。部屋続きのバスルームに入り、ソニッケアーの電動歯ブラシで歯を磨く。手で磨くのは許されていない。自分ひとりで歯ブラシを持つと、まるで取り憑《つ》かれたみたいに、二十分もひたすらゴシゴシこすりつづけてしまうのだ。そんな習慣をずっと続けていたら、歯茎がすり減って移植手術をしなければならなくなる。現実に十歳のとき、左側下の三本の歯を守るために口腔《こうくう》手術を受けるはめになった。

最近では、歯周病専門の歯科医たちはそうした治療のために、死体から歯茎の組織を取り、放射線を照射して滅菌したうえで使う。だからウッディの歯の三本にはすでに、知らない誰かの死んだ歯茎がかぶさっている。もうこれ以上はごめんだ。死んだ人の体組織のせいで何か妙なことが起こったりしたわけではない。提供者の人生の記憶がぱっと浮かぶとか、何かを猛烈に食べたくなるような『ウォーキング・デッド』みたいな経験はしていない。移植のせいで自分がゾンビになるなんてことはない。そんな考えは科学的にばかげている。

ばかげた科学を信じる人たちの多さに、ウッディはなんだかいたたまれない気持ちになる。ちょっとしたことですぐ腹を立てたり、ほかの人の悪口を言ったり、動物に意地悪をする人たちにも。理由はいろいろだけれど、彼をいたたまれなくさせる人はすごく大勢いる。

そしてウッディが自分自身のことでいたたまれないと感じるのは、ついつい自分の歯を危険な目にあわせてしまうことだ。ソニッケアーには二分間のタイマーがついている。しかも硬い毛でゴシゴシこするのではなく、音波で歯垢《しこう》を除去するという触れ込みだ。もしタイマーがなかったら、ウッディの口のなかの歯茎の組織はそれこそゾンビみたいになっていただろう。

もうひとつ、自分のことでどうにもいたたまれないのは、ときどき女の子にキスするところを想像してしまうことだ。つい最近まではそんなことが頭をよぎったりはしなかった。キスして、唾液を交換するなんて――ウェッ――気持ち悪い。そんなものに憧れるなんてどうかしてる。それに――やっぱりだめだ、どうしても止められない――もしぼくが誰か女の子にキスしていいかいと訊《き》くようなことになったとしても、口のなかの死人の歯茎のことは絶対言えない、その子はオエッって言って逃げ出すに決まってる。でも大事なことを教えないのは嘘をつくのと同じだから、そのことを考えると屈辱的な気持ちになる、だって嘘は人間のあらゆる苦しみの根源にあるものだから。屈辱という言葉は痛みをともなう恥の感覚だと定義できる、いたたまれないというよりもっと悪いものだ。

記憶にあるかぎり昔から、ウッディは自分にもほかの人たちにも、ずっといたたまれなさを感じつづけていた。そしてそのことが、彼がしゃべらない理由のひとつでもあった。もし口をきいたりしたら、いろんな人たちに、ぼくはあなたのすることにいたたまれなくなると、そして自分のことでもいたたまれなく感じると言ってしまうだろう。どんなときもそうだ。ぼくは混乱のかたまりだ。ほんとにそのとおりだ。人はみんな、ぼくがどれほどの混乱のかたまりだとか、自分たちがどれほどの混乱のかたまりだとかいう話なんか聞きたがらない。でも大事なことを言わないのは嘘をつくのと同じだし、嘘をつくことを考えると屈辱のあまり吐きそうになってしまう。黙っていたほうが、何も言わないほうがいい。そうすればみんながこっちを好きになってくれるかもしれない。自分がどれほどいたたまれない混乱のかたまりかを話さずにいれば、みんなに気づかれずにすむかもしれない。

特にいたたまれないと感じることのひとつは、世の中の人たちがどんなに不注意かということだ。

歯を磨いてからベッドへ行き、ナイトテーブルのランプをつけた。暗いのは怖くない。

幽霊だの吸血鬼だの狼男《おおかみおとこ》だの、そんなものはいやしないし、死人がこの寝室に忍び込んで歯茎の組織を奪い返しに来るなんてことは万にひとつもない。

怪物になるのは人間だけだ。人間みんなじゃない。そのなかのほんの一部だ。パパを殺したようなやつらだ。パパは三年前に死んだけれど、誰も殺人の罪で刑務所に入れられていない。みんなが事故だと思っている。でもぼくは知っている。『息子による復讐――忠実に編纂された怪物的巨悪の検証』を最後まで書き終えたいま、パパの死に責任のある人間はみんな、法の裁きを受けることになるのだ。

ウッディはすばらしく頭がいい。七歳のころから大学レベルの本を読んではいるけれど、そのこと自体には大した意味はないだろう。大学を出ていても、何も知らないような人たちは大勢いる。彼は腕利きのハッカーなのだ。ここ二年は、きわめて警戒厳重なコンピュータシステムに入り込んでルートキットを仕掛け、一度もセキュリティの網に引っかからずにネットワークを泳ぎまわりながら、深いデータの海をひそかにあさってきた。そして探索を続けるうちに、ダークウェブと呼ばれる奇妙な領域にまで達していた。

ウッディはいま、眠気がさしてくるのを待ちながら、何か楽しいことを考えようとした。雑誌のグラビアで見るような女の子とキスをするところを想像して、またいたたまれない気持ちになった。別のことに頭を切り替えようとするが、どうしてもうまくいかない。これから何年かしたらいつか、やっぱり誰かの歯茎を移植した、ぼくと同じような女の子に出会えるだろうか。これまで頬やおでこにキスをされたことはあるけれど、唇にされたことはないし、誰かにお返しのキスをしたこともない。もしそんな女の子に出会えたとしたら、素敵なファーストキスになるかもしれない。

3

ドロシーから死のにおいがした。

彼女は七十六歳。朝になったら、まもなく逝ってしまうだろう。

それはきびしい真実だ。世界は美しい場所だけれど、きびしい真実に満ちた場所でもある。

住み込みのホスピス看護師ローザ・レオンがドロシーにつきっきりでいた。彼女が生きてきた長い人生のなかの、ほとんどの夜を過ごした寝室で。

ローザからは生《せい》のにおいと、シャンプーのストロベリーの香り、彼女が好きなペパーミントキャンディの香りがした。

この部屋で、ドロシーと亡き夫のアーサーは愛し合い、一粒種のジャックをもうけた。

アーサーは会計士だった。六十七歳でこの世を去った。

ジャックは二十八歳で戦死した。両親は息子より何十年も長く生きることになった。

わが子に先立たれたことは、ドロシーの人生でもいちばんの悲劇だった。それでもジャックへの誇りを胸に、彼女は立ち直り、意義深い人生を送ってきた。キップはジャックにもアーサーにも会ったことはない。ふたりのことを知っているのは、ドロシーから何度も何度も話を聞かされたからだ。

ローザは肘かけ椅子に腰かけ、ペーパーバックを読んでいた。死神がすぐそこまで来ていることも知らずに。

そしていま、ドロシーは薬のおかげで、痛みのない眠りのなかにいた。彼女がひどい痛みに苦しんでいると、キップはつらくてならなかった。ドロシーと暮らしたのは三年間だけ。でも心の底から彼女を愛していた。理屈を超えて愛することが、キップの持って生まれた性質なのだ。ドロシーとの別れがやってくる前に、自分も覚悟を決めて、喪失に向き合う準備をしなくてはいけない。

一階へ下りて専用のドアをくぐり、奥行きのあるバックポーチに出て、新鮮な空気を吸い込んだ。

屋敷は湖から六メートルほど上のところにあった。岸辺に小さな波がひたひたと寄せ、鋭《と》く尖《が》った三日月がさざ波立つ水面に映ってゆらめいている。

そよ風がふわりと、いろんなものの混じった豊かなにおいを運んできた。松や杉、暖炉から出る煙のにおい、野生の茸《きのこ》、木々の実、リスやアライグマ、その他あらゆるもののにおい。

加えてキップは、絶え間なく響く不思議なつぶやき声も感じていた。つい最近になって聞こえはじめてきたもの。

初めは耳鳴りかと思った。そういうものに悩まされる人間もいるそうだが、でもそれとはちがう。

間断ないその奇妙な音には、ほとんど言葉まで聞き取れそうだった。西のほう、北西寄りの方角からやってくる。

ドロシーが逝ってしまったら、探索に出て、この音の源を見つけなくては。目の前にある目的ができれば、せめてもの慰めになる。

キップはポーチから庭に下りると、しばらく星空を見つめ、考えをめぐらした。

ぼくはとても賢いらしいけれど——それを知っているのはドロシーだけだ——そのことにどんな意味があるのかはわからない。

でも、みんな同じだ。ぼくよりずっと賢い、歴史上の大哲学者たちも、万人が納得できる理論を生み出せはしなかった。

ドロシーの寝室に戻ると、まもなく彼女が目を開けた。

ローザが小説を読んでいるのを見て、震える声で話しかけた。「ねえロージー、それをキップに読み聞かせてあげて」

患者の気持ちに寄り添って、看護師が言った。「ディケンズはこの子の修学レベルよりも上じゃありませんか」

「いいえ、ぜんぜん。そんなことないわ。『大いなる遺産』を読んであげたら、とても楽しんでたもの。『クリスマス・キャロル』も大好きなのよ」

キップはベッドわきに立って、ドロシーを見上げ、しっぽを振った。

ドロシーがおいでと言うように、マットレスをぽんぽんと叩《たた》く。

キップはベッドに飛び乗った。彼女のそばに体を横たえ、あごを腰の上にのせる。

ドロシーが片手をキップのたくましい頭に置いて、垂れた耳を、金色の毛並みをやさしくなでた。

憎むべき死神が戸口まで来ていても、キップの心には悲しみとともに、このうえなく甘い幸福感がすみついていた。

4

二車線のアスファルトが黒い蛇となり、青白い月明かりに照らされたユタ州の荒地の上をうねうねとのたくっている。ほとんど何もない広大な闇のなか、ちらほら遠くに固まって見える灯火《とうか》は、まるで地球外生命体の母船から下りてきた小型ポッドのようだ。

リー・シャケットはプロボの南を出て、さらに広大な無人の地の奥へと、あえて州間高速道路一五号線は使わず、車の少ない州道を走っていく。スプリングヴィルの研究施設からできるだけ遠くまで離れたくて、矢も盾もたまらずに。

　この自分がほぼ史上最悪の悪事に加担してしまったのだとしても、あれは純粋な善意に基づいてのことだ。そういう意図のほうが、行動したことの結果よりも大事なんじゃないのか。男も女も、誰も彼もがリスクを嫌って何もしなかったら、どうして人間が洞穴暮らしから宇宙ステーションを打ち上げられるまでに進歩できたというのか。誰かが知識を求め、いかなる犠牲を払ってでも挑戦しつづけたからこそ、進歩は成し遂げられてきたのだ。ともかく、最後にはすべて吉と出る可能性はある。プロジェクトの最終結果はまだ出ていない。中途の段階でつまずいただけ。科学的活動に後退はつきものだ。結局のところ、錯誤から学びさえすれば、失敗は成功の素にもなりうる。

　それでもいまシャケットは、この失敗は致命的なものだという前提で行動している。

　彼がいま乗っているのが愛車のテスラでもメルセデス５５０ＳＬでもないのは、いずれ当局から捜索の手が伸びるはずだからだ。いまの車は、ケイマン諸島の有限責任会社《LLC》を通じて十四万六千ドルで買った、フル装備のブラッドレッドのダッジ・デーモン。法執行機関がいくら血眼《ちまなこ》になって捜しても、リー・シャケットの名前とは絶対に結びつけられない。ナンバープレートはモンタナ州のものだ。まかりまちがってこのダッジと自分とがつながるような事態になっても、ＧＰＳは取り外してあるので、衛星から位置をつきとめられるのは防げる。

　トランクにはスーツケースが二個入れてあり、うち一個の中身は現金十万ドル。助手席後部のラッチボタン二つを押して解除すると現れる隠しコンパートメントには、百ドル札でそろえた三十万ドル。さらにいま着ているスポーツコート風の仕立てのしなやかな黒い革のジャケットの裏地には、三十六個の高品質ダイヤモンドが縫い込んである。

　これだけの財産で、残りの人生すべてをまかなおうというつもりはない。何カ月か地下にもぐり、スプリングヴィルの大惨事のほとぼりが冷めてからアメリカ国外へ脱出し、身元を三度変えながら五カ国を経由する間接的なルートでコスタリカへたどり着くまでの資金だ。コスタリカにはイアン・ストーンブリッジの名で隠れ家を用意してあるし、同じ名義のスイス国籍のパスポートも持っている。

　シャケットは、超巨大コングロマリットの傘下にある数十億ドル企業、リファイン社の最高経営責任者《CEO》だ。数十億ドル企業は数あれど、自社が苦境に陥るのを見越して新しい身元を用意し、今後数十年にわたって外国で遊んで暮らせるだけの資金を隠しておくという先見の明を持ったCEOがどれだけいるだろうか。世のほとんどのCEOよりずっと若い自分がそこまで賢明かつ慎重だったことが誇らしくなる。

　もっとも三十四歳という年齢は、二十代で起業して億万長者になる異才がざらにいるテクノロジー関連業界では、さほど若くはない。シャケットが仕える親会社の取締役会長、ドリアン・パーセルは、二十七歳で十億ドル単位の富を築いたあと、いまは三十八歳になっているが、シャケット自身の資産はやっと一億ドルだ。

ドリアンはスプリングヴィルでの研究を猛スピードで進めるよう急《せ》きたて、シャケットは否応なしに従った。この大プロジェクトが成功すれば、手持ちのストックオプションによって彼の資産も、数十億までは無理でも十億ドルには達する。ただしドリアンの五百億の資産も、まずまちがいなく倍増するだろう。

どこまで不公平にできているのか。そんな思いに駆られるあまり、眠っているあいだも歯ぎしりをして、起きたときにあごが痛んだりもする。ただの億万長者など、ハイテク業界のプリンスたちに混じればゼロに等しい。やつらは口では社会的平等を唱えながら、その多くは世界でも類を見ないほど階級意識の強いエリート主義者なのだ。リー・シャケットはその仲間入りをしたいと強く願い、半面では腹の底から軽蔑してもいる。

もしこれから生涯身を隠し、ほんの一億ドルぽっちの金で暮らしていかねばならないとしたら、ドリアンのやつを破滅させる計略を練る時間はたっぷりある。ほかに何がしたいという気にはほとんど、いやまったくならないだろう。

最初からわかりきっていたのだ。もし何かまずいことが起これば、責めを負わされるのはこのリー・シャケットだと。ドリアン・パーセルはいつまでも手出し無用の、ハイテク革命のアイコンでありつづけるだろう。だがそれでも、そのツケを自分が支払わされているいまは、まんまとはめられた、騙《だま》された、罠《わな》にかかったと感じずにはいられない。

宵闇《よいやみ》のなかを運転しながら、怒りに、そして自己憐憫《れんびん》と不安にさいなまれると同時に、そこにはもうひとつ、彼にとっては目新しい感情もある。これはきっと悲しみだ。あのスプリングヴィル近郊の封鎖された高セキュリティの施設には、リファイン社の従業員九十二名がいて、外界との接触を断たれたまま人生最後の数時間を迎えている。ドリアンに劣らず、あいつらにも腹が立ってならない。あの天才たちの誰かひとり、もしくは何人かが不注意なまねをしでかしたせいで、彼らの命運は定まり、シャケットもこのよるべない立場に置かれることになった。それでも多少は友人もいる。彼らの監督を義務づけられたCEOに許される範囲内とはいえ、友達であることに変わりはない。友達の苦しみを思うなら、胸が痛むのは当然だ。

シャケットはあの施設の設計段階で、万一の危機に際して研究所全体が完全封鎖された場合、自分のオフィスと直属のサポートスタッフ五人のオフィスの入った一角だけはほかの場所から九十秒後に密閉されるよう計らった。だがあのアラームが鳴り響いたとき、彼はスタッフたちにこう念を押して――「われわれは安全だ、みんなそれぞれの持ち場にとどまるように」――自分だけそっと抜け出したのだ。

彼らには嘘を言う以外なかった。アラームが伝えていたのは近づいてくる災厄ではなく、目の前の災厄そのものだった。施設の研究員たちだけでなく、直属スタッフ五人も汚染された。シャケットもやはり汚染されていたが、生きるか死ぬかのあの状況で、彼らを騙すほど簡単におのれ自身を騙すことはできない。

どっちにしろ、これまでも自分のミスがもたらす悪影響からはうまく逃れてきた。その幸運が今回も最後まで続いてくれるかもしれない。

追跡の手はまもなく伸びる。法執行機関だけでなく、ドリアンの容赦ない掃討チームにも追われる身となる。あらためてスプリングヴィルの従業員たちの最期を思い――これは自分なりの慈悲と悲哀の精神だと信じながら――そして誰かが彼に不利な証言をする前に全員、あの世へ旅立ってくれるようにと願う。

5

ローザ・レオンが自分用のサンドウィッチを作りに一階へ下りていき、キップはドロシーとふたりきりになった。

ランプの光は抑えられ、暗い影は静かな水面のようになめらかで、窓の向こうの大きな松の木が月明かりを浴びて銀色に見えた。

ドロシーが口を開いた。「わたしが死んだら、あなたがローザと暮らせるよう手配してあるわ。彼女ならあなたを大切にしてくれる」

了解のしるしに、キップはしっぽで三度、マットレスをぱたぱたとはたいた。三度は、イエス、わかったという意味。一度はたくのは、ノー、それはちがう、よくないという意味だ。

　でも実際の運命は、キップをローザとの暮らしにではなく、もっと遠くまで連れていくことになるだろう。

　それでもいま、ドロシーを悲しませる必要はない。

「ねえ坊や、あなたはほんとうに、かけがえのない贈り物だったわ。息子のジャックにも、愛《いと》しいアーサーにも負けないくらいの」

　キップは老婦人の腰にのせていた頭を持ち上げ、彼女の青白い手をなめた。いつも体をなでて、食べ物を出してくれた手を。

「あなたがどこから来たのか、いっしょにその謎を解き明かせられたらよかったのにね」

　キップが長いため息を吐いて、同意の気持ちを伝える。

「でもね、結局、わたしたちはみんな同じところからくるの。あらゆるものをつくり出す、心のなかから生まれるのよ」

　時間がまだ残されているうちに、もっともっとたくさんのことを、このひとに言いたい。知能はなんらかの手段で人間レベルにまで高められているとはいえ、キップに話すための発声器官はない。音は出せるけれど、言葉にはならない。

　ドロシーは意思を伝え合う巧妙な仕掛けを考案してくれたが、あれがあるのは一階の部屋だった。いまの彼女に階段を下りる力はない。

　でも、もういい。ほんとうに言いたいことは、キップはこれまでぜんぶ言ってきた。あなたを愛してる。あなたがいなくなったらつらくてたまらない。あなたのことを決して忘れない。

「ほら坊や。わたしにあなたの目を見せて」

キップは体の位置を変え、頭を彼女の胸にのせて、愛情に満ちたそのまなざしと目を合わせた。

「あなたの目と心はあなたの犬種と同じ、混じりけのない黄金《ゴールデン》よ」

彼女の目は青く澄み、限りなく深かった。

6

ユタ州の小さな町デルタで、リー・シャケットは〈ベストウェスタン・モーテル〉の駐車場に入り、ずっと奥のほうの区画にダッジ・デーモンを停める。車のシートに座ったまま、二十四歳の頃から伸ばしてきた、完璧に整えられた口ひげを剃《そ》り落とす。除菌剤で手を洗い、処方箋なしで買ったコンタクトレンズを目にはめると、冷たいグレイの瞳が茶色に変わる。

野球帽を目深《まぶか》にかぶり、ブロンドの髪をあらかた隠して、州道二五七号線を南へ向かい、二一号線、そして一三〇号線へと入る。二百キロ走ってシーダーシティに着くと、〈ホリデイ・イン〉を見つけ、ネイサン・パーマー名義の運転免許証とクレジットカードでチェックインする。

部屋に入り、髪を染める前に、スプリングヴィルの施設の件がケーブル局のニュースになっているかどうかを確かめておかなくてはならない。テレビの前に立つと真っ先に目に飛び込んできたのは、平日だった今日の夕方に撮影された映像。シャケットが逃げ出したとき、研究棟は炎上してはいなかった。火は彼が必死で脱出してから数十分後に出たようだ。激しく噴き上がる炎は研究棟のはるか上、二十メートルほどの高さに達している。

この火災が起きたのは、あそこであったことの真相を消し去るのが目的にちがいない。シャケットの知らないところで、建物に何かしらの燃料と発火装置が組み込まれ、あそこでの研究の性質を示す証拠が一切、非常事態のあとで明るみに出ることのないよう仕組まれていたのだ。

まちがいない。研究員たちはわざと、意図的に生きながら焼かれたのだ——すべて焼き尽くされ、何か残ったとしてもわずかな骨だけで、法医学的な証拠は消える。もし火が出なくても、何日か何週間かのうちには死ぬことになったろうが、それでもスタッフたちが焼き殺されたという残酷きわまりない事実に、シャケットは衝撃を受ける。脚が震えて力が入らず、ベッドの端に腰を下ろす。

おれはあいつらを見殺しにした、たしかにそうだ。しかしその運命を決めたのはドリアンだ。同じ悪にしても程度の差はある。ボスの所業に比べたら、おれのやったことなど色褪《あ》せる。リー・シャケットはそんな考えに逃げ込もうとする。

ドリアン・パーセルが保安対策のアイデアを出して、こんな非道なやり口を秘密裏に許可したにちがいない。ドリアンはあらゆるメディアから、次代を担うビジョナリーと持ち上げられ、自分もその気になっている。真のビジョナリーたるものの認識はこうだ。進歩に犠牲はつきものであり、重要なのは人間や富の短期的な損失ではなく、長期的に見た人類への偉大な貢献である。数千万人の殺害を正当化するために、スターリンはこう言ったとされる——「一人の死は悲劇だが、百万人の死は統計上の数字にすぎない」。それと比較すれば九十二人の死など、ドリアンにしてみれば、リファイン社のスプリングヴィル研究所で行われていた偉大な計画の単なる脚注にすぎず、いまから一年後にはまた別のどこかで再開されるべきものなのだろう。

テレビではニュース番組のアンカーがまじめな顔で、この施設ではがんの画期的治療法に関わる研究が行われていたと伝えている。大笑いの嘘っぱちだが、読みあげる当人は何も疑っていないらしい。がんの研究をどうして、ユタ州プロボ郊外の二キロ四方にわたって人家もない、厳重な壁に閉ざされた建物でやらなきゃならないのか。しかしニュース部門にぎりぎりの予算しか回されなくなったこの時代には、メディアの大多数は信頼筋から聞かされた内容を鵜呑《うの》みにするだけで、よほど評判が悪かったり疑わしかったりする対象にしか独自の調査チームを差し向けない。ドリアン・パーセルは少なくとも公の場では、世論形成における重要な問題に対してはつねに適正な立ち位置を守る、世界的にも善意の人物のひとりだと見られている。

火災の原因についての、予備的かつ公式な説明はこうだ。問題の施設は、停電時に研究プロジェクトへの影響が最小限にとどめられるよう自前の発電機を備えていた。この発電機の燃料は天然ガスだが、おそらくビルの基礎の下で漏れ出したガスが検知されず、建物全体が爆弾の上に載っているような状態だったのだろう。

「そうそう、まったくそのとおり」シャケットは言って、テレビのスイッチを切る。

しばらくして彼は、茶色の髪に茶色の目、ひげはきれいさっぱり剃り落とした新しい外見になって、夕食へ出かけていく。食にさほどのこだわりはないので、何年も前から〈ホリデイ・イン〉やその手の施設で食べられるものに満足していたが、今回ばかりは何を食べても美味《うま》く感じない。サラダの葉は苦いし、野菜はなんとなく金臭《かなくさ》く、ポテトは無味だ。チキンは食べられなくはないが、いつものような風味がない。

何か別のものがほしい、だが何なら満足できるのか。メニューにあるものはどれも食欲をそそらない。

部屋に戻り、スパイスト・ラムをコカ・コーラで割って、眠気が差してくるまで飲む。

午前三時三十分、悲鳴をあげ、冷や汗に体をぬるつかせて悪夢から目を覚ます。だが、夢の細かなところは何ひとつ思い出せない。

夢の名残が尾を引いているのか、方向感覚が戻ってこない。窓を見ると、カーテンの隙間から別世界のようなコバルトブルーの光が漏れ入っている。周囲の壁の向こうに破滅が訪れ、致死的な放射線が音もなくまき散らされてでもいるみたいだ。さほど酔ってもいないのに、狭い部屋がおそろしく広く感じ、ベッドが波打つ黒い影の海に漂っている。シーツをはねのけ、マットレスの端に腰かけると、素足の下の床がざわざわと、まるで虫の大群が一面に這《は》っているようにうごめく。ナイトテーブルのランプを手で探り、スイッチを見つける。低く抑えた明かりが突然あふれ、ベッドが浮かび上がるが、虫はどこにも見えない。それでもこの場所は、さっき真っ暗だったときに劣らず暗がりが多く、相変わらず不気味だ。

ベッドから下りて、なすすべもなくたたずんでいるうちに、ある確信に捉えられる。さっきまでの悪夢の中心にあったのはただの睡眠中の幻じゃない、あれは事実だ、目前に迫りくる悪の前触れなのだ、あれから自分を守らなくてはならないと。なのに夢の記憶が何だったのかが思い出せない。

椅子に腰を下ろし、肘かけの布地を両手でつかむと、こちらの重みに合わせてゆらゆら動くロッキングチェアでもないのに、座ったまま体を前後に揺する。じっとしていられない。そうすることが、動くことが生きている証《あかし》でもあるように。

あの悪夢は……いまになって少し記憶がよみがえってくる。罠にはまり、体が麻痺《まひ》し、何かにきつく巻きつかれている。繭《まゆ》にくるまれたように、白い半透明なものが目をふさいでいる。不定形の影が大きく膨らみ、また縮んでいく。周囲の音が高まってはまた静まる。

ふとあることに思い当たり、身震いが走る。自分の細胞を汚染した多様な遺伝物質には、繭から新たに生まれ、ただ死んでいく虫のそれが含まれていたのではないか。

夢のなかの彼はよるべなく、孤独だった。動かない肘かけ椅子の上で間断なく体を揺らす。当面の逃走資金はあるし、コスタリカには豪華な隠れ家も、当局には絶対見つけられない一億ドルの資産もある。それでも深い孤独感に襲われ、無防備な、意味のある目的をなくした気分になる。

自分は無力だと感じる。子ども時代、すぐ暴力を振るうアルコール依存の父親と心神耗《こう》弱《じゃく》の母親が課した鉄のルールに抑えつけられていたころのように。

ずっと無力でいることはできない。無力でいることには耐えられない。

スプリングヴィルには科学者たちのほか、二千二百人の従業員がいた。いまはひとりの部下もいない。これまでは力が、地位が、敬意が、カラフルなスニーカーを合わせられるトム・フォードのスーツが二十着あった。それもすべて消えた。ひとりきりだ。

いまあらためて思い知らされる。あらゆる悲惨な境遇のなかで、最もひどく人間の心をむしばむのは孤独なのだ。

リー・シャケットは女性との関係をうまく結べない男だった。ガールフレンドは何人もいた。ホットな女たちだ。彼は醜男《ぶおとこ》ではない。女たちは彼のルックスに好感を持つ。彼の野心をほめそやす。ユーモアのセンスもある。ダンスも得意だ。ベッドの上でも上手《うま》い。ちゃんと話も聞く。なのに関係を長続きさせられない。遅かれ早かれどの女も、何かが足りない、何かがちがうと思いはじめる。この関係が浅いものだと、豊かな愛情が育まれない、あるのはわずかなロマンスの風味だけだと感じるようになる。それなのに彼はやがて、そのわずかな風味のなかで溺れ、息ができないように感じ、逃げ出さずにいられなくなる。

肘かけ椅子の上で揺れていた体が止まっている。動きつづけることでやっと生きていられるとでもいうように、自分がじっとしていることにぎくりとする。床に足をついて勢いよく立ち上がり、部屋のなかを歩きまわるうちに、どんどん不安がつのってくる。

何かおかしなことが起こっている。

ランプの抑えた光のなか、鏡に映ったおのれの姿は幽鬼《ゆうき》じみ、まるで以前ここで死んだ泊まり客の霊のよう、天に昇ることも墜《お》ちることも許されず、行くあてをなくした魂のようだ。

部屋を歩きまわりながら、いつ、どこで人生をまちがえたのか思い出そうとする。研究所での事故ではなく、もっとそれ以前に。ほんとうに幸せだと感じたのはいつだった？ それを思い出すのが大事なことだと思える。未来がいちばん輝かしく感じられたのはいつのことだ？

ドリアン・パーセルの会社に入ってから、シャケットは大成功を収めた。だが昇進するたびにストレスはぐんと増したし、そのおかげでひと財産築けたにしても、そうした年月が以前より幸せなものだったとは、正直とても言えない。

ドリアンと出会う前ですら、いつも意気軒昂《けんこう》だったとは言わないが、幸せになろうという気持ちはずっと強かった。あのころは希望があった。自分の前に無限の選択肢があるように思えた。だがいまは少しの望みしかない。あるいはひとつだけかも。

それにひとりきりだ。話を聞いてくれる者もいない。理解してくれる者も。気にかけてくれる者も。答えてくれるはずの者も誰もいない。

その転機になったのは――シャケットの人生を変えた推進力は、大学以来の友人だったジェイソン・ブックマンだ。最初のころはシャケットが地道に働いているあいだ、ジェイソンはとんとん拍子で出世していった。そのあとにジェイソンがシャケットをドリアン・パーセルの中枢グループに引き入れたのだ。

歩きまわっているうち、ふとクロゼットの扉に映った自分の姿にぎょっとする。顔が。顔が変だ。何かおかしなことが起こっている。

バスルームへ駆け込み、光のなかで見る。目は茶色、髪も茶色、ひげはもうない。他人が見たらシャケットだとは気づかないだろうが、自分のことはわかる。焦茶色の目の鋭い光も、これまで多くの若手幹部を怖気《おじけ》づかせてきた刺すようなグレイの目つきに比べれば印象に残らない。それ以外は、何も問題なしだ。

だがやはり、問題なしとは感じられない。顔が仮面のようにこわばっている。顔の筋肉を動かしてみる――あくびをし、口を尖らせ、しかめ面を作る。指先であごを、頬を、ひたいをもみ、鼻をつまみ、唇を引っぱり、何かを……何かおかしなところを探す。そして結論を出す。このこわばりはすべて不安によるものだ。体もそうだ、ストレスのせいでぎくしゃくしている。

ジェイソン・ブックマンはシャケットの人生を変え、それがいまのこの悲惨な境遇へつながった。しかしジェイソンがやったなかで最悪なのは、おれをパーセルの勢力圏に引き入れたことじゃない。やつがメーガンと結婚したことだ。

バスルームの鏡に映る自分を見つめるうちに、ある啓示が降りてくる。ジェイソンはえらく目端の利くやつだった。だからドリアン・パーセルのような権力狂のナルシストの下で長く働いていればどんなリスクがあるか、よくわかっていた。それでおれをカモとして引き込み、本当は自分が引き受けるはずの役割を肩代わりさせたのだ。なぜいままで気づかなかったのだろう。これは偏った見方か、被害妄想なのか？　いいやちがう。かつては友情の発露だと思えたものが、いまさらのように権謀術数として立ち現れてくる。ジェイソンはおれからメーガンを奪っただけではあき足らず、まんまとおれをはめて、リファイン社がまずいことになったときにその責めを負わせるよう仕組んだのだ。

メーガンのキスの温《ぬく》もりがよみがえる。メーガン・グラスリー。いまはメーガン・ブックマン。十四年ほど前、二、三カ月付き合った。キス以上には進めなかった。彼はすぐ体を許す女に慣れていたが、メーガンは、おたがいに本気になるまではだめだと言い張った。腹を立て、ひとつ思い知らせてやろうと決めて、彼女と距離を置き、クラリッサというホットな女と付き合いだした。これでメーガンも、こっちの言うとおりにして尽くすことが男を本気にさせるいちばんの方法だと身にしみてわかるだろう。ところがひと月ほどして、ジェイソンがメーガンと付き合いはじめた。そして結婚した。あのときはべつにジェイソンに対しても、よくもおれの女をなどと責める気持ちはなかった。こっちは寛大なのだ。どうぞお幸せにと声をかけ、ジェイソンのやつ気の毒に、あんな氷みたいな女に捕まって後悔するぞと、そう自分に言い聞かせた。

なのにメーガンは、ジェイソンには惜しみなくすべてを与えたらしかった。ふたりいっしょにいると輝くばかりで、彼女は年々魅力的に、クラリッサよりずっとホットになっていった。まあいい。何も問題ない。あんな女は要らない。あいつにはこのおれはもったいない。あいつはホンダだ、おれにふさわしいのはフェラーリだ。あいつ以上の女なんていくらでもいる。世界は美しい女であふれてる、年収が七桁でストックオプションもしこたまある男には選《よ》りどり見どりだ。

ところがいま、シャケットは失職し、ひとりぼっちだ。そしてまもなく追われる身に、アウトローになる。

もう少しメーガンに我慢していたら、あいつはおれにすべてを与えたかもしれない。結婚していたかもしれない。そしてその後の何もかも、いまのこの悲惨な境遇とはまったくちがっていたかもしれない。

そのとき、不意に思い当たる。自分がいちばん幸せだったのは、自分の未来が最も輝いていたのは、メーガンと付き合っていたころだったと。

鏡のなかの自分と目を合わせても、その顔に異状はない。もし問題があるなら、この顔の奥のほうだ。おれの精神に何かが起こっている。頭のなかに熱がある。体温計を買って測っても、きっと平熱だ。きっかり三十七度にちがいない。だがこの頭のなかに、昂《たかぶ》りの炎がある。揺れ動き、煮え立ち、泡立っている。これは決して悪いものじゃない。刺激と活気にあふれ、びりびり電気を帯びている。

何をすべきかはもうわかる。十四年の時間をさかのぼり、メーガンと結婚することはできない。だがカリフォルニアへ、彼女のいる場所へ行くことはできる。夫を亡くした女だ。三年も独り身だ。もう若いころほど手強《てごわ》くはないだろう。新しい暮らしを、正しい暮らしを、もしジェイソン・ブックマンがしゃしゃり出てこなければおれとともに築きあげていた暮らしを受け入れる用意はできているだろう。あいつを連れてコスタリカへ行く。息子もいっしょにだ。もしあいつがそんな口のきけないお荷物をほんとうに連れていきたいというなら。ホットなメーガンに、南国のコスタリカ。その未来がシャケットを浮きたたせ、燃えあがらせる。おれはまた幸せになれる。

バスルームの鏡のなかから、人の姿が語りかけてくる。それはもう自分の姿ではなく、なぜかジェイソン・ブックマンの、友達を裏切った薄汚い策謀家の姿だ。「おまえは感染した」ジェイソンが言い放つ。「あれがおまえのなかでうごめいてるぞ。おまえの頭はもうおかしくなっている」

「でたらめ言うな。おまえはおれが昔の女房とヤるのがいやなだけだ」シャケットはスパイスト・ラムの瓶をひっつかんで投げつける。

瓶が鏡に当たって割れ、たちまちジェイソン・ブックマンの頭がもぎとられて消えると、ガラスの長剣や短剣や錐刀《すいとう》や三日月刀がフレームからこぼれ出して、洗面台と周囲を取り巻く模造大理石の上に斬りかかるように落ち、性悪な妖精たちの教会の銀の鐘が鳴るような音をチリチリとたてる。スパイスト・ラムのかぐわしい、オレンジピールとシナモン、ココナツ、バニラビーンズの香りがほとばしってリー・シャケットの上に、後ろの壁にはねかかる。

猛々《たけだけ》しい興奮に駆られ、夜明けまでまだ二時間あるというのに、彼は寝室へ戻ると、長時間の運転のために手早く服を着替える。

7

ドロシーは何時間か、眠ってはまた目覚めるという状態が続いていたが、手はいつもキップの上に置いたまま、動かさずにいるか、彼の毛をなでるかしていた。

キップはずっと眠らずに、ドロシーの状態に気を配りながら、お願いだからあと一分、もうあと一分、少しでも彼女のそばにいさせてほしい、そう念じつづけた。

やがて、ドロシーは逝った。

老婦人のにおいが体から離れ、部屋の外へ出ていった。

キップは彼の種《しゅ》にできる、たったひとつの泣き方で泣いた。涙はこぼれなくても、鼻からかぼそく悲痛な音を出しつづけて。

ローザが涙にくれながら言った。彼女もまたドロシーを愛していたのだ。「ああキップ、お願い、やめて。そんな悲しい声を出されたら、また胸が張り裂けてしまうわ」

それでもずっと長いあいだ、泣き声を止められなかった。ドロシーは彼がいっしょに行けないところへ行ってしまったのだ。

いまはただひとりというだけではない。これまでひとつの自分だったものの片割れになってしまったのだ。

8

ウッディは五時間も眠れば十分だった。頬のぷっくりした赤ん坊のころはもっと眠っていたはずだけれど、並外れた記憶力を持つ彼にも、その時期のことはほとんど思い出せない。ただ、ベビーベッドの上に吊《つ》るされたモビールだけは記憶にある。コーラルピンク、黄色、サファイアブルー——色とりどりのアクリル樹脂の小鳥がくるくる回り、壁に楽しげであざやかな模様を投げかけていた。あのモビールが理由で、これだけ長い年月がたったあとも、ときどき空を飛べる夢を見るのかもしれない。

　医療関係の専門家は口をそろえて、人は一日八時間の睡眠をとる必要があると言う。でないと集中力を保つのが難しくなり、思考プロセスに混乱が生じる。強盗や横領犯や連続殺人犯になるような人間は総じて睡眠不足の影響を受けているのだと。まあ、それも一理ある。でもウッディの場合、あまり長くベッドのなかにいると、頭がぼうっとしてしまい、注意力の欠如がしばらく続くのだ。そしていま、午前三時五十分、まぶたがぱちりと音をたてるように開くと、もうすっかり目が覚めてしまい、二度と眠れそうもなかった。

　こういうところもウッディには悩みの種だった。ほかの人たちとちがった点を数えあげればきりがない。もし自分も人並みにシーツに八時間くるまったあとでないと起きられないのなら、もう少し疎外感に悩まされずにすんだだろう。

　今日は水曜日だ。夜明け前のいま、いつも起きたときにやることに取りかかった。ウッディにはルーティンがある。ルーティンは彼の救済の道だ。世界は広く複雑だけれど、さらに広くてずっと複雑な太陽系の一部で、その向こうには巨大な銀河系が、無限の宇宙がある――星が何兆個も！　でもそういうことはあまり考えすぎないようにしている。自分で選択しなくてはいけないこと、自分の身に起こることは無限にある。どうしても選べなくて頭が動かなくなったり、いろんな脅威の恐ろしさにすくみあがってしまったりもする。でもルーティンは無限を、限りある、扱えるものにしてくれる。それで、いつもどおり四分間シャワーを浴び、服を着てそっと一階へ下りていった。

自分で朝食のシリアルとトーストを支度するのは許されているが、まだ食べるには早すぎる時間だ。

それに、ママがやっと起きてきたときに、朝食をいっしょにとるのは好きだった。食べているあいだ、自分は一言もしゃべらなくても、ママの声を聴いているのは楽しかった。あまり口数が多くないときもあるけれど、それはそれで心地がいい。もし悲しいせいで無口なのでなければ。

ママが悲しい気分でいるときは、いつもわかる。悲しみは風に乗って吹きつけてくる霙《みぞれ》みたいに通り過ぎる。すると彼も悲しみに凍りついてしまう。ほかのときはそんなふうになることはないのに。

キッチンの引き出しから、ベル&ハウエルのTACライトと、アットウッドのシグナルホーンを取り出した。空気の缶の上に赤いプラスティック製のクラクションがついていて、ファアアアンと耳をつんざく音を出して危険な動物を追い散らせるという保証付きだが、実際にそんな動物を見かけることはめったにないし、このホーンを使ったことも二度しかない。

万全の装備をして、裏口ドアの横にある防犯アラームのキーパッドに歩み寄り、四つの数字を押すと、録音の声が「システムが解除されました」と言った。緊急のアラームでもないこの声で母親が起きたりしないように、音量は低く抑えてあった。

バックポーチには、青いクッションを置いたチーク材の椅子が一対と、そのあいだに小さなテーブル、ベンチ型のブランコがあるきりで、周囲は闇に包まれていた。

ウッディは夜を怖いと思ったことはない。

夜はときに魔法を生み出しもする。母親がまだ眠っている夜明け前の暗い時間、ウッディの前でこれまで何度も面白いことが起こった。一度など、丸々したオポッサムが芝生の上をよちよち歩いていたかと思うと、その後ろを子どもたちがついてきて、みんなそろってこちらを見上げ、好奇心に目をきらきらさせたのだ。キツネも、ウサギも数えきれないほど見たし、鹿の家族を見たこともある。ホーンを鳴らして追い払ったのは、アライグマが近づいてきてシャッと歯をむき出したときだけだった。

いつもちゃんと言うことを聞いているおかげで、夜にこのポーチに出て過ごす許可をもらっている。条件はひとつだけ、何かあったら急いで戻れるようにドアをロックせずにおくこと。ひとりで庭まで出ていくことは許されていない。裏の庭は深くて一万平方メートルほどあり、ずっと奥で森につながっていた。

森にはアライグマより危険な動物たちも棲《す》んでいる。母なる自然はいつも母親のようだとは限らない。ママはよくこんなふうに言う。自然は二重人格のおばさんみたいなもので、たいていはやさしく接してくれるけれど、ときどき恐ろしい魔女になって激しい嵐や性悪な動物を召喚したりするのよ。たとえば大きくて牙の鋭いピューマだとか、メニューを渡したら決まってやわらかい子どもを注文してくるような獣を。

ウッディはポーチの階段に腰を下ろした。ママは椅子かブランコに座るか、手すりのそばに立っていてほしいと言う。でも階段にいるほうが、もし何か起きたときに近くで見られるのだ。それにまだちゃんとルールは守っている。下の裏庭には足を踏み入れないといういちばん大事なルールもそうだし、TACライトも使ってはいないがそばに置いてあるし、エアホーンも右手に持って放さずにいる。

西の空に浮かんだ月は、まだ山脈の陰に隠れてはいなかった。広い海に浮かぶ新種のクラゲみたいに光り、空は一生かかっても数えきれないほどたくさんの星できらめいている。パパが死んだあと――あれは人殺しだ！――せわしないシリコンバレーの街からここへ引っ越してきた。あそこは人の住む場所というよりひとつの概念よ、そうママは言った。このパインへイヴン郡の、パインへイヴンの町の周辺では、都会の灯《ひ》が星空を汚し、かすませることはない。

階段の上に座って十分もしないころ、闇のなかから三頭の鹿が姿を現した。見事な枝角を生やした雄、雌、それにまだ毛に斑《まだら》のある、たぶん五カ月くらいの子鹿。冬には成長しておとなになり、斑点も消えるだろう。

鹿はいつも家族で移動するわけではなく、むしろ小さな群《むれ》か、一頭でいることも多い。ところが去年はこういう家族が、芝生のやわらかい草に引き寄せられ、三カ月にわたってほぼ毎晩やってきた。ウッディはその家族に慣れてくると、リンゴを四つに切ってポーチの階段の上に置いてやり、自分は椅子に引っ込んだ。鹿たちが少しずつ大胆になってきて、いちばん下の段にあるリンゴを食べはじめると、ウッディはいちばん上の段に腰を下ろした。そしてとうとう鹿たちは、彼の手からリンゴを直接、やわらかい唇でくわえ取って食べるようになった。

いまいる三頭は、去年のとは別の鹿たちだった。去年見たおとなとは毛の模様がちがっている。鹿たちのほうもウッディがいるのに気づき、注意深く距離を置いて草を食《は》みはじめ、その黒っぽい輪郭が月明かりにぼんやり光っていた。

ときどき、これまで見たほかの家族はどうしたのだろうと思うことがある。ハンターに殺されたのか、雌か子鹿がピューマに襲われたのかもしれない。家族が無事にいっしょにいるのは、とてもとても大変なことなのだ。

いまはキッチンへ行って、リンゴを四つに切り、新顔の三頭の鹿を階段まで引き寄せようとは思わなかった。立ち上がっただけでも鹿たちが驚いて逃げてしまうかもしれない。また何度かやってきて、こっちの存在に慣れてきたら、仲よくなれるかどうか試してみられるだろう。

さしあたっていまは、眺めているだけで十分楽しかった。彼らの姿に魅せられていた。鹿たちは美しく優雅だったけれど、何より心を動かされたのは、その美しさでも優雅さでもない。彼を魅了し、心を奪い、魔法にかけたのは、鹿たちが三頭いっしょにいて、星空の下で安全に草を食んでいることだった。この世界で何も怖《おそ》れずに、まるで永遠にいっしょにいるみたいに。

夜の空気はしんと静かで、何光年も彼方《かなた》で燃えている星々の声まで聞こえるような気がした。もちろん実際に聞こえているのは、耳の毛細血管を流れる血の循環の音だったけれど。

そっとささやいた。「やあ」

少年の声は小さかったが、雄鹿が枝角の生えた頭を上げ、じっとこちらを見た。

鹿と長いあいだ見つめ合ってから、ウッディはささやいた。「大好きだよ」鹿はまちがった言葉を発してこのひとときを台なしにしたりしないし、自分たちの種が深く隔たっているせいで、おたがいにいたたまれない思いをせずにすんだ。

9

ウッディが防犯システムの解除コードを押したことを示す音声で、メーガン・ブックマンは目を覚ました。家全体に響く音量は、ウッディが母親を起こさないよう気遣って低く抑えていたのだが、この主寝室ではメーガンがわざと大きめに設定し、息子がバックポーチに出ていったら必ず気づくようにしてあった。

メーガンはベッドから出ると、暗いなかをそろそろと動き、壁に埋め込まれたクレストロンの防犯パネルのところまで行った。手を触れるとスクリーンが明るくなり、表示されたメニューのなかから《カメラ》を選んだ。家の外部の周辺には、二台で一組のカメラが十四カ所に据え付けられている。カメラの一台は日中や屋外灯の光の下で機能するもの、もう一台はいまのように日光も庭園灯もない時間に赤外線の映像を記録できるものだ。

色のスペクトルで人間の目にいちばん見えやすいのは、緑にあたる波長五百五十五ナノメートルの部分だが、この装置は赤外線の映像をできるだけそこに近い波長に変換する。それでも映像には細かいところまではほとんど映らない。ウッディがポーチのいちばん上の段に座り、裏庭とその先の森をじっと見ているのはわかっても、それはさまざまな色合いの緑の影に囲まれた淡いグリーンの輪郭でしかなく、まるで好奇心に駆られて人間の住《す》処《か》にまで引き寄せられてきた森の精のように見えた。

でもウッディは、アットウッドのシグナルホーンとTACライトを持っているはずだ。あの二つを忘れることは絶対にない。

何か少しでも脅威を示すものがあれば、ウッディはホーンを鳴らし、家のなかへ駆け込んでくる。あの子が脅威に気づかないという心配はない。知らない人間や、ルーティンに当てはまらないものはなんでも怖がる子なのだから。

パインヘイヴンは犯罪の温床にはほど遠い。この国に蔓延《まんえん》するドラッグ汚染もまだいまのところ、この静かな片田舎を深刻なほど侵してはいない。ここの地所はメーガンが生まれ育った町から境界を越えてすぐのところで、実際に住んでみて安全だと感じられるようになっていた。

ウッディをバックポーチにひとりにしておいて安心なわけではない。それでももう十一歳だし、本人の状態が許す範囲で独立心も育っている。四六時中あの子のそばについていることはできないし、ひもでつなぐみたいにしてすぐ手元に縛りつけておくのはどちらにとっても良くないことだろう。

メーガンはベッドに戻った。また寝入るまでにきっと三十分はかかる。

ベッドの手すりには拳銃用の小さな保管庫が取り付けてあった。毎晩ベッドに入るときにそのケースを開け、いつでも武器を手に取れるところに置いておく。そして翌朝に目覚めると、またしまって施錠する。拳銃はヘッケラー＆コッホＵＳＰ九ミリ、マガジンは十発入り。

ジェイソンが死んだ一週間後、この銃を買った。護身術教室を開いている元警官から射撃の訓練を受けた。それから三年間、定期的な練習を欠かしたことはない。

暗いなかで眠れずに横たわりながら、安全な場所にいるはずなのに、どこか安心しきれずにいる自分を感じていた。

10

リー・シャケットの見るかぎり、ユタの南西部はクソみたいな場所で、シーダーシティから州境までの州道五六号線は〝峻厳《しゅんげん》な月明かりの絶景〟とやらが百キロも続き、スタトバックスや美味い寿司レストランなど望むべくもない。だが今回だけはどうしても、州間高速《インターステート》より警察の少ない三級の道路を通る必要がある。

それでもネバダの南東部に比べたら、ユタなど豪勢な楽園だ。二車線の田舎道をつぎつぎたどっていっても、リンカーン郡やらナイ郡やらの救いようのない不毛な土地ばかりで、その上に水爆のホロコーストの前兆みたいにぎらぎらと太陽が昇ってくる。死んだような田舎町カリエンテからなぜここに人間がいると言いたくなる集落レイチェルまで、ネバダの荒涼たる百四十キロを一気に駆け抜ける。つぎの町は無人の土地とわびしいアスファルトの上をまた八十七キロも走った先だ。死刑台めいた舗装路の上には退屈に絶望したガラガラヘビが出てきて、何もない砂漠暮らしから救ってくれる車輪を待っていたようにのたくり横たわっている。

ハイウェイの左右、数十キロ圏内にあるのは、ヒコだのアッシュスプリングスだのの州道や郡道でつながった町や、テンパイウートやらエイダベンやらの未舗装路でしかたどり着けない大地の腫れ物みたいな集落。午前六時五十分、シャケットは給油のために、コンビニを併設したガソリンスタンドへ立ち寄る。ウォームスプリングスまで数キロのところの十字路にぽつんと見えるスタンドで、裏手に家が一軒ある。二台のポンプで汲《く》み出すガソリンは聞いたこともないブランドでやたら値が高く、店が入っているのはひびだらけの淡い黄色のスタッコ壁に青いセラミックタイルの屋根の建物だ。

　これまでの古い暮らしが灰となって消え、メーガンとの新しい生活はまだはるか先のカリフォルニアにあるいま、シャケットはシーダーシティからずっと険悪な気分でいる。乾《か》ききったモハーベ砂漠を一キロ進んでいくごとに、不当な目に数限りなくあわされても凋れずにいたわずかな人間らしい親切心も消え失《う》せていく。

　ポンプは下から汲み上げる化石燃料ほど昔のものではないが、クレジットカードを読み取れるような新しい機種でもない。シャケットはポンプを動かすために店に入っていき、ネイサン・パーマー名義のクレジットカードをレジの男に渡す。

　男はあきらかに店主のようだが、ひと目見るなり蔑みの念がこみ上げてくる。デブの老いぼれだ。サスペンダー付きのカーキのズボンに白のTシャツ、つばの狭いストローハット。わざと砂漠の田舎者の衣装を着けて、その役どころを演じてでもいるのか。

　車を満タンにしてから、ビザカードのフォームにサインをしに店舗に戻ると、老いぼれ店主が声をかけてくる。

「いい朝だねえ」

「暑くてたまらない」シャケットは言う。

「ああ、ここいらの人じゃないとね。わしらには過ごしやすい朝だよ」

「このあたりの人間じゃないとどうしてわかる？」

「あんたが入ってくるときにプレートを見たんだよ。ネバダのじゃない。見たところモンタナかね」

　シャケットは何も言わず、サインを書くのに集中する。つかのまクレジットカードにある名前を忘れ、《リー・シャケット》と書きそうになってしまう。頭のどこかが何かおかしい。

「ほんの二十八度だ。いつもの年からしたら、このあたりじゃ涼しいもんだよ」

　シャケットはネイサン・パーマーと正しく書き終え、老いぼれの目を見すえる。「このあたりってのはどのあたりだ。おまえの股ぐらのあたりか？」

「は？　すみません、なんと？」

「何がすみませんなんだ？」

　レジの男が顔をしかめ、カウンター越しにビザカードをすべらせる。「じゃ、良い一日を」

　この見も知らぬ老いぼれになぜ怒りと軽蔑を覚えるのか、よくわからない。少し自分が恐ろしくなる。だがどうにも抑えられない。

「何がすみませんなんだ?」もう一度訊く。この老いぼれのわざとらしく気安げな物腰が癇《かん》に障ってならない。「屁《へ》でもしたのか。何がすみませんだって訊いてるんだぞ」

レジの男が目を逸《そ》らせる。「失礼をしまして」

「何か失礼なまねをしたのか?」

「いえ、断じてそんなことは」

シャケットの頭のなかで唸《うな》り音が起こり、蜂の群が小脳に巣を作ったみたいにぶんぶん飛び回りだす。「そんなことはしてないと思ってるんだな」

レジの男が窓の外に、ポンプのほうに目をやる。誰かの車が入ってこないかと思っているのだろう。だが外で動くものは、ハイウェイの路面に暗く落ちて移動していく雲の影しかない。

老いぼれの緊張ぶりと、口には出さない恐怖が、シャケットの神経を昂らせる。「おまえには中核信念《コア・ビリーフ》があるのか?」そう訊きながら、カウンターの上に置いてあるキャンディバーをひとつ手に取る。

自分にも中核信念は、越えてはならない一線の感覚はある。それはまちがいない。ただ、その一線がどこにあるのかが思い出せない。

「どういう意味で?」

「要するにだ、たとえば、神様を信じてるのか?」

「ええ、そりゃあ」

「信じてるんだな」

「ええ、はい」

「神様はどこにいる？」シャケットはキャンディバーの包みをはぎ取り、床の上に捨てる。老いぼれ男がまた目を合わせる。「どこにと言いますと？」

「おまえは神様がどこにいると思ってる、そいつが知りたいだけだ」

「神はどこにもいらっしゃいます」

「そこにもいるのか、そのビールとソーダの瓶が入った冷蔵庫のそばにも？」

相手は何も言わない。

シャケットはキャンディバーをひと口かじり、二度噛んでから粘つく塊をカウンターの上に吐き出す。「クソみたいな味だな。消費期限を十年過ぎてるぞ。おまえがこんなクソを売ってるのを神様は知ってるのか？　どこにいる？　そこの裏でポテトチップスやドリトスでも食ってるんじゃないのか？」

レジの男がクレジットカードの端末機に目を落とす。「あんたのカードをこれにすべらせると、電磁式だから、信号が電話線で伝わる。番号も名前も、もうビザのほうに行ってる。買ったものも」

もしここで何か重大な事件が起きたら、ネイサン・パーマーが給油でしばらく立ち寄ったという証拠が残る、そう言っているのだ。

だがもちろん、シャケットはネイサン・パーマーではない。

頭のなかのぶんぶんいう怒った羽音がますます大きくなる。なんとかしてこの唸り音を止めなきゃならない。何をすれば止まるかはわかっている。

またひと口キャンディバーをかじり、一度嚙んだだけでカウンターに吐き出す。「神様はその雑誌のそばにもいるのか？　そこに薄汚い雑誌が置いてあるんだろう。くだらないエロ雑誌が」

老いぼれデブの片方の口角がぴくぴく震えだし、それがいっそう興奮をかきたてる。だがその震えている様子が、シャケットの祖父のことを思い出させる。やさしい祖父で、歳のせいで手足が震えていた。このレジの男への憐《あわ》れみのようなもので頭がいっぱいになる。だがそれも、たちまち消えていく。

「もう少し気の利いた会話はできないのか、ええ？　いい朝だと言っただけじゃ、あとが続かないだろうが」

キャンディバーの残りを老いぼれに向かって投げつけると、相手の白のTシャツにチョコレートがべっとりへばりつく。

自分はネイサン・パーマーではないが、まだもうしばらく、パーマーの免許証とクレジットカードを使わなきゃならない。さっき現金で支払っていれば、この頭の唸りを消すのに必要なことをやってやれただろうに。

「運のいいクソ野郎だな、ああ？」

老いぼれは答えない。

「おまえは運のいいクソ野郎だと言ったんだぞ、どうなんだ？」

「そうだとは、気づいてなかったようで」

「気づいてなかった？　はあ、じゃあ運がいいだけでなく大馬鹿だな。運のいい大馬鹿野郎だ。今日はとびきりのラッキーデーだぞ、じいさん。おれはおまえに何もせずにここから出ていくんだから。もし保安官に連絡しようもんなら、どうなるかわかってるな？」

「誰にも連絡しません」

「警官がおれを止めるんなら、おれをすぐ殺したほうがいいな。でなかったらおれがその警官を殺す、それからここへ戻ってきてそのでかいケツに拳銃を突っ込んでやる」

「誰にも連絡しません」老いぼれがまた言う。

シャケットは店を出て、ダッジ・デーモンまで歩いていく。運転席の下に、ベルトホルスターに収まったヘッケラー&コッホ・コンパクトの三八口径がある。拳銃を取り出して店へ引き返し、老いぼれに向けて弾《たま》を撃ちつくさずにいるのに意志の力を総動員しなくてはならない。

また車を出し、ウォームスプリングスという名のくだらない町を過ぎ、国道六号線に乗るとトノパーを目指して、速度を百八十キロ、二百キロと上げる。ダッジが轟音《ごうおん》とともにアスファルトを呑みつくしていく。ぴりぴりと興奮し昂った神経をなだめ、落ち着かせてやるには、スピードを出さなきゃならない。

ユタのスプリングヴィルを飛び出して以降、頭のなかに何かが起こりつつある。物心ついてからずっと、彼の人生にはドリアン・パーセルがいた。部下として仕えなきゃならないいろんな名前のパーセルがいて、そいつらから引っかけられるクソを浴びつづけてきた。それももう終わりだ。とうとう自由になったのだ。自分の人生を自分で決められる。もうおれにボスはいない。いま頭のなかに起こりつつある何か、これはすごい、最高だ。

ウォームスプリングスから五十五キロ、トノパーまで十五キロほどのあたりまで来ると、頭の唸りがやみ、速度をゆるめられるようになる。

州境まではあと百五十キロも行かないくらいか。まもなくカリフォルニアだ。愛しのメーガンまであと少しだ。

腹が減っている。昨日の晩の夕食は何ひとつ美味くなかった。朝食は抜いた。キャンディバーはまったくクソみたいな味だった。とてつもなく腹ぺこだ。飢えで気が変になりそうだ。カリフォルニアに入ったらすぐにどこかで食おう。だが何が食べたいのかわからない。口に唾を湧き出させる食い物が思いつかない。向こうに着けばわかるだろう。

ハイウェイが上り坂になってホワイト山地とインヨー国立森林公園へ入っていくと、不毛の土地は後ろに向かって飛び去り、過去もいっしょに過ぎ去っていく。過去も、そしてあらゆるくびきも。

11

葬儀屋が遺体を引き取りに来たとき、キップはやっとドロシーのベッドから下りた。周りじゅうが忙しさにまぎれて気づかれないうちに、自分専用のドアを通って屋敷を抜け出し、裏庭に立った。

九月の朝が訪れていた。陽射《ひざ》しは暖かくてまぶしく、いつもの朝と変わりなかった。まるで恐ろしいことなど何もなかったというように。

声には出さずに、心のなかで〈ミステリアム〉の仲間たちに向かって吠《ほ》えた。たとえどこにいても、どんな仕事の最中だったとしても、みんなこのぼくの悲しみを知って分かち合ってくれるだろうから。

仲間たちはわずか八十六頭、すべてゴールデンレトリバーとラブラドールだった。ときどき何かのきっかけで、新たに若いメンバーが仲間入りしてくる。〈ミステリアム〉に特有の〈M通信《ワイアー》〉という精神感応の手段を通じて、おたがいに話ができるのだ。

〈ミステリアム〉の起源や歴史は、当の犬たち自身にとっても深遠な謎のままで、みんながそれをつきとめようとしていた。

自分たちがほかの犬とちがっているのは、そう変えられたから。そして種を改良する力を持っているのは人間だけだ。

でも、誰がやったのか？　どこで？　どんな理由で？

そしてどんな経緯で〈ミステリアム〉の犬たちは、自らの存在の意味を求めて、カリフォルニア州北部と中部のいくつかの郡を探しまわるようになったのか？

〈ワイアー〉から聞こえてくる不思議なつぶやき声、これは耳鳴りではないし、少しずつ大きくなってくる。

次第にこう思いはじめた。この執拗《しつよう》な音がやってくるのは〈ミステリアム〉の新メンバーからではなく、別の犬からでもない。

人間だ。小さな男の子かもしれない。

これは新たな事態だ。人間から呼びかけがあるなんて、前代未聞だ。

とはいっても、実際は呼びかけではない。もし相手が、たしかに少年だったとして、その子が交信しようとしているというのとはちがう。

キップはしばらくたたずみ、子犬だったころに連れてこられた屋敷を見つめた。

ここを出ていくときはつらいだろう、そう思っていた。でもドロシーが逝ってしまったいま、もうただの家でしかない。特別な場所じゃない。

キップが引き取られてきたとき、ドロシーは七十三歳で、健康状態も良かった。犬の自分よりも長生きするはずだった。でもそのあとで、がんが見つかった。

キップは霊柩車《れいきゅうしゃ》が車回しに駐《と》まっている家の側面には寄りつかずにいた。ドロシーが運ばれていくところを見たくなかった。

つぶやいている少年は、もしほんとうに少年だとしたら、タホー湖の近く、湖の西北西のどこかに住んでいる。

〈ワイアー〉の交信は、ラジオのスイッチのように切ることができた。でも、これからどうすればいいのだろう。何かしなくてはいけないことがある。

犬には危険なひとり旅になるかもしれない。それでもいまは、どうしても出ていかずにいられなかった。

野犬の捕獲員は怖くない。ぼくはあの連中より素早いし、頭も回る。

でもこの世界は、野犬狩り以上に危ないものだらけなのだ。

小走りに駆けだし、できるだけ裏道や林道、木立や野原を進んでいった。

ときどき、自分が悲しみに鼻を鳴らしている音が聞こえてきた。愛は手にしているときは最高にすばらしく、でもそれが奪われてしまうと、何より恐ろしいものになった。

12

水曜日の午後、メーガン・ブックマンは一階のアトリエで、ベートーベンのピアノソナタ『悲愴《ひそう》』を聴きながら、絵の制作に取り組んでいた。北向きの大きな窓から弱い陽射しが染み入ってくる。部屋にはテレビン油とスタンド油と絵具のにおいが満ち、それは彼女にとってはバラほどにもかぐわしい芳香だった。

物心つくころからずっと絵を描きつづけ、大学を卒業した年から絵を売って暮らしてきた。ジェイソンと、特別に手のかかるウッディと過ごした輝かしい十年間に制作のペースは落ちたものの、その意欲と技法に磨きをかけるのを怠ったことはなかった。

ジェイソンに先立たれ、ひとりでウッディを育てなくてはならなくなったとき、絵画はゆるやかな、だが着実な癒やしをもたらしてくれ、また未来を恐れずに向き合えるだけの自信を与えてもくれた。そして夫を亡くしてから一年、アトリエで心躍る長い時間を過ごしたあとで、ニューヨーク、ボストン、シアトル、ロサンゼルスに支店をもつ大手の画廊と契約を結ぶことになった。

メーガンの手法は、ピカソやカンディンスキー、ウォーホルなど時流に乗ったアートとは一線を画した、リアリズムを追求するものだ。題材は周囲の世界にあるもので、きわめて細密な筆致ながら、構図に独特の感覚があり、また光の複雑な加減を重視するために、どれほど日常的な場面でもどこか不可思議な、ときには超自然的な印象をかもしだす。

ただしこれは、ポストモダニズムやその亜流に染まりきった偏頗《へんぱ》な評論家業界で好評を博すような手法とは言いがたい。それでもこの一年半、彼女の作品はしかるべき場所で評判をとり、それは高まるばかりだった。

メーガンにしてみれば、人からの評価が上がろうと下がろうとかまわなかった。自分で納得できるように描く、ただそれだけだ。一度目の人生はジェイソンの死とともに終わったけれど、そのあとでつぎの人生を見つけられたことに深く感謝していた。絵画と息子は彼女にとって、天からの授かり物だった。それ以外に未来が何をくれたとしても、ただのおまけでしかない。

スマートフォンの番号はごく内輪にしか教えていなかったので、家には固定電話の回線も引いてあった。アトリエの内線はイーゼルのそばの机に置いてあり、その電話が鳴りだした。見覚えのない発信者番号だったが、とりあえず絵筆を置いてスツールをくるりと回し、受話器を取った。

「はい？」

「メーガン？　メーガン・ブックマンかい？」

「ええ」

どう反応したものかよくわからず、高揚した気分がかすかに沈むのを覚えた。

「リー・シャケットだよ」

「ああ、リー、元気だった？」

「そりゃあ元気さ。最高に元気だとも」なんだか少し躁《そう》的な声音だった。「なんの不満もない。まったく何ひとつね。きみはどうだい？」

リー・シャケットとは、ジェイソンと出会う前に、短期間だけ付き合った。でも自分たちふたりのあいだに化学反応は起きず、親密さも生まれなかった。たしかに魅力のある、情熱的なひとだ。亡きコメディアンのロビン・ウィリアムズを思わせる大仰な言動で楽しませてくれたりもした。とても仕事熱心で、大きな夢があり、それは自惚《うぬぼ》れではなく魅力的な無邪気さのようにも映った。でも本質はしゃにむに上を目指す若者で、ほとんど自分のことにしか興味がないタイプだった。やがてジェイソンが、孤軍奮闘するリーの知性や自制心を目にとめ、ドリアン・パーセルに推挙したことで、彼は出世の階段をジェイソンよりずっと速く、ずっと上まで昇っていったのだ。

「まあまあよ。毎日、絵を描いて、母親をやってるわ」

「子どもの様子はどうだい。男の子。どうしてる？」

「ウッディ？　元気よ。いつもウッディらしく過ごしてる」

リー・シャケットとは八年か九年前、会社がらみのイベントで話して以来だった。ジェイソンが死んだときも、お悔やみの電話一本よこさなかった。

「パインヘイヴンに引っ越したんだったね。きみの生まれ故郷だろう、たしか。パインヘイヴンで生まれたんじゃなかったっけ？」

「ええ。静かなところよ。ウッディにはいい環境だわ」

「パインヘイヴンじゃあまり変わったこともないだろう。ぱっとしたことはあんまり」

「そういうところが好きなの」と言いながら、心のなかでいぶかっていた。いったいどうして、なんの目的でかけてきたのだろうか。

「経済的にはだいじょうぶなのかい？」

ひどく虚を衝かれる質問だった。「ごめんなさい、なに？」

「ジェイソンが死んだあと、ドリアンはきみに正当な処遇をしなかっただろう」

ジェイソンはストックオプションを保有していたので、メーガンとウッディは大金持ちとまではいかなくても、そこそこ裕福になれるはずだった。ところが雇用契約には幾通りにも解釈できる不自然な支給条項があり、しかもドリアンは遺族への手厚い補償をしようとはしなかった。

「わたしたちならだいじょうぶ」

「あれは不当だよ。ドリアンは非道なろくでなしだ。きみはあいつを訴えるべきだった」

「向こうのほうが財力はずっと上だもの。何年かかるかわからないし、勝てる保証もないし」

「それがひどいまちがいだった。ジェイソンもきみが訴えるのを望んでたと思う。彼が稼いだ金を、ドリアンはきみから取り上げたんだ」

「わたしはとにかく悲しくて、ウッディのことも心配で。それだけで手いっぱいだったの。裁判やら何やらのごたごたに巻き込まれたくなかった」

「ぼくもドリアンには騙された。あいつはぼくをはめて、自分の代わりにぼくが矢面に立つように仕向けた、騙されたんだよ、それでもぼくは金を持って抜け出した。うまく逃げ出したんだ、一億ドルも持って」

何を言えばいいのだろう。シャケットの声は、初めはとげとげしい怒りにかすれていたが、次第にプライドがこもって大きくなってきた。

こちらが一瞬言葉をなくしたのも気づかないように、彼は矢継ぎ早に続けた。「もし何か必要なものがあったら、なんでもかまわないから、ぼくを頼ってくれ。ぼくには資産がある。必要なものでも、ほしいものでもなんでも」

リー・シャケットとは、たぶん六度くらいデートをしただろうか。若いころの恥じらいや自分への疑いを抑え込み、居丈高な自信を身にまとうようになった男。でもときどきは、もっと善良な少年の面影を見せることもあった。もし彼がその少年のまま、いまとはちがった大人になっていれば、もっと好感を持てていたかもしれない。それ以降はもう十三年間、彼はメーガンのプライベートな生活から姿を消し、ジェイソンの仕事仲間ではあってもめったに顔を合わせず、たがいに実のあるやりとりは何もなかった。まったく、何ひとつとして。なぜいまさらこんな奇妙な会話をしているのか、その真意がどうにも測れなかった。

「ご親切にありがとう、リー。いろいろと考えてくれて」口ではそう言っても、実のところ不可解というばかりか、どこか薄気味悪かった。「でもジェイソンは、保険やら何やらで、そこそこ残してくれたから。わたしの絵も売れてるし。だからだいじょうぶよ、ほんとうに」

「一億も金を手にしたら、還元することを考えるようになるもんさ。ぼくもずっと返すことを考えてる。だから知っておいてほしいんだ、きみときみの子に、男の子に、ぼくがいるってことを。そう、ぼくがいるよ」

またしてもメーガンは、言葉を失った。

シャケットは自分の言葉がどう受けとめられているかもまるで意に介さず、メーガンの不安げな沈黙の意味があきらかになる前にまくしたてた。「コスタリカへ行ったことはあるかい？　そりゃあ素敵な、すばらしい場所だよ。真っ青なカリブ海。カリフォルニアとは比べ物にならない。穏やかで宝石みたいな海さ。首都のサンホセはおしゃれな街だ。親切な人たちに充実したナイトライフ。コスタリカでの一億はこっちでの十億みたいなもんだ、いいや、二十か三十億かな。ぼくはコスタリカへ行くつもりなんだよ、メーガン。くだらない出世争いから一抜けする。のんびり落ち着いて、人生を楽しむのさ。まだ若いうちに。本物の人生を。でもひとりじゃやっぱり、本物の暮らしにはならない。いっしょに分かち合える相手が必要なんだ。きみとぼくには以前、特別な何かがあっただろう。ぼくらだけの特別な何かが。ぼくはまだ青二才で、成功することしか頭にない、情けないほどの馬鹿で、そのことに気がつかなかった。でもずっと、おたがいすれちがってしまったことを後悔してたんだ。きみがもう一度チャンスをくれるなら、もう決して後悔はさせない。きみを大切にするよ、メーガン。きみと息子さんを。誰にも負けないくらい大切にする」

このひとは酔っているのだろうか。薬か何かでハイになっているのか。ひどく早口だけれど、呂律《ろれつ》はしっかりしている。酔っていようといまいと、こんな藪《やぶ》から棒のプロポーズは意味不明だし、おそろしく場ちがいだ。

以前ならこんなときはもっと、そっけない対応をしていたかもしれない。でもやさしいウッディが、辛抱というものを教えてくれた。注意しいしい、考えながら答える。「こんなに長いあいだ、そこまで思ってくれてたなんてうれしいわ、リー。でもわたしは、そんなふうに思ってもらえるような大した女じゃない。若い男性だけが未熟というわけじゃなくて、若い女だっていくらでも世間知らずになれるのよ。でも、わたしにはウッディがいるの。あの子はわたしに頼りきってる。いまのわたしの望みは、ほんとうに必要なのは、ウッディだけなの。あの子をコスタリカへ連れていくことはできないわ。床屋へ髪を切りに行くだけで精神的にまいってしまうのだもの、歯医者へ行ったら元に戻るのに何日もかかるくらい。特別な配慮の必要な子どもがいたらどれほど人生が変わるものか、あなたにはなかなか想像できないと思うけれど」

シャケットの早口の長広舌が沈黙に取って代わられ、やがて彼が言った。「でもコスタリカでなきゃだめなんだ。もうぜんぶ計画したんだから。いまさら変えられない。きみは計画に入ってる、きみときみの子が。いまは新しい計画は考えられない、もう無理だ、あんなことがあったあとで……考え直してくれ。考えると言ってくれ、メーガン。ひと晩考えて、明日連絡をくれ。明日電話をかけてほしいんだ」

シャケットが番号を教え、メーガンは書きとめたが、かけるつもりはなかった。「そうね、でも、わたしたちの時間はもう過ぎたのだと思うわ、リー。いまのわたしにとっての一番は、ウッディにとって一番であることなの。それはコスタリカじゃない。あなたは人のうらやむような人生を送ってるし、きっとそれを分かち合える相手が見つかるはずよ。あなたなら幸せになれるわ、わたしなんかよりすばらしい相手といっしょに」

また口説き文句が始まりそうだったので、この苦痛でしかない会話を終わらせるために嘘をついた。ウッディが呼んでるわ、またかんしゃくを起こしてる――ウッディは一度もかんしゃくなど起こしたことはない――すぐ行ってあげないと。

電話を切ってから、ここ最近ずっと取り組んできたカンバスに注意を向けた。絵の背景にあるのはこの家の裏庭だった。絵の時刻はおそらく午前四時ぐらい。その場面を照らしているのは月の光だけ。この幽玄なほの明かりは、世界の中心にある光、万物の内にある見えない光の比喩だ。だからそこに表された効果はリアリスティックではあっても、微妙に誇張され、したがって月光のごくかすかな反射は構図のなかの青白い各要素の内側から発しているように見える。たとえば少年が手に持っている切ったリンゴ、少年の顔、三頭の鹿のやわらかな毛、リンゴの木に咲いている白い花からも。そうした要素全体の上に黒い森が覆いかぶさるようにしてある。

メーガンの知るかぎり、ウッディは暗くなってからひとりで庭に出ていったことはなかった。ポーチの階段まで鹿をおびき寄せて、手から何か食べさせるだけだ。ときにアーティストはいろいろな事象を、実際にあったものから少し形を変え、ありえたかもしれないものとして提示することがある。その事象の真実を最もうまく伝えるために。

では、リー・シャケットの電話にあった真実とはなんだったのか。

どうにもわからない。

制作に戻る気分にもなれず、絵筆をテレビン油の瓶に差した。

背の高いフレンチドアと、北からの明かりをたっぷり取り込める側面の窓の前まで行く。絵のなかの芝生とはちがうけれど、こちら側の庭も森が取り囲み、家の裏手よりもいくぶん近くまでかぶさっている。

リー・シャケットのようなナルシストが使える金を一億ドルも持っているなら、どうまちがってもメランコリーな気分に陥ったりはしないし、感傷的になったり、過ぎ去った日々やありえたかもしれない未来のことを思いわずらったりはしない。さっさと出かけていってほしいものを手に入れるだけだ。フェラーリだろうと、パーティーに同伴すれば見栄えのする長い脚と深い胸の谷間を持った美女だろうと。

やはり酔っていたと考えるしか説明がつかない。どこから電話してきたのか知らないけれど、午後の三時半よりずっと遅い時間帯の場所だったのだろう。もしかすると日が暮れる前に早々と飲みはじめたのか。

シャケットは正直に胸の内を話すようなタイプではなく、自分が頑なに信じ込んでいる意見と、必ず実現できると思っている高邁な野心ばかり口にする男だった。メーガンのことも愛してはいなかった。ただ求めていただけだ。アルコールが抜ければ、きっと後悔する。もう電話してもこないだろう。もし向こうからかけてきても、出ないようにしよう。

いつのまにか、光の性質が変化していた。夕暮れが近づいたからというだけでなく、空に淡い灰色の鱗《うろこ》雲が増えはじめ、元の真っ青な皮がはがれて蛇の皮膚を思わせる姿になっていた。

いつものように、陽の光には魔法があったけれど、ウッディと鹿の絵を描くインスピレーションをかきたてるような魔力を及ぼしてはくれなかった。

毎週の月曜と水曜と金曜には、ヴァーナ・ブリキットが簡単な家事仕事をやりにきて、帰る前には夕食を作り、メーガンが温めればすむようにしていってくれる。いまはもうキッチンにいるはずだ。料理の手伝いはヴァーナも歓迎だろうし、彼女はいっしょにいて楽しい話し相手だった。

絵筆を洗い、絵具を片づけ、アトリエに付属したバスルームで手を洗った。

洗面台の上の鏡に映った自分を見て、その顔が、目が、まぎれもない不安の色を帯びていることに驚いた。リー・シャケットがまた日常に入り込んできたことに、自分で認めたくないほど気持ちをかき乱されていたのだ。

思えばあの男は、いつも暗いエネルギーに満ちていた。いまになってその記憶が少しずつよみがえってきた。わたしからあるものを求めて、操り人形使いみたいに糸を引っぱり、わたしも若くて世間知らずだったせいで、初めのうちは引っぱられていることも感じずにいた。やがてこちらがその手管《てくだ》を見透かすようになると、あの男は別の女の子をだしに使おうとした。なんという名前だったろう。クラリッサ？　そうだ、クラリッサがセックスに無頓着なのをいいことにこちらを操ろうとした、そしてわたしはその脅しを見てこれ幸いと、あの男の前から姿を消したのだ。

その距離を変えるつもりはない。

メーガンはヴァーナ・ブリキットを捜しにキッチンへ向かった。

13

喉がかわいても、キップは飲み水を見つけるのにほとんど苦労しなかった。

タホー湖は世界でも有数の深くて澄んだ湖とされ、ここへ流れ込んでいる小川の水は、飲んでもまず大した危険はない。

冷たくて、きれいな水だった。

喉を潤している途中でふと動きを止め、流れが絶えず集まってできる溜《た》まりに目を向け、陽を浴びた水のなかで泳ぐ魚のねじれた影を、さざ波を立てるひれを見つめた。

問題なのは空腹のほうだ。

イヌ科に属するキップは、天性のハンターだった。でもこれまで、狩りは一度もしたことがなかった。

それらしいものといえば、ドロシーがボールをどこかに隠し、キップが見つけるという遊びをやったときだけだ。ボールなら何千回も見つけたけれど、食べたことはない。

草原にはウサギがいっぱいいいて、草を食んでいた。そしてキップを見ると、たいていはさっと緊張して固まり、自分は見えていないというふりをするか、恐怖に駆られて走り去っていった。

ただ何匹かのウサギがキップを警戒の目で見たあと、彼の弱みを感じ取りでもしたように、そのまま食事に戻った。

キップの体は強靭で、重さ三十キロの筋肉と骨の塊だ。頭脳の面でも強い。

けれども感情の面では……同情と本能とがずっとせめぎ合っていた。

自然界には弱肉強食の掟があり、鋭い歯を持った動物がそうでない動物を捕食するようにできている。

だがキップはただの動物でも人間でもなく、人間と同じ高度な知性を持った犬だった。

知性からは文化が生まれ、文化からは倫理が生まれる。

彼は姿かたちこそ犬だが、精神は犬でもあり人間でもある。この特性は彼が生まれる前から与えられていた。

彼はドロシーにとってわが子同然だった。その文化と倫理はドロシーの、つまり人間のものだ。

人間のなかには怒りや欲得のために、ただ刺激を得るために同属を殺す者もいる。ドロシーもキップもそんな倫理にもとる存在ではなかった。

たいていの人間はおのれを守るために、殺すことはできる。それはドロシーの子どもであるキップも同じだ。

しかしウサギは彼の脅威にはならない。リスも、地ネズミも。

生きた昼食や夕食でいっぱいの草原や木立を駆け抜けていくあいだに、空腹感はつのっていった。

飢えが勝っていれば、自衛のための鋭い歯を持たないものを殺すことはできそうだ。結局のところウサギやリスは、犬でも人間でもない。

つまりキップの同属ではないのだ。自然の意図に従うなら、キップは必要に応じてウサギやリスを獲《と》ればいい。結局のところ、彼らは被食者なのだから。

なのにここでは、いまのこの状況では、人間並みの知性は呪いにも等しいものになる。

彼は同情を知っていた。

慈悲を。憐れみを。

こうした特性はある種の重荷だった。

同情。慈悲。憐れみ。

こんな場合、においは哲学的な問題へと変わる。

においを感じる嗅覚は、犬にとっては何より大事なもので、人間の二万倍もある。鼻は四十四の筋肉からなるが、人間は四つしかない。

嗅覚だけでも、人間の五感を合わせたより多くの情報を取り込める。つまりいまの状況では、情報過多ということだ。

たとえ小さな動物でも、生きとし生けるものはみんな、ただ生きていることに喜びを感じている。キップには彼らの糞と麝香《じゃこう》と呼吸と温かい血のにおいと同じだけ、確かな喜びのにおいも感じ取れた。

同情と慈悲と憐れみ。対して、種の生存本能。

人間はこの問題を、生命維持のための食肉の出どころと自分自身とのあいだに距離を置くことで解決する。

でもキップは、肉屋に支払いができるクレジットカードを持っていない。

自分が陥っているこのジレンマは、〝良心の危機〟と呼ばれるものなのだと気づいた。

空腹感はますますつのる。

例の少年を捜そうと出てはきたものの、キップは姿かたちは完全に犬、中身も半分犬だった。彼の鼻先はただ一直線にその子のもとへ急ぐほうにも、食欲を満たすほうにも向かわなかった。

　犬らしくはしゃぎまわるほうへ向かったのだ。

　一群《ひとむれ》の蝶々《ちょうちょう》に、想像力をわしづかみされた。口で嚙もうとはせず、ただその明るい驚異の源を追って跳ねまわりながら、軽々と宙を舞う姿を驚嘆の念で見つめた。

　そうして一キロほども行ったころ、銀色の風船がひとつ、ヘリウムガスが多少抜けた、まだ落ちるほどではない状態で、野原の上空に浮かんでいた。

　表面にプリントされた、《ハッピー》という四文字が赤くくっきりと見える。

　そのあとを追いかけた。

　つぎの行の文字は、表面に寄ったしわのあいだに見え隠れしているが、こんな綴《つづ》りに見えた――《バースデイ》

　同じような風船は前にも見たことがある。それでもこの風船には、周囲とひどく場違いなせいか、どうにも不思議なものを感じずにいられなかった。

　明るい鏡のようなマイラー樹脂が人里離れた草原の上を漂っていく、その光景にキップは魅せられた。何かの意味があるような気がした。

　風船を追いかけ、跳び上がって、下に垂れている長く赤いリボンに嚙みつこうとする。歯が虚《むな》しく空中でカチッと合わさり、それがもどかしくて今度はより高く、もっと高く跳び上がった。

自分のなかの子犬の衝動にすっかり身をまかせることで、頭のなかが浄化されたそのとき、この風船にはやはり意味があったのだとわかった。

目の前に一羽の小鳥がいた。むき出しの地面に落ちて、体を震わせている。片方の羽が折れていた。

小さな生き物は怯《おび》えて目をきょときょと回し、くちばしを動かしたが、音は出てこなかった。恐怖と痛みのせいで声を奪われてしまっている。

この鳥にしてやれることは何もない。タカかキツネか何かに獲られ、生きながら食われる運命なのだ。

キップはしばらく、じっと考えた。

そして心で念じた。ごめんよ、小鳥くん。

片方の前足を持ち上げて鳥の上に下ろし、体重をぐっとかけ、首の骨を折った。

人間が観に行く舞台で演じられる悲劇では、偉大な人物が高みから墜ちたり、運命や性格的な欠陥のために破滅したりする。

キップもドロシーといっしょに、テレビで喜劇や悲劇を見たことがあった。

鳥に性格的な欠陥があるはずもない。それでも鳥たちは、いろんな小動物と同じに、毎日のように悲劇のなかの役どころを与えられている。

この美しくもきびしい世界にあって、運命はどんな種も見逃しはしない。

この鳥は丸々と肥えていた。羽毛の下の肉は食欲を満たしてくれるだろう。

キップは背を向け、鳥には触れずに去った。悲劇は好きではないのだ。

一キロも行かないうちに、なじみのある美味そうな芳香が漂ってきた。網の上で焼けるハンバーガーのにおい。

ハンバーガーだけじゃない。フランクフルトもある。

香りに誘われ、立ち並ぶ木の壁のほうへ駆けだし、常緑樹の木立を走り抜けると、そこはキャンプ場だった。とりどりのテントや小さなキャンピングカーが見える。人もいっぱいいた。大人も、子どもも。

人間を魅了する策や手管なら、犬だけにお手のものだ。きっと食べ物にありつける。

あまりに腹ぺこだったせいで、人間がみんな善良なわけではないのを忘れていた。親切な人が百人いれば、徹頭徹尾《てっとうてつび》悪意に満ちた人間も一人いるということを。

14

シャケットが電話をかけているのはタホー湖の北、カリフォルニア州トラッキーの街外れにあるモーテルの駐車場からだ。誠心誠意メーガンに語りかけ、ずっと以前にちゃんと求愛しなかったのはまちがいだったと認めてから、新しい世界を、コスタリカでの未来を持ちかける。最初は向こうも電話をもらってうれしそうな声だ。あの口調から察するに、やっぱりおれにヤらせなかったことを後悔してるんだろう。なにせやつが、あの裏切り者のジェイソンがあいつをはらませなけりゃ、ウッディはこの世にいなかった。明けても暮れてもメーガンの足を引っぱりつづけるあの厄介者のガキはいなかったのだ。おれとメーガンならさぞ可愛い息子が生まれただろう。きれいな顔で頭もいい、誰にでも自慢できる子が。ああそうだ、初めはあいつもおれを求めてて、おれが必要で、おれもあいつといっしょになるつもりでいた。

なのにそのあとで、上から目線の声音が入り込んでくる。どうにも気に入らない、偉そうで横柄な、我慢ならないあの感じが。〝特別な配慮の必要な子どもがいたらどれほど人生が変わるものか、あなたにはなかなか想像できないと思うけれど〟。おれを馬鹿だと思ってるのか。あいつが口もきけないくそガキにどれだけ人生を狂わされたか、このおれにわからないわけがあるか。〝わたしたちの時間はもう過ぎたのだと思うわ、リー〟。あいつの周りには一億ドル持った男が二十人いて、そいつらがみんな言い寄ってきてるとでもいうのか。おれに時間をよこしたとでもいうのか。何ひとつよこさなかったくせに。おれたちの時間が〝過ぎた〟なんてことはない、あいつはおれに時間をよこそうとしなかった。チャンスもよこさなかった、あいつを押さえつけて、自分に何が足りないか教えてやるチャンスを。〝わたしにとっての一番は、ウッディにとって一番であることなの。それはコスタリカじゃない〟。あんなショベル一杯のクソを浴びせておいて、おれが気がついていないと本気で思ってるのか。くそっ、受話器越しにでも臭ってきやがる。あいつが言ってるのはこういうことだ、あの口もきけない馬鹿なガキのほうがリー・シャケットより大切だと。パインヘイヴンみたいなど田舎でのどん詰まりの暮らしが、リー・シャケットといっしょになればついてくる真っ白なビーチや青いカリブ海や最高の暮らしよりましだと。

メーガンに腹を立てるほど、ますます腹が減ってくる。いまだかつてない、人間の域を超えるほどの空腹だ。五時間前にビショップの街に寄って、どこかの頭の空っぽな批評家が三つ星をつけたという店に入っても、まともなハンバーガーひとつ出てきやしない。〝レア〟というのがどんなものかわからせてやろうとして、二度突き返す。三度目もぜんぜんだめで、するとマネージャーがテーブルまでやってきてこう言う。「申し訳ありません、お客さまのご要望はタルタルステーキのバーガーのようなものかと存じますが、あいにく当レストランではそういったものはご用意できかねます。当店でお出しできるのは衛生面を十分に考慮した牛挽き肉でして」その場でナイフとフォークをつかんであのクソ野郎を切り裂いて、本当の〝レア〟ってものを見せてやろうかという気になるが、思い直してバーガーをまた二つ注文しても、前に出てきたミディアムレアのパテよりほんの少し焼きすぎでないという程度だ。結局三つのバーガーを残らず平らげるが、バンズは一個だけ、フライドポテトはひとつも食わない。金は払っても、チップは置かない。

出ていこうとすると、ウェイトレスがいい一日をと笑いかけてきて、それで精神のバランスがおかしかった実の母親の記憶がよみがえってくる。処方された薬を飲もうとせずに、息子を唇が切れるほど強く引っぱたき、泣き声をあげるまで髪を引っぱり、そしてまるで本心から言うみたいに、あなたを愛してるのよとささやいた母親のことが。その瞬間、ウエイトレスが母親になる。恨みを晴らしてやらなくてはならない相手に。

「きみは誰かに、ライリー・キーオに似てるって言われたことあるかい？」

その女はまだ二十歳を過ぎたぐらいで、顔を赤らめる程度にはうぶのようだ。「まさか、あんな美人に似てるなんて。喜んで鏡の前へ走っていったりしたら、がっかりしちゃう」

「うん、しないほうがいいな。実をいうといまのは嘘だ。きみの顔は便所のネズミそっくりだし、きみとヤった男はみんなあとで自殺したくなるだろうよ」

女のうれしそうな顔が一瞬で崩れ、傷ついた、怒りの表情に変わる。

「いい一日を」そう言って歩き去る。

残酷な言動はある種の力を持つ。ずいぶん前からわかっていたことだが、その力を手持ちの武器として利用するようになったのはつい最近のことだ。

あれからもう五時間、とにかく何か食わなきゃならない。車を置いたモーテルにも付属のダイナーはあるが、またろくでもない店に入ってまずいものを食わされるのはごめんだ。加えて、メーガンに腹が立ってならない。お高いビッチ女め。わたしはあんたになんかもったいないと思ってやがる。はらわたが煮えくり返るあまりダイナーに飛び込んで、ウェイトレスでも誰にでも怒りをぶちまけてしまいそうだ。どうせ食い物はろくでもないし、きっとひと悶着《もんちゃく》起きる。だからあらためて自分に言い聞かせる必要がある。運転免許証がどうなっていようと、おれはネイサン・パーマーじゃない。リファイン社のCEOリー・シャケット、ユタ州スプリングヴィルの施設の事故から逃げ出してきた男だ。そう、たしかに見かけは変えてある、だがそうはいっても、わざわざ注意を惹《ひ》くようなまねをするのはまずいぞと。

メーガンのところへ行けば何か食えるだろう。あいつはおれが言うとおりのものを作る。なんでもおれの望みどおりにする。いまになって自分が何年も前にやらかしたまちがいがわかる。おれはあの女に対して紳士的すぎた、あいつの気持ちに配慮しすぎた。やさしさだの配慮だのはメーガン・グラスリー・ブックマンみたいにお高くとまったビッチ女にはなんの効果もない。あいつに見合ったものをくれてやればいい。あいつが心の奥で望んでいる、だが自分では気づいていないものを。そうして、もっともっとちょうだいと言いだしたら、おれはあいつをゴミみたいに捨てて、クソみたいなパインへイヴンに置き去りにして、コスタリカへ行くんだ。

あいつの家までは百五十キロほどか。日が暮れるまでに着けるだろう。再会を果たして昔を懐かしんで語らいながら、あのころやる度胸のなかったことをやってやる。〝わたしたちの時間はもう過ぎたのだと思うわ、リー〟。あいつの心得違いを思い知らせてやる。おれが時計を巻き戻す。そうだ、またおれたちの時間が来る。〝特別な配慮の必要な子どもがいたらどれほど人生が変わるものか、あなたにはなかなか想像できないと思うけれど〟。実際あいつには想像もできないようなことを教えてやるぞ。あのガキに変えられた人生が、もっといいほうへ変えられることを教えてやる。いまいましいくそガキの喉を切り裂いてやればそれがわかる。

　エンジンをかけ、ダッジ・デーモンを駐車場から出すと、州間高速八〇号線に乗って西を目指す。四十キロほど行って州間高速を降り、州道二〇号線に入る。おれは生まれてからずっと、不当な目にあわされてきた。こき使われて捨てられ、はめられて誰かの尻ぬぐいをさせられてきた。ドリアン・パーセルに始まって、ジェイソン・ブックマンにも、ホットなメーガン・グラスリーにも。だがもうそんな立場に甘んじはしない。自分の内に力がみなぎってくるのが感じられる。新たなリー・シャケットが生まれようとしている。誰からも否定されない、どんなルールにも縛られない、なんでも望むものを手に入れられる存在になろうとしている。世界がいまだかつて見たことのない、特別な存在に。

15

　ドロシーががんと闘ってきたこの十八カ月間、自分はただの雇われ看護師ではなかったから、実の娘みたいにドロシーを愛するようになっていたから、火葬のときも付き添っているのが最後の務めなのだとローザ・レオンは思った。火葬場で何時間か待って、遺灰の入ったまだ温かい壺を受け取った。

古くて壮麗な屋敷まで青銅の骨壺を持って帰り、リビングのマントルピースの上に置いた。これから一カ月間、指示されたとおりに客用寝室で寝泊まりを続け、この屋敷でお別れの会を開く手はずを整え、ドロシーのお気に入りだったレストランからケイタリングもしてもらうことになっていた。

〝たいそうな式にはしないでちょうだいね、ローザ。ささやかな会でいいの。古いお友達が集まって、いろいろ思い出話をしてくれたら。涙なんかなくて、笑い声でいっぱいのね。音楽をかけて。バーも開けてね、みんなにわたしの新しい来世に乾杯してもらえるように〟

ドロシーがいなくなったあとでは、美しいビクトリア様式の屋敷が、いつも温かくて居心地のよかった場所が、がらんとして冷たく感じた。この悲しい一日のあいだ、ローザはなんとかプロらしく平静を保っていたけれど、いまマントルピースの上の骨壺を見つめていると、涙をこらえきれなくなった。

ドロシー・ハメルは、つらくきびしい人生を送ってきたローザに、初めてやさしさを教えてくれたひとだった。父親のヘクター・レオンは塗装業者だったが、ローザがまだ三歳のころ、彼女と母親のヘレーンを置いて出ていった。ヘレーンは数限りない侮辱や罵りの言葉をローザに浴びせ、おまえはいらない子だ、あたしがレイプされ無理やり結婚させられて、そのあげくにできた子なのだと言った。けれどもレイプがどうのという話は本当ではなくて、両親が以前、短いあいだでも愛し合っていた証拠は十分にあった。十六歳になったとき、父親を捜し当て、家を訪ねていった。世の父親がわが子に向ける愛情をほんの少しでも感じたいと思ったのだ。けれどもヘクターにはそのかけらもなかった。ヘレーンはおれの人生最大の失敗だと、そしておまえは「失敗中の失敗」だと言い、二度と訪ねてくるなと命じた。ヘクターが住んでいる古く荒れた家のみすぼらしい様子や、朝の九時なのに食卓に置いてあるウィスキーとチェイサー代わりのビールを見れば、ろくに働きもせず飲みすぎなのは一目瞭然だった。ローザがこの父親を抱え込まずにすんだのはむしろ幸いだったのだろうが、それでも当時、父親からの拒絶は彼女の胸を鋭くえぐった。

ハイスクールに通いながら、週末はずっとレストランで働き、コックの下で野菜の下ごしらえをしたり、割り当てられる半端仕事はなんでもこなした。看護学校を志し、それまでの蓄えだけでは学費がまかなえないので奨学金を受け取った。やがて病気の人たちの世話をすることが好きになり、まもなく在宅看護の専門家になった。友達も何人かできたが、いつも働いていたせいで、誰とも親密な仲にはなれなかった。自分を尊重してくれる男性にも出会わず、ある男からひどい扱いをされたせいで、男性全般と付き合うのに二の足を踏むようになった。

そうして三十四歳のとき、ドロシーのところに勤め口を得て、そこで介抱する側が介抱されることになった。ローザの患者はローザの看護師でもあったのだ。ドロシーはローザを、飛び方を覚える前に巣から落ちて傷ついた鳥だと理解した。そして傷ついた鳥にまた飛び立つことを教えられるよう生まれついたひとがいるとしたら、ドロシー・ハメルがそのひとだった。ローザはそれまで楽しみで本を読んだことはなく、ドロシーはどんな本でも読んでいるようだった。やがてドロシーはローザに、本を読み聞かせてちょうだいと頼み、何カ月か過ぎるうちに、ローザは文学のなかに人生の真実を見てとるようになった。真実と希望、そして新しい生き方を。この家に住み込んで一年半、ローザの心は次第に強くなり、自分らしさの意識も明確になっていった。

あと一年半、ドロシーが生きていてくれたら……

でも彼女はもういない。逝ってしまった。

ローザにまだ癒やしが必要だとしても、それは彼女自身で叶《かな》えるべきものなのだ。ハンカチで目元をぬぐい、マントルピースの骨壺に背を向けながら思った。あたしにはまだキップがいる。あの子を慈しんであげないと。あの子もきっとあたしを慈しんでくれる。ドロシーをほんとうに慈しんでたみたいに。そうしておたがいを癒やし合うのだ、あたしとキップとで。

犬のキップは、ドロシーにとってわが子同然だった。その絆《きずな》はいわゆるペットと飼い主の域を超えた深いもので、ドロシーもそんな言葉は嫌っていた。〝わたしはあの子の飼い主なんかじゃないわ。わたしはキップの保護者で、あの子もわたしの保護者なのよ〟。キップとドロシーの関係は、どこか謎めいたところがあった。ドロシーも事あるごとにそんなことをにおわせていた。自分が逝ってしまって、ローザがキップの面倒を見るようになったら、すごいことがわかるだろうとまで言っていた。〝わたしもそれを見たくてたまらないから、死んだあともこの家に取り憑いちゃうかも！〟

それで、キップはいまどこにいるのだろう？　専用のドアから出入りできるようになってはいるが、ここの地所から出ていくはずはない。屋敷のどこかにいるはずだ。いつもなら駆け寄ってきてあいさつしてくれるのに。金色の毛に覆われた愛らしい顔をニコニコさせ、目を喜びに輝かせながら。きっとどこかで小さく丸まって、悲しみにくれているにちがいない。

リビングから廊下に出てダイニングへ向かいながら、キップの名を呼んだ。でもすぐには出てこなかったので、捜すのはやめた。昨夜ドロシーが息を引き取ったときのキップの泣き声がよみがえってくる。すごく鋭くて感じやすい子なのだ。あたしがここにいることは知っているから、いっしょに彼女のことを悼もうという気持ちになったら、姿を見せるだろう。

やがてローザは、図書室から廊下を挟んで向かいにある、書斎のドアの前に来ていた。このすばらしい屋敷に住み込みで働きだしてからの十八カ月間、ここの書斎のドアはずっと錠が下りていた。週に三日、家の掃除に来てくれるミセス・シャンプレーンも、書斎にだけは足を踏み入れたことがない。ドロシーが自分でこの部屋をはたきをかけ、掃き掃除をしていたけれど、人生最後の六週間はもうそんな余力がなくなっていた。

〝ねえローザ、わたしはミセス・シャンプレーンもあなたのこともちろん心から信用してるけれど、あの部屋はわたしのいちばんプライベートな場所で、すごく暗い、恐ろしい秘密がしまってあるの。わたしのこと、わがまま放題の一生を送ってきたおバカな年寄りだと、十六歳のときに口紅を万引きしたこと以上に後ろ暗い秘密なんて持っていないと思ってるかもしれないけれど、でもわたしにも昔はやんちゃなところがあったのよ。信じられないって言うなら、せめてこのくらいは認めてちょうだい、わたしだってずっといまみたいに退屈なわけじゃなかった可能性が一パーセントはあるって。だからね、あの書斎はダフネ・デュ・モーリアの小説に出てくる場所だっていうふうに扱ってほしいの、この家は小説の世界から現実へ移されたマンダレー屋敷で、わたしが殺されてミイラになったレベッカかダンヴァース夫人の死体を——その両方でもいいわね！——鍵のかかった扉の奥にしまっていて、それで長いこと刑務所に入るのを免れてるんだって〟

いまローザは、スラックスのポケットから書斎のドアの鍵を引っぱり出した。ドロシーが昨日の午後、危篤状態に陥る十時間前にこれを渡して、自分が死んだら一日以内に使ってと言い残したのだ。部屋に何があるとは教えられなかった。ただパソコンに動画ファイルがあるから必ず見るように、としか。

ミイラになっていようといまいと、死体なんかあるはずない。そうわかってはいても、ふとためらいを覚えた。もしほんとうにこの部屋に秘密が隠してあって、それがドロシーへの自分の評価を変えてしまうようなものなら、何も知りたくない。これまでずっとひとりで必死に生きてきたなかで、尊敬できるような人物はめったにいなかったし、ましてドロシーほどすばらしいひとには会ったことがなかった。アーサー・ハメルに先立たれたあの婦人に暗い秘密が、何か醜い面があるなんてありそうもないことだ。でももしそんなものを見つけたら、きっと弓矢で貫かれるのと変わらない痛みが胸を刺すだろう。

それでも、パソコンのファイルを見ると約束したのだ。約束は守らなくては。

ドアの錠を外し、書斎に入った。

部屋はずいぶん広く、縦横八×九メートルほどあるだろうか。背の高い窓から、松の木に覆われた斜面の先に絵のような湖が望めた。

右側にビーダーマイヤー様式の、あの時代には不釣り合いなほど大きいアンティークの机が置かれていた。その奥に、机に合わせて作られたワークスペースがある。そこにパソコンやプリンター、スキャナーなどの機器が待っていた。

部屋の中央にはやはりビーダーマイヤーのソファとアールデコの肘かけ椅子が二脚、大きなコーヒーテーブルの周りにきちんと配置されていた。テーブルは中国の伝統的な暖具の炕《こう》を模して作られたもので、日本の青銅製の花瓶が置いてある。ドロシーとアーサーには折衷趣味があり、いろいろな時代やスタイルのものをうまく組み合わせる才に恵まれていた。

何より見慣れないのは、左側の壁に描かれたアルファベットだった。白い背景の上に黒くステンシルされた高さ三十センチほどの二十六文字に加え、コンマやピリオドなどもあった。そのなかには&や%や+や=といった記号もそろっていた。壁の前の床には背の低い、ローザには用途のわからない装置があった。

机の後ろに回り込み、オフィスチェアに腰を下ろすと、座席を回してパソコンに向かった。電源を入れる。

この一カ月あまり、ドロシーに書斎を掃除する体力がなくなっていたせいで、どこにもうっすらと埃《ほこり》がたまっていたが、機器はちゃんと動いた。

ドロシーのパスワードは――LOVEARTHUR《ラブアーサー》。

ばらばらの動画ファイルがいくつもあった。どれにもナンバーが振られている。

ひとつめのファイルをクリックし、動画が始まると、自分がつい昨日まで看護していた老女のずっと健康そうな姿がそこにあった。十カ月か一年くらい前だろうか、そのドロシーが机の前に座っていた。

直接カメラに向かって語りかけるように、彼女は言った。「大切な大切なローザ・レイチェル・レオン、わたしは人生最後のこの時期に、あなたにめぐり会えてほんとうに幸運だったわ。それはあなたがすばらしい看護をしてくれるからというだけじゃなく、あなたが正直でまっとうで、嘘のない共感力があって、プライドと利己主義ばかりのこの世界にない慎ましさを持ったひとだから。それにね、あなたは自分で思うよりずっと知性のあるひとなのよ」

生きている婦人の前でそんな賛辞を受けてでもいるように、ローザの顔にかっと赤みが差し、また涙がこぼれそうになった。箱からクリネックスをつまみ取り、ぼやけてよく見えない目をぬぐった。

「わたしが死んでから四十八時間以内に、ロジャー・オースティンがあなたに会いに来るわ。知ってのとおり、わたしの弁護士よ。あのひとが、わたしがあなたを遺産相続人に指定したことを伝えてくれるでしょう」

　青天の霹靂《へきれき》のようなその知らせに、ローザは思わず首を横に振っていた。これはきっと夢だと、目が覚めたときひどく落胆するのがいやでドロシーの言ったことを否定せずにいられないというように。

「法律だと、ホスピス期の看護をするひとが患者から遺産を相続することは禁じられてる。だからね、あなたと契約してから五カ月たって、あなたがどんな心根のひとかわかったときに、あなたの肩書を〝エグゼクティブ・コンパニオン〟に変えて、法律的な手続きもきちんと踏んで、遺言が絶対に変更できないようにしたの。わたしには相続争いをするような親族もいないし」

　ローザはひどく神経が昂り、動きだしたい、動いてこの突然湧き出したエネルギーを消してしまいたいという衝動に駆られた。なのに椅子から立ち上がると、ひざに力が入らず、脚も言うことを聞かなかった。またすぐに腰を下ろした。

「いろいろな税金を差し引いたあとであなたが受け取るのは、この家と、このなかにある家具やその他のもの、それにすぐ現金化できるお金が千二百万ドルほど」

「あたしにそんな資格なんてありません」画面の女性がそれを聞いて考え直すというよう

に、ローザは断言した。「あなたと十八カ月いっしょにいただけなのに」

動画のなかのドロシーが、ここでローザが言い返すだろうとわかってでもいるように、少し口をつぐんだ。いたずらっぽい笑顔だった。

「いまのあなたの様子を見られたらどんなにいいかしらね、ローザ。あなたはとにかくびっくりして、初めは怖いとさえ感じてしまうかも。でも怖がらないで。ロジャー・オースティンも、わたしの会計士のシーラ・ゴールドマンも、とてもいいひとたちよ。堅実な投資の相談に乗ってくれるでしょう。いずれあなたなら——そう、あなたならきっと、ぜんぶ自分で扱えるようになるほど賢くなるわ」

「無理です」ローザの声が震え、とぎれそうになる。

「ええ、そうですとも」ドロシーがまた笑みを浮かべる。「それから、実はもっとすごいサプライズがあるの。ずっとすごいもの。ちょっと品のない言い方になってしまうけどね、それこそぶったまげて腰抜かすわよ。覚悟はいい？」

「無理……」

ドロシーは机に両腕をのせ、カメラのほうにぐっと身を乗り出すと、声を低くして話しだした。その深く真剣な声に、ローザは魔法をかけられたように聞き入った。「キップが賢い犬なのは知ってるわよね。でもあの子は、あなたが思ってるより何万倍も賢いの。神秘とか、驚異とか言ったほうがいいくらい——そして世界のどこかには、あの子と同じような犬がほかにもいるの。みんな自分たちを〈ミステリアム〉と呼んでる。これは想像だけど、遺伝子工学の産物なのじゃないかと思うわ。きっとあの子の家系のどこかに、何か画期的な実験で生み出された犬がいて、研究所から逃げ出したのね。ねえローザ、あの子はわたしたちと同じだけの知能のある、守らなきゃならない宝物なのよ。これからはあなたが保護者になって、守ってあげてほしいの。このあといろんな動画で、可愛いキップが書斎の壁のアルファベットを使ってわたしとコミュニケーションをとっているのを見たら、わたしの言ってることが信じられる。それだけじゃなく、あなたはきっと、生涯の仕事を見つけたと感じるはずよ」

ローザは椅子の上で体を回し、遠いほうの壁にある高さ三十センチの黒い文字の列を見た。

後ろからドロシーが言った。「わたしはずうっと昔の、ほんの小さな子どものころから、心のいちばん奥の、誰にも明かさない秘密の場所で、こんなおかしなことを感じていたの。あなたも同じように、そういうおかしなことを感じてたのじゃないかしら、口にしたら馬鹿みたいだって思うようなことを」

ローザの首筋が喜びにぞくりと粟立《あわだ》った。大きな窓の向こうの森に覆われた斜面を、その下の先の湖を見つめる。薄れゆく光のなかの風景はどこか謎めいていて、何か伝説を生み出す生き物の棲む別世界の神秘の湖水のようだった。

「わたしは生まれてからずっと、世界には秘密の魔法があると感じてた。生きていればきっと、人間の五感で感じられる以上のものが現れてくると。奇跡はほんとうに起こる、いつか奇跡がわたしにも起こる、そう信じてたの」

貧困のうちに愛も知らずに育った娘でも、そんな想像を楽しむことはできた。むしろ貧困のうちに愛も知らずに育った娘だからこそ、かもしれない。想像のなかからつくり出す以外に希望を持つことなどできなかったのだから。

「人生は大変なものだから、ほうっておいたらそんな秘密の気持ちは押し潰されてしまう。でもわたしは、自分のその気持ちを押し潰させはしなかったわ、ローザ。そうしてある日、奇跡が四本足でわたしのところへやってきたのよ」

16

ぼくはラッキーな犬だ。

子どもたちがキャンプ場を所狭しと跳ねまわっていた。小さな子でも大きな子でも、食べ物をくすねて犬にやるのは大好きだ。

幸運の証しはさらに続き、この場所で子どもたちから食べ物をもらえそうな犬はキップだけのようだった。みんなボールを投げ合ったりフリスビーをしているけれど、四本の足でその遊びに加わっているものはいない。

まだみんなが料理に取りかかってはいなかった。夕食には少し早い時間なのだ。

それでも目に入るかぎりでは、携帯式のバーベキューコンロの前に立って準備をしている男性が二人いた。木炭の焼ける香ばしいにおいが空気に漂っている。

コック役のひとりは、深い鍋のなかでステーキ肉を漬け込んでいた。まだ木炭に火をつけたばかりのようだ。

やせぎすで黒く日焼けし、髪を後ろになでつけている。

Tシャツの胸には、《FORK OFF《うせやがれ》》という文字の上に先が三つに分かれたフォークの絵があり、分かれた三本のうちまっすぐなのは真ん中の一本だけだった。

この男は友好的ではなさそうだ。妬《ねた》みと怒りのにおいをさせている。

もうひとりの男性は、ガス台に載せた鉄板の上で、厚いハンバーガーのパテをじゅうじゅう焼いていた。隣のグリルの上ではフランクフルトが膨らんで軽い焦げ目をつけ、汁を滴らせている。

キップはグリル担当の男性の隣という、この先のことを想定したうえで絶好の位置をとった。

腰を落として座り、しっぽでさっさと地面を掃きながら、垂れた耳を精いっぱいぴんと立てて、首をかしげてみせる。なるべく可愛く見せないと。

そう自分に言い聞かせはするが、あまり本気ではなかった。

犬は得意げに振る舞うこともできなければ、表面だけしおらしくすることもできない。

そういうものだし、そういうふうにできているのだ。

グリル担当の男性は、動物に話しかけるタイプだった。といってもドリトル先生とはちがい、会話のキャッチボールはしない。それでもいいひとのようだった。

親切なにおいがするし、がらの悪いTシャツも着ていない。

彼はキップに〝ワンコ〟と呼びかけた。「おれも子どものころ、家におまえみたいなやつがいたよ」

キップはしっぽを左右に振るかわりに、ぱたぱたと地面をはたいた。

「なあワンコ、おまえ迷子なのか？」

しっぽを動かすのを止《や》める。

迷い犬ということになれば、もっと同情されて、食べ物をもらえる可能性は増える。

でも実際には、迷ってなどいない。自分がどこへ行こうとしているかはわかっていた。

〈ワイアー〉でつぶやいていたあの少年に引き寄せられているのだ。

クウンといって映画のなかの犬みたいに、いかにも迷い犬だというしぐさをすれば、嘘をつくことになる。

〈ミステリアム〉の犬たちは、親切なにおいをさせる人間に嘘はつかない。これは厳格な掟とまではいかなくとも、重要なしきたりだった。

怒りや妬みや、もっと悪いもののにおいをさせる人間は危険なので、騙してもかまわないとされている。そういう場合は、騙すことが生き延びるために必要だからだ。

「腹が減ってるのか、ワンコ？」

キップはさっきにもまして強く、しっぽで地面をはたいた。

クウンと鼻を鳴らして騙さなくても、この親切なにおいの人間は、いま目の前にいるのが腹ぺこの迷い犬だと判断したようだった。「何か持ってきてやろう」

大きな、ほぼ焼き上がったパテをトングでつかみ、紙の皿の上に置く。その横に、丸々したフランクフルトも載せてくれた。

「もうちょっと冷めたら、食えるからな」

今度はクウンといってもよかった。これは感謝のしるしだから。

男性がかがみ込んで、キップの首輪を調べた。「名前はない。電話番号も。チップがつけてあるのかな」

チップはつけられていないが、首輪の留め金にGPSと小さなリチウム電池が仕込んである。

ドロシーはキップが逃げ出すとは思っていなかった。でも誘拐されることはとても心配していた。

男性は鉄板の上のパテを何枚か裏返したあと、キップのために紙皿に載せたパテとフランクフルトが早く冷めるように細かく切り分けた。

近くのピクニックテーブルで、ひとりの女性が四人の子どもの相手をしていた。男の子ふたりに女の子ふたりで、みんなその女性と親切な男性に顔が似ていた。このふたりの子犬《パピー》たちなのだ。

テーブルの上にはポテトサラダやフライドポテト、パスタサラダなどが置かれ、いいにおいをさせていた。

女性が焼き上がったパテの大皿をテーブルまで運んでいくと、子どもたちが歓声をあげてハンバーガーを作りはじめる。

ここは幸せな場所だ。

親切な男性が地面に紙皿を置くと、肉はもうほどよく冷めていて、キップはうきうきとたいらげた。

もっとほしい、と鼻を鳴らすのはやめておいた。そんなまねは恩知らずに当たる。それにいま、テーブルについた子どもたちがごちそうをおなかに詰め込んでいた。キップとしてはしばらくそばでぶらぶらしているだけでいい。もっと食べ物にありつけるはずだ。

それどころか、あまりもらいすぎて具合が悪くならないように注意しないと。どれも美味しくて止まらなくなってしまう。

そのとき、〈憎み屋《ヘイター》〉が背後に現れた。においを嗅ぎつけたときにはもう遅かった。〈憎み屋〉はキップの首輪にぱちりとリードを取り付け、強く引っぱると親切な男性に向かって言った。「これはおたくの犬か?」

「迷い犬じゃないかな。うちへ連れて帰ろうかと思ってたんだ」

「このキャンプ場は犬の立ち入り禁止だ。この犬に許可は出していない。だから連れていく」

カーキのパンツにカーキのシャツ。軍の制服のような格好だ。

親切な男性が言った。「おれたちはあさって発つ予定だから。そのときに連れていくよ」

「そのときには、こいつはもうここにはいない」

〈憎み屋〉はリードをぐいと引きつけ、逃げられはしないぞとキップにわからせようとした。先に立ってキャンプ場を横切り、出入口の事務所へ向かう。

キップは逆らわずについていった。この男は親切な人間じゃない。もし抵抗したら人目がなくなったとき、乱暴なまねをされるかもしれない。

憎しみのにおいは、ほかのどんなにおいよりずっと強烈で、恐ろしい。例外は、それとはまたちがった種類の異常性を示している人間のにおいだけだ。

ひとりの人間が憎しみと、異常性の両方のにおいをさせることもある。この男が発しているのは憎しみだけだった。

何を憎むのか、どれほど強く憎んでいるかによるが、その加減次第で男から逃げ出すのは難しくなるかもしれない。

〈憎み屋〉は憎むために、憎む相手を力で支配するために生きている。そうすることに憑かれている。余念がない。容赦もない。

キャンプ場の事務所は小さなログキャビンで、ハイウェイからの進入路の先にあった。

なかに入りたくない。

首輪はサイズがぴったりなので、抜け出すのは無理だ。

よほどせっぱ詰まった状況でないかぎり、歯をたてて噛みついてはいけない。それが〈ミステリアム〉のしきたりだ。適正な振る舞いでもある。

ほかに誰か事務所にいるかもしれない。この男ほど性悪でない人間が。

とことこと階段を上り、なかに入った。

誰もいなかった。キップと〈憎み屋〉の男しか。

17

日中の光はリー・シャケットの気分に同調して暗くなり、太陽が棺《ひつぎ》を覆うサテンのようになめらかな帳《とばり》の陰に隠れ、雲が重々しい蓋のようにゆっくりと下りてくる。夕刻が暗く長い陰鬱な黄昏《たそがれ》へと移ろっていく。

州間高速八〇号線を降りて、二車線の州道へ入る。道路は木々が描く自然の輪郭を越えて上っては下り、花をつけた草原のなかを延びていて、何キロ進んでも人の住む集落はときどきぽつぽつと見えるだけだ。森のなかの影が強制的な招集をかけられたように集まりはじめ、かつては明るい色だった晩夏の野花が、地球の大気圏に突入して過熱され砕け散った流星の破片のように、野原のなかに点々と黒く見える。

この容赦ない飢えは、ただ食べ物を求める飢えじゃない。正義を、ずっと甘んじてきた被食者の立場からの脱却を、これから遂げるであろう言葉では表せない、だが驚くべき超越を求める飢えだ。まるで過熱したボイラーの蒸気のように、圧力がシャケットの内側で高まりつつある。心理的な圧力というだけでなく、なんだか身体そのものの能力が格段に上がっているようだ。時間がたつごとに、自分が強くなるのを感じる。視覚が研ぎすまされ、聴覚が鋭くなっていく。

いま感じているこれはユタ州スプリングヴィルの、リファイン社の施設で起こった事故に関係がある。不老不死、といって悪ければ人間の寿命を大幅に延ばそうとする研究に入れ込んだドリアン・パーセルが強硬に主導し、湯水のように資金を投入した実験とは、生物界の第三の存在である古細菌に焦点を当てるものだった。第一の生物群とは真核生物で、人間を始めとするあらゆる高等生物が含まれる。第二の生物群は細菌だ。きわめて微小な古細菌は核を持たず、長らく細菌の一種だと考えられてきた。しかし古細菌には特異な性質がいくつかあった。そのなかでも最たるものが、遺伝子の水平伝播《でんぱ》を行う能力だ。通常の生物の親はその遺伝子を垂直に子へ受け渡す。古細菌は遺伝物質を水平に、ある種から別の種へと受け渡すのだ。地球上の生命の発展に古細菌が果たした役割はまだ解明されはじめたばかりで、ヒトゲノムを改良して人間の寿命を延ばすという目的に古細菌を利用するなどというのは、おそらく正気の所業ではない。

だが一方でシャケットは当初、スプリングヴィルの施設の事故は破滅をもたらすと思ったものの、実はその正反対なのではと考えはじめている。おれはおそらく数千億の——あるいは数兆の——古細菌を吸い込んだ。多くの種から取り出した長寿の遺伝子を持つようにプログラムされた古細菌を。あの生物隔離施設で汚染が起こったことを人類存亡の危機とみなすのは、実はまちがいなのじゃないか。権限を持つ高位の科学者たちの誰かは——それともドリアン・パーセル本人か——まさにそういった危機のことを考え、あの建物を封鎖し、すべて燃やし尽くすセキュリティプログラムを発動させた。

シャケットひとりが逃げた。船長は船にとどまるというしきたりを破って。しきたりなどクソくらえ。おれは正しいことをやったのだ、おれ自身にとって正しいことを。パニックに駆られてユタから飛び出してきたが、いまやっと落ち着きを取り戻す余裕ができた。スプリングヴィルの破局がもたらす結果を再検討する余裕が。

生きてきて初めて、自由を感じる。本物の自由。自分の内に畏怖すべき力が湧き上がってくるのを感じる。ぞくぞくするような新たな自信も。こうしていま、ユタを出てネバダを突っ切り、カリフォルニアの山中を西北西へ走っていると、ただの人間だった自分を置き去りにしていくような気分だ。古細菌を介した遺伝子の水平伝播がシャケットのゲノムを編集して不死性を付け加えている最中なのだとしたら？　スプリングヴィルの惨事は実のところまったく惨事ではなく、偶然の産物とはいえ偉大な成功であり、自分だけがその恩恵を受け取ったのでは？　かつて歓心を買おうとした相手すべてに対する侮蔑の念が、これ以上ない満足感とともにこみ上げてくる。おれは〝変化〟を遂げつつある、誰よりも高次の存在になろうとしている。そのことを証明できると思うと精神が昂ってくる。なんでも好きなことができるのだ、誰でも好きな相手といっしょに、好きな相手に対して。まずはメーガン・ブックマンからだ、あのお高くとまったアマの鼻っ柱をへし折ってやる。おれがあいつを支配するのだ。

いや、メーガンを待つまでもないかもしれない。おれはこの〝変化〟のなかでもう、好きなように振る舞う力を、やりたいことをやる力を手にしたのじゃないか。前方に車が一台、右側の広い路肩に寄って停まっている。男が右側の後ろのタイヤを交換している。それを立って眺めている女がひとり。ショートパンツにホルタートップ。ホットな女だ。生まれてこのかた、ほしいと思っても手に入れられなかった女たちはたくさんいた。こっちの誘いかけにも無関心だったり、ふんと鼻であしらったりする女たち。こいつもそういう女のひとりに見える。そういう女たちぜんぶを合わせたみたいに。

スピードを落として道路わきに寄り、車の後ろにダッジ・デーモンを停める。黒のシェルビー・スーパースネーク。まごうかたなきハイパフォーマンスカー。ディーラーのショールームではたぶん十二万五千ドルの値札がつくだろう。

外に降り立ち、通りかかった善意のドライバーらしい笑顔で近づいていく。「何かお手伝いできることは？」

「ただのパンクだ」後輪のホイールウェルのそばにかがみ込んだ男が、レンチを使いながら言う。「もうあらかた付け終わった」

「このべっぴんはシェルビーですかね?」

「そう、スーパースネーク。去年のモデルだよ」間抜け野郎が誇らしげに答える。

どちらの方向にも車の行き来はない。

「いやあ、すごいな。大したクルマだ。でもこの裏道じゃ、思うように飛ばせないでしょう」

「わざと立ち木に突っ込みたいんでもなけりゃな。けど、カーブを攻めるのもけっこう楽しいぜ」

「ほう、カーブを攻めるのが好きとはね?」

シャケットの声にあざ笑うような響きを聞きつけたのか、間抜け野郎がすぐに立ち上がり、レンチを握り直す。

シャケットは女のほうを指す。「あのあんたのビッチ女は、去年のモデルじゃあないでしょうね」

「頭がどうかしてやがるのか?」スーパースネークの男が凄味《すごみ》をきかせる。

背が高くてラインバッカー並みに頑丈で、腕は重量挙げ選手のようだ。誰を目の前にしても退《ひ》いたことがない。眉ひとつ動かすだけで相手をびびらせるのに慣れきった野郎だ。

「いえとんでもない、どこも悪くなんかないですよ」

空は雲が垂れ込めているが、陽射しはまだ明るい。近づいてくる車両の音もしない。もしエンジン音が聞こえても、車が視界に入ってくるまでには、三十秒かそれ以上あるだろう。

シャケットは薄笑いを浮かべる。「まあどこか悪くても、あんな女と一発ヤったら良くなるだろうがね」

「車に乗ってろ、ジャスティン」男が女に声をかける。シャケットのほうへ歩み寄ってくる。顔はハンマー並みに堅く、おのれの体格に自信満々で、手に持ったトルクレンチでこちらの頭をかち割ろうという勢いだ。

女は動かない。恐怖に立ちすくんでいるようだ。それとも興奮しているのか。こういう場面で悪いことなど起こりようがないと安心し、自分の愛しい男がどこかの人間をぶちのめすのを見るとイキそうになるのかもしれない。

惨事が起こる前兆のように、三羽の鴉《からす》が頭上高く舞っている。鳴きかわす声もたてず、ただ翼が鋭く空気を切り裂いていく。いまはあらゆることが重要な意味を帯びている。

シャケットはスポーツジャケットの下から装塡《そうてん》済みのH&Kコンパクトの三八口径を抜き出し、ラインバッカーに近づき、ホローポイント弾を四発撃ち込む。

ジャスティンという女の麻痺が解け、悲鳴を放つ。往年のホラー映画の絶叫クイーン、ジェイミー・リー・カーティスの現代版だ。ばっと背を向け、長くてなめらかな肌の脚を前後に振って駆けだしていく。

頼りの屈強な男は倒れ、これ以上ないほどくたばって、道路わきの斜面を転がり落ちる。ぼろ人形みたいにくったりと、筋肉の力も完全に消え失せ、下の草むらへ呑み込まれていく。

これだ、これこそがすべてだ。力を得て、支配する。恐れはなく、誰にも手を出させない。おれは変わった。いまも変わりつつある、みるみる変化し、新しい誰かに、別のものになろうとしている。

女はハイウェイの真ん中を、西へ向かって駆けていく。別の車が通りかかると期待しているのか。

履いているのはスニーカーとかの実用的な靴ではなく、ミディアムヒールのサンダルだ。一度、足をとられる。もう一度。片方のサンダルが脱げて落ちる、それでもよたよたと前へ進む。

ただ必死に、無意味に逃げようとする女の背に笑い声を浴びせながら、あとを追いかける。

黒い羽根が一枚、目の前に漂い下りてくる。空の上の鴉から抜け落ちた羽根。宙に浮かんだそれをつかみ取り、ポケットに収める。新しい力の前触れとして、授けられた死の象徴。これを持てば、誰が生きて誰が死ぬか、そして死ぬべき者がどれだけ苦しんで逝くかを定められるようになる。いまやすべてが前兆のように、重要な意味を持ちはじめる。

拳銃をホルスターに収めて女を追いかけ、走りながら長い髪をつかむ。ぐいと引っぱる。

女が路上に転がる。パンチを一発叩き込むと、気が遠くなったようにぐったりする。

さっきまだ生きていたときの男のように、全身に力がみなぎるのを感じる。重さなどものともせずにアスファルトの上から女を軽々とすくい上げ、ハイウェイの路肩まで運んでいってほうり出し、ひと蹴りくれて斜面の下へ転がり落とす。

欲望と勝利感に酔いしれ、丈の高い草むらから起き上がろうともがく女のほうへ下りていく。その上にのしかかり、体を押さえ込む。殴られたショックから回復した女が抗《あらが》いだすが、闘いは始まる前からもう終わっている。しょせんはガゼルとライオン、蝶々と蜘蛛《くも》だ。

トラックのエンジン音が湧き起こり、上のハイウェイを近づいてくる。この草むらは路面から見て六メートルは下にあるので、誰からも見られはしない。もし女が大声でわめいても、トラックに乗った人間にはまず聞こえないだろうが、念のために右手の掌底を女のあごの下にあてがうと強く押し上げ、口を閉じさせて頭を後ろに反らせ、その細い首が曲がって喉に叫び声がつかえるようにする。

この寂しい道路の路肩に車が二台、それも一台のすぐ後ろに別の一台が見えるとなると、トラックの運転手は不審がるだろう。だがどちらにも人の姿はなく、誰も通りかかった車に助けを求める合図を送ってこないのなら、わざわざ停まって調べる理由はない。むしろこの危険だらけの物騒な時代、賢い人間なら関わり合いになるのを避けてそのまま走り去るだろう。

エンジン音から察するに、トラックはスピードを落としたようで、ジャスティンがまた希望を新たにしたらしい。暴れて体をよじり、食いしばった歯の隙間から悲鳴をしぼり出そうとするが、シャケットは手をさらに強く女のあごに食い込ませる。引き締まったしなやかな体が彼の下でうごめく。相手の絶望、自分の絶対的な力。どちらも裸ではないのに、生きてきたなかで最高にエロティックな感覚に見舞われ、シャケットはいっそう荒ぶる。

女の希望は裏切られる。トラックは速度を上げ、音が遠ざかっていく。女はもう抗おうとせず、叫ぼうともしない。荒野の静けさが、前よりいっそう深く下りてきて、虫の羽音や鳥の声もしない。まるでここにいる生き物すべてが、この世界に唯一無二の存在が現れたことに気づいているようだ。変化を遂げなおも変化を続ける、人間のルールにも自然の掟にも縛られない、何も恐れず、ただ恐れられるべき存在が。

女のあごから手を離す。さあ泣きわめけ、ここにいるのはおれだけだ、もうほかの誰にも聞こえはしない。女が彼の顔を見上げる。青い目が見開かれ、鼻の孔《あな》が広がり、激しく息をしながら、ただこう言う。「お願い」

その声音がたまらなくそそる。言葉も、みじめな哀願の調子も、こちらを絶対的な主人だと認めた証しだ。

「もう一度言え」

「お願い。お願いよ、乱暴しないで」

それまではこの女をレイプするつもりでいる。だが自分にも相手にも予想外なことに、彼は噛みつく。女が悲鳴をあげる。また噛みつく。噛みつくのはすばらしい、たまらない陶酔と、かつてない最高の達成感をもたらす。

　女の恐怖が彼の絶頂となる。

18

　部屋にいるウッディ。すぐ前にはパソコンの画面。探し求めるのは正義の裁きだ。ウッディのＩＱは百八十六だとされている。読書のときの理解度は一分あたり百六十ワード。１８６から１６０を引くと、アルファベット文字の数と同じになる。

彼が生まれたのは七月二十六日の午前四時。26に7を掛けると１８２。そこに誕生時刻である午前四時の4を足せば、彼のＩＱに等しくなる。

　今日は水曜日だった。ウッディの父親が死んだのは水曜日。その日からきっかり百六十四週が過ぎた。ウッディが『息子による復讐——忠実に編纂された怪物的巨悪の検証』を書きはじめたのは、父親の二度目の命日からだ。それはいまから六十週前、彼のハッキングの技量が上がってあらゆるセキュリティシステム、あらゆるデジタルの防壁を飛び越えられるようになった日だった。そして１６４から60を引けば、彼の父親を殺した人間を告発する文書のページと同じ数になる。

彼のＩＱ、読書の理解度、レポートのページ数――こうした数に有用性を持った意味は何ひとつない。ただの偶然の一致か、もしかすると宇宙の摂理の根底にあるなんらかのアルゴリズムを指し示すパターンなのかもしれない。だがもし後者だったとしても、それはこの現実の根底にある基盤に深く織り込まれていて、人知の及ぶところではないだろう。

それでもウッディの頭は、こうした偶然の一致や神秘的なパターンを絶えず意識せずにいられなかった。

そんなあいまいなパターンを見つけるという知的な特性は、ウッディがインターネットのあらゆる階層へ、誰もが使っているワールドワイドウェブから、訪れる人の少ないディープウェブのアーカイブ、そして不吉な人知れぬダークウェブへと下りていくのに役立った。

ウッディにとってインターネットはそれ自体がひとつの世界で、すべてのサイトが地区や通りを備えた村や街だ。その世界を彼は魔法のように旅し、短い呪文を打ち込んでクリックするだけで大陸から大陸へと瞬間的に移動できる。

たくさんのコンピュータシステムのバックドアを開けてルートキットを仕込むことで、最高度のＩＴセキュリティシステムにすら探知できないほど深くデリケートな階層にあるアーカイブをひんぱんに訪れて探すことができるのだ。

万一データをあさりまわっているところを見つかった場合に備え、どのバックドアへもパインへイヴンから直接入ることはせず、偽装のためにたくさんある国内の通信事業会社の相互接続点《IX》を通って出入りしているので、まず誰にも跡をたどられることはない。

一年以上かけて作業に没頭し、すでにわかっていたある事実をもとに謎解きをくり返した末に、百ページ以上に及ぶ証拠が手に入った。アメリカ司法長官から任命され、捜査官の小隊を授けられた特別検察官が十年かかっても見つけ出せないような事実に。高機能自閉症を抱えた天才児がいて、その発達障害と、どれだけ平凡に思える情報にも長時間一心に集中できる特異な能力とが組み合わされれば、そこにはとてつもない価値が生まれる。

最初に取り組んだ手がかりは、ウッディの父親が、自分の上司であり超のつく大富豪のドリアン・パーセルに失望していたという事実だった。ウッディは両親が以前、パーセルの〝救世主《メシア》コンプレックス〟について話していたのを聞いたことがある。そして父親が、ある程度のストックオプションが給付されればすぐに辞表を出すと、それから「ドリアンの野望が完全にいかれたものだということを知らせなくてはいけない」と言っていたことも。

野放図に広がるパーセルの帝国の頂点に君臨するパラブル社。そのコンピュータシステムにウッディは入り込み、パーセルのeメールのディレクトリにたどり着いた。そこで数百人に及ぶ人間たちのネットワークが見つかり、一人ひとり調べていった。こうした人脈の多くはそれぞれのディレクトリで重複していたが、そのエリートたちのなかでも特に、十六人のディレクトリに共通して存在する不思議な名前を目にとめた――〈ゴルディアス〉。

四歳のころから自分ひとりで読むことを覚え、その三年後には大学レベルの本を読むようになったというのに、自閉症のせいで毎日を人付き合いに費やすでも大勢の人間が熱中するような活動に打ち込むでもない少年なら、ひとりで何かをする時間はいくらでもある。いちばん楽しいのは勉強して学ぶことだ。そして学んでいて特に楽しいものに、古代ギリシャとローマの神話があった。

ギリシャ神話のゴルディアスは、小作農の身分からフリギアの王となり、おそろしく複雑な、誰にも解くことのできない結び目を作った――これが名高い〝ゴルディアスの結び目〟だ。この結び目を解いた者がアジアを統《す》べる運命にあることを知ったアレクサンダー大王は、剣を振るって結び目を一刀両断してみせた。

十六人のディレクトリに載っているこの人物のフルネームは、アレクサンダー・ゴルディアスだった。ウッディのように特異な能力を持たない人間なら、ずらずら続く名前のリストのひとつにしか見えなかったろう。しかしウッディには、ゴルディアスの結び目を作った当人と、それを剣で解いてみせた人物の両方の名を持った人間が実際にいるとはとても思えなかった。

となると、身元を偽っている可能性がありそうだ。

ウッディは興味を惹かれ、このミスター・ゴルディアスなる人物のことをもっと知りたくなった。アカウントを管理している通信事業会社のバックドアを通じて調査を始めたところ、アレクサンダー・ゴルディアスの請求先の住所はカリフォルニア州のある合名会社のものだとわかった。その合名会社の所有者はデラウェア州の有限会社で……その先を追っていくときりがなさそうだった。

それから数日かけてわかったのは、ゴルディアスという人間があきれるほどいろいろな企業体の陰に隠れていること、そしてその企業体がすべてなんらかの形でリファイン社に、さらにその親会社であるパラブル社につながっていることだった。最後にウッディは、リファイン社のコンピュータシステムにバックドアからもぐり込んでみた。そのなかでアレクサンダー・ゴルディアスのeメールのファイルを見つけて入り込み――そしてゴルディアスが実際にドリアン・パーセル本人であることをつきとめた。

パーセルは自分のeメールのディレクトリにあるごく内輪のエリート十六人に向けて、人類が直面する深刻な問題を列挙する文章を書きつらね、その解決策を提示していた。それも往々にして物議をかもしかねない解決策を。人口過剰から人口減少、地球温暖化から地球寒冷化、核融合発電から数万平方キロに及ぶソーラーファームの実用化、有望ながんの治療法、人間の寿命が劇的に延びる可能性に至るまで、ありとあらゆる分野を取り上げて。

パーセルの書いたなかには、知性的で思慮深く、実行可能なものもないではなかった。しかし大半は根拠の乏しい大言壮語だった。コンピュータやソリッドステート技術やその関連分野の多くにはくわしくても、それであらゆる物事の専門家になれるというのは錯覚でしかない。ウッディも独学で多くを学びはしたが、自分の知らない広大な知の分野がまだまだ存在するし、それはおそらく今後も変わらないということはわきまえていた。たっぷりあるのは時間だけ。ウッディは自分が何を知らないかを知っていた。それに対してドリアン・パーセルは、自分が何を知らないかを知らないようだった。

アレクサンダー・ゴルディアスのeメールのディレクトリには、ウッディがすでにつきとめた十六人の名前に加えて、三つのひどく長いアドレスがあった。名前ではなく、ばらばらの文字や数字、記号の列でしかない。これはきっとダークウェブのサイトだ、そう思い当たった。こんな警戒厳重なアドレスを入手するには、自分と同類の相手から直接教わるのがいちばん手っ取り早い。麻薬や児童ポルノの販売サイトだろうか。マシンガンやC4爆薬、携帯式地対空ミサイルといった違法な武器をオンラインで売る業者かもしれない。三つあるサイトのどれかを試してみたものか。ウッディは逡巡《しゅんじゅん》した。何日もずっと迷っていた。

とうとう、四十六字からなるひとつのアドレスを選んだ。そして偽装のためにたくさんのIXを経由し、アレクサンダー・ゴルディアスのeメールアカウントを使って問題のサイトに行ってみた。

彼を迎えたのは、黒い画面に白のブロック体で書かれた一語だった。《トラジェディ《悲劇》》

つぎにテレビの、全国およびローカル放送のニュース番組から採った短い映像が映り、それが三、四分続いた。死亡した人たちの写真、墜落して原野に散らばった飛行機の残骸、大破した自動車や炎上する建物、屋根の警告灯を点滅させて走っていく緊急車両、病院やマイクの前に立つ警察高官や白衣姿の沈鬱な医師たちの動画につぎつぎ切り替わる。その映像につぎはぎの音声が、ニュースキャスターやいかめしい顔の高官たちの声がかぶさる。「ガス漏れと激しい爆発による火災で死亡……納屋の梁《はり》にかけた縄で首を吊って自殺……異常な事故の犠牲に……ひき逃げにより死亡……都市を悩ませるギャングの一員が通りすがりに放った無意味な銃弾によって……この上流の高級住宅街をゆるがす一家心中事件……三十八歳の若さで急な心臓発作に見舞われ……三人のうち一人が死亡したこの事件を警察当局はテロと考えているものの、まだ犯行声明は出ておらず……」

そのときジェイソン・ブックマンの写真がぱっと画面に映し出され、ウッディは驚愕《きょうがく》のあまり、ナレーションの声の最後のほうしか耳に入ってこなかった。「──同社所有のヘリコプターの墜落事故で死亡しました」

父の顔が消え、さらなる悲劇が列挙されたあと、サイトの導入部が終わりまで来た。画面が黒くなり、次いで白のブロック体の文字が現れた。《パスワードを入力》

このサイトでどんなサービスが利用できるにしても、もちろんウッディはそのユーザーではなかった。だからパスワードなど知るはずもない。

彼はサイトから出た。

真っ暗なパソコンの画面を見ながら、長いあいだ座っていた。おそらく一時間ほど。二時間かもしれない。ずっと考え込んでいた。

やがてペンを手に持つとタブレットを準備し、偽装用の寄り道をしてアレクサンダー・

ゴルディアスのアカウントを使い、もう一度四十六字のアドレスを入力した。

《トラジェディ》

あの映像と音声のモンタージュがまた始まった。ニュースキャスターその他の声がさまざまな死について語りだし、ウッディは犠牲者の名前をつぎつぎ書きとめていった。

父親の写真が現れたが、今度は心の準備ができていた。前と同じように、静止画の写真のあとにくすぶって煙をあげるヘリコプターの映像が続いた。「ジェイソン・ブックマンはパラブル社創業者ドリアン・パーセルの右腕でしたが、本日パイロットとともに、同社所有のヘリコプターの墜落事故で死亡しました」

サイトの導入部が終わり、画面がまた指示をしてきた——《パスワードを入力》

ウッディはダークウェブのサイトから出て、アレクサンダー・ゴルディアスのeメールのアーカイブが保存されたコンピュータシステムのバックドアからも出ると、複雑な偽装用のルートをたどって静かなパインへイヴンまで、この家まで、この部屋まで戻ってきて、パソコンの電源を切った。

それが十カ月前のことだった。そのときからウッディは、問題のウェブサイトの導入部で言及されている四十一人の死亡時の状況を集中して調べていった。

事故のなかには当局が不審を抱きそうなものもあったが、どの件も再捜査が行われた形跡はなかった。

自殺については、それぞれの遺体を調べたさまざまな街の検死官によって、たしかに自殺だと確認されていた。

　ギャングの発砲やテロ事件はどれひとつ、実行犯の逮捕には至っていなかった。

　これらの件を結びつけるなんらかの微妙なパターンがあるとしたら、百八十六のＩＱをもつ高機能自閉症の少年、それもこうした調査を憑かれたように何千時間も続けてきた少年にしか見えてこなかっただろう。報告された四十一件のうち、ドリアン・パーセルと関連がありそうなものは二つだけだった。

　ということはつまり、このダークウェブのサービスを利用しているのはパーセルだけではないのだ。

　あのサイトは命のはかなさを訴えるものではなかった。追悼のサイトでも、人間の経験に果たす悲劇の役割を訴えるインターネット上の嘆きの壁でもない。

　一週間が積み重なり、ひと月が何度か過ぎるうちに、ウッディは抗いがたい情況証拠をかき集めた。〈トラジェディ〉が殺人請負の組織であるという証拠を。

　二度と〈トラジェディ〉へは行かないように注意していた。何度もあそこへ行ってパスワードを入力せずにいたら、向こうに気づかれてしまう可能性もある。ドリアン・パーセルのｅメールを調べ、大富豪本人の名とゴルディアスの名の両方のアーカイブをあさりまわったが、ダークウェブのサイトに関連するパスワードを探し出すことはできなかった。

　そして今日が運命の水曜日だった。ジェイソン・ブックマンが死んだ日からきっかり百六十四週目、ウッドロウ・ブックマンが調査を始めてから六十週目に当たる日。１６４から60を引けば、『息子による復讐――忠実に編纂された怪物的巨悪の検証』のページ数と同じ数になるけれど、意図してその長さにしたわけではない。もしかすると宇宙全体を動かす神秘の算法のなせる業だろうか。

ウッディは午前のうちに、この文書を母親に見せるつもりだった。でもその前に、もう一度ダークウェブに入って、あのサイトがまだ生きているのか、あの導入部の動画がまだ数カ月前のように見られるのかどうかを確かめる必要がある。

以前のように、いくつかの通信事業会社のＩＸを経由してリファイン社のコンピュータへ、ずっと以前に作っておいたバックドアから侵入した。アレクサンダー・ゴルディアスのｅメールアカウントを使い、ダークウェブの四十六字を入力する。

真っ黒な画面、白の文字――《トラジェディ》

父親の顔が映ると、視界が涙でぼやけた。

ほとんどの時間、ウッディは母親の前では自分の苦悩を隠していた。たまにつらい顔をしているのを見られたときには、にっこりとして、笑い声さえあげてみせた。うれし涙なの、と訊かれると、こくりとうなずいた。

母親が泣いているのを見ると、その涙のせいで彼はいたたまれない気持ちになる。それがうれし涙でないことがわかっているから、そして母親を慰めるために自分が何かしなくてはと思うから。でも彼はいつもと同じ〝役立たずのウッディ〟で、何もできることはなく、それでいたたまれなさは屈辱に変わってしまう。自分の涙で母親に屈辱を感じさせたくはない。

動画が終わり、画面がコマンドを求めてくる――《パスワードを入力》

その文字をじっと見ながら、ウッディは思った。事故や自殺やテロ攻撃に見せかけて人間を殺すには、どのくらいのお金がかかるんだろう。ぼくはお金は持ってない。必要なものはママが買ってくれる。でもママに頼んで、ドリアン・パーセルがトラックにひき逃げされるか長い階段を転げ落ちるかして死ぬように計らってもらうわけにはいかない。ママが刑務所に入れられてしまう。ママも嫌がるに決まってる。

ぼくが刑務所に入るのなら、たぶんだいじょうぶだ。小さな部屋にひとりだけで、本を読んだり考えたりする以外何もないとしても、べつにかまわない。でももちろん、十一歳の子どもが刑務所に送られることはないだろう。それにどうせ、〈トラジェディ〉の向こうにいる人殺したちは、何万ドル積まれてもパーセルを殺しはしない。ウッディにわかるかぎり、この殺し屋のウェブサイトを利用する客は、良い人たちに死んでもらいたいと、ほんとうに心からそう願っているようなやつらだけだ。もしあべこべに、善人がお金を出して悪人を殺してほしいと言ってくるのを待つビジネスモデルだったら、あまり大勢の客は集まらないだろう。善人は問題を解決するのにそんな方法はとらない。だからこそ悪人たちは、いつまでものうのうと悪事を続けられるのだ。

どのくらい、《パスワードを入力》の文字を見つめ、善と悪のことを考えていただろうか、ふと奇妙な、不安をかきたてることが起こった。画面から文字が消え、何秒か真っ黒

になったあとで、目の前に白い文字が現れた。《またおまえか》

19

湖を見下ろす屋敷の書斎で、いまは亡きドロシー・ハメルが動画を通じて、キップとともに過ごした驚異の時間をたどっていく。ローザ・レオンは、雇用主だった女性から屋敷を相続することになったという知らせを受け、その喜びと衝撃も醒《さ》めやらぬまま、ひたすら魅せられたようにつぎつぎ動画を見ていった。

ドロシーがカメラに向かって語りかけていた。キップをブリーダーから買ったのはあの子が生後十六週のとき、ふわふわの毛玉はすくすく成長して、元気も好奇心もいっぱいだった。それ以前にも家に犬がいたことがあって、みんなゴールデンレトリバーだった。だから普通の子犬がどんなものかは知っていたけれど、ほんの数日で、キップはこの犬種に属するほかの犬とはちがっていることに気づいた。

食事の時間は一日二回、午前七時と午後三時三十分だった。ドロシーと暮らすようになって三日目には、キップはどちらのときも五分前にドロシーのところへやってくるのが習慣になっていた。彼女の前にきちんとおすわりをして、前足でそっとやさしく、彼女の足をトントンと叩くのだ。以前にも時間の感覚を本能的に持っている犬は見たことがあるけれど、小さなキップはここへ来て一週間でさらに一歩前へ進んだ。たとえばドロシーが肘かけ椅子の上に両足を上げて丸まり、小説を読みふけっていたときだ。これではキップは彼女の足に触れられない。でも吠えたりはしないので、ドロシーは彼が落ち着きなくうろうろしているのに気づかずにいる。すると彼はキッチンへ入っていき、おそらく椅子に飛び乗った。そしてドロシーが外してテーブルに置き忘れていた腕時計を口にくわえて持ってくると、彼女のひざの上に落としてみせたのだ。

そのときドロシーはちょうど食事の時間だったと気づいて、キップの行動に唖然《あぜん》とした。肘かけ椅子から立ち上がり、まじまじと彼を見下ろした。するとキップは〝この件に関していかがお考えでしょうか？〟といわんばかりに彼女をじっと見返したのだ。

いつも家の犬たちには、自分の言葉が通じているというように話しかけていたので、このときもぜんぜん馬鹿らしいとは感じずに、「あなたは腕時計の使いみちを知っているの？」と訊いてみた。するとキップは質問に答えるように、リビングから一階の廊下へ向かい、ついてきたドロシーを玄関ホールにあるグランドファーザー時計まで連れていった。腕時計と大時計。それからキップはとことこと廊下を歩いてキッチンへ行き、ドロシーもすぐあとについていった。そして見ると、彼はパントリーの扉の前に立って、壁の掛け時計を見上げていたのだ。

ドロシーはテーブルのアイフォーンを手に取って動画を撮り、パソコンに転送した。それがいまローザが再生しているものだった。冷蔵庫はどれ、とドロシーがたずねると、キップがその前まで行く。流し台まで行ってと言うと、そのとおりにする。料理用のコンロへ行って、裏口のドアへ、ゴミ圧縮器へ、廊下のドアへ、洗濯室のドアへ行ってと言えば、彼はぜんぶそのとおりに、いつもしっぽを振りながらやってみせた。

翌日、ドロシーはビデオカメラを買ってきた。

するとキップは、自分の異能を大っぴらにすることを考え直したのか、もう昨日と同じような芸当を見せようとはしなかった。ただあくびと戸惑った表情で応え、ふいっとその場を離れていき、いちばん手近な寝床を見つけると、昼寝を始めたのだ。

ところが二週間もたつと、キップは自分がお話に目がない犬だということを知った。そしてそれからはもう、何もわからない犬のまねはできなくなった。

20

《またおまえか》

その不吉な文字を反芻《はんすう》するうちに、まるで嘔吐《おうと》の前触れのように、ウッディの口中に唾液があふれだした。心臓が激しく打ち、《おまえ》の三文字が自分を見すえているように感じた。

やつらにこっちが見えているはずはない。何よりまず、パソコン内蔵のカメラは上にマスキングテープを貼ってある。それに、このサイトへは偽装のためにいくつものＩＸを通ってきた。今日このサイトにいた短い時間のあいだにここのアクセス元までたどってこられるはずがない。

《またおまえか》の文字がぱっと画面から消え、別の文字がつぎつぎ左から右へと、まるで誰かがメッセージを打ってでもいるように現れた。《お・ま・え・は・ア・レ……》

見守るウッディの恐怖がつのっていくなか、メッセージが完成した。《おまえはアレクサンダー・ゴルディアスではない》

ぼくがどれだけのＩＸを通ってこのサイトまで来たか、やつらにはわからないはず。それでもやつらは、ぼくが誰のアカウントを乗っ取ってここを訪れたかを知っている。

文字が瞬いて画面から消え、つぎの文がまた一文字ずつ現れてくる。《必ずおまえを見つけ出す》

急いでサイトから出てインターネットの接続を切り、パソコンの電源を落とした。キャスター付きの椅子を後ろに下げ、ワークステーションの机の下にもぐり込み、パソコンのプラグを引き抜いた。そんな用心は不必要だし無意味だとわかっていながらも。

〈トラジェディ〉のセキュリティプログラムはあきらかに、自サイトを訪れる人間がどこから来たかを逐一監視していた。そして訪問者がサイトに入るパスワードを知らなかったため、プログラムはやつらの顧客リストにない何者かによるフィッシングの対象になったというアラートを出したのだろう。ウッディは前に〈トラジェディ〉を二度訪れていた。そのときから今日三度目に訪れるまでに何カ月もたっていたが、やつらのセキュリティシステムはじっとその時が来るのを待ちかまえていたのだ。

いや待て。

だいじょうぶ。

落ち着け。焦る理由はない。問題はない。何ひとつ。ゼロだ。無だ。こんな短い時間で、九つのＩＸをたどり直してアクセス元まで来られるわけがない。それにこっちの足跡を隠すために、ほかにもいくつか偽装工作をしておいた。そしてぼくはもう二度と、絶対に、何があっても、あのサイトへは行かない。

汗がひたいにどっと吹き出し、吐き気が全身を揺さぶった。胃を落ち着けるものがほしい。コカ・コーラ。それさえあればいい。コカ・コーラがあったら、きっとだいじょうぶだ。

21

〈憎み屋《ヘイター》〉の王国に囚《とら》われのキップ。

男が着ているのはカーキの制服で、シャツのポケットに刺繍《ししゅう》されている名前は《フランク》だった。

口ひげは黒く、眉も黒く太くて、もう二つひげがついているみたいだ。目は険しく小さな緑のビー玉のよう。

フランクは憎しみだけでなく、ニンニクと、バーベナのアフターシェーブ、ココナツの手指消毒液、制汗剤、リップクリームのにおいも発していた。

足のワークブーツからは人間の新しいおしっこのにおいがする。ついさっき用を足したばかりで、それも初めのうち狙いが定まらなかったということだ。

金属製の机と二脚の折りたたみ椅子、オフィスチェアとファイルキャビネットに加え、小屋の表側の部屋にはハイイログマがいた。

その実物大の彫像は、丸太から彫り出されたものだった。高さ二メートルのクマが後足で立って両腕を伸ばし、歯をむき出しにしている。

その顔があまりにも獰猛《どうもう》そうで、本物ではないとわかっているのに、キップは思わずキューンと鼻声を漏らした。

この彫像が地震か何かの事故で倒れてくるのを防ぐためだろう、背中から飛び出した鉄の棒が二本、壁に留めつけてある。

〈憎み屋〉フランクはその一本に、キップのリードを結びつけた。

おとなしく従うふうを装って、キップはクマの足元に寝そべり、あきらめたようにため息をついた。

けれども本当は、逃げ出すチャンスを我慢強くうかがっていた。

犬はこの星でいちばん我慢強い生き物だ。人間が散歩に連れていこう、いっしょに遊ぼう、抱きしめようという気になるまで、ひたすら待ちつづけて一生を過ごす。どれほど可愛がってくれる飼い主がいても、犬にとっては何かをするより、待っている時間のほうが長い。

それはだいじょうぶだ。人間はみんな忙しいし、犬よりたくさんの責任を負っている。たいていの犬よりも。

〈憎み屋〉は机の向こうに回り、椅子に腰かけると、電話の受話器を取り上げた。番号のボタンを押す。

相手が出ると、〈憎み屋〉が言った。「上物が入ったぞ、フレッド。ゴールデン、たぶん純血種だ。ショードッグ並みだ」

しばらく聞いていたあとで、フランクは続けた。「飼い主から取り上げる必要もない。迷い犬だ」

ぼくは迷い犬じゃない、とキップは思う。任務をおびた一匹狼だ。

「こいつを見つかるだけのゴールデンの雌につけられりゃ、札を刷るようなもんだぞ」

フレッドという相手の男が何か言い、フランクが答えた。「おとなしいやつだ。檻《おり》にも入れられるだろうし、ちゃんと言うことも聞く。あと一時間で来れるか？」

電話を切ると、〈憎み屋〉は机越しにキップを見た。いまは貪欲のにおいも漂わせていた。

「おいワン公、おれの弟のところで、くたばるまで雌につけさせてもらえるぞ。もっと悪い一生の過ごし方はいくらでもある」

こいつらは子犬工場《パピーミル》の業者なのだ。

パピーミルと言われる悪徳ブリーダーに捕まった犬は、狭い檻のなかで一生を過ごすことになる。食べ物はろくに与えられない。運動をさせてもらえるのもまれだ。獣医にも診せられない。シャワーはなしで毛はごわごわに汚れ、体はノミだらけ。

パピーミルの犬たちは絶望のなかで生きている。愛情も遊びも知らず、知っているのは残酷な仕打ちだけだ。

キップは警戒した反応は示さなかった。あくびをしてため息をつき、うたた寝をするように目を閉じる。

いよいよ〈ミステリアム〉のしきたりに反さずに、〈憎み屋〉フランクに噛みつく時が来ようとしているのかもしれない。

22

飲み物がほしい。ローザ・レオンはふだんは酒を飲まず、たまによく冷やしたコロナビールのボトルを開ける程度だった。でも一日のうちに百万長者と、すばらしく知能の高いスーパードッグの保護者の両方になるという経験をすれば、ビールより強いアルコールなしではいられなかった。

ドロシーはいつも夕食前に、カクテルを一、二杯たしなむのが習慣だった。この書斎にもカウンターの下に冷蔵庫と製氷機が備え付けてある。冷蔵庫には多少の食品に混じって、レモン風味のウォッカが入っていた。

グラスを見つけ、氷を入れて、ウォッカをダブルで注《つ》いだ。そしてオフィスチェアとパソコンの前に――驚くべき動画の数々に戻った。

腕時計と置き時計の一件からほぼ二週間、キップはずっと何もわからない子犬のふりをしていた。ドロシーと暮らしはじめてから、自分の本性をあらわにするのが早すぎたかと心配になったのだ――もしかしてずっと見せないほうがよかったのでは、と。

自分たちの真実をいつ、誰に明かすかについては、〈ミステリアム〉のなかでも意見が分かれる。これまでのしきたりでは、憎しみのにおいをさせる人間には明かしてはならないとされていた。信用していいのは、親切と愛情のにおいがして、妬みと強欲のにおいをさせていない人間だけ。

ドロシーはまちがいなく適正な資質を持った人間だった。けれどもキップはまだ若くて、時計が何かをわかっているところを見せ、そのあとにもいろいろやってみせたのはたぶん性急すぎた。〈ミステリアム〉の経験上、人間はこういったことを明かされるときには心の準備が必要なのだ。先に向こうから、この犬は普通の犬とはちがうのじゃないかとだんだん疑いはじめるようになれば、うまく受け入れられやすい。

でもキップの場合、お話が大好きすぎて、数年どころか一カ月も秘密を保っていられなかった。ドロシーは昔からずっと、夫のアーサーともども、大の読書家だった。この屋敷の主な装飾は書物といってよく、本棚を取り巻くように部屋が造られているようなものだった。ドロシーは料理をするときや、趣味のジグソーパズルに取り組むとき、音楽は聴かずにオーディオブックを聴いていた。キップはナレーターの声に夢中になるのを隠していられなかった。座っていても、何かしらの姿勢で体を伸ばしていても、目は決してMP3プレーヤーから離さずにいた。本の朗読が続いているあいだは絶対うたた寝もしない。ドロシーはこっそり見ていたが、物語が予想外の急展開を遂げるとまちがいなく驚いていたし、感情を揺さぶる場面になるとその登場人物の境遇にぴったり合わせて、ハアハア、クウン、ワフッという息や声を漏らしたりもした。

そうして十二月のある日、ドロシーが午前と午後いっぱいかけてキッチンで祭日用の焼き菓子を焼いていたときのことだった。オーディオブックでチャールズ・ディケンズの『クリスマス・キャロル』を流し、キップもそれを聴いていた。「最後の精霊」の章で、未来のクリスマスの精霊がスクルージをクラチット家へ連れていった日、末っ子ティムが死ぬくだりになると、キップはキッチンのずっと奥のほうへ引っ込んで隅を向いて座り、しょんぼりと首をうなだれた。しばらく見ていたドロシーが音声を止めて、どうしたの、悲しいの、とたずねると、キップは頭をこちらに向けて、肩越しに彼女を見つめ、悲しげにキューーンと鼻声を漏らしたのだ。

動画のドロシーがそう説明を続けるのを見ながら、ローザはいま、『クリスマス・キャロル』に夢中になるキップのように、自分もそのことを物語る恩人の話にすっかり惹き込まれているのに気づき、いぶかしく感じた。どうしてあたしはこの話が本当かどうか疑ってもいないのだろう。そう、ひとつには、ドロシーは妄想癖もなければ嘘つきでもなかったということだ。それにいま振り返ると、ローザもキップと接しているとき、普通の犬にはありえないような行動に何度か目をみはらされたことがあった。また彼がすばらしく頭がいいことにつかのま胸騒ぎがしたときもあった。直感的に、キップがいい意味で変わった犬だとわかってはいたけれど、きびしい人生を送ってきたローザは、この世界に魔法があるのかもしれないと考えることを拒み、何にでも冷徹な理由をつけるくせができていたのだ。

ドロシーがパソコンの画面から満面の笑みで、この話のてんまつを最後まで語っていった。「それでわたしはあの子に言ったの、未来のクリスマスの精霊はスクルージに、これからこうなるということを見せたのじゃなくて、ただこうなるかもしれないということを見せただけなんだって。それから床にＭＰ３プレーヤーを置いて、末っ子ティムは死なないわ、もしあなたがただの犬みたいなふりをやめさえしたら、この本の残りを流してあげるわよって言ったの。

　あの子はプレーヤーまで飛んでいくと、その上に立って見下ろしながら、しっぽをぶんぶん振ってたわ。わたしがスイッチを入れると、あの子はじっと身動きもせずにお話の残りを聴いていた。その晩わたしは、ペダルで操作するレーザーポインターのずいぶん雑なやつを設計したの。あとでちゃんと改良すればいいように。正直言うとね、ローザ、わたしはおとぎ話か魔法をかけられた子どもか、スピルバーグの映画のちっちゃな女の子になったような気がしたわ。それと同時に、頭がおかしくなったのかしら、もう自分の目や耳も信用ならない惚《ぼ》けた年寄りになってしまったのかしらとも思った。でも惚けておかしなことを信じ込んだのだとしてもね、わたしが信じたのは、キップが本当はどんな子かという夢みたいな真実だったのよ」

23

ハイイログマの彫像は、よく考えるとばかみたいだった。ヒグマやクロクマならカリフォルニアの山のなかをうろついている可能性もあるけれど、ハイイログマはありえない。

だったらなんの意味があって、こんなところに置いておくのだろう？

キャンプ客を怖がらせて、せっかくのお得意を追い払おうというのだろうか？

犬は数千年前から人間のそばで暮らしてきたとはいえ、人間のやることでキップが首をかしげるものはいっぱいある――巨大なハイイログマしかり、抽象印象派の絵画しかり、鼻につけるノーズリングしかり。

ハイイログマよりさらにまずいのは、〈憎み屋〉フランクの弟で、やはり〈憎み屋〉だと思われるフレッドがここへ向かっていることだった。

大幅に知能が高められた犬であっても、鎖につながれてパピーミルの檻に入れられれば逃げ出すのは難儀かもしれない。

キップを彫像のクマにつないでいるリードは、長さ二・五メートルから三メートルほどあった。なんとか体の向きを変え、リードを口にくわえる。

繊維はかなり丈夫だったものの、彼の歯はこういう仕事向きにできている。激しく噛んではぐいぐい引っぱった。

オフィスチェアの上から、〈憎み屋〉フランクの声がした。「おい、何をしてやがる？」

たとえキップに口がきけたとしても、噛むのをやめて逃げ出すつもりだと説明するはずもないだろう。

もしいまの質問が修辞疑問でないとしたら、この〈憎み屋〉は見かけ以上に馬鹿だということだ。

「わかってるぞ、おまえみたいなやつのことは。この犬ころが。どう扱ってやればいいのかもな」

口ひげ並みに大きな眉の下の、緑色の目を光らせて、〈憎み屋〉がデスクを回り込んできた。

キップは唸ったが、まだリードを噛みつづけていた。

〈憎み屋〉が首輪の後ろをつかもうとしたとき、キップは体を横に引いて相手に顔を向け、噛みながらさらに激しく唸ってみせた。

「フレッドが来るまで、便所に閉じ込めといたほうがいいな」

〈憎み屋〉がクマと壁のあいだの鉄棒から捕虜をつないだリードをほどこうと手を伸ばす。

キップはリードを放し、〈憎み屋〉にぱっと飛びかかった。噛みつくつもりではなく、ただ相手を脅かそうとしたのだ。

突然、憎しみと同じだけ怒りのにおいをぷんとさせて、フランクが数歩あとずさった。腰のベルトを外すと、革の先のほうを右手でぐっと握りしめた。反対の先からバックルがぶら下がっている。

「いっちょ思い知らせてやる」憎々しげにフランクが言った。

ベルトを振り下ろすと、バックルがキップの体をかすめ、木のクマにガツッと当たった。

「伏せ！」フランクが命じる。

キップは伏せをしなかった。唸って歯をむき出す。

「伏せ！　伏せろってんだ、この野郎！」

また右手を高々と振り上げた。今度はさらに強く、さらに正確に、おそらく何度も振り下ろすつもりで。

そのとき、入口のドアが開くと、初めて見る男性が入ってきた。そして言った。「おいおい、ちょっと！　何やってるんだ？」

「下がってな」〈憎み屋〉フランクが制した。「ここでたちの悪い犬を捕まえたんだよ。半野良の迷い犬だ」

キップはしっぽを振りながら、いかにも哀れっぽくキューンと鳴き声をあげて、〈憎み屋〉の振り上げたこぶしにすくんでいるふりをした。

「犬をぶつのはよせ」新来の男性が言う。

フランクの怒りのにおいがさらに強まった。いまはキップだけでなく、この男性にも腹を立てている。

「噛みつかれる前に出てうせな。こいつはおれにまかせて」

「出ていくさ、おれの犬を返してくれたらな」男性がきっぱり言って、キップと〈憎み屋〉のあいだに立ちはだかった。

「あんたの犬だと？　こいつは迷い犬だ。首輪に鑑札もついてない」

男は鉄の棒からリードをほどいた。「おれの犬だ」

「そんなわけあるか」

「もしまたこの犬をぶったら、神に誓ってそのベルトをあんたの首に巻きつけて、顔が真っ青になるまで絞め上げるぞ」

ニンニクとバーベナのアフターシェーブ、ココナツの手指消毒剤、制汗剤、リップクリーム、靴についたおしっこ、怒りと憎悪のにおいに加えて、フランクから酸っぱい角《かど》のある不安のにおい、別名臆病風のにおいがぷんとした。

「ここは犬立ち入り禁止のキャンプ場だぞ」と怒鳴りちらす。「ずっと犬禁止だったし、これからもずっと犬禁止だ。おれの目の前で犬を連れまわすことは許さん」

カーキのシャツに刺繡された名前を読み取ると、新来の男性は言った。「チェックインするのはやめるよ、フランク。ホーキンスの名で入れた予約は取り消す」

「まだチェックインしてないんなら、あんたの犬のはずがない」

男性は〈憎み屋〉を無視してキップに微笑《ほほえ》みかけた。「よし、行こう、とっとと退散しようや」

キップの救い主が入口のドアを開けると、〈憎み屋〉フランクが最後にもう一度、自分の権威を示そうとした。「おまえの犬のはずがないぞ」

「ズボンがずり落ちる前にベルトを締めろよ、フランク。夕食がまだなんでね。食欲をなくさせないでくれ」

24

ローザはしばらくじっと座ったまま、これまで知らなかったおそろしく奇妙な感情の網に捉えられていた。ドロシーの写った映像を見て過ごしたことで、悲しみがまた強く胸に迫っていた。けれどもドロシーとキップがアルファベットの壁とレーザーポインターで意思を通じ合っている動画にすっかり魅せられ、気持ちが浮き立ってもいた。悲しみと高揚感がせめぎ合うこの心境はまったく経験したことのないものだった。知性をゆるがす驚異の念、そして心を震わせる感嘆の念が溶け合って畏怖となり、彼女の上にずしりと重くのしかかって、椅子の上で動くこともできなかった。だが、なんとか立ち上がった。

アルファベットの壁まで行き、一、二分立って見つめたあと、電動式のレーザーポインターの前にひざまずいた。この装置は、ドロシーの設計を基に、近所に住む機械工のジョン・コップに作ってもらったものだという。なぜこんなものが必要なのかとミスター・コップは不思議がったらしいが、ドロシーはこう答えた。教室で使う教材にしたいの、これ以上話すのはやめておくわ、しばらく使ってテストをしたら、この装置の特許を取るつもりだからと。ミスター・コップはこんな嘘にも納得していたけれど、もし犬ともっとコミュニケーションをとりたいからなんて本当のことを言ったら、頭の具合を疑われてたでしょうね。

中央の支柱についたスイッチをぱちりとやると、レーザーポインターに電源が入り、モーターが動きだした。たちまちジンバルの上に載ったポインターが回転し、Aの文字に赤い点が灯《とも》った。手前に傾斜した四つのペダルで装置を制御する。左から右へ向かって一番目のペダルは、赤い点を上へ動かす。二番目は下へ。三番目は左へ。四番目は右へ。犬の前足で押すようにできているが、ローザの手でもちゃんと動いた。

動画のひとつで見たものをできるだけ思い出しながら、このコミュニケーション手法がどのくらい大変なものか体験してみようと、ドロシーのある問いかけに対するキップの答えを表示してみた。ドロシーの質問はこうだった――「すると、あなたは自分の仲間たちとなら、どれだけ離れていても意思を通じ合えるのね。でもそれは、どうやって？」

ひとつずつペダルを押すと同時に、ポインターが一文字一文字を選び取る。キップが実際に綴ってみせ、ドロシーが机から見ながら書きとめたのと同じ言葉を、ローザもこの場で形づくっていった。《テレパシーで。鳥もある種のテレパシーを持ってる。だから鳥の群は飛んでいるとき、同じタイミングで方向を変えられる。象も持っていて、それで仲間が死にかけているときに遠くから集まってこられる。でも〈ミステリアム〉のテレパシーはもっと強い。ぼくらはそれを〈ワイアー〉と呼んでる》

遺伝子操作によって彼らを生み出したどこかの遺伝子研究所で、その最初の個体が英語を習ったのか。それとも逃げ出したあとで、自分たちを世話してくれた人間たちの言葉を聞いて自然と覚えたのか。そうした事情は彼らの創生の謎とともに失われてしまった。それでも今現在、若い犬たちが年長の犬から〈ワイアー〉を通じて、英語やその他のまとまった知識を受け取っている。それもわずか数分の、プログラムをインストールするだけの時間しかかからずに。

ハイテクの達人たち、たとえば華々しく活躍するイーロン・マスクや、多少地味ではあるがレイ・カーツワイルなどは、〝シンギュラリティ〟を夢見ている。人間と機械の知能が結合し、ポストヒューマンの時代の訪れを告げるもの。ニューラル・レースを注入することで増強された人間の脳は、テレパシーによって相互に接続され、以前なら人から人へ伝えるのに何年もかかったような膨大な知識と理論の集積をほぼ瞬時に共有できるようになるというのだ。

〈ミステリアム〉は少なくとも、自分が半分機械になるようなまねをせずとも、シンギュラリティというカルトのひとつの目標を達成したといえる。どうしてそうなったのか、犬たちは知らない。創造者の意図どおりだったのか、あるいは犬たちの知能を高める遺伝子工学の予期せぬ副産物としてテレパシーが生じたのかといったことも。けれども結局、いまあるものがすべてだ。必要以上に思いわずらってもしかたがない、それが犬たちの総意だった。

ローザは電動式レーザーポインターのスイッチを切り、立ち上がると、しばらくのあいだたたずんだ。キップを見つけなくては。悲しみのあまりどこかでうずくまっているあの子を捜し出して、いっしょに暮らしていけるように努めないと。そのことを思うと、ぶるっと体が震えた。あの子はドロシーをほんとうに、心から愛していた。あたしは誰からもあんなに愛されたことはない。誰にも愛されることなんてないのかも。あたしはドロシーみたいに特別な人間じゃないし、キップをがっかりさせてしまったらどうしよう。

窓辺へ行って外を見ると、森の上には雲が低く垂れ込め、早い黄昏を連れてきていた。霧が湖から立ち上り、木々のあいだを斜面の上のほうへ這い進んでくる。その無数の細かな水滴が昼間のごくわずかな光を反射し、雲というよりも一日の終わりに群をなして現れる霊魂のようにぼうっと輝いていた。

ローザ・レオンは父親から「失敗中の失敗」と呼ばれて棄《す》てられ、母親からは愛されず、誰かから愛情を注がれた経験もなく、そのせいで気軽に親しい友人をつくる方法も教えられずに育った。そんな彼女だからこそ、可愛いキップと〈ミステリアム〉がどれほどの驚異かということだけでなく、たとえテレパシーという強い絆があっても、彼らが本質的に孤独な存在で、そのことと日々闘っているのも感じ取れた。

なんといっても彼らの数は、たった八十六頭なのだ。こんな小さなコミュニティでは、いわば実存的な不安に悩まされてもおかしくないはずだ。数の少なさゆえに、彼らの仲間は絶えてしまうかもしれない。〈ワイアー〉を通じて〈ミステリアム〉に新しいメンバーが加わってくることはごくまれで、そこから推測すると、彼らをほかとはちがった独自の犬にしている遺伝子の配列は、世代から世代へと容易に受け継がれるものではないのだろう。ドロシーとキップが判断したかぎりでは、キップといっしょに生まれた一腹の子たちのなかに、ほかの〈ミステリアム〉はいなかった。

普通の犬同士から生まれた子犬のなかにキップのような個体が現れることはまれにしかなく、それは〈ミステリアム〉の遺伝子が潜性であることを表している。その結果、当面のあいだ交配する相手は、同じ〈ミステリアム〉から選ばなくてはならないというしきたりができた。とはいえ、雄と雌の数はいつも完全にバランスがとれているわけではなく、交配の相手をすぐに見つけられる見込みがない場合もある。いまの時点では、雌より雄の数のほうが多い。

コミュニティの成長を阻害する要因はもう二つある。ひとつは人間でいう一夫一婦制だ。自然界にはそういう習性を持った種が数多くある。これは犬には必ずしも当てはまらないが、〈ミステリアム〉は自分たちに限っては一夫一婦制をとることにし、おそらく大半の人間とは対照的に、連れ合いにずっと忠実でありつづけている。二つめは、どうした理由からか〈ミステリアム〉には、普通の犬のように多くの子どもが生まれてこないのだ。雄か雌のどちらかが不妊になる傾向があり、子犬が生まれても一度にせいぜい三頭、あるいは一頭だけの場合も多い。

連れ合いとなる相手を見つけられる見込みもなく、こよなく愛する人間の相棒を亡くしたいま、キップが頼れるのは〈ワイアー〉のコミュニティしかない。でも、それはこのうえなく大事なものではあっても、彼のようにいつも社交的な子には十分ではないだろう。ローザの目から見ても、自分とキップではとても釣り合わない気がする。

ローザはため息をつき、そして言った。「それでも、あなたにはあたしがいるわ、キップ」

湖面から立ち上る霧が松の木々を抜けて石造りのテラスの上の庭までのぼってくると、ローザは窓に背を向け、悲しみにくれる犬を捜しに行った。ただの犬ではない、実際には持ったことのないわが子のように、守り育んでいくべき存在を。

まずキッチンから捜しはじめた。キッチンと図書室はキップのお気に入りの場所だ。何時間か前に、葬儀場での手配をして火葬に立ち会うために出かけるとき、キップの食べ物を入れた食器と新しく換えた水のボウルを出していった。どちらも手つかずのままだった。

悲しくて食欲が湧かなかったのだろうか。でもゴールデンはとてもよく食べる犬種だ。それに水はどうしても飲まないわけにいかない。

胸騒ぎを覚えたが、まだパニックになるほどではなく、ローザは一階の部屋から部屋へと捜しまわりながらキップの名を呼んだ。その声が壁にぶつかり、がらんとした空間に異様にうつろに響いた。まるで屋敷から家具調度が残らず運び出され、どの窓にも板が打ちつけられて、容赦のない時の経過と荒廃にゆだねられたかのようだった。

階段を上って二階へ行くころには、もうせっぱ詰まった叫び声になっていた。「キップ！どこにいるの、キップ！」

胸騒ぎが刺すような恐怖へと膨れ上がり、すでに人生最大の責務を果たせなくなってしまったのではという不安に全身を貫かれた。部屋から部屋、あらゆるクロゼットと廊下を回り、あちこちの下や後ろをのぞき込み、二階を端から端まで二度めぐり歩き、一階を表から裏までもう一度捜したけれど、姿も声も、なんの痕跡も見つからなかった。キップは行ってしまったのだ。

25

レンジローバーの前の助手席で、シートベルトにすっぽり収まっているキップは、自分を救い出してくれた人間のにおいを好ましいと感じた。

親切さと自信、ほのかな石鹸《せっけん》、チューインガム、踏み潰されて靴底に付いた野草の汁の芳香、その他いろいろなものに混じったごくかすかな耳垢のにおい。

アフターシェーブやココナツの消毒液のにおいも、狙いの外れたおしっこのにおいもしない。

キャンプ場から出て州道へ向かいながら、その男性が言った。「親父とおふくろが奇をてらってくれたおかげで、おれの名はブレナデンというんだ。そのほうが身のためだとわかってる連中は、みんなベンと呼んでる」

さっきキャンプ場の事務所で〈憎み屋〉フランクに向かって、ホーキンスの名での予約はキャンセルだと言っていた。つまりこのひとは、ベン・ホーキンスなのだ。

「おまえはなんと呼ばれてるんだ？」

キップはニコッと笑ってみせた。

「ああ、無口で力持ち、ってタイプかな」

レンジローバーが北西の方向に曲がった。これは好都合だ。〈ワイアー〉の少年のつぶやくような思念は、そちらの方向から来ている。

「おれがいい名前を考えてやろうか。名付けは得意なんだよ」

キップはシートベルトから前に身を乗り出し、グローブボックスのにおいを嗅いだ。チーズクラッカーのようなものが入っている。

「まあでも、急ぐことはないかな。名前は大事なもんだし。おれがやってる仕事じゃ、覚えやすい名前をやたらいっぱい考えなきゃならない」

ピーナツバターのにおいがする。グローブボックスのなかの、チーズクラッカーのあいだに挟まれている。

「小説を書いてるんだよ。おまえはどういう身の上なのかな」

自分の特定の感情をドロシーに伝えるために、キップは特定の音による表現をいくつか考え出していた。楽しい、うれしいというときには、早く細かく息をつく音。ハッハッハッハッハッ。

「おれは以前、海軍特殊部隊《ネイビーシールズ》にいてね。入隊の契約をしたときはまさか、あれほど銃撃を食らうことになるとは思わなかった。それで八年もたったらまだ生きてたから、いいかげん職替えをしようと決めたんだ」

キップはグローブボックスから視線を離すと、首をかしげ、興味のこもった目で救い主を見つめた。

「批評家のなかにもこっちを狙い撃ちしてくるのがいるが、あいつらは誰も実際に殺しはしない。でも家の地下室に死体を埋めてるんじゃないかと思うやつもひとりいるな」

自然はいろんなパターンに満ち、人生は偶然に満ちている。そして運命のようなものはつねに働いている、キップはそう信じていた。

ドロシーは本が大好きだった。

キップは彼女が聞かせてくれるお話が大好きになった。

そしていまここに、お話を書くひとがいる。

このひとはまた戦士でもある。運命がほんとうにあるのなら、ベン・ホーキンスのなかにいる戦士は、彼の作家の部分にも劣らず大事なものなのだろう。

ということは、これから重大なトラブルがやってくるのかもしれない。

「だいぶ遅くなっちまった、もうキャンプを張るのは無理かな」

ハイウェイの両側に広がる森が、薄闇に包まれていた。

「モーテルを探そう。犬はだめだと言われるかもしれないから、おまえに透明マントを着せなきゃな」

キップは、ハッハッハッハッハッハッというと、体をもぞつかせてシートベルトを半分外し、座席の上に寝そべって窓の外から見えない高さにまで低くした。

たっぷり一分近く黙って運転しながら、助手席にちらちら目をやっていたあとで、ベンが言った。「おまえはなんていうか、ちょっと変わってるよな、リンチンチン」

キップは唸るというほどではなく、不満げにウーッといった。

「いまの名前は気に入らないか？」

ウーッ。

「よしわかった。もっといいのを考えような、スクービー・ドゥー」

ハッハッハッハッハッハッ。

26

オーブンのミートローフがそろそろ焼き上がるころで、別のオーブンに入れたポテトとチーズのキャセロールももう出してよさそうだった。朝食用テーブルにはレモンのアイシングをかけたつやつやのマフィンの皿が載っている。そして冷蔵庫にあるのはエッグサラダ、鳥胸肉のマリネ、ゆでたカリフラワー、人参のスティック。

週に三日、通いで来てくれる家政婦のヴァーナ・ブリキットは、もしハリウッドで『ダイナマイト夫婦』の映画をリメイクするならママのフィービ役にぴったりだろう。そのヴァーナが皿を洗い、メーガンがそれを拭いて片づけていた。

二台ある食洗機は、水およびエネルギー使用に関して最新の政府規制が出されたあとに製造された世代のもので、入れておいてもほとんどきれいにならない。何か役に立っているとしたら、壁に並んだ食器棚や戸棚の二つの隙間が埋まるくらいのものだった。

ヴァーナが言った。「誰が作ったんだか、どうせこれまでまともに使える機械ひとつ作ったこともないんだろうに。よく皿洗い機がどうやって動くかわかってるような顔ができるもんだ」

「傲慢よね」メーガンが言う。

「家のなかのものみんないまいましいったら！　いいかげんうちのトイレの話をくり返させないでほしいんだけど。一回流すだけでちゃんと水の流れるトイレっていうのはできるのか、それともあたしの右手が腱鞘《けんしょう》炎になる運命なのかはっきりさせてほしいね」

「話が極端よ、ヴァーナ」

ヴァーナは選挙でも、いまあるどの政党にも投票しようとしない。彼女いわく、「まともな常識のある党」が新しくできるのを待っているのだ。

「だいたい火星なんか行きたいもんかね、明日にでも火星に植民できるなんて思ってるようなアホどもの集団といっしょに？」

水切りボウルを拭きながら、メーガンは言った。「わたしは史上最高の天才グループがいっしょでも火星へは行きたくないわ。普通に空気が吸えるところがいいもの」

「テレビで見たんだけどね、中国の大金持ちがあと七年か十年で火星にコロニーを造りたいんだって。そしたら小惑星が地球にぶつかったり核戦争で世界が滅んだりしても、人類が死に絶えないですむからって。アホくさい、火星にトイレを二回流せるだけの水があって、別荘みたいなところにできるとでも思ってるのかね」

「まあ何十億も稼いだら、ちょっと自信過剰になる人も出てくるんでしょ」

「あたしは最初に十億稼いだときに、そうならないように気をつけるよ」ヴァーナが最後の皿とボウルを水切りラックに置いた。「ミートローフとポテトはあと二、三分で焼き上がるから。冷めるようにオーブンから出したら、今日はおいとまするよ」

「サムによろしくね」

「あのひと、今日の昼から芝刈り機を自分で直すなんて怖いこと言いだしてさ。まだ両手がくっついてるうちに帰ってやんないと」

ヴァーナは口のところを縛った大きなビニール袋をつかみ上げると、外のゴミ容器まで持っていき、メーガンは湿った食器拭きのタオルをラックにかけた。「また金曜日に」

「ウッディに言っといて、あんた用のマフィンを特別にこしらえといたって。あんたも二つ食べなよ、そんなにやせてるんだから」

「火星にはきっとおいしいマフィンもないわね」

裏口のドアを開けながら、ヴァーナが言った。「火星じゃまともに用も足せないよ」外へ出ていく前にふと立ち止まり、メーガンのほうを向いた。「あんたがいま描いてる絵のこと、まだなんにも言ってなかったけど。あのウッディと鹿のやつ、もうそろそろでき上がるよね……」少し言いよどむ。「あたしはお偉い美術評論家とかじゃないし、自分で何言ってるのかわかってないかもしれないけど」

「お偉い美術評論家だって、たいてい自分が何を言ってるのかわかってないわ。あなたは見る目があるもの。だから言って。ムッとしたりしないから」

「なにね、あんたがパインへイヴンに帰ってきてほんとによかったなって。ここにいたからあんたの心の傷も癒えて、魂も満たされるようになった。どこかほかの場所にいたら、あんないい絵は描けなかったよ」

「ありがと、ヴァーナ。すごくうれしい」

「あんたの母さんが生きてて、ウッディの顔やあの絵を見られたらって思うよ。ほんとに背筋がぞくっとするもの、いい意味でさ」

サラ・グラスリーはメーガンが十五歳のとき、白血病でこの世を去った。父親はその五年後に再婚し、いまは新しい家族とフロリダで暮らしている。決して疎遠というのではないし、もっと親しくしたい気持ちもあるけれど、父は愛情表現があまり豊かではないひとだった。だから父親というより、叔父さんとして接することしかできないような気がしていた。

ヴァーナはゴミ袋を持って出たあと、ドアを開けたままにしていった。

しばらくウッディの顔を見ていなかったと思い当たり、あの子がだいじょうぶか様子を見に、二階へ上がっていった。

27

草の生い茂った斜面でジャスティンとことに及んだあと、リー・シャケットは湿ったにおいとサラサラという音に引き寄せられ、草地のなかを流れる小川まで下りていき、岸辺にひざを突く。

もうなんの衝動も感じない。手も脚も重く、思考はゆるやかで、これ以上ないほどの充足感がある。

薄れていく光のなかで、流れる水面はまともな鏡代わりにはならない。その姿はおぼろげにゆがみ、目の部分はうつろな穴のようだ。

片手で水に触れて波立つ表面を静め、自分の姿をよく見ようとするが、やはり叶わない。

髪の毛から、顔から、血を洗い落とす。両手を椀のように合わせ、水をすくって飲む。水は初め血の味がするが、やがてそれも薄れて消える。

黒い革のスポーツジャケットを脱ぐ。肩に回されたホルスターも外し、拳銃もいっしょにわきへ置く。そして血まみれのシャツを脱ぎ捨てる。

Tシャツとジーンズにも血はついているが、そう多くはない。どちらも黒なので、染みが目立たずにすむ。

しかも、そのにおいはぐっとくる。うっすらと金属的なにおい。ほかのどんなにおいにも似ていない。胸躍らせる力と優越、勝利のにおいだ。

この勝利に浸ったまま、草原から森に入って安全な場所を見つけ、丸まって眠りたいという思いに駆られる。

いまは小川の土手に立って岸の向こうを、その先の木立のなかを、幹の周囲にとぐろを巻き、枝を這い上っていく影を、黒い蛇の姿を見つめている。

闇が自分の内に、外に集まってくる。これまで経験したものとはちがった闇だと感じる。この闇は温かく迎え入れ、包み込んでくれる。このなかでならやっとくつろげるし、もう二度と餌食になることもない。

そのうちコスタリカも金もすべて自分のものになり、ほしいものはなんでも、誰でも手に入れられるようになる――だがいまは何より、闇の腕のなかに身を預けて眠ってしまいたい。

だがそのとき、足元に置かれたホルスターの拳銃が目に入り、メーガン・ブックマンのことを思い出す。あの女から以前どんな扱いを受け、今日の昼間に電話でどうあしらわれたかを。

あんな不敬な態度を許すわけにはいかない。自分への不敬を受け入れるのは、弱さのしるしだ。弱い者は餌食になる。餌食は死ぬ。牙と爪にかかって命を落とす。

ホルスターは残して拳銃だけを手に持ち、黒いスポーツジャケットを拾い上げると、草原のなかを歩きだす。

自分の車へ、ダッジ・デーモンへ戻ろうとするつもりが、いつのまにか死んだ女の、ジャスティンのそばに立っている。

蹂躙《じゅうりん》された死体を眺めるうち、狂おしい歓喜の念に呑み込まれそうになる。計り知れない優越感に。湿った笑い声が口からくつくつと漏れ出す。

誰だこいつは？　ざまあない。

ホットな女といったってこんなもんだ。

たやすく奪い、たやすく壊せる。

これまでずっと、こういう女たちにはねつけられるのを許してきた。あいつらにはねつけさせるべきじゃなかった。もう二度とはねつけさせたりはしない。

にわかに活気が湧き出し、倦怠《けんたい》感がたちまち一掃される。自分の驚くべき〝変化〟ぶりに、重いまぶたがカッと開く。

女の骸《むくろ》に、唾を吐きかける。またもう一度。

どうしてやろうともよく意識しないまま、気がつくと死体に小便をかけている。ほとばしる流れは力強く香ばしい。

この殺しはおれにしかできない。ほかの誰にも望めず、ものにもできない。

丈の高い草をかき分けて進み、男の死体まで歩み寄る。隆々たる筋肉もなんの役にも立たなかったそいつの上に、シャケットはまた小便をする。

生まれ変わった気分だ。チャックを上げて自分のモノをしまう。橋の下にひそんで通りかかる子どもを待ち受ける怪物のように、二台の車が停まっている道路へ向かって長い斜面を駆け上がる。

ダッジ・デーモンに乗り込んで勢いよく発進し、州道から州道へと乗り変えながら北へ向かう。最高のお楽しみを目指して、自分のものになるはずだった女のもとへ。

もう遠くはない。あいつの住所はわかっている。グーグルアースの航空写真でも、グーグルストリートでも、家の様子は確認済みだ。ジェイソンが死んで以来、メーガンの消息はずっと追いかけていた。あのお高くとまったアマに本当は何が必要なのかは本人以上によくわかっている。あいつの目を覚まさせ、自分に必要なのはおれを喜ばせることなのだと教えてやる。

やがて三十分ほどでパインヘイヴンに着く。街なかを抜け、州道を進みつづけると、左手にメーガンの家が見えてくる。思わず車回しへ乗り入れそうになるが、大胆すぎる行動はまちがいの素だと思いとどまる。

そのまま家の前を通り過ぎる。五百メートルも行かないうちに、道路わきの待避場所が見つかる。そこへ車を寄せて、年を経た松の木立がつくる深い木陰に停める。

車から外に降りるとその場に立って、心地よい冷気を、松の芳香を、木々の実のにおいをいっぱいに吸い込む。下生えのなかで丸まっている小動物たちのにおいも感じ取れる。どのにおいがどの種かまではわからないが、そのうち区別できるようになるかもしれない。

左側にハイウェイ、右側に手つかずの自然が広がっている。いま、シャケットは二つの世界に属する生き物だ。並みの人間なら、こんな根本的な変化を遂げているあいだ、自分はどちらの世界にもいられなくなるのではと恐ろしくなるだろう。しかしシャケットに疑念はない。おれはどちらにも属し、どちらも支配する。

ユタの研究所で吸い込んだ何十億ものプログラムされた古細菌はいま、彼の血液中にあふれ、肉や骨や脳に行き渡るとそこにとどまって働きつづけ、全身の細胞に遺伝物質を挿入している。それがどんな物質なのかはよくわからない。だがリファイン社スプリングヴィル研究所のあの科学者グループは、菌類から昆虫、下等な哺乳動物まであらゆる生物に存在する、人間の免疫系を増強して寿命を延ばす有益な遺伝子を同定していた。

あの連中は純粋な善意に基づいていた。大事なのは意図なのだ。

みんな死に、塵《ちり》に還《かえ》った。誰か阿呆《あほう》なやつが泡を食って、プログラムされた古細菌が外の環境へ放出されれば遺伝子の伝染病を引き起こすと思い込み、破滅のボタンを押してしまった。しかし古細菌は細菌とはちがう。古細菌はシャケットの細胞に持ち込んだような遺伝物質を自ら複製することはできない。それがどんな物質であれ、科学者によって載せられた一回限りの積荷なのだ。かりにシャケットが生物学的破滅をもたらすものに汚染されたとしても、それをほかの者に受け渡せはしないし、この作り直された古細菌も短命に終わるようにプログラムされ、繁殖することはない。

そもそも、生物学的破滅など存在しなかったのだ。おれはかつてないほどに強くなっている。聴覚も嗅覚も、時間を追うごとに鋭敏になっている。

特に高まっているのは視覚だ。森のほうを向いて目を凝らせば、まるで猫になったように、次第に深まりゆく影のなかから森の風景が細かなところまで溶け出てくる。ネコ科の動物は、網膜の裏に鏡が幾重にも重なっているおかげで夜目がきく。

そして闇のなかで活動する蛾《が》の、単眼がいくつも集まった金属のように光る眼で見れば、夜のなかにどんな秘密が見られるだろうか。

生物学的破滅どころか、おれは科学の勝利なのだ。人間を超えた人間に、世界に二人とない唯一の、並び立つもののない存在になろうとしているのだ。

スポーツジャケットを車に置き、拳銃をつかみ上げて手に持ったまま、二車線のアスファルト路面を横断し、森のもう一方に延びた木立へ踏み入っていく。

以前はなかった正確な五感に導かれ、木々のあいだを縫ってブックマンの地所の側面にあたる芝生へ入る。家の位置は三十メートルほど先か。

窓をざっと見渡す。明かりのついている窓も、ついていない窓もある。どれにも人の顔はなく、奥のほうの動きもない。家全体が静かだ。

庭を横切り、家の側面に沿って進んでいく。バックポーチまで来たそのとき、女が――メーガンではない、きっと家政婦だ――裏口のドアから、手にゴミの袋らしきものを持って出てくる。

女はこっちのほうへ目をやりもせず、階段を下りてずんずん歩いていく。かなり歳を食っていて、ほとんど興味を惹く相手ではなくても、こっちの姿を見られれば殺さざるを得ない。

よほど音をたてずに殺せるならいいが、それも望み薄だろう。メーガンにおれの存在を気づかせるのは、おれが夜中に裸でベッドに滑り込み、あいつの目を覚まさせるときでなくてはならない。

家政婦の姿が見えなくなった瞬間、シャケットは身をひるがえして手すりを越え、ポーチに降り立つ。家政婦が開けていったドアに忍び寄り、キッチンに足を踏み入れる。部屋は明るく、清潔で暖かい。料理のにおいがいっぱいに立ち込めている。外のほうでゴミ容器の蓋が閉まる音がガランと響く。あの年寄り女は戻ってくるだろう。スイングドアを押し開くと廊下に出る。ドアが勝手に閉まるのにまかせ、立ったまま耳をすます。しんと静まり返った家にまた家政婦が戻ってきて、今日最後の仕事の残りに取りかかりはじめる。

この家はたしかに大きいが、住み込みのヘルパーが必要なほどではない。家政婦が行ってしまえば、あとはメーガンと口のきけないガキ、そしてこのリー・シャケットだけだ。このおれへの敬意を欠いた結果がどうなるか、これからわからせてやる。

家の玄関と主階段に向かっていくと、その少し前の左側に細い廊下がある。廊下の壁はメーガンの描いた、比較的大きな絵で飾られている。

メーガンの絵はインターネットで調べ済みだ。初めはなんとか好きになろうとした。だがどうしても受け入れられなかった。

いま見るとますますばかばかしく、ガキじみて見えた。描いた当人の意図も、こんな芸術とやらを燃やすどころか金を出して買おうというやつがいるのも理解できない。

あいつはやはり目を開かれていないのだ。容赦ない激しさで到来しつつある新しい世界を前に。

テクノロジーとともに開かれた思考も前のめりに発展し、旧弊な社会がつくり直されて時代遅れな慣習が歴史のくずかごにほうり込まれ、新たな社会規範が古いものに取って代わり、過去の美徳が単なる弱さとみなされ、残される美徳はただむき出しの力のみという正当な理解が進みつつあるいま、燃やさねばならないものはいくらでもある。ずたずたに裂いて燃やし、引きはがし叩き壊して塵へ還してやる。無知と誤りばかりの過去の上に輝かしい未来は築けない。より明るい明日を築くにはまず、闇よりもなお昏《くら》い場所へ下りていき、堕落した世界を血と破壊で浄化することが必要だ。

廊下の端まで来るころには、シャケットの内に確信が生まれている。あの絵を見ればわかる、メーガンはまだ目を開かれていない、やがて来る、きっと来るより良い世界が見えていない。

おれがその目を開かせてやる。

〈M通信《ワイアー》〉のベラ

ベラは六歳。黄色のラブラドールレトリバーだ。

彼女はいつも幸せだった。

ごくたまに、少しばかり悲しくなることがあっても、その悲しみの上には幸せが載っかっていた。悲しみは二番目のものでしかない。

記憶にあるかぎり、ほんとうにまちがいなく不幸だったといえる出来事は生まれてからたった一度だけで、それはスカンクとの出会いにまつわるものだった。

自然界の生き物には、人間が考える以上にいろいろな程度の、またいろいろなタイプの知性があるけれど、スカンクにそんなものはない。

スカンクはとにかく馬鹿で危険で、それはただひとえに、あいつらは生き延びるために賢くなくてはならないなどということがないからだ。

ベラは鏡を見るたびに自分の大きさに驚かされる。体重は三十キロで、太ってはいない。自分は小さいのだと、ずっと思い込んでいた。二本の脚で直立している人間たちの世界にいると、自分自身のサイズを適切に感じ取るのはなかなか難しい。

ベラが住んでいるのはサンタローザという、サンフランシスコから北におよそ五十五空路マイル、つまり百キロほど離れた小さな街だった。

飛行機に乗ってでもほかの手段ででも、まだ空を飛んだことはないけれど、空路マイルのことは知っている。それよりもっとたくさんのことを。

同居人はアンドレアとビルのモンテル夫妻。ビルは弁護士だ。アンドレアは本屋を経営していて、ベラもいつでも店に自由に出入りできる。

ベラは本屋のお客たちのじゃまはしないいし、このお客の本の趣味はあまり感心しないなと思っても、告げ口したりもしない。

アンドレアとビルには七歳から十四歳までの、四人の子どもがいた。下から順番にミリー、デニス、サム、そしてラリンダ。四人とも家庭で教育されている。

とても仲のいい、愛情あふれる家族だった。みんなベラが大好きで、ベラもみんなが大好き。犬と人間が共生する理想の環境だ。

子どもたちと本屋、それに弁護士事務所。ベラの毎日は忙しく、遊びと愛情に満ちていた。アンドレアとの散歩にビルとのランニング、子どもたちとのゲームに本屋の看板犬の務め。退屈するひまもなかった。

けれどもそれに加え、ベラには秘密の一面があった。

うちの犬はとても賢いとモンテル一家は思っていたけれど、彼女の知能が実際どれほどのものなのかはわかっていなかった。

一家の誰も〈ミステリアム〉のことを知らない。

ベラが一家の蔵書から本を取り出しては、夜中に読んでいることも知らない。

ベラはまだずっと若かったころ、自分の本当の性質を明かすことは、子どもたちにとってフェアではないと判断した。

成長過程の子どもは、精神的に健康な発達を遂げ、適切な自己意識を育むために、誰もが主役としてスポットライトを浴びるべきなのだ。

ベラが自分の本当の姿を明かせば、いきおい主役の座はずっと彼女のものになってしまう。いくらベラが、子どもたち一人ひとりにスポットが当たることを望んだとしても。

それに、知能の高い犬の使いみちをまだ誰も見つけていない世界で、そんな犬であることを明かして得られるものがあるだろうか。

ベラはモンテル家の子どもたちを愛していた。みんなが普通の人生を送り、それぞれに周囲の注目を浴びられる機会を持ってほしかった。

〈ミステリアム〉に属するほかのメンバーのなかにも、ベラと同じような環境を自らつくりあげている犬たちがいた。

明かして当然の事実をあえて明かさないせいで、本来の自分でいられないという悲しみはときどき襲ってくる。でもやっぱり、悲しみの上には幸せが載っかっている。

秘密を守っていていい点もあった。特に有利なのは、親のアンドレアやビル以上に子どもたち一人ひとりについて、もし自分がとても頭がいいと知られていたら気づけないようなことまで知ることができる点だ。

子どもたちが道を誤りかけることがあれば、ベラはいかにも犬らしいやり方でさりげなく誘導し、まっとうな方向へ押し戻したりもする。

それがうまくいかないときは、その問題へアンドレアとビルの注意をさりげなく引き寄せながら、誰が教えたのか気づかせないようにするのがすっかり得意になっていた。

そんなふうにモンテル家のきょうだいのひとりとして、ひそかに子守りの役目も果たしているのに加え、ベラは〈ワイアー〉の編集長でもあった。

〈ワイアー〉はラジオのようにオンオフ可能だ。〈ミステリアム〉のメンバーみんながしじゅう聴いているわけではない。

それでも執拗にメッセージを送りつづけることで、閉じている神経経路をこじ開け、全員に受け取らせることができる。

ベラの仕事は重要なニュースを集め、ちょうどいいタイミングで伝えることだった。日中は送信に対して自分をオープンにしておくという役目を自ら買って出たのだ。うわさや事実でない情報が広まる心配はなかった。〈ミステリアム〉のメンバーに、犬が嘘をついたという経験をしたものはいない。

この水曜日の夜、モンテル一家がダイニングで夕食をとっているあいだ、ベラは隅の寝床に丸まって寝たふりをしながら、頭のなかでは大ニュースを仲間たちに伝えていた。

ベラ報：二週間前に既報のとおり、コーテマデラのドナルドとジョージナのカーティス夫妻の家にいるラスティとマンディに五頭の赤ちゃんが生まれたけれど、五頭というのはあの時点での〈ミステリアム〉史上最多。母子ともにすこぶる健康。いまのところ五頭とも、距離は限られていてもテレパシーで送信していて、〈ワイアー〉でどんどん言葉を学んでるところ。

まもなく遠い距離でも送信できるようになるはず。カーティス夫妻はラスティとマンディの本当の姿を知ってるから、五頭全員を家に置いておく準備ができてるわ。コーテマデラはうれしいことばかり。

ほかのところでもすばらしいことが起こってる。サンノゼのロバートとメイメイのイシカワ夫妻の家族であるシーザーとクレオに、六頭の赤ちゃんが誕生したの。みんな健康。ロバートとメイメイもやっぱり〈ミステリアム〉の存在を知っていて、六頭全員、一家のもとにとどまる予定。

これまでずっと、わたしたちはどこから来たのか、なぜここにいるのか、なぜこれほど数が少ないのかと考えてきた。もしその数が急に増えているとしたら、初めの二つの問いかけの答えが、わたしたちの存在理由が、もうすぐあきらかにされるのかも。祝いましょう。いつも真実を。チャンネルはそのままで。

招かれざる客

水曜日、午後五時――木曜日、午前一時

28

ベン・ホーキンスはタホーシティのスーパーマーケットに寄って、ドロシーが出してくれていたのに似た上等な缶詰のドッグフード、それに自分の夕食用のサンドウィッチを買ってきた。

そのあいだキップは、レンジローバーのなかで待っていた。それはべつにかまわない。寂しくはなかった。すごくいろいろな人たちがスーパーに出入りしていた。特に自分が見られていると意識していないとき、人間はいつもとても興味深い。

戻ってきたベンが言った。「おまえならローバーを盗んでおれを置いてきぼりにしないとわかってたよ。プードルだったらあやしいが、おまえはだいじょうぶだって」

さらに数キロ走ってオリンピックバレーに入った。湖を見下ろすドロシーの家からは四十キロほど離れたあたりだ。

まだ方向的には、ほとんど絶え間なく〈ワイアー〉でつぶやいている少年のほうへ向かっていた。朝になる前に、ベンがまだその方向へ動きつづけるつもりなのかわかればいいのだけれど。

オリンピックバレーには、スコーバレー・ロッジやリゾート・アット・スコークリークといった四つ星のホテルがあった。けれども犬お断りの壁に阻まれ、キップとベンは二つ星のモーテルに部屋を取るしかなかった。まだまだこのあたりは啓蒙が必要だ。

モーテルのオーナー夫妻も犬を飼っていた。ルウェリンというウェルシュコーギーだった。

彼はチェックインカウンターの扉を通って、キップのところへあいさつにきた。ずんぐりと短い脚に、きれいな毛並みをした犬だった。

オートミールのシャンプーのにおいがした。吐く息は、夕食に出してもらったのだろう、人参とサヤインゲン、ゆでたチキンがにおった。

ルウェリンの体重と体格は、もっと大型の犬と争うときには不利に働くけれど、キップの股間とおしりを嗅ぐ体勢をとるにはうってつけだった。

キップがこの昔ながらのあいさつを返そうとしなかったとき、ルウェリンは驚いた様子を見せた。

それでもとても懐っこい犬で、気を悪くしたりはしなかった。短いしっぽをずっと振りどおしに振っていた。

あてがわれたモーテルの部屋は、シンプルで清潔だった。

小さなコーヒーメーカーの隣に、コーヒーとクリーム、砂糖の袋が置いてあった。

ベンがサンドウィッチと缶ビール二本をカウンター下の冷蔵庫に入れた。

まるで幽霊のように、過去に泊まっていた人間たちのにおいがキップの鼻につきまとってくる。

ここで見つかったいやなものといえば、寝室の片隅の、小さな団子虫の死骸ぐらいだった。

そして思いがけずキップは、簡単なグルーミングをほどこされることになった。

ベンがホイル袋に入ったペット用ウェットティッシュの箱を出してきた。なんと二種類のグルーミング用コームまで持っていた。

スーパーに寄ったときに買った品ではない。どうしてか、最初からレンジローバーに積んであったのだ。

「とりあえずこれで我慢してくれ、そのうちちゃんと風呂に入れるところを見つけよう」

ドロシーと暮らしていたあいだは、週に一度木曜日に体を洗い、定期的にトリミングをされていた。ショードッグみたい、と誰からも言われたものだ。

今日はキャンプ場にたどり着くまで、一日ずっと移動してきたせいで、体がいささか汚れ、みすぼらしくなっていた。

ベンはキップの首輪を外しはしなかったが、代わりに全身をくまなくウェットティッシュで拭いた。

もちろん最後には、少しのあいだドライヤーをかけられるのを我慢しなくてはならなかった。犬の一生も、楽あれば苦ありだ。

キップの毛がすっかり乾くと、ベンは水を入れるボウルと食器を出してきた。どちらも白いセラミック製で、犬専用のもの。そしてどちらにも緑色の文字で《クローバー》と名前が書いてある。

これもやはりタホーシティのスーパーで買ったものではなく、レンジローバーにあったものだ。

ベンがボウルに水を入れ、食器にドッグフードの缶をまるごと空けた。

しばらく前にハンバーガーのパテとフランクフルトを腹に入れてはいたが、キップはベンが出してくれたごちそうを喜んで食べた。ただし、いかにも犬らしいがっついた様子は見せずに。

子犬だったころのキップが変わっているとドロシーが初めて気づいたことのひとつは、彼が食べ物を普通の犬のようにガツガツ呑み込むのでなく、じっくり味わって食べるところだった。

ベンがサンドウィッチと缶ビール、それに本を一冊抱え、窓ぎわの小テーブルの前の椅子に腰を下ろす。

食器をきれいになめ取ってから、キップはその食器にまつわる謎のことを考えはじめた。昼寝もせずに忙しい一日を過ごしたせいで疲れていたけれど、好奇心が勝って眠れそうにない。

前足で空の食器をちょんと傾け、横向きに立てた。それを鼻先で押して、カーペットの上をベン・ホーキンスのところまで転がしていく。

小説家だという男性は本から目を上げ、この芸当を無言で眺めていた。

キップは食器をベンの椅子の横で止め、《クローバー》の名がはっきり見えるようにした。おすわりをして首をかしげ、ベンをじっと見つめる。

「もっと食べたいのか？」

キップはしっぽで一度、床をはたいた。これはノーという意味だけれど、ドロシーとのあいだで取り決めた合図だ。このひとに意味が通じるとは限らない。

それで首を左右に振った。

ベンが小説にしおりを挟み、テーブルに置いた。なんとも測りがたい表情だった。元ネイビーシールズだけに理性の人間で、早呑み込みをするまいと慎重なのだ。

沈黙のあとで、ベンが言った。「いま、首を横に振ったか？　ちがうって意味で？」

キップはためらわずに、首を上下に振った。

おたがいに見つめ合う。まっすぐな視線は、その強さや時間的な長さ次第でたくさんの情報を伝えられるということを、キップはすでに学んでいた。

つぎに、視線を食器の《クローバー》という名前まで下げ、またベン・ホーキンスを見た。

小説家は缶ビールを手に取り、少しためらってから、飲まずに下に置いた。

「おまえ、やっぱりちょっと妙なやつだよな」

キップは辛抱強く見つめたまま、待った。

「クローバーとは八年いっしょにいた。海軍を除隊してから二、三週たったころかな、処分される前の日に引き取った。おまえと同じゴールデンだった」

共感の意をこめて、クウンと鼻を鳴らす。

「クローバーはすてきな娘《こ》だった。怖いもの知らずで、でも最高にやさしかった。いつのまにか、がんに侵されていた。五カ月前、おれの腕に抱かれながら、獣医に眠らせてもらった。あんなつらい判断をしたのは初めてだった。この図体のでかい、タフなネイビーシールズ上がりが。つらくてたまらなかった」

キップはドロシーのことを思った。ひどく疲れていた。これほど疲れたことはいままでなかった。

とことこと部屋の遠い端まで行くと、ベッドを挟む格好で、じっと小説家を見つめた。

「そこで寝たいのか？　おれはかまわないよ」

残っていたエネルギーを奮い起こし、マットレスに飛び乗った。ぐるりとひと回りして横になり、目を閉じる。

小説家が椅子から立ち上がり、動きまわっている音が聞こえた。

冷蔵庫のドアのシールがポンと外れる音。

缶のプルタブをカシャッと開ける音。新しい冷えたビールのにおい。

「妙だ」ベンがまた言った。

夢のなかでドロシーが微笑み、頭に手を置いて毛をなでてくれ、そして言った。「わたしの大切な坊や」

29

メーガンはベッドにいるウッディを見つけた。服を着たままベッドカバーの上に胎児の姿勢で横たわり、目を開けている。これは何かひどい心配事があるしるしだ。まったく静かで、メーガンの描いた絵に登場する、いまイーゼルの上に月明かりを浴びて鹿たちといっしょにいるのも含めた、いろいろなウッディと変わらない。

声をかけても反応がなく、こちらを見もしないとわかると、メーガンにできるのは自分もベッドに入って添い寝をし、息子の体に両腕を回すことだけだった。彼は抱きしめられるのは嫌がらなくても、ハグを返すことはない。

どうしたのと問いかけたりはしなかった。しつこく訊こうとやさしく訊こうと、詮索して何かが得られることはない。息子がこういう状態のときは、自分の内面深くへ入り込んでいるのだし、そこから出てくるのは、原因となっている何か――それが不安なのか悲しみなのか、混乱なのかはわからないけれど、その何かが自然に解決したときだけだ。

ウッディがこんなふうになったとき、ただ抱きしめることで、精神状態に何か変化があるのかどうかはわからない。変化があったという兆しを見たこともない。それでも抱きしめることで、メーガン自身には変化が生まれ、何かの根源に触れている気持ちになれる。

わたしがウッディを愛するほどの強さで、誰かが誰かを愛していて、その相手にいちばん慰めが必要なときに慰めるすべを持っていないとしたら、きっとみじめなほどの無力感にとらわれてしまうだろう。メーガンはそういう気持ちをよく知っていた。

今度もウッディは、必ずこの状態から抜け出してくる、そう自分に言い聞かせた。何日も、それどころか一、二時間以上もこんなふうに引きこもってはいないはず。隔絶した状態からただぼんやりした状態にまで戻ってくれば、またわたしを見つけて、この子らしい内気なしぐさでわたしに触れ、微笑みかけて、何に打ちのめされたにしても、ぼくはもうだいじょうぶだよと知らせてくれる。

息子を抱きしめ、その濃い黒髪を手でなでつけながら、彼女はそっとやさしく、彼のために歌をうたった――ウッディが本を読むときやパソコンを使っているあいだによくアイポッドでかけている曲のひとつを。「もしもあなたが疲れきり、自分をちっぽけに感じて……」

ヴァーナ・ブリキットの車が車回しから州道へ出ていく音が聞こえた。彼女には鍵を預けてある。ちゃんと裏口のドアは施錠してくれただろう。頼りになる家政婦なのだ。

「……涙があふれ出したら、わたしがぬぐってあげる……」

30

リー・シャケットは細い廊下の端の窓辺に立ちながら、年かさの女がトヨタに乗って車回しから二車線の舗装路へ向かい、パインヘイヴン市街のある南のほうへ曲がってたちまち視界から消えていくのを見届ける。

しばらく前に、シェルビー・スーパースネークの男を撃ち殺したときのように、鴉がまた空に現れる。鴉というよりカモメのように群をなして旋回している。ふだんは厳粛なふぜいの鳥には珍しく、まるで祝福しているかのようだ。

さっきは鴉が三羽いた。いま空中バレエに加わっているのは七羽。歴史やあらゆる文化を通じて、3と7は超常的な意味を持つ数字だ。あの鴉たちはおれのために遣わされ、おれの〝変化〟をうながしに来たのだ。

拳銃をベルトに突っ込み、ジーンズのポケットから、ジャスティンという女を追っていたときに手のなかに落ちてきた羽根を取り出す。羽軸から飛び出したやわらかい羽枝が形づくる羽板はつややかな黒で、漆黒でありながらかすかにダークブルーの色味もある。これを落としていった鳥は闇を統べる古《いにしえ》の神の使いであり、その主の名において、昼間の空から色を盗み永遠の夜をもたらしたかのようだ。

羽根をポケットに戻し、拳銃を抜き出す。

右手のドアへ歩み寄り、そっと開けてなかに入る。部屋の明かりは北側の壁の背の高い窓から入ってくる光だけ。垂れ込めた雲が厚みを増しているのか、偽りの黄昏が本当の日暮れになろうとしているのか、そして雨が近づいているのか、光の加減が水中の領域のように感じられ、いまいる場所が家のなかではなく、潜水艦か何かのようだ。

それでもランプを点ける必要はない。明るい廊下からこの部屋へ移ると同時にシャケットの目は、以前にはありえなかった適応を果たす。視力がどんどん上がっている。いま彼の目は、そこにあるだけの光を取り入れてなんらかの形で増幅しているため、すぐにそこがなんの部屋なのかが見てとれる。メーガンのアトリエだ。

完成間近らしい大きなカンバスに、思わず引き寄せられる。これもまた、メーガンらしいフォトリアリズムの手法を使った作品だが、リー・シャケットには理解が及ばない。こいつにはなんの意味がある？　どういう感情をかきたてようとする絵なのだ？

前景にいる三頭の鹿とひとりの少年。少年はウッディだ。切ったリンゴを鹿にやっている。青白い月明かりが不気味に散乱していて、反射の具合も妙で、それ以外がすべてリアリズムなのと対照的だ。

自分にも説明のつかない理由から、シャケットはこの絵にひどく苛立《いらだ》たせられる。キッチンへ行って鋭いナイフを見つけ、このカンバスをずたずたに切り裂いてやりたい。

いや、まだだめだ。いずれはこの家にある絵という絵を残らずぶち壊してやる。あの女がおれに服従したら、飾りをはぎ取って本来の姿になり、おのれの立場をわきまえるようになったら、あいつ自身の手で破り捨てさせるのだ。おれの指図ひとつで。

この絵に見てとれる唯一の意味、唯一の真実は、この鹿やあのガキが弱者だということ、捕食者に食われる運命の餌食だということ、ただそれだけだ。

31

ウッディのために歌をうたい、腕のなかで彼の緊張がかすかにゆるんだように感じると、メーガンはささやいた。「ミートローフに、ポテトとチーズのキャセロール。あなたの好きな献立よ。デザートはヴァーナの特製マフィンのアイスクリーム添え。あなたの用意ができたら、わたしもキッチンにいるから。ゆっくり来てね」

ベッドから下りてそばに立ち、わが子に微笑みかけると、覆いかぶさって頬にキスをした。少年はまだ何も見てはおらず、まるでショック状態のようだけれど、ちゃんと回復してくれるはずだ。

パソコンとデスクライトは切ってあった。紙の分厚い束が、キーボードの右側に置かれている。

何をプリントしたのだろうと気にはなったが、あえて見ずにおいた。子どもにはみんなプライバシーと信頼が必要だし、ウッディの場合は特にそれが当てはまる。自分のパーソナルスペースを侵されるのが嫌いなのだ。いろいろ不自由なところはあっても、ウッディはいい子だ。いずれ自分から教えてくれるだろう。

ナイトテーブルのランプをひとつ点け、メーガンは部屋から出て、そっと後ろ手にドアを閉めた。

狭い奥側の階段を下りると、そこがキッチンだった。

バットに入ったミートローフが、オーブンの隣の金属のラックに載せてあった。十分に冷めて固まったら、ふたりぶん切って温め直そう。ポテトとチーズのキャセロールはもう焼き上がり、アルミホイルをかぶせて保温用引き出しに入れてある。裏口のドアは思ったとおり、ちゃんとロックされていた。ヴァーナ・ブリキットはいっしょにいて楽しいぼやき屋だけれど、太陽が昇って沈むのと同じくらい信用できるひとでもある。

プラスティックのランチョンマットと紙ナプキン、ナイフやフォークを朝食用テーブルに並べていく。

何かしらの理由からウッディは、ロウソクの火の下で夕食のテーブルに着くと、あまり焦らずに、楽しみながら食べることができる。メーガンは小さな赤いキャンドル用グラスを六個テーブルに置き、四時間もつロウソクを一本ずつ挿していった。この場合は必ず赤いグラスでなくてはいけない。完全に透明なグラスだと、ちらちら揺れる火がウッディを落ち着かなくさせる。グラスが青だと食欲がうせる。緑だと気分が沈み込んでしまう。

器の類はテーブルには置かず、あとで使うためにカウンターに置いた。メーガンは皿一枚ですむけれど、ウッディにはミートローフの皿のほか、ポテトとチーズのキャセロールと付け合わせの野菜二種類を別に盛りつけるために、ぜんぶで三枚の平皿が必要になる。食べ物どうしが触れ合うと、もう食べられなくなってしまうのだ。理由はわからないし、たぶん本人もわかってはいないだろう。

ウッディが二階の部屋から下りてきたら、人参とカリフラワーをコンロにかけ、専用の〝カクテル〟を注ぐのが手順だ。メーガンが白ワインを飲んでいれば、ウッディは無色のスパークリングウォーターをほしがる。もし赤ワインなら、カベルネの色に合わせたグレープとラズベリー風味のスパークリングウォーターを。自閉症という枠に囲われてはいても、彼は母親とのつながりを求めている。たとえぎこちない形ではあっても。

日が暮れるころにワインを一、二杯飲むのが、メーガンのいつもの習慣だ。ウッディを待つあいだに、ケイマスのカベルネを注いだ。

裏口のドアの窓越しに、裏庭を見つめる。いま制作中の絵のなかで、ウッディが鹿に食べ物をあげているのと同じ場所。息子を絵に描くことはそうあることではないけれど、ある背景のなかに彼を描いたあとでは、その場面は彼がいないともう成り立たないように思えてしまう。息子は自閉症にもかかわらず、というよりそのせいなのかもしれないが、どうにも説明のつかない引力を持っている。それが彼の周囲の世界をゆがめ、どんな場所も再構成して色づけし、新しい意味を付与する。いま、ウッディのいないその庭は単純なスケッチのように、本当の風景画を描くための習作のように不完全に見えた。でも、彼を描き込んだそういう場所を変容させているのは、実はウッディではなくて、わたしが息子を愛するあまり、その場所が神話的な性質を帯びるように見えるからなのだろう。

夕闇が濃くなって、芝生の端から始まる森が暗く沈み、ちょうどいまの絵で描いているのと同じ、小塔や胸壁のある城のような建築物に姿を変えていた。どうしてそんな不吉な要素を絵に付け加えたのか、自分でもよくわからずにいたが、いまになってあれは、ウッディの無垢《むく》さとまったく対照をなす世界の邪悪さを表すものなのだと思い当たった。もしわたしに何かあって、もうここであの子を守れなくなったとしたら、その邪悪さはウッディにとって恐ろしい脅威になるだろう。

テーブルまで行き、半分読んで置いてあった小説を手に取った。腰を下ろして読みさしのページを見つけ、また読みはじめる。今日は制作がよくはかどったし、楽しさも感じられた。小説は面白く、ワインも美味しく感じる。

孤独が持つ力というのが、この小説のテーマのようだ。わたしは孤独じゃない、そう自分に言い聞かせてみたが、そのことが嘘なのはわかっていた。それでもやはり、いまの日常は良いものだし、世界には孤独よりもっと悪いものがある、そうひとりごちた。そしてそれは、たしかに真実だった。

32

廊下の明かりがリビングのアーチ状の入口を通って床や家具にかすかな金色の弧を投げかけていても、フランス窓から射し込む陽の光が薄れるなか、広い部屋の奥のほうは影に覆われている。

異様に高まった視力がもたらす不気味な明るさを頼りに、シャケットは部屋を横切り、スタインウェイに近づいていく。メーガンがピアノを弾くことをすっかり忘れていた。

中型のサロングランドピアノは屋根を下ろしたままで、その上にはいろいろな写真が意匠を凝らして並べられ、その銀のフレームに部屋のこの場所までかろうじて届く光が吸い寄せられている。いまの彼の新しい目の視《み》え方では、その銀色が動いていて、まるで溶けて流れていながら元のフレームの形を保ってでもいるようだ。

どの写真も、家族三人がそろっていたころの幸せな時代のものだ。ジェイソンとメーガン、ジェイソンとウッディ、メーガンとウッディ。三人いっしょのもの、ジェイソンひとりのもの、つぎもジェイソンひとり、つぎもまたジェイソンひとり。父親と母親はいつも笑顔だが、息子はたまにしか笑っていない。口のきけない、お荷物のガキ。ジェイソンはおれからメーガンを奪い、役立たずの子をあいつに背負わせ、そうしてくたばったのに、あの裏切り野郎はまだここにいて、まだメーガンの心を縛りつけている。

写真を一枚、一枚と裏返して伏せていく。あとでガキが死んで、メーガンが自分の主人は誰かということを理解したら、あいつがフレームから写真を抜き出し、暖炉にくべて燃やすところをじっくり眺めてやる。

家の裏手から物音がする、たぶんキッチンからだ。どうということはない。音はまだ遠くから聞こえるだけだ。そっちのほうにメーガンのにおいがしている、あいつの潤いのにおいが。あのホットな女はまだ、近づいてきてはいない。

この家はいまやおれのものだ。あいつは知らないが、このおれ、リー・シャケットのものだ。その気になれば燃やしてもかまわない。ガキが死んで、夜中にあいつのベッドへすべり込んで、あいつにこの何年も欠けていたものを教えてやったあとで、それでもまだあのアマが従おうとしないなら、おれがジャスティンにしたのと同じことをしてやる。それから家に火をつけて燃やし、コスタリカへ発つ。ホットな女が山ほどいるところへ。ジャングルに海、両手にあまるほどのホットな女たち。

この〝変化〟にはわれながら驚かされる。以前のおれなら何につけても、ここまで果断になれることはなかった。

リビングから廊下に出ると、玄関側の階段へ向かう。上へのぼりながら、舌を歯の表から裏へ、前から奥へ、下あごから上あごへと動かす。大臼歯と小臼歯はなめずに、犬歯から切歯、また犬歯から切歯と執拗になめ回す。

33

いたたまれない――ちがう、そんなものよりずっとひどい。〈トラジェディ〉というダークウェブの向こうにいる人殺したちに自分の正体を明かしそうになった、自分だけでなく母親まで危険にさらす寸前までいったという屈辱と慚愧《ざんき》の念に駆られ、ウッディ・ブックマンは〈ワイヴァーン城〉への撤退を決めた――ここは彼が最悪の時間を過ごすとき、孤独のなかで癒やしを見つけ、自信を取り戻そうとする場所だった。

〈ワイヴァーン城〉はウッディが想像で生み出した建物だが、いまのようなときには現実世界の場所よりも堅固で、細部まで本物らしく見える。外側の帳壁は高さが四・三メートル。地元産の厚さ六十センチの砂岩の二重の壁が平行に延び、その三メートルの隙間には岩と漆喰《しっくい》のかけらがゆるく詰めてある。外側の門楼と裏側の門楼に二本ずつあるのを含めて、ぜんぶで十本の塔がつねに荒天の空に向けてそびえ立っている。外郭と内郭とを隔てるさらに巨大な第二の帳壁には、難攻不落の門楼と六本の大きな塔。壁の通路には細い挟《さ》間《ま》や銃眼のついた鋸壁《きょへき》があり、下から攻め上がってくる敵に向かって煮えたぎる油やバケツいっぱいの石を注ぐことができる。どの門楼にも近づくには弓手たちに守られた高さ八メートルの傾斜路を通るしかない。それぞれの傾斜路の終わりに待ち受けるのは堀に架かった跳ね橋だ。どの門楼も鉄板で覆われた重い木材の落とし格子があり、それを下ろせば外からは入れず、さらに落とし格子の先にある鉄で包まれた木の扉は非常時には閉じられ、二重のかんぬきで固められる。

この城の名前を選ぶのには、細心の注意を払った。ワイヴァーンとは棘《とげ》のある邪悪な尾を持った、ひときわ獰猛な二本脚のドラゴンを指す。悪者たちも〈ワイヴァーン城〉、つまり〝ドラゴンの城〟という名の場所に力ずくで押し入るのはためらうはずだ。

屈辱と慚愧の念が特に深いとき、ウッディは内側の帳壁の南西側にある、塔のてっぺんに造られた円形の部屋へ避難する。木の梁がめぐらされた天井。東西南北を向いた四つの縦長の窓。石造りの壁、石造りの床。横になれる場所は積み重ねた葦《あし》の寝床だけ。おのれの馬鹿さ、愚かさに恥じ入っている子どもに、心地よい慰めなどあってはならないのだから。

自分が犯した過ちに十分な代価を支払ったとき、ウッディはこの城から出て、現実世界のパインヘイヴンに帰ることになる。城や高い塔やドラゴンの跋扈《ばっこ》する国が出てくるお話のなかでは、物事はそういうふうになっている。内郭の建物の窓にはガラスがはまっているけれど、この高い塔にはそんなものはない。彼のやったことにどんな罰が必要かに応じて、悪天時には寒風が吹き込み、窓から雨が斜めに降ってきて石に叩きつける。そして彼の刑期が明けたときには、ガラスのない窓から入ってくる青い鳥か白ネズミの姿をとった〝前触れ〟を受け取る。そして青い鳥は彼の執行延期の歌をうたい、白ネズミは彼の解放を表す楽しげなダンスを踊るのだ。

そしていま、葦の寝床で丸まっていると、高い塔の部屋の扉が開く音が聞こえた。まだ青い鳥か白ネズミを見ないうちにドアが開いたのなら、あれは彼の様子を見に城まで来た母親だろう。でも自分の刑期が終わるまでここを出ることはできない。たとえいまベッドから起き上がってドアまで行けば、母親を喜ばせられるとしても。もし前触れを受け取る前に出ていったら、この恥ずかしさはそのあともつきまとうし、母親は息子の真実を見てとり、こんな子を産んでしまったという恥ずかしさを彼と分け合うことになるだろう。

母親はさっきもここへ来て、彼を抱きしめて歌ってくれた。だからこんなに早く、また訪れてきたのは意外だった。彼女はいつもウッディのプライバシーを認めてくれる。〈ワイヴァーン城〉の存在は知らなくても、彼の塔の部屋に通じる扉と現実世界の寝室へのドアは、彼女には魔法のようにつながっている。母親は寝室のベッドにあるウッディの体を見ているが、そのあいだウッディの精神は城の塔で恥じ入りながら横たわっている。彼が生まれ落ち、たびたびへまをしてしまうきびしい世界から空想の国へ逃げ込むときには、そういう仕組みになっているのだ。

ウッディの背後で、母親はずいぶん長いあいだ、開いた扉の向こうに立っていた。彼女以外の誰かではありえないのだから、きっとまた髪をなで、きれいな声で歌ってくれるのだろうと思った。彼がこの城の高い塔に引きこもったときには、母親は二度以上やってくることはなかった。息子が自分自身の予定どおりにしか戻ってこないのはわかっていて、ただ自分が来たと知らせることで、彼が安心してもう少しこもっていられるようにしているのだ。

やがて彼女は扉を閉め、行ってしまった。

ウッディは葦の寝床の上でさらにきつく体を丸め、ひざを胸に引き寄せた。

34

口のきけないガキはドアに背中を向け、ベッドの上に寝転んだまま微動だにしない。鹿はいないし、月明かりを浴びてもいないが、窓から入る陽の光が薄れつつあるいま、ナイトテーブルのランプの光のなかにいる。

ガキはたやすい餌食だが、いまはその時ではない。歯を立て、肉を嚙みちぎる――その欲求の強さにわが身が慄《おのの》く。しかしまだその時ではない。

まずメーガンが先だ。早くあいつのなかへ押し入りたい。あいつを奪うことで、ついにジェイソン・ブックマンへの報復が果たせる。おれからメーガンを盗んだうえに、おれをはめてドリアン・パーセルのもとへ生贄《いけにえ》にと差し出した男への。メーガンはおれのものになるはずで、あいつもずっとそのつもりだったのだ。そしておれならずっと優秀な子を、ジェイソンの子種など足元にも及ばない子どもをつくってやれる。

あいつがおれの超常的な力を認めて服従し、おれが何に変化しつつあるかを知って、おれなしでは自分の未来もないことを理解したら、そのときはふたりいっしょにあのガキを踏みにじってやろう。だがもし嫌がったら、あいつの体の自由を奪い、あいつがなすすべなく見ている前であのクソちびを噛み殺してから、この家に火をつけてやる。

これほど果断になった新たな自分に、ぞくりと快感が走る。もう誰かに相談をしたりアドバイスをもらったり、許可を求めたりする必要はないのだ。ボスは誰もいない。法律やら道徳やらに縛られることもない、あれは秩序というただの幻想だ。実際のところ、自然界であろうと文明社会であろうと、誰もが成功の指針にできる唯一のルール、それは酷薄な自然のただひとつの摂理なのだ——餌食は服従し、捕食者が君臨する。

廊下をさらに進んだ先に、主寝室が見つかる。窓の灰色の光。ベッドわきのクロックラジオのぼうっと光る緑色の数字。それだけのささやかな明かりでは、暗闇に適応した——いまなお適応中の——この目でも十分とはいえないが、特にランプを点けるまでもなく、キングサイズのベッドまでたどり着ける。

この程度の光のなかでも、ベッドカバーが外され、たたんでベッドの端にベンチ代わりに置いてあるのがよく見える。シーツ類は今夜のために、おそらくトヨタに乗って帰っていった家政婦の手で整えられている。シャケットは床にひざを突き、マットレスの上のシーツと上掛けのシーツのにおいを嗅ぐ。このあいだにメーガンのしなやかな体が横たわっていたのだ。シーツは昨夜から新しく取り替えられてはおらず、残っているのは洗剤と柔軟剤の残り滓《かす》だけという失望は味わわずにすむ。においだけでも、あいつのシャンプーした黒髪、つややかな肌の脂のかすかな塩気、そして両脚のあいだの谷間——これからふたりの未来を創り出す場所——の潤いの区別はつく。

拳銃をナイトテーブルに置いて、大きなベッドの端に腰を下ろす。靴ひもをほどいてするりと脱ぐが、服は着たままで、昨夜メーガンが寝ていた場所に体を横たえる。まず背中をつけ、上掛けのシーツと薄手のブランケットをあごまで引き上げる。メーガンの長い脚と恥丘にまとわりつき、豊かな乳房を覆っていた極上の綿の布地にいま彼はくるまれ、彼女の香りに包み込まれる。

35

タホー湖を見下ろす屋敷で、ローザ・レオンはドロシーの弁護士のロジャー・オースティンに電話をした。彼の勤務時間はもう終わっていたので、携帯に直接かけた。あたしがただひとりの相続人だというのは本当なんですかと訊くためではなかった。ドロシーが嘘の確約をして彼女を騙したりする理由はない。でもオースティン弁護士は、彼女の亡くなった翌日にこの屋敷を訪ねてくることになっていたので、その予定をずらしてもらう必要があった。

ロジャー・オースティンは天性の話し上手らしい、深いけれど甘く響く、聴く者を魅了する声の持ち主で、人間性もそれに見合ったものだと誰もが言うひとだった。信念があって信頼でき、どんな状況でもあてにできる岩のような人物。けれども亡くなったドロシー・ハメルのことを口にするとき、その岩が発する声は何度かひび割れ、気を落ち着かせるために一分ほど間を置かなくてはならなくなると、ローザの彼への評価はいっそう高まった。ローザがすでに動画を見ていることは承知のうえで、ロジャー・オースティンは税金を差し引いたあとでこの屋敷に残るものをすべて列挙した。そして、これほど突然にご自分の人生が一変することになったのだから、お気持ちはお察ししますと語りかけた。それから、自分と連携しているドロシーの会計士から、今後のアドバイスがあるだろうこともお伝えしておきたい、と。

「あなたと明日お会いするのを、できれば金曜日まで延ばしていただくことはできますか?」ローザはたずねた。「やらなくてはいけない大事な用があって、どうしても遅らせることができないので」

「もちろんですとも、ローザ。金曜日の午後三時でいかがでしょう」

「けっこうです。ありがとうございます、ミスター・オースティン、それにドロシーさんのすばらしいお友達でいらしてくれたことも」

「ロジャーと呼んでください、ドロシーもそう呼んでいました。ドロシーと友人になるのは、この世界でいちばんやさしいことですよ」穏やかな笑い声をたてる。おそらく声がまた上ずらないようにするためだろう。「あのひとはこの世界で、わたしが自分と同じくらいに深く愛したわずかな人たちのひとりでした」

　話を終えて電話を切ると、すぐにもキップを捜しに行きたくなった。もしあの子が悲しみに耐えられずに出ていってしまったのなら、あたしがその悲しみを分かち合おう、そうすることであの可哀《かわい》そうな子から恐ろしい重荷を下ろしてあげよう。

　けれども、もしかすると出ていったのではなく、さらわれてしまったのではという心配もあった。なんだかメロドラマみたいだけれど、実際に犬の誘拐は、ドロシーが何より恐れていたことだった。今現在、キップはオリンピックバレー近辺の、ここから四十五キロ離れた場所にいる。彼が姿を消してからの時間を考えると、自分の足でそれほど遠くまで行ったとは思えない。

　キップが着けている特製の首輪からは、最新鋭の追跡サービス〈パイドファインダー〉用の信号が出ていた。この企業が売り出している腕時計や子ども用の持ち物には専用の送信機が埋め込まれていて、誘拐犯――いわば笛吹き《パイドパイパー》――に連れていかれたり迷子になったりしたときに、GPSで追跡できる。その他の製品には犬用の首輪もあった。

ドロシーのスマートフォンにある〈パイドファインダー〉のアプリから、ローザはキップの位置をたどることができた。当面いちばんの心配は、ちっぽけなリチウム電池の残量が尽きて、キップを連れ戻す前に送信機の電力がとだえてしまうことだった。電池はひと月に二回、交換する必要があったが、ドロシーが最後に新しいのを首輪に取り付けたのがいつだったのか、ローザは知らなかった。

いまのこの危機的状況のことは、ロジャー・オースティンには話さずにおいた。弁護士はキップの秘密を何も知らない。あの子を助けられる人間は、あたし以外誰もいないのだ。

罪悪感と心配がずしりと重くのしかかってくる。火葬とそのあとの時間、キップをひとりにしてはいけなかった。あのときはまだ彼のすばらしい秘密を知らずにいたとはいえ、彼がドロシーにとってどれほど大切な存在かは痛いほどわかっていたはずなのに。

あたしの幸運はすべて、あのゴールデンレトリバーのおかげなのだ。ドロシーがいくら目をかけてくれていても、もしキップがいなかったら、財産を残らず看護師に遺したりはしなかっただろう。相当な額を遺贈してくれたかもしれないけれど、大部分はドロシーが長年支援してきた慈善団体に行っていたはず。

ローザ・レオンはアラームをセットして家に錠を下ろし、ドロシーのリンカーンMKXに乗って屋敷を出た。ゆっくりと走らせながら、一面に立ち込める霧のなかを抜けていく。まるで文目《あやめ》もわかぬ海の上で、船乗りたちが古い帆の破れた幽霊船に出会うか、深海に棲む伝説の怪物のぎらつく目が現れてはまた波の下にもぐって見えなくなる、そんな場所にまぎれ込んだようだった。

六メートルしか視界が利かないなか、州道八九号線に出るまでの、晴れた晩なら四、五分しかかからない下道を抜けるのに十五分近くかかってしまった。八九号線を北へ向かいながら、霧が晴れるか、せめて薄くなってくれないかと念じつづける。このままの状態だと、オリンピックバレーまでの四十五分の道のりに二時間かそれ以上かかってしまう。しかもどこかの馬鹿ドライバーが持ち合わせてもいない勘を過信して、制限速度を守っているこっちの車にいつ突っ込んでこないとも限らない。

スマートフォンの画面に表示された地図上で点滅する赤い輝点は、さっき確認した場所からキップが移動していないことを示していた。あの子がどこに、誰といっしょにいるにしろ、少なくとも今夜はひとところに落ち着いたということだ。

真っ暗な海溝を調査する潜水球の探査灯のように、対向車のヘッドライトが初めはぼんやりとかすかに、だが次第に明るく膨らんでくる。ハイウェイを南へ向かう光の本体は、通り過ぎるまでまったく見えなかった。霧をついて現れたクルーキャブのピックアップは背景の霧と同じ白色で、ドライバーはおそらく制限速度の半分しか出していなかったが、それでもこの条件ではまだ速すぎた。

トラックとすれちがってから、ローザはさらに速度を落とした。今日という二度とない一日にあるパターンを感じ取り、ひどく心が乱れた。一日で最愛の——それもたったひとりの友人を失い、財産を相続し、長くつらい火葬のあいだ耐えて座りとおし、奇跡のようなキップの秘密を知って気持ちが昂り、でもその犬が行方不明になってしまい、それからありえないような手段でその居所をつきとめた……喪失のあとに祝福があり、喪失のあとに祝福が、また喪失のあとに祝福がある。きびしい人生を送ってきたローザには、良いことは何も続かないという覚悟ができていた。

36

パインヘイヴン郡で起きた殺人事件の犠牲者や、事故で命を落とした被害者はすべて、カーソン・コンロイの手をわずらわせることになる。カーソンはかつて、都会の理不尽な暴力から逃れてこの土地へやってきた。だが、初めてその暴力が起こった。

定期巡回中の警官が発見したペイントン・スペイダー、ジャスティン・クラインマンの遺体はあらゆる角度から写真を撮られ、できるかぎり現場を荒らさないよう注意を払って移送された。田舎の法執行機関はいつもこんなふうに証拠の保全を尊重するとは限らない。

空を厚く覆った雲が午後の陽射しを翳《かげ》らせていて、降水確率も六十パーセントあったため、もし雨が降れば証拠が消えてしまいかねないということで、発電機とクリーグ灯が迅速に現場へ持ち込まれ、日没の一時間半前に慎重に配置された。法医学証拠の発見と取り扱いの訓練を特別に積んだ保安官補の指揮の下、警官たちの一団はハイウェイの砂利敷きの路肩と、その先の斜面、被害者二人が見つかった斜面の下の草地を捜索してまわった。

犯人は女性を殺害後、直接自分の車には戻らずに草原を抜けて小川まで行ったらしく、丈の高い草を踏みしめるあいだに、平たく潰れた緑の葉の上に血の滴を落としていた。犯人の捨てた血まみれのシャツに加え、空のショルダーホルスターも発見された。

男女二人の遺体は郡の死体安置所《モルグ》まで移送された。

郡と契約しているレッカー車の運転手がシェルビー・スーパースネークを荷台に載せ、作業を監督し証拠品の破損がないことを証言する役目を帯びた保安官補に付き添われて、保安官事務所本部とモルグと同じ構内にある押収車両置き場まで運んでいった。

血まみれのシャツとショルダーホルスターは、茶色の買い物用紙袋に入ってカーソン・コンロイのもとに届けられた。

カーソンは今年で四十二歳になる。国内一の犯罪都市シカゴの検死官事務所で順調に昇進してきたが、やがて未解決事件のあまりの多さに士気をくじかれてしまった。殺人の大半はギャング関連のもので、市を治めるエリート連中はギャングたちへの対処ができないか、もしくはその気がないことがわかった。

そして暴力はさらに、最悪の形でカーソン自身に降りかかってきた。妻のリサが通りすがりの自動車から放たれた銃弾の犠牲になったのだ。どこからどう見てもギャング予備軍どもの度胸試しの儀式だった。どこかのチンピラが自分のタマがでかいことを――そのくせ疑いをかけられるのを怖がるぐらいノミの心臓であることを――証明するために、一般人を無差別に殺そうとするのだ。これは実際、最も解決困難な部類の事件だった。まともな動機は存在せず、立証可能な因果関係もない。リサを殺した犯人が決して捕まらないことはカーソンもわかっていたが、妻の命を奪ったチンピラがいまものうのうと生きて楽しんでいる街でこれ以上暮らしてはいられないと感じた。

それが五年前のことで、事件はいまだに未解決のままだ。いまもときおり、やすらぎのない夜の眠りの合間に、何度か血の復讐を果たす夢を見る。映画『イコライザー』のデンゼル・ワシントンよろしくスラム街を歩きまわり、夢でしかありえないロジックで犯人を見つけ、そいつを叩き潰すのだ。それでも目覚めたあとの世界で正義が果たされることなど、万にひとつも期待してはいなかった。

四年前、住民投票で検死官が選出される大都市から、地方の検死官事務所へ移ってきたカーソンは、幅広い分野の応募者のなかから選ばれて、パインへイヴン郡の検死官に採用された。その職務は、検死解剖を行って法廷に出せる証拠を見つけるだけにとどまらず、充実した鑑識研究所をつくりあげて、保安官事務所が捜査の一部を州レベルの機関に外注せずにすむようにすることも含まれる。パインへイヴン郡の検死官はだいたいいつも引退した医師か現役の葬儀屋が務めていて、みんなベストを尽くしてはいたものの、やはり専門の訓練を十分に積んでいないせいで、剖検から得られた証拠が汚染されないようにするための厳密な手続きを理解していなかった。

パインヘイヴンに来て最初の一年間、カーソンは一日八時間労働で着々と予定をこなし、忘れたいことを忘れられるくらいに没頭できた。年が移り変わっても忙しさは相変わらずだったが、いまの地位に慣れるにつれ、自信と楽しさも感じられるようになった。都会で生まれ育ち、しかも黒人である彼が、この田舎の環境に順応するのは、控えめにいって大変だろうと思っていた。だがまったく予想外なことに、順応はじつにスムーズにいった。ここの程よい規模での暮らし、シエラネバダ山脈の偉容、自然の美しさが気に入った。ときおりメインストリートに現れ、パインヘイヴンの住人の暮らしぶりを知りたがる旅行客のように闊歩《かっぽ》する鹿たちを愛した。カーソンがゴミ容器の蓋に新しく複雑な掛け金を取り付けるたびに、それをせっせと開けようとする、性悪だが働きもののアライグマですら愛しく思った。住人もあらかじめ聞かされていたような人たちとはまるでちがった。この国ではここ四十年かそれ以上のあいだに、多くの都会民やメディアがまるで知らないような田舎の郡や小さな町でも、人びとは洗練され、頑迷ではなくなっていた。カーソンはここにいて幸せだったし、静かに流れる日常に魅了され、終わりのないマラソンレースのような大都会の喧騒から逃れられたことに感謝していた。

ところがここ一年ばかり、不穏な変化がゆるやかに、パインヘイヴン郡にまで及んでいた。ときおり〈ＭＳ‐13〉を始めとする中米系のギャング組織の先乗りたちが、ここのような田舎にはメタンフェタミンの密造所をひそかに造れる可能性があると考え、地元の法執行機関の規模や力を偵察しに来るようになったのだ。そうした連中と警官たちとの小競り合いは何度かあったものの、とりたててひどいことにはならなかった。だがそのうち、ジェンナ・マッコールという美しい女生徒が、なんの痕跡も残さず行方不明になった。学校での素行はよく、家族仲も良好で、家出をするようなタイプではなかった。さらに十三歳の少年ジミー・タルバートが未舗装の林道で自転車に乗っていてひき逃げにあい、放置されて失血死した。パインヘイヴン郡では三十六年間、ひき逃げ事件が起きたためしがなく、誰もが常識の線に照らしてある種の疑いを持った。

しかしどれほど疑いと不安を抱いていたとしても、カーソン・コンロイにはジャスティン・クラインマンの遺体の状態を受けとめる用意はできていなかった。

モルグには二台の解剖台があり、それぞれに秤《はかり》とシンクがついていた。一台目に載せてあるのは男のほう、ペイントン・スペイダーだった。至近距離からホローポイント弾を四発撃ち込まれていた。筋肉や骨に及んだ損傷は予想の範囲内だった。

初めのうちカーソンは、ジャスティンもやはり銃で撃たれ、遺棄されたあとで野生動物に、おそらくコヨーテに食い荒らされたのだろうと思った。ところが銃弾の痕は見当たらず、ナイフで刺された痕を探しても、やはり見つからなかった。頭蓋骨は無傷のままだった。鈍器で殴り倒されたわけでもない。

武器が使われた可能性が完全に消えると、カーソンは必要に迫られ、初めて女性の顔をつくづくと見た。顔にはほぼ何も残っていなかった。生前は美しかったとしても、その残骸からは知るすべはない。顔の大部分が食われていた。乳房の片方もぜんぶ、もう片方も一部。職業柄むごたらしい死体は何度も見てきたし、被害者が向き合った恐怖を想像しても、とうの昔にぞっとすることはなくなっていた。しかし今回ばかりは、寒気が背骨の下から上へ、羽虫の群のようにざわざわと這い上った。残った組織の周辺の嚙み跡は、動物のものではなかった。歯の湾曲も配置のパターンも、まぎれもなく人間のものだった。

37

メーガンが小説を三章ぶん読み、カベルネ一杯を飲み終えるころになっても、ウッディはまだキッチンまで下りてこなかった。

彼が深く引きこもって、そこからなかなか戻ってこられないときは、音楽でうながすとうまくいくことがある。ウッディは彼女のピアノを聴くのが好きで、まるで鍵盤から音楽を呼び出す魔法を見ているような驚きの目でいつも見つめるのだ。

ときには手書きのメモを置いておいたりもする。つい最近のメモはこんなものだった。

《あなたもピアノの弾き方を覚えたい?》

ウッディはこのメモにも、ほかのメモにも返事をよこしはしなかったが、いつかそんな時が来るかもしれない。メモをやりとりするのは、実際の会話でのやりとりと同じではないだろう。でも、これまであの子とのコミュニケーションを楽しんではきたけれど、それよりもっと楽しめるようになるかも。そうなることを彼女は願っていた。

主廊下をリビングへ歩いていき、部屋に入って照明をつけた。ピアノへ向かおうとして、ふと足を止めた。屋根の上に並んだ銀のフレーム入りの写真がぜんぶ、伏せて倒してあった。

ヴァーナ・ブリキットは週に一度、銀器やグラスを磨いてくれる。でも写真をこんなふうにしていったことは決してなかった。実際、それはありえない。強迫観念といってもいいほど几帳面《きちょうめん》なたちなのだ。

ウッディがやったにちがいない。でもどうして？　考えられる答えは、この写真すべてに写っている父親の姿を見るのが急につらくなったということだろう。あれから三年が過ぎて、ウッディの喪失感もやわらいだ気がしていたけれど、思ったほどではなかったのか。あの子はたしかに天才だし、世間の人たちは天才というものが一般の人と比べて情緒的でないと考えがちだ。でもそれはウッディには当てはまらない。とても感じやすい子なのだ。彼女はこう考えることがある。もしかするとあの子が黙っているのは、もし言葉を発しようとしたら、長年抑えつけていた気持ちが恐ろしい勢いでほとばしり出てきて制御しきれず、生《なま》の感情をむき出しにしたショッキングな言葉を口走ってしまうと思っているせいかもしれない。

フレーム入りの写真はそのままにして、ピアノの屋根は上げずにおいた。あとであの子に写真のことを訊いてみよう。

椅子に腰を下ろし、鍵盤蓋を開けた。指を曲げ伸ばしする。

ウッディが特に好きな、何時間でもくり返し聴いていられる曲は十何曲かあるが、好みはずいぶんばらばらだ。歌詞の意味もさることながら、メーガンの感触では、彼の魂にじかに訴えかけるのはメロディなのではという気がした。

あれこれ考えたあげく、『ムーン・リバー』を弾くことにした。その美しい、憧れとやさしいメランコリーに満ちたメロディが、リビングから廊下を通って階段の上へと流れ出していく。これが呼びかけとなって、あの子を閉じこもっている殻から誘い出してくれるだろうか。

38

鮮明に形づくられた想像上の〈ワイヴァーン城〉の高い塔で、葦の寝床に横たわりながら、ウッディはガラスのはまっていない南側の窓をじっと見ていた。前触れは必ずそこに現れる。青い鳥かふかふかの白ネズミが、彼が犯した過ちのことでもう十分に苦しんだということを告げるしるしが。暗い鋼《はがね》色の雲が空を勢いよく流れ、その淀《よど》んだ塊の向こうで音をたてない稲光の波が間断なく脈打っているが、そうした天の力はそれを生み出したウッディのように静かだった。もしぼくが思っていた以上に悪いことをしてしまったのなら、あのダークウェブから人殺したちをこのパインへイヴンへ引きつけてしまったのなら、そいつらがたったいまもここへ向かっているのなら、どれほどの贖《あがな》いをもってしても許しや安全は得られない。ぼくは永遠にこの塔に幽閉の身だ。

そのとき、聞いたことのない音が聞こえてきた。不思議なクウンという音、ため息のような音、そしてハッハッという胸を締めつけられるような息遣いの音が続いた。

南の窓から視線を下げて床に落とすと、一頭のゴールデンレトリバーが見えた。体を丸めて眠りながら、何か悪い夢、たぶん悲しい夢でも見ているのか、つらそうな鳴き声を漏らしている。

こんなことが起こるのはまったくの初めてで、どう解釈すればいいのかわからなかった。この犬も青い鳥や白ネズミのような前触れなのだろうか。ぼくがしでかしたことへの贖いが終わり、もう城を出て元の快適な家へ、ママのところへ帰ってもいいということなのか。

その疑問への答えが出ないうちに、見えない存在が語りかけてきた。周囲の石の壁に沿って、ささやくような言葉が切れ切れに響いてくる。「わたしのために笑って……ねえ、可愛いキップ……わたしの大切な坊や……不思議《ミステリー》な子……ミステリアム……」

葦の寝床の上に起き上がり、部屋のなかを見渡した。たくさんの影が、稲妻がひらめくたびに、隙間風に乱されるカーテンのように揺れてうねった。声の主は、女性の姿はやはり見えない。

それよりも険しい、恐ろしげに唸るような男の声がした。「わかってるぞ……おまえみたいなやつのことは……いっちょ……思い知らせてやる」

何もない壁の上に油を満たした燭台《しょくだい》が現れ、ぽっと火が灯った。彼がそう念じたからで、その揺れる光のなかにはほかに何も見えず、ただ、さっきの犬だけが照らし出された。

三人目の、やはり男の声が言った。「ぶつのは……犬をぶつのはよせ……クローバー……がんに……侵されていた……つらくてたまらなかった……」そして今度は三つの声が同時に流れ出てきた。「思い知らせてやる……がん……クローバー……ドロシー……わたしのキップ……わたしの坊や……大切な坊や」

壁の燭台そのものがふっと消え、稲光にかき乱された影が震えながら部屋に戻ってきた。ウッディが立ち上がると、眠っている犬が金色のガラスのように透明になり、やがて消えた。

どこかでピアノが『ムーン・リバー』を奏でていた。

〈ワイヴァーン城〉はまぎれもなくウッディ自身の創作物だし、彼が自らに課した隔離が解ける前触れとして現れる青い鳥や白ネズミも同じだ。それはよくわかっている。鳥やネズミは、自分がしでかしたことへの贖いがすんだと感じたときの良心の表出であることは。でもそれと同じくらいたしかに言えるのは、あの美しい犬は断じてぼくの創り出したものじゃない。あれはぼくの空想のなかへ……別の誰かが割り込ませたものだ。あの声はどれもぼくのものじゃないし、言葉もぼくのなかから出てきたものじゃない。どんな仕組みなのか、どんな内容なのかはわからないけれど、あれはぼくが初めて受け取った本当の前触れなのだという気がする。そう思うと喜びが全身にあふれ、おかげでダークウェブの住人たちの手が自分と母親にまで伸びるという恐怖もずいぶんやわらいだ。

塔の部屋の扉にかかった大きなかんぬきを押し開けるまでもなければ、塔の階段を下りて内郭を通り抜けたあと落とし格子を持ち上げ、中門から出ていく必要もない。ただぐるりと円を描いてひと回りするうちに、中世の城は現代の部屋に変わり、いま立っているのはもう葦の寝床のそばではなかった。

階下のピアノから聞き慣れた、忘れようのないメロディがいつもどおり、ウッディが決してやらないいろいろなことを語りかけてきた。彼は流れる川のように自由に旅することもないし、その川をいつか軽やかに渡ることもない。世界を観に出かけることもない。世界は彼にはとほうもなく大きく、とほうもなく複雑だからだ。あの美しいメロディは自閉症の壁のようにたしかに彼を取り囲んでいるけれど、でもあれが悲しい歌だとは決して思わない。その正反対だ。あの歌は、実際にああいったことをするのが不可能なときでも、そういう夢を見ることの価値を認めてくれる。そして彼はいろいろな制約こそあれ、最高ランクの夢見る者《ドリーマー》なのだ。

部屋を横切ってドアを開け、二階の廊下へ足を踏み出すと、音楽が大きく響き、ウッディの知っている、ほとんどの時間はなんとか向き合っていられる世界へと彼を呼び戻した。松の木立に抱かれた家へ、そしてその優美な手で触れるすべてのものから美を創り出す母親のもとへと。

39

このままメーガンのベッドで寝入ってしまうつもりはなくても、あの女がここに横たわっているだけでシーツに残した名残のために、次第に鋭さを増している彼の五感は圧倒される。強烈にかぐわしいエロティックな芳香はあの女の生々しい裸の姿を浮かび上がらせ、官能的でありながら奇妙に眠気を催させる。初めのうちは目覚めたまま、思春期の少年がやがて夢精に至る夢のような、みだらな映像の海に漂っている——若々しく豊かな乳房、なめらかに突き出した尻、彼を包み込む手足の絹のような肌触り——息を呑むようなぞくぞくする肉体の感触。寝ているあいだにメーガンの体から落ちた微量の表皮のにおい、悦《よろこ》びの夢のなかでその女陰から綿のシーツにこぼれ出した潤いのにおい、そして妊娠してもいないのになぜか乳首から漏れ出た初乳のかすかな痕跡のにおいがする。まるでシャケットが来るのを予期して子どもと彼に乳を与える用意をしているように。メーガンの枕の上の、その熟れた唇の端からかすかに垂れた唾液の跡を嗅ぎ、その極上の布地に舌を這わせて彼女の口の味をなめとる。空想のなかで、彼女の優雅な手が自分のなまめかしい肢体を愛撫しながら、その悦楽をシャケットの前に差し出している。彼女の指を吸い、指と指の股の繊細な皮膚をなめ、親指の付け根のふっくらとした丘に歯を立てたくてならない。五感が欲求に溺れて何も考えられず、この感覚の過剰が、この感覚への耽溺《たんでき》がある種の鎮静剤となって、もうろうとした酔っ払いがウィスキーを口にするように彼を眠りのなかへ沈めていく。

夢はこれまで見たどんなものとも似ていない。野性が、あらゆることが可能だという躁的な感覚が、すぐ目の前に啓示があると、それが彼のあらゆる欲求を満たしあらゆる不安を永遠に終わらせると伝えてくる。彼は息せき切ってゴシック風の森を駆け抜け、月明かりの草原を越えていく。体は自分のものではなく、人間より敏捷な四本足のそれだ。吐く息が冷たい夜気のなかで湯気になるが、興奮と活動のために全身が燃えるようで寒さなど感じない。そばに彼と同じ種の、贅肉《ぜいにく》のない、長い手足と鋭い歯の獣たちがいる。そして傷を負って足を引きずっている鹿を見たときに咆哮《ほうこう》が湧き起こる。それは彼らにとっては祝いだが、彼らの熱情が向けられる温和な標的にとっては恐怖でしかない。この興奮の極みに達したとき、夢は形を変え、彼も形を変える。もう自分が何なのかも、何を求めているのかもわからず、わかるのはただ食わねばならないということだけ。彼は光のない闇のなかを、不潔な汚物にまみれて這いずり走りまわるもの、やみくもな不安に突き動かされるもの、ごくわずかな風に吹き飛ばされかねないものとなる。そのとき、突然の光にあおられて飛び立ち、裂け目や穴や降下する腐敗物のなかへ飛び込んでいく。そして今度はまったく別のものとなり、溺れたのかまだ生きているのか、海の底を這っているのに気づく。人間が生きていられないほどの水圧の下、暖かい陽射しはとうてい届かない、燐光《りんこう》性の植物が不気味に光る触手をゆらめかせている場所。その幾尋《いくひろ》もの海水を通して聞き覚えのある音楽が響き、目覚めに向けて引き上げられていく。浮上しながら、こうした夢は生きてきたなかでの通常の経験からつくられたものではなく、おそらくユタ州スプリングヴィルで吸い込んだ何十億もの古細菌のＤＮＡに植え付けられた遺伝的な記憶から生まれたものだと理解する。

そこで目を覚ます。

階下から響く『ムーン・リバー』のメロディが、メーガンのアトリエで見た絵と同じように彼を苛立たせる。あいつの絵もこの歌も軟弱すぎる、やくたいもない感情とやらがふんだんに盛り込まれ、それが頭を曇らせ、人生は暗くきびしく意味のないものだという真実の認識を妨げている。人生は欲求とその実現、飢えとその充足、憎悪とその手段としての暴力以外、なんの意味も持たない。人生とはどんな手段を用いてでもほしいものを手に入れる力だ。盗みやレイプや殺しは呼吸と同じく人間にとって自然なことだ。それこそが人間という種を煮詰めたエッセンスであり、そのエッセンスがこれまでにない純粋さをおれのなかに生み出すのだ。

上掛けのシーツをはねのけて元に戻し、ベッドの端に腰かける。靴に足をすべり込ませ、ひもを結ぶ。ナイトテーブルに置いた拳銃を手に取り、部屋を横切ってドアまで行く。

40

リビングに入ってきたウッディの姿を見て、メーガンの心は浮き立った。彼がピアノの前までやってくると、きっと悲しみから立ち直って、自分が裏返した父親の写真のせめて何枚かは元に戻そうとするだろう、そう期待した。ところが息子は、彼女が『ムーン・リバー』をまた最初から弾いてみせても、ただ夢見るような表情で、じっと聴いているだけだった。

メーガンは演奏を終え、そっと鍵盤の蓋を閉めた。「ねえウッディ、どうしてあの写真を伏せて置いたの？」

少年が裏返しになったフレームに注意を向け、眉をひそめた。

「まだパパが恋しいのよね。わたしだってそうよ、ほんとうに、心の底から。これからもずっと。わたしが会ったなかで最高のひとだった」

ウッディが見つめ返したが、その顔や目からは何も読み取れなかった。

「パパの写真をしまい込んでも、つらい記憶をしまい込むことにはならないわ。写真や思い出の品といっしょにパパをわたしたちの人生に留《とど》めておくこと、パパをわたしたちの心のなかに留めて決して忘れないこと——それが現実にあったことと折り合いをつけるいちばんの方法なの。わかるでしょう、ウッディ？」

まだ眉をひそめたまま、少年はうなずいた。そして、いっしょに写真を元どおりにしましょうとメーガンが言いかける前に、リビングを出ていった。

いま呼び戻しても意味はない。思慮が足りないわけでも反抗的なわけでもなく、ただ自分の状態にとらわれているだけ。そしてその時々の状況を自分なりの論理に従って解釈して行動しなくてはならず、それがこちらの理解を超えているだけなのだ。

夕食が終わったあと、メーガンがテーブルを片づけているうちに、ウッディはきっと自分でリビングへ行って、銀のフレームをぜんぶ元どおりに直すだろう。まるで彼女の言葉が外国語で、その意味を理解するのに苦労して翻訳しなければならなかったというように。そんなふうに何か頼んでから従ってくれるまでに時間がかかるのは、珍しいことではない。

メーガンはウッディのあとから主廊下をキッチンへ向かった。彼はテーブルまで行くと、さっき母親が座っていた椅子に腰を下ろし、彼女が読んでいた小説を手に取った。しおりを挟んだ位置がわからなくならないように注意しながら、一ページ目から読みはじめる。

その本には息子の目に触れさせたくないところは何もなかったので、彼女はただこう言った。「これからだと遅い夕食になりそうだけど、でもきっと美味しいわよ」

冷蔵庫から人参のスティックとカリフラワーを出し、鍋に入れスパイスを振って調理に取りかかる前に、カベルネをもう一杯注いだ。ウッディにはグレープとラズベリー風味のスパークリングウォーターを出す。それを自分のとまったく同じワイングラスに注ぎ、彼の前に置いた。

41

シャケットは階段の下り口に立ち、廊下の壁に背をつけて、少年が、次いでその母親のなまめかしい姿がリビングから出ていくのを眺める。ふたりの一方通行の会話を聞きながら思う。もしかしてあの女も、ちょっとおかしくなってるんじゃないか。なんの反応もしないガキ相手に、まるでこっちの言うことがちゃんと通じている、いつでも返事が返ってくるというみたいに話しかけるなんて、さっぱり意味がわからない。あのガキは生まれてこのかた、一度もしゃべったこともないというのに。

スイングドアが小さくキイッと音をたて、ふたりがキッチンに入ったのを合図に、シャケットは急いで階段を玄関ホールまで下りていく。猫のようにひそやかに、という形容に思い当たり、その顔にチェシャ猫の笑いが浮かぶ。おのれの変化にぞくぞくする。メーガンの通ったあとに残る湿った女陰のほのかなにおいに、この先のことを想像し、口のなかに唾が湧き出す。唇の端から少しあふれ出たそれをなめ取る。

リビングに入ると、ふとその顔から笑みが薄れて消える。メーガンが息子に言っていた言葉を、ジェイソンがどうのという甘ったるい戯言《たわごと》を思い出したせいで。あるセリフがとりわけシャケットの癇に障る。〝わたしが会ったなかで最高のひとだった〟

あのビッチ女は数えきれないほど男を知っているのだろうが、リー・シャケットのことは、このおれのことはろくに知ろうともしなかった。おれには決して体を許そうとせず、おれがほかのどの男も及ばないほどあいつを満足させられることを証明するチャンスをよこさなかった。

それもじきに変わる。

スタインウェイの前まで行き、銀のフレームを見つめる。そのひとつを手に取って裏返し、メーガンとジェイソンをじっと眺める。自分の宝と、その宝を奪い取った泥棒を、ホットな女と薄汚い裏切り者を。

真っ先に強い衝動に駆られる。この写真を床に投げつけ、踏みにじり、保護しているガラスを粉々にし、あいつの大切な記憶を残らず打ち砕いてやる。あいつと裏切り者の夫がおれの希望を打ち砕いたように。

だがそうすればメーガンが物音を聞きつけ、ここまで調べに来るだろう——ここはおれがあいつに未来を託そうとする場所ではないし、いまはその時でもない。メーガンのベッドに入り、頭のなかに彼女の悦ぶさまを思い描いてきたシャケットは、眠っているときに同じシーツのあいだにすべり込み、彼女のなかに押し入ることで目覚めさせるつもりでいる。暗い寝室で何も見えず、誰が自分の上に乗っているのか、誰が初めての感覚で自分を満たしているのかといぶかるあいつを、おれは蛾のような視力で眺めてやる。そしてあいつのショックと恐怖がたちまち悦楽に変わり、その長くてしなやかな脚がおれに巻きついてより深く迎え入れようとするところを。古細菌は細菌ではないし、数十億の遺伝子がおれにもたらした、そしていまもたらしている変化は、インフルエンザのように受け継がれていくことはない。だが、もしおれの体に植えつけられた新しい遺伝情報が精子にも及んでいるなら、おれがあいつにはらませる子は、いまのリー・シャケットがどの男より優れているように、ほかのどんなガキより優れた子どもになるだろう。

写真のガラスを叩き割るかわりに、フレームの留め具を指先でこじて上げると、薄いボール紙の台紙を外して写真を引っぱり出す。ほかのフレームからも一枚ずつ、ぜんぶで九枚の写真を取り出す。

こいつはガスの火が燃える暖炉のなかの、陶製の薪のあいだに挟み込んでおき、いずれそこで燃やしてやろう。いや、もっといい使いみちがある。写真を折りたたみ、ジーンズの尻ポケットに突っ込む。今夜、おれがあいつの上になったとき、あいつが拒んで抗い、おれをあざけって傷つけようとするなら、このリー・シャケットとの新しい生活より死んだ夫と口のきけない息子のほうがいいというなら、あいつが気を失うまでぶちのめし、写真をぜんぶ丸めて、一枚ずつ喉の奥まで押し込んでやる。あいつが息を詰まらせ、かけがえのない家族とやらのためにくたばるまで。

42

冷たく白い靄《もや》の塊がのろのろと夜のなかを、まともな形をとろうとしない夢のなかの獣の肩や腰のように押し寄せてきた。目に見える証拠だけで判断するなら、世界はもう消えてしまった。木はどこにも姿を見せず、建物も、対向車すら現れない。タイヤの下に舗装路があるのだとしても、ローザ・レオンの目にはとまらなかった。何やらぼんやりした、標識のようにも思える長方形のものが暗闇に一瞬浮かび上がっても、書かれた文字は見えず、この消えゆく世界の先のどこにも街や村は存在しないと告げているようだ。ヘッドライトが霧の壁に冷たくぎらつく光を投げかけても、ほんの一、二メートル先までしか届かなかった。

闇のなかからぼんやりと幽霊が、赤くまぶしい光の玉を地面に飛び散らせながら現れた。ローザがさらにスピードを落とすと、こちらへ急いで駆けてくる人の姿がはっきりしてきた。懐中電灯を下に向けているハイウェイパトロールの巡査だった。その一瞬後、正体不明のぼうっとかすんだ光の塊が闇のなかに膨れ上がった。その白と赤と青の拡散し明滅する光線、回転し脈打つ信号は、ハイウェイの上に降り立った巨大な異星人の宇宙船を思わせた。渋滞した車の列の後ろで停まると、ハイウェイの車線をすべてふさいでいる折れ曲がった十八輪トラック、めちゃめちゃになったセダン、横転したSUV、何台かの警察車両、そして少なくとも一台の救急車が見え、そのぜんぶが分厚い靄のなかに、濃霧の立ち込める海で難破した船の残骸のように浮かんでいた。

ダッシュボードのスクリーンに映ったGPSの地図では、現在位置はタホマの町の南にあるミークスベイの北だった。これが晴れの天候で、ハイウェイの障害物もなければ、目的の場所まで二十分で着けるだろう。でもいまはここで何時間足止めを食うことになるかわからない。

ドロシーの携帯で〈パイドファインダー〉を確認すると、キップはまだオリンピック・ビレッジにいた。

方向転換して湖の南端まで引き返し、ネバダとの州境を越えて湖の東岸から北岸を進み、タホーシティでまた州道八九号線に入れば、オリンピック・ビレッジまでは残り数キロだ。でもネバダ側へ行くと霧が薄くなるという保証はないし、あそこにはカジノがあるから車の数はずっと多いだろう。

やはりここで待とうと決めた。思っていたより早くハイウェイが通れるようになるかもしれない。キップはたぶん今夜のうちは、安全な場所に落ち着いている。

生い立ちはきびしいものだったとしても、ローザは決して悲観的な人間ではなかった。逆境を乗り越えるには前向きな気持ちと勤勉さが何より大事だ。不安に身をまかせるのはもちろん、悪い未来を考えるだけでも心と頭がかき乱されてしまい、前に進むことができなくなる。けれどもキップは、彼女がこれまで与えられたなかで最大の責務であり、彼を守ることは神聖な務めだった。もしキップが死んだり、どうしても逃げ出せないような悲惨な境遇に陥ったりしたら、あの子ばかりかドロシーまで裏切ることになってしまう。それだけじゃない。もしあのすばらしい犬に何かあったら、もっと……ほかの何かを、とても説明できないような大きな何かを裏切ることになる。もしキップを裏切ったら、人類全体も裏切り、世界の運命を危険にさらすことになるのだ。ローザは自分が重要人物だなどと思い上がるようなたちではなく、そのまったく逆だけれど、それでもキップの運命は刻一刻と重くのしかかってくる。この霧の海で座礁し、待つよりほかにないいま、彼女はどうしようもない不安にさいなまれていた。

43

デザートを食べ終えたウッディは、椅子から立ち上がり、キッチンテーブルを回り込んで母親のところまで来ると、そばに立ってうつむき、期待するように待っていた。これは要するに、自分の部屋に戻りたいという意思表示だった。こんなふうに母親に接することが、ありがとう、おやすみという気持ちを伝える彼なりの手段なのだ。

メーガンは椅子に座ったまま、彼の右手を取って自分の口元まで持ち上げ、そっと唇を当てた。そして彼をぎゅっと引き寄せ、頬に、おでこにキスをした。

息子はいつものとおり、キスを返すことはできなかった。自閉症のせいで感情をあらわにすることは抑制されてしまうけれど、それでもキスをされるのは好きなのだ。いつかウッディができずにいたキスと、使えずにいた言葉の貯蔵庫が開け放たれ、ママ、愛してるよと彼が言い、その唇が頬に押し当てられるのを感じられる日がきっと来る。メーガンはそんな望みを捨てずにいた。

両手で息子の手を包み込みながら言う。「ねえウッディ、知ってる？　あなたはほんとうにすばらしい子なのよ」

母親の言ったことが聞こえたという反応がいつでも返ってくるわけではない。ほとんど反応がないか、まったくない日もある。けれどもいま、ウッディは首を横に振った。

「ううん、そうなの。本当よ。あなたはこれ以上ないほどいい子だし、あなたがどんなにがんばってるかもわかってる。愛してるわ、ウッドロウ・ユージーン・ブックマン」

彼の戸惑いが手に取るように感じられた。視線が下に向けられたまま、下唇を嚙みしめている。「歯を磨いて、フロスをしてね。ソニッケアーは二分だけ。どんなにいつまでも、十分も二十分も磨きたくなっても――二分だけよ」

ウッディがうなずく。

「あとで部屋まで行って、あなたがだいじょうぶかちゃんと確かめるから」

握っていた手を放すと、ウッディはキッチンを横切って、少年らしい元気のありあまった足取りではなく、小さな老人のような重々しさでスイングドアを通っていった。あの子は発達障害の枠にとらわれた、ただの小さく傷つきやすい子どもではない。高いＩＱを持った神童でもあるのだ。なのに自閉症という鎖に縛られて輝かしい未来から遠ざけられている。メーガンは自分の心の平和のために、あえてウッディが感じているはずのたまらないもどかしさを考えまいとした。

椅子から立ち上がり、裏口のドアの横にあるキーパッドへ向かった。ウッディが家のなかを自由に動けるように、警報システムのモードを、《在宅《ホーム》》に設定した。これであらゆるドアとほとんどの窓、ガラス破壊検知センサーすべてが作動するが、人感センサーは動かなくなる。二階の窓はセンサーとつながっていないけれど、地面やポーチの屋根からはまず手が届かないはずだった。

44

ウッディはパジャマに着替えるとバスルームへ行き、歯をきっかり二分間磨いた。死体から移植された組織で支えられた歯に、特別に念を入れてフロスをした。

ちがう、それほど気味の悪いことじゃない。歯茎を提供してくれたひとはもう死んでいる。生きているうちに本人がその手続きをしたのだ。もしかするとそのひとが死んだあとで、家族が組織を取ってもいいと許可したのかもしれない。もしそっちのほうだったら、いつかその家族がここへやってきて、あなたといっしょに写真を撮らせてほしい、うちの愛する誰々の歯茎があなたの口のなかにあるから、なんて言ってくるのはいやだなと思う。ぼくはその死んだひとの名前は知らないし、家族もたぶんぼくの名を教えられてはいないだろうけれど、いつ裁判所へ行って調べ出そうとするかわからない。裁判官も人間だから、どんな判断を下したっておかしくない。生きていると心配なことだらけだけど、いちばんの問題の素は人間だ。それでなくてもぼくみたいに発達障害があったら、そのせいで知り合った大勢の人たちといっしょにいるのがいたたまれなくなり、向こうの人たちもぼくのせいでいたたまれない気分にしてしまう。ただいたたまれないというだけじゃない。なかには恐ろしい人間もいる。恐ろしい人たちにはなんとなくにおいがある。うまく言い表せないけれど、たしかに感じるのだ。このテーマについていくつか本を読んでみて、犬の多くは凶暴性や異常性のある人間のにおいを嗅ぎ分けられることを知った。ということは、ぼくにはちょっと犬に似たところがあるのかもしれない。周りにぼくをかまいたがる人間があんまり大勢いると、恐ろしくなるかいたたまれなくなるかして、ものすごい大声で叫びたくなる。いつまでも叫びつづけて、みんな両手を耳に当てて逃げ出してしまうまで。でも、ぼくのことはほうっておいてと言えないのと同じで、実際に悲鳴をあげることもできない。するととんでもなくひどい頭痛がしてきて、ものが考えられなくなる。吐き気に襲われ、胃とか腸とかお腹がゆるくなってぐるぐる動き回り、おならが機関銃みたいな勢いで出はじめやしないかと怖くなってしまう。おならをしたときほどいたたまれないことはない。死んで自分に歯茎を提供してくれたひとの家族が現れて、いっしょに写真を撮ってと言われるよりもっとひどい。

バスルームで用を足したあと、明かりを消して寝室に入り、立ったままパソコンを見つめた。しばらく考え込んだあげく、四つん這いになって机の下にもぐり込み、またぜんぶのプラグを元どおりに挿した。ダークウェブの〈トラジェディ〉の悪者たちがぼくをたどってこられるはずはない。ぼくも二度とあそこへ行ったりはしない。

ウッディの書き上げたレポート——『息子による復讐——忠実に編纂された怪物的巨悪の検証』——が机の上にあった。ママに渡すつもりだったのに、そのあと発作が起こって、

〈ワイヴァーン城〉へ逃げ込むしかなくなってしまった。

朝になったら真っ先に、朝食のテーブルに置くようにしよう。

いまあらためて、あのダークウェブの奥深くへ入り込んだとき、スクリーンに現れた文字を思い出した。《**またおまえか**》、それから《**おまえはアレクサンダー・ゴルディアスではない**》、そして最後に、《**必ずおまえを見つけ出す**》。

最後のははったりだ。あれだけ予防措置を講じたのだから、こっちのシグナルを発信源までたどってこられるわけがない。

それでも、すぐには眠れないとわかっていたので、枕を積み重ねて盛り上げるとベッドの上で体を起こし、パトリック・オブライアンの小説を手に取った。勇気や名誉、ゆるぎない忠誠心など、ウッディが大切だと信じて称《たた》える特性を描いた話。でもぼくには、そういうものが多少なりとでも備わっているのだろうか、こんなろくでもないやつなのに。それでも、物事を学ぶには手本が必要になることがある。だからこそこういう本を読むんだ――面白くてわくわくする話を読むのが大好きだということもあるけれど。そして何かを好んで読むようになるのとは反対の理由から、吸血鬼や狼男、ゾンビの小説は読まないようにしていた。

45

夕食の皿を洗って拭いたあと、それまでにもう二杯飲んでいたけれど、ワインをまたグラス半分だけ楽しもうと決めた。キッチンテーブルでカベルネを味わいつつ、小説をあと二章ぶん読もう。

今晩のこの遅い時刻になって、北西の風が一段と強まり、外の夜はささやき声やうめき声に満ちていた。ときおりバックポーチから小さなドスンという音が続けて起こるが、あれはこそ泥や動物ではなく、ただ強い風が吹きつけてロッキングチェアが家のどこかにぶつかっているだけだ。フクシアを植えて吊るしたバスケットが前後に揺れ、フックにかけてある鎖がキイキイきしむ音は、骨のように硬い何かを執拗に刻んでいる弓鋸《ゆみのこ》のように聞こえなくもない。

家のなかに響く物音は、侵入者がいることを示す——あやしい足音、ドアのきしむ音——場合もあるが、いま聞こえているのは普段と変わらない、ただ絶えず吹きつける風に家の構造が抵抗して、それがたまに大きく響いてくるだけのこと。

ジェイソンが死んでから数週間後、メーガンとウッディがこのパインヘイヴンの郊外の家へ越してきたころには、夜はここで育ったメーガンの記憶にあるほどロマンティックな時間ではなかった。ましなときでも闇が落ちるのとともにどこか異国の土地のような異質な空気が漂い、まるでここの自然が都会へ長年行っていた彼女をこの土地の裏切り者とみなし、もう歓迎していないでもというようだった。最悪のときには夜が脅威に満ちているような、彼女の子どものころと比べてすっかり堕落してしまったこの世界にパインヘイヴンまで染まってしまったような気がした。メタンフェタミンの精製所の作業員やら終末思想にかぶれた頭のおかしい世捨て人やらがここの森の奥深くに住みつき、夜になると近くまで出てきて木々のあいだからうかがっているというデカダン派の悪夢じみた絵画を連想するのもたやすかった。それで移り住んでから最初の数カ月間は、日没と同時にカーテンやブラインドをひとつ残らず閉めてまわったものだ。

　それでも地元の人たちはふたりをすぐに受け入れてくれ、この土地もいつしか子どものころと変わらず温かい場所だと感じられるようになった。最近はもう、森のなかで堕落した連中があやしい仕事をしていると想像することもなく、夜の訪れはただ星空を、そして満月や半月や三日月を連れてくるだけになった。夫を亡くした妻がこんな寂しい家で、一言もしゃべらない男の子とふたりだけで暮らしていたら、孤独感が二倍になるだろうと言う人たちもいる。けれどもメーガンには、孤独のおかげでゆっくり思索をめぐらし、自省したことが喪失を受け入れることにつながり、おそらくほかのどこにいるよりも早く平和な心境になることができた。

小説の章の終わりまで来ると、残ったワインを飲み干し、本を閉じてグラスを流し台ですすいだ。

一階全体を見てまわり、ドアの施錠をあらためて確認しながら、その場所の明かりをひとつひとつ消していく。

玄関ホールまで来て、リビングの入口から壁のスイッチに手を伸ばしたとき、ウッディが自分の部屋へ行く前にここへ来たことがわかった。スタインウェイの上の銀のフレーム入り写真はもう、伏せて置かれてはいなかった。ぜんぶピアノ用の椅子のほうに向けて、メーガンが弾くときに見えるように置いてある。でも本当はこちら側、部屋の入口を向いているはずなのだ。明日の朝、また並べ替えないと。いまのところは、さっき言ったことをウッディが聞いていた、父親を記憶のなかに留めておくということを理解してくれたとわかったことで、もう十分だった。

リビングの照明を消した。

玄関ドアを見ると、デッドボルトがちゃんとかかっていた。

防犯システムのキーパッドは《在宅《ホーム》》の文字の下に赤いランプが点《とも》っている。裏口ドアのそばにある大元の装置と同じ状態だった。三つめのキーパッドは主寝室にある。

眠る前にまた少し読むつもりの本を手に、メーガンは階段を上っていった。

風は家の造りを試すように、どこか上のほうで金属を──たぶん煙突の火の粉よけにめぐらしてあるブリキ板だ──カタカタいわせ、空の雨樋《あまどい》を絶えずヒュウヒュウ鳴らし、窓ガラスをこぶしでカツカツ叩き、屋根裏の垂木《たるき》や梁や根太《ねだ》をキイキイ、ギーッときしませ、まるで逆巻く海が船の木材を翻弄しているようだった。

ウッディの部屋を軽くノックし、ドアを開けた。ナイトテーブルのランプの光の下、息子はぐっすり眠っていた。枕を積みあげた上に半分起こした体を預け、広げたハードカバーをひざの上に載せている。

ナイトテーブルのクリネックスの箱から一枚つまみ取り、読みさしのページにしおり代わりに挟むと、本をわきに置いた。

ウッディは五、六時間以上眠ることはめったにないけれど、とても眠りが深いたちだ。こんなふうにメーガンが世話を焼いても、目を覚ますことはない。

彼のなめらかな、ひんやりしたおでこにキスをして、ランプの三段階の光量を最低まで下げた。

ベッドから離れようとしたとき、眠っている息子がもごもごとつぶやいた。思わず振り返って見つめ、耳をすました。どんな夢を見ているにしろ、悪夢でなければいいけれど。だが、苦しそうな様子はなかった。そしてドアのそばまで来たとき、ある言葉が、彼の口から漏れたような気がした。意味のないつぶやきでも、夢にうなされた泣き声でもない、たしかに言葉だった。生まれて初めての。

メーガンはおそらく一分ほど、石のように身じろぎもせず、聞き耳を立てていた。もし彼がしゃべったのだとしても、もう何も聞こえてこなかった。つぶやき声もすべてとだえた。ただ静かに横たわっている。

ウッディが現実にはない何かを夢で見て、それが聞こえたにちがいない。だってこの子もわたしも、ドロシーという名前のひとは知らないのだから。

46

二階の廊下の端にある客用寝室は闇に沈み、ドアがわずかに開いている。シャケットはその隙間から、女がガキの部屋のドアを軽く叩き、なかに入っていくのを見守る。

二分ほどたったろうか、メーガンがまた出てくる。自分が観察されているのも、強く求められているのも知らずに。スイッチを切って廊下の明かりを消し、主寝室へ入っていく。

あの部屋のドアの錠はデッドボルトではなく、ノブについたボタンで作動させるちゃちな掛け金だけだ。それに十中八九、ロックはしないだろう。防犯システムの及ぶ範囲は、ドアも窓も残らずアラームが仕掛けてある。危険が迫っているとは夢にも思っていないはずだ。

さっき親子が夕食をとるあいだに、シャケットはメーガンの寝室へ戻っていた。拳銃があるかもしれないと思い当たったのだ。ひとり寝の女は往々にして武器を備えている。

前には目にとまらなかった、ベッドの手すりに取り付けてある銃保管庫を見つけた。開けるのに四桁の数字が必要だった。

メーガンの重要な事実関係は多少知っていたし、世間の連中はこういう装置の解除番号を決めるのに、自分がまず忘れない数字の列を使う傾向がある。あいつの誕生日は覚えていた。ジェイソンの誕生日、ウッディの誕生日、それに結婚記念日も。シャケットも式には招かれたが、もちろん新郎の付き添い人ではなかった。思いついた順に数字を入れていく。結婚記念日でずばり、錠が外れた。

十発の弾丸はいま、客用寝室のバスルームの便器のなかで、水とともに流されるのを待っている。

客用寝室から離れ、廊下を進んで主寝室の前まで行く。ドアに耳を当てて聞いているうちに、水の流れる音が響いてくる。

ノブを回してみると、やはり掛け金はかかっていない。ドアを数センチだけ開ける。ベッドサイドのランプは二つとも点いたまま。バスルームのドアが半分開いている。メーガンの姿は見えないが、電動歯ブラシのブーンという音が聞こえる。

ベッドの上には一冊の本。どうやらしばらく読むつもりらしい。

あいつが眠っているときに上からのしかかり、目を覚ますと同時に押し入ってこちらの思いを遂げようとするなら、一、二時間たってから戻ってくるしかない。

そうっとドアを閉め、家のなかを進んでいく。どこの明かりも消えているが、もうシャケットにとっては暗くない。

47

この家に移ってきて最初の数カ月、シエラネバダの夜は命に関わる差し迫った脅威だけのように感じていた。いまにもガラスが割れて甲高いアラーム音が鳴り響く気がして、メーガンはまんじりともせずにいた。寝るときはTシャツにパンティという格好なので、毎晩ジーンズとセーターをキングサイズのベッドの空いた半分の場所に広げて置き、すぐにひっつかんで着られるようにしていた。あれから三年たったいまでは、当時の怯えようにわれながら笑ってしまうけれど、服をすぐ手の届くところに置いておく習慣はいまだに残っていた。

ジーンズとセーターを想像上のベッドメイトのような形に置くと、ベッドの反対側に回り、上掛けのシーツとブランケットをいっしょにめくった――そのとき、下のボックスシーツに、長さ七センチほどの何かの汚れがあるのを見つけた。今日の朝は、こんなものにはまったく気づかなかった。

指でその汚れをこそげ取り、鼻の前に持っていくと、土のようなにおいがした。植物の葉の細かな破片が少し混じっていた。金色の草か緑の雑草の切れ端が。

こんなものがどうしてここにあるのか、なぜヴァーナがベッドを整えたときに気づかなかったのか、見当もつかない。手ではたくと汚れはほとんど取れた。またバスルームへ行って新しい洗面タオルを出し、端のところを濡らして残った土の跡をぬぐい取った。水染みも大して残らなかった。

手を洗ってからベッドに戻り、読書をしようとやわらかいヘッドボードに背中をもたれたとき、自分にもこの部屋にも属さない、わずかにつんとするようなにおいを感じた。頭を右に、左にと向け、前に身を乗り出して毛布のにおいを嗅いだが、異臭はごくかすかで、いつまでも続かなかった。いまはなんのにおいも感じない。

彼女は本を手に取り、ページを開いた。

48

夜の闇のなかでただ無為に吹きすさぶ風のようにせわしなく、リー・シャケットは一階の暗い部屋から部屋へとさまよい歩く。

メーガンが寝入るのを待たなくてはならないことだけでなく、おのれの変化のペースののろさにも苛立ちがつのってくる。この遺伝子の水平伝播が完了したら、いまよりもっと恐ろしい、あらゆる人間、あらゆる法を——自然の法則も含めて——超えた存在になるはずなのだ。その数奇な運命を一刻も早くまっとうしたくて矢も盾もたまらない。プログラムされた古細菌がさらなる変化をもたらす、そのことは感覚的にわかる。あらゆる人間が夢見る力をも凌駕《りょうが》するほどの力が得られるということも——だが、その先を予見するには想像力が足りない。この新たな強靭さ、新たな能力はいったいどんなものになるのか。それを手にしたい。いますぐに。

風で松の木から飛ばされた枯れ葉が夜の闇を衝いて、尖った針のようにばらばらとリビングの窓に打ちつけるなか、シャケットはグランドピアノの周りをめぐり歩く。本人にも説明できない理由から、彼の怒りをかきたててやまない存在そのものの周囲を。

あいつが囚われの従順な女になったら、もうこのがらくたを弾くことはない。音楽も絵を描くことも許さない。許されるのはただ従い、すべておれの意のままに奉仕し、それを楽しむことだけだ。

空になった九個の銀のフレームを、過ぎ去った日々の証し、夫と息子のいた証しをおれは消し去り、あいつの記憶から追い出す。そしてあいつの人生は今夜、おれの下で始まる。ジーンズのポケットのなかの折りたたんだ写真の束の感触に、さっきやろうと考えたことを思い出す。これをくしゃくしゃにしてあいつの口に押し込んで呑み込ませ、抵抗はむだだと思い知らせてやりたい。

抵抗はあっても何ほどのこともないだろう。その時が来るまでに、おれはさらに強くなっている。筋肉の密度が増し、以前は知らなかった抗張力が生まれている。いまはあいつを組み敷くことなどわけもない。ほんの少しでも抵抗するなら、あいつの耳の片方を食いちぎり、ずたずたに嚙んでから顔に吐きかけ、あいつの美しさを損なうことなく屈服させてやる。あいつはおれにふさわしい美しさを保たなくてはならない。

それにまた、新しい人類の母親にもふさわしくなくてはだめだ。あいつは大勢の子孫を、おれによく似通った、優れた遺伝子に恵まれた子どもを産むことになるのだから。ただの子どもじゃない、たくさんの種の多様な特性を組み込んだ半神半人を。そうだ、おれは何億もの——いや、何兆もの古細菌がこの体に注入したものを後世に伝えていくのだ。睾丸《こうがん》が新たな世界の種子でぱんぱんに膨らんでいるのを感じる。

ポケットから写真を引っぱり出す。指のあいだからすべり落ちる。それを足で踏みつけ、部屋を出ていく。

変化を遂げつつある視力はごくわずかな光源をも増幅し、おかげで難なく部屋や廊下を通り抜けられる。興奮が次第につのってくるが、どの部屋もノックせず、幅木の割れ目からすべり出た衣魚《しみ》のようにひそかに、心地よい闇のなかを探索してまわる。

すばらしい変化が進んでいるというのに、むしろそのせいなのか、じっと待っていることができない。ある場所からある場所へ移動するあいだも落ち着かず、絶えず両手をもみしぼったり髪を指でかき上げたり、Tシャツにこびりついたジャスティンの血の跡をつまんだり、歯を吸ってあの女の名残を味わったりしている。

いつのまにかメーガンのアトリエのなかにいて、窓の前にたたずんでいるが、ここへ来るまでの記憶はない。ほっそりした高い庭木が南東の方角に大きくしなり、まるで地球の自転がすさまじい勢いで加速して地殻に根を張ったものすべてが引きはがされ、転がりだしていくようだ。その風の獰猛さがシャケットをさらに昂らせる。何もかもぶち壊せ、もろい幹や枝を打ち砕くように。すべてを引き裂け、木の葉をびりびりにしていびつな蝙蝠《こうもり》の群よろしく吹き飛ばすように。そう呼びかけてくる。

シャケットはまた動きだし、奇妙な形の建築物のなかを抜けていく。まるで家が彼と同調して形を変えつつあるようだ。いまいる廊下はトンネルのようだが、土や岩にくり抜かれた空間ではなく、粗い紙に似た何かの有機物でできたものになっていて、密閉された巣のなかの丸みを帯びた窓のない部屋を思わせる。ひどく異様ではあるが、それでもここは自分の居場所だと、自分と同じ種の群と交感できる場へ引き寄せられているのだと感じる。

だがそれも幻覚だと――あるいは経験したことの記憶ではない、本能が生み出した記憶だとわかる。気がつくとキッチンにいて、空腹感はいまだかつてないほどに激しい。手に持った拳銃をテーブルに置き、冷蔵庫のいちばん下にある冷凍食品の引き出しを開け、中身をあさる。ステーキが、フィレ肉が四切れ、封をした袋に入っていて、表に高級な通信販売の精肉業者の名前がある。袋を引き破って生肉にかぶりつくが、凍っているせいでろくに味がしない。

皿にのせるのももどかしく、ステーキ肉をそのまま電子レンジにほうり込む。《解凍》と書かれたボタンを押し、立ったままレンジの窓から、ターンテーブルがマイクロ波を浴びながら回転するのを見つめる。フィレ肉から水っぽい血の混じった液体がにじみ出てくると、自分の喉から多くの風の声のどれかに似た哀れっぽい音が漏れるのが聞こえる。

レンジから取り出した肉は、冷たいがもう凍ってはいない。捧《ささ》げ持つと両手になじみ、歯で嚙みしめるとやわらかく、汁があふれ出す。味は悪くはなく、食感も不快ではないが、やはりいま望んでいるもの、必要なものではない。ぐんにゃりした牛肉の塊は手のなかで暴れはせず、引き裂いても泣き声もあげず、あの草むらでジャスティンにかぶりついたときほどの満足感を与えてはくれない。

また家のなかを、窓から窓へとさまよい歩き、外の風と闇に恋い焦がれる。あの騒乱のなかへ出ていきたい。騒乱が語りかけ、神経を昂らせる。心臓が激しく鼓動する。こめかみの血管がずきずき疼《うず》く。

いつのまにかキッチンに戻り、床の上で解けかかったステーキ肉を見下ろしている。

また気づくと玄関ドアの前にいて、小さな赤い表示ランプの文字に目が吸い寄せられている――《わが家《ホーム》》

キーパッドから顔をそむけ、ドアから離れる。

階段を上っていく。

二階の廊下に敷かれたペルシャ絨毯《じゅうたん》をたどっていき、主寝室に着く。ドアとマホガニーの床のあいだの一センチあるかないかの隙間から、細長い光が漏れている。あのアマ、まだ寝ようとせずに、本を読んでやがる。おれは眠ってるうちに襲いたいのだ。あいつが眠ってるうちに。

しばらくその場にたたずみ、剃刀《かみそり》のように鋭利な光を見下ろすあいだ、頭のなかは焦りと肉欲がせめぎ合い混沌《こんとん》としている。右手でジーンズの股間をなでさする。左手で顔を、着けている仮面をはぎ取らずにいられないかのように引っぱり、慄《ふる》える唇を強く押さえつけ、いまにもほとばしろうとする叫び声を封じ込める。夜闇をさいなむ風がこの狂騒に加わるよう誘いかけ、欲望と飢えが責めたててくる。

メーガンのいる主寝室に背を向け、表の階段のほうへ向かう。

少年の部屋の前で立ち止まると、よく磨かれたマホガニーの床に淡い光の細い筋だけが落ちている。もしこのなかで音がしても、風にかき消されて聞こえはしないだろう。

計画変更だ。まずガキからいく。シャケットはドアを開ける。なかに入る。そうっと後ろ手にドアを閉める。

49

〈フォー・スクエア・ダイナー〉は、パインヘイヴン郡庁舎と保安官事務所本部と死体安置所《モルグ》が固まった一角から、中央広場の公園を挟んだ真向かいにある。客で混み合う時間にはいろいろな食べ物の混じり合った芳香がつらいダイエット中の人間を涙ぐませるのだが、夜も遅いこの時間には、店のなかに漂うのはベーコンとコーヒーの香りだけだった。

　保安官補のバーン・ホランドは、午後八時から午前五時までの勤務時間中とあって、一般とは真逆のスケジュールに従い、カウンターに座ってベーコンエッグ・サンドウィッチとフライドポテトの昼食をとっていた。カウンターのあと二人はコーヒーを飲みに来ただけの客だ。

　カーソン・コンロイは窓ぎわのブースに腰かけ、ブラックコーヒーと、レーズンとプラムのパイを前にしていた。

　ペイントン・スペイダーとジャスティン・クラインマンの検死解剖が終わるまでに、夕食の時間はとうに過ぎてしまい、カーソンの食欲もそれとともに消え失せていた。何年もたつうちに、事故で死ぬか殺されるかした死体の状態に胸がむかつくこともなくなり、ただときどき憐憫《れんびん》を覚えるというだけになっていた。モルグは死者たちの世界だ。死者にはもう救いの手も希望も届かず、夢が現実から隔たっているように生者たちの世界から遠く隔てられている。カーソンも仕事から離れるときは、睡眠中の幻覚から醒めるのに似ていて、夢から醒めたあとに夢で見たものを何度も思い返したりしないのと同じで、忙しいプライベートの時間にまで解剖台で見たものが頭から離れないといったことはない。しかし今回の一件は、通常の事件とはまるで様相がちがった。遅れに遅れた夕食をとろうとしても食欲は湧かず、特に何かの肉や風味のある食べ物はもってのほかで、コーヒーに甘いフルーツパイがせいぜいのところだった。

風がばたばた、ごうごうと音をたてて窓の横を過ぎ、公園の木々が背の高い街灯の冷たい明かりのなかに影を落としていて、ハロウィーンが六週間早くやってきたようだった。そのとき、屋根に警告灯を載せて死体搬送車に転用したバンが、ダイナーの前を通り過ぎた。ドアの上に、カリフォルニア州司法長官事務所の紋章がある。ちょうどひと口すすった熱いコーヒーが、一瞬で冷たくなったようだった。搬送車は黒く長い車体のキャデラックで、色付きのウィンドウ、ナンバープレートは七桁のゼロと、これ以上ない不吉な姿だった。寒気が背筋を這い下りていった。これはモルグの冷却引き出しに収まった二人の遺体に関係がある、直感がそう告げていた。

州都のサクラメントまでは車で二時間ほどだが、もし警告灯とサイレンを使ったのなら、もっと短縮できただろう。

ショーウィンドウはところどころ暖かな火が灯っていても、広場の周辺の店はどこも閉められ、いまはひとりの通行人もいない。

死体搬送車は広場の北側の端で速度をゆるめ、左折するとさらに減速し、また左折した。まちがいなく公園西側の郡庁舎へ向かっている。

公園の幅二十五メートルほどの狭い芝生のなかに、三層になったすり鉢状の噴水とベンチがあった。周囲を七本の松の木が縁取っているが、どれもかなりの古木で、いちばん低い枝は中背の男の頭ほどの高さだった。おかげでカーソンの視界をさえぎるものはなく、州司法長官の車がブレーキをかけて停まり、少し迷ったあとで右折して、保安官事務所本部とモルグのあいだの専用通路に入っていき、そのヘッドライトが建物のレンガ壁に反射するのが見えた。

カーソンはパイとコーヒーを残したまま、代金とチップに足りるだけの現金を置いて席を立った。若いウェイトレスのアンジェラに、ゾンビ部屋からお呼びなんだよと声をかけて出ていった。彼女はいつもモルグをそう呼びたがるのだ。

この山間の地域でも、例年なら夏はまだあと一週間続くはずだったが、肌寒い風が秋の先触れとなって、松のにおいと、暖炉の煙突から流れ出す薪のにおいを運んでくる。カーソンはその風に打たれて頭を低く下げ、風に乗って飛んでくる尖った松の枯れ葉や細かな塵を浴びないように目をすがめた。

通りを渡り、公園を横切り、また通りを渡って路地に入ったとき、死体搬送車が右折し、モルグの裏にある郡庁舎の駐車場に入って視界から消えた。保安官事務所本部の側面の入口に近づいていったとき、そのドアが開いて、ヘイデン・エックマン保安官が路地へ出てきた。

頭の真上にある常夜灯の光を浴びて、エックマンの顔は不気味なまでに白かった。カーソンに出くわして驚いたというだけでなく、ひどく動揺してもいるようだ。それでも郡保安官職は投票で選出された地位だけに、熟達した政治屋のエックマンはたちまち驚きの表情を引っ込め、ああ、きみがここにいてくれて助かった、といわんばかりの笑みを顔に張りつけてみせた。

「カーソン！　きみはもう家で寝ていると思ってたよ。電話しようかとも思ったんだが、なにしろ今日は長い一日だったから、騒がせたくなくてね」

まだ夜の浅い数時間前、カーソンはモルグでこの保安官と会って、検死解剖の結果を検討した。そして犠牲者の遺族が見つかって連絡がつくまで、報道発表はしばらく遅らせるということで合意を見た。加えて、事務所の広報官が一般住民を必要以上に警戒させる文言を使わずに殺人の事実のみを伝える声明文を考えるには、少し時間が必要だろう、とも。

この事件の凶暴性と人肉食《カニバリズム》に鑑みれば、必要以上にでも住民を警戒させてしかるべきだ、カーソンはそう思った。しかし自分の地位は選挙によるものではないし、また政治力がほかの何にもましてものを言う大都市からやってきた彼は、こんな場合に本当の真実を述べたてることの愚をよく承知していた。投票箱を通じて成り上がった人間は、選挙民にとってより耳障りでない〝真実〟を採用したがるものだ。

強い風に吹かれてビールの空き缶がカラカラと路地を転がっていく。カーソンは言った。

「何がどうなってるんです？」

「最高にろくでもない状況だ。いっしょに来てくれ、見ればわかる」ヘイデン・エックマンは言うと、急ぎ足で路地を歩きだし、サクラメントの死体搬送車が消えていった郡庁舎の駐車場へと向かった。

50

奇妙な夢のなかで、ウッディはドロシーという高齢の婦人といっしょに自動車の後部座席に乗っていた。運転しているのはドロシーがローザと呼ぶ女性で、やがて道端に立っている男のヒッチハイカーに行き会う。長身の、いかにも強そうな見かけのひとだ。今どきヒッチハイカーを、ましてや背が高くて強面《こわもて》の男を拾うなんてとても無謀なことだとウッディは思うけれど、ローザはかまわず車を停める。男が乗り込むと、ローザが声をかける。「〈憎み屋〉フランクに捕まらないようにしないと。あいつはあたしたちを檻に閉じ込めて、二度と出してくれないわ」すると男はにっこり笑い——とても魅力的な笑顔だ——こう言う。「〈憎み屋〉にはおれが話をつけたよ。もう心配いらない」さっきまで風はなかったのに、車の外から風の音が入ってきて、窓はぜんぶ閉まっているというのに、ウッディは顔にその風を感じる。それから背が高くて強そうな男のひとが後ろの座席をのぞき込み、ウッディに目配せして言う。「調子はどうだい、スクービー・ドゥー」ローザがまた車をハイウェイに乗り入れ、ウッディの顔に当たる風が強さを増し、まぶたとまつげに吹きつけてくる。ドロシーが男のひとに、「あなたが来てくれたのだから、可愛いうちの子はもう安心よ」と言い、ウッディの体に手を回す。好意を持った人たちに触れられることは気にしないけれど、自分がそのドロシーの手をぺろぺろなめたことには心底驚く。

風のせいでまばたきを何度も、何度もしたあげく目を開けると、ベッドで体の左を下にして寝ていたことに気づいた。低く抑えたランプの光のなかで、男がベッドの隣にひざまずいてこちらに身を乗り出し、息を顔に吹きかけているのがはっきりと見えた。

ウッディはつかのま、よく状況が呑み込めずにいた。あの自動車は、なかに乗っていたみんなはどうなったのか。そして夢を見ていたのだと気づいた。だがつぎの瞬間、ひざまずいた男が息を吹きかけるのをやめてにやりと笑いかけると、まだ夢を見ているのだろうかとわけがわからなくなった。

そのとき、侵入者のにおいを嗅いだ。ほのかで表現のできない、これまで何度か嗅いだことのあるにおい。前に読んだ記事に書いてあったように、犬にはもっと強く感じられるのかもしれない。この男は恐ろしいにおいがする。

恐ろしいどころか、もっとひどい。どうひどいのか？　邪悪なにおい？

恐怖に体がすくみ、頭を枕から持ち上げることもできなかった。

初めて見る男が、やわらかい声で言った。「よう、チビちゃん、何か言いなよ」

何も言えなかった。

「猫に舌を取られたか？」

たがいの顔はもう、二十センチも離れていなかった。

男の左目はグレイ、右目は茶色だった。カラーコンタクトを着けていて、片方が外れて落ちてしまいでもしたように。

その左目は、どこかおかしかった。ずっと奥深くに、やわらかい光がある。

「聞いてるのか、ウッドロウ？」男がささやいた。「しゃべれないうえに耳も聞こえないのか、この役立たずが」

51

冴《さ》え冴《ざ》えと白い蛍光灯の明かりが、冷蔵施設のセラミックタイルの壁と床に、二列に並んだステンレス製の引き出しの前面に、カーソン・コンロイとヘイデン・エックマン保安官に、そしてサクラメントから来たふたりの男に降り注いでいた。その容赦のない光の下では、誰ひとり若くもハンサムでもなく、親切そうにも見えなかった。

州都から来たふたりのうちのひとり、フローリーという男は検死官助手とのことだった。夜のこの時間だというのに仕立てのいいスーツにワイシャツ、シルクのタイという格好。足元のウィングチップは英国製、おそらくクロケット&ジョーンズで、たぶん六百か七百ドルはくだらない。手首にはゴールドのロレックスを巻いている。

もうひとりの男ゼルマンは筋骨隆々のタイプで、どこかのジャングルの奥深い寺院で永遠にしかめ面を向けている、神の怒り顔のひとつを表すために信者の手で彫り出された石像のような顔をしていた。太い首。長い腕。ばかでかい手。検死官助手兼運転手とのことだった。

どちらの男も触れ込みどおりの人物ではない、とカーソンは感じた。フローリーは黒幕タイプで、あらゆるところに地位の高い友人がいて、その連中がへまをしでかしたときの尻ぬぐいの方法を心得た、抜け目ない策略家の印象があった。ゼルマンは見た目そのままの、ボディガード役にちがいない。

このふたりがここまで出向いたのは、いまは死体袋にきっちり納められ、ステンレスの引き出し二つに入っているペイントン・スペイダーとジャスティン・クラインマンの遺体を引き取るためだった。

「われわれでサクラメントのモルグまで搬送していく」フローリーが言った。

「よくわかりかねますが」カーソンは応じた。

「当方は管轄権の移譲を求めている。エックマン保安官は捜査の権限を州に委ねることに同意した」

カーソンに向かってヘイデン・エックマンが言った。「何時間か前に、司法長官じきじきに電話があってね。納得のいく説明が得られた」

「どんな説明が？」

フローリーが死体を載せるストレッチャーの上に置いたアタッシェケースのほうを向いた。ケースを開けて紙片の束を取り出す。「エックマン保安官の部下のひとりが、ジャスティン・クラインマンの死体の近くで殺害犯の財布を発見した。被害者を……蹂躙したときに、ズボンから落ちたと思われる。なかの身分証はネイサン・パーマーのもので、この人物はいま殺人の容疑者として指名手配中だ」

ヘイデン・エックマンがカーソンに言う。「身分証が見つかってから、その男が何かで手配されていないか見ようと犯罪情報センター《NCIC》のウェブサイトへ行ってみた。ずばりだった。州当局と連邦当局が追いかけている大物だ」

「そんなことがいつ？」

「日が暮れてまもないころかな」

「わたしが検死解剖をしているあいだに？」

「きみとジムが一人目に取りかかったころだ」

ジム・ハーモンはカーソンの助手のひとりだ。

「それでわたしには言わなかったと？」

エックマンはカーソンと目を合わせようとせずに、フローリーが出してきた書類をじっと見ていた。「このネイサン・パーマーという男の指名手配は最重要だ。適当にあしらえるものじゃない。わたしは電話で何時間かかけて、司法長官とＦＢＩ相手に状況を検討した。ここにもちゃんとした鑑識研究所はあるが、サクラメントの州や連邦の施設には及ばない」そしてストレッチャーに歩み寄ると、書類のなかの明るい色の付箋を貼った箇所にサインをしはじめた。

　この九カ月間、カーソンはヘイデン・エックマンという人間を正しく理解しようとしてきたが、なかなか正体がつかめずにいた。エックマンは四年前にカーソンをパインヘイヴン郡へ連れてきた保安官と同じ人物ではない。法律家、事務所の管理人としては有能であっても、前任者より政治好きで、さらに高い公選職を視野に入れているふしもあった。

「犯人は遺体に小便をかけています。衣服の上に」カーソンは言った。

　フローリーが、〝それが何か？〟と言いたげに彼を見た。

「その衣服と、ほかにも証拠物件がある。体毛や、その他のＤＮＡも多少見つかるでしょう。午前中には鑑識研究所の準備はすべて整います」

　フローリーがうなずいた。「それもすべて、今夜中にわれわれが持っていこう。うちの施設は週七日の二十四時間体制だ」新しい書類を保安官に差し出して言う。「そこにサインを、ここはイニシャルで」

「しかし犯人の捜索は？」

「必ず捜し出すとも、ミスター・コンロイ」

「ずいぶん落ち着いておられるようですが。パーマーは女性を噛み殺してるんです。顔を、乳房を食ったんですよ、ことあろうに！」

「世間をパニックにさせても得るところはない」とフローリー。

「住民に知らせずにおくのは、彼らを危険にさらすことです」

「そういったセンセーショナルな情報を発表すれば、山のように電話がかかってくる。いもしない場所でパーマーを見かけたという通報が。それで当人の跡を追っているはずの時間に、そんな情報をいちいち調べるはめになる」

「保安官、こんな異常者がパインヘイヴン郡に野放しになっていれば――」

フローリーが見下ろすような口調で言った。「この男の行動パターンは、移動しつづけることだ。こういった殺しのあとは特に当てはまる。ここから百キロ圏内にいる可能性はほぼゼロに近い」

「〝ほぼ〟でいいんですか？　それに完全な狂気と行動パターンがいつから両立するようになったんです？」

エックマン保安官はサインをし終えると、カーソンを見た。「万一パーマーがまだこの一帯にいた場合のために、州司法長官が捜索の人員を貸してくれる予定だ。うちの事務所は小世帯で、カバーする範囲は広い。こういう事件では助けが必要なんだよ、カーソン」

二通目の書類を出しながら、フローリーが言った。「ミスター・コンロイ、死体および証拠物件の譲渡書と、ＮＤＡにサインをしていただきたい」

「検死官に非開示契約《NDA》書？　そんなものは聞いたことがない。法廷で宣誓をする必要があるなら――」

「そうはならない。サインをすれば出廷の必要はなくなる。これはただの殺人事件ではないのだ、ミスター・コンロイ。国家安全保障上の問題だ」

「パーマーは怪物かもしれないが、裁判になれば証拠品ファイルに名前がある人間を証人として呼び出す権利があります」

「この男にはない。この件に限っては。代わりの規則が適用される」

そう言ってフローリーは、カーソンが協力を拒めば訴追されるという趣旨の連邦法令を掲げてみせた。

それが本物なのかでっち上げたものなのか、カーソンにはわからない。しかしここ十数年でこの国は、代議制民主主義国家からもっとたちの悪い何かに変貌を遂げつつあるようだ。

このやりとりのあいだ、石のように無表情なゼルマンはカーソンからずっと目を離さず、必要とあれば取り押さえる態勢をとっているようだった。

「サインをしたまえ」エックマン保安官は、怒った上司らしい冷ややかな声で言った。「もう時間も遅い。やるべきことはひとつだ。サインするんだ」

厳密に言うなら、ヘイデン・エックマンはカーソンの上司ではないのだが、この男は郡委員会に大きな影響力を持っている。何かしら理由をつけてカーソンを解雇できるのはまちがいない――さらに検死官の空き口のあるほかの管轄区に手を回して彼を雇わせないように図るだろう。

カーソンは憤然と、明るい色の付箋が示す箇所にサインしたが、最後にこう言った。

「これは強要だと受け取りますよ」

「好きなように受け取ってもらってけっこう」フローリーはそう返しながら、書類をアタッシェケースにしまった。

52

夜闇のなかで風がびゅうびゅう吹きすさんでいた。低く抑えたランプの明かり。グレイの目、茶色の目。グレイの目が、どこかおかしい。

侵入者の息はおそろしく臭かった。歯は汚れていた。ひび割れた唇の組織がはがれ、まるで自分で嚙みしめていたみたいだった。

男が指を一本伸ばし、ウッディの右の頰を、鼻の横をなでた。恐ろしい小説のなかでクロゼットかベッドの下から這い出してきた怪物に触られたようで、ばくばく打つ心臓が喉元までせり上がってきそうになった。大声でわめきだしたい、叫びたいと思うのに音をたてることも動くこともできず、ただ恐怖にすくみ上がったまま侵入者の獰猛な目を見つめ、その腐ったような息を嗅ぎながら思っていた。つぎに何が起こるんだ？　何が？

「まったくおまえは、あの裏切り者の父親そっくりだな」見知らぬ男がささやいた。「おまえが口をきけなくてよかったよ。この世界にはもうジェイソンみたいに陰険な、自己中のクソ野郎は必要ない」

こいつはきっとダークウェブの、〈トラジェディ〉というサイトから来たやつだ。ほかに誰がいる？　でもどうしてこんなに早く獲物の跡をたどってこられたんだ！　やっぱりパソコンのプラグを抜いたままにしておけばよかった。

「おまえはほんとうにしゃべれないのか？　そうは見えないな。しゃべれないふりをしてるんだろう」

男が指でウッディのあごの先を、ぐるぐる、ぐるぐると丸くなぞる。

「これからやってくる世界じゃあ、おまえみたいなやつらの居場所はなくなるんだよ。役立たずのお荷物や、まちがった考えを持ったやつらのいる場所は」

男がウッディの唇に指をすべらせる。下唇、上唇。また下唇。その指を思いっきり嚙んでやりたい。

「なんてやわらかいんだ」

男がせわしなく何度も、右目を瞬かせると、はまっていたカラーコンタクトが外れた。下のまつげにくっついている。男がそれをつまみ上げ、戸惑ったようにまじまじと、これはいったい何なのかというように見つめ、ぴんと弾《はじ》き飛ばした。

それでどちらの目もグレイになり、どちらもおかしくなった。その焦点がまたウッディに合ったとき、目にはランプの明かりの反射とはちがう、別の光があった。年を経た木の洞《うろ》に雨水が溜まったような、灰色の池そのものの目。深く冷たいその池が、ずっと底のほうから燐光を発していた。

ウッディは必死に願った。〈ワイヴァーン城〉へ逃げ出したい。塔の階段を上って大きなかんぬきをかけ、この男がもうここにいなくなるまで葦の寝床で丸まっていたい。ガラスのない窓を見上げ、黒い雲に厚く覆われた空を、その向こうで音をたてずに脈打つ稲光を、そのなかを飛ぶドラゴンを見ていたい。でもぼくが〈ワイヴァーン城〉へ行ってしまったら、ママだけが取り残されることになる。この男と。この化け物といっしょに。

53

真夜中を何分か過ぎたころ、メーガンは小説を閉じてナイトテーブルに置いた。ランプのスイッチを切ろうとして、まだ護身用の拳銃を出していないことに気づいた。銃はベッドフレームの手すりに取り付けられた銃保管庫のなかにある。

ベッドから下りてひざを突き、結婚記念日の四桁の数字を入力した。金属の箱の小さな扉がカチリと開き、H&Kの九ミリを取り出す――そのとき突然、完全に体が固まった。

いつも拳銃は、銃口が壁のほう、ベッドのヘッドボードのほうに向くようにしまってあった。保管庫がそういう作りになっているのだ。どちらの向きでもしまうことは可能だが、グリップの部分がベッドの足のほうを向いたときにぴったり収まるようできている。いまはそれが、逆向きになっていた。

拳銃をこんな向きに入れてロックしたことは、いままで一度もない。

ヴァーナ・ブリキットには解除番号を教えていなかった。この銃保管庫を開けられるのはメーガンひとりなのだ。

拳銃そのものも、おかしな感じがした。不安に五感が研ぎ澄まされた状態になり、風が奏でる交響曲の音色のひとつひとつ、そしてこの家が示す反応のひとつひとつまでが聴き取れ、いちばん遠い窓に映る自分の姿や激しく揺れる庭の木々、視界の外にあるはずの真っ暗な森までが見え、むき出しの脚をなでていくかすかな空気の流れも残らず感じ取れた。そして、拳銃の軽さも。

メーガンは月に一度、射撃場で練習をしていた。一回で二百発撃つこともざらで、H&Kが完全装塡されたときの感覚はよく覚えている。マガジンを開けてみた。空だった。

前の朝にこの拳銃をしまったときには、たしかに十発入っていた。ということは、夕方に警報装置を作動させる前に、誰かがこの家に入り込んだのだ。そいつはまだここにいる。でも、いったい誰が？

寝るときの格好のまま、裸同然だと感じながら、真っ先にウォークインクロゼットまで行った。ノブを回そうとして、さっきこの部屋へ来たときからこのクロゼットに入っていなかったことに思い当たった。このなかにいる！　これは非合理な思考だ、ただの不安の産物だという自覚はあった。やはりクロゼットには誰もひそんでいなかった。明かりをつけた。

ランニングショーツやスウェットパンツの類が詰まった深い引き出しの奥に、大きな金属の缶がしまってある。その缶を引っぱり出し、ネジを外して蓋を開け、ゴールドドットの弾薬の箱を取り出した。箱の両端を開け、仕切りの付いたプラスティック容器を押し出す。中身の弾丸二十発ごと持ち上げ、ベッドまで駆け戻った。

震える手で容器から弾を取り出そうとしたはずみに、三発ほどカーペットにこぼれ落ちた。落ち着いて、しゃんとするのよ、そう自分に言い聞かせた。ああウッディ、ウッディはだいじょうぶ、何も起きてなんかいない、どうかお願い。手の震えが収まっても、弾丸をマガジンに挿し込むのは射撃場でやるときのように楽にはいかなかった。さっさとしなさい、メーガン、こいつを装塡するの、十発ぜんぶ。最後の一発まで要るかもしれないんだから。

やっと終わると、ナイトテーブルの上の電話にちらと目をやった。受け台の、受話器とキーパッドのあいだに、警察と消防、救急の番号が印刷された地元自治体発行のカードが貼りつけてあった。ちがう、ウッディが先だ。警官がここまで来るのに五分、へたすると十分かかるかもしれない。ベッドに置いてあるジーンズを穿《は》くひまも惜しい。まっすぐウッディのところへ行ってここへ連れてきて、ドアをロックして椅子をつっかいにし、警察を呼ぶ。ジーンズとセーターはそのあとだ。

廊下に通じるドアまで行き、左手でノブをつかみ、右手に拳銃を持った。この体勢では自分の得意な、両手で銃を握る構えはとれない。

ドアはどこより危険だ。向こうに何があるかわからない。もし侵入者が反対側で待ちかまえていて、こちらがドアを開けた瞬間に襲いかかってきたら、バランスを崩されて殴られ、手から銃をもぎ取られる。ただし向こうが、この拳銃に弾が入っていないと勘違いしていれば、もし床に倒されたとしても、まだこちらが不意をつけるチャンスはある。

もっと早いうちに気づけるはずだったのに。だがそのとき、初めて思い当たった。もし侵入者に、自分を危険にさらさずにこの家で盗みを働く意図しかないのなら、わたしの部屋に入ってなんらかの方法で銃保管庫を開け、H&Kの弾を抜いたりはしない。そいつはわたしを丸腰にしたうえでわざわざこの家のどこかに隠れ、わたしが眠るのを待っていたのだ。わたしをたやすく組み伏せ、犯せるように。

心臓が胸郭に激しく打ちつけるのを感じながら、メーガンは廊下に通じるドアを開けた。

54

キップは、ドロシーとローザといっしょに車に乗っている夢からいきなり目を覚ました。〈ワイアー〉で少年が悲鳴をあげている。

あれは少年だ。もうまちがいない、ほかの犬じゃなくて、〈ワイアー〉を使える特別な男の子だ。本人が気づいていてもいなくても、ほかの誰ともちがう男の子。その子がいま危険にさらされている。

ベッドの上でぱっと立ち上がると、キップはワウワウと二度吠えた。

びくりとしたベン・ホーキンスが、ナイトテーブルのランプを点けて体を起こし、目をぱちくりさせて眠気を振り払おうとした。「おい、どうした?」

キップはベッドから飛び下りると急いでモーテルの部屋のドアまで行き、後足で立ち上がってデッドボルトを引っかいた。

でもこれじゃ足りない。ウンチをしたいといってるだけにしか見えない。いまはウンチをしたいわけじゃないのに。

勢いよくナイトテーブルへ駆け寄った。ベンの財布と、レンジローバーの電子キーが上に置いてあった。

キップはまた後足で立ち上がると、キーホルダーのチェーンをくわえ、口からキーをぶら下げながら急いでドアまで戻った。

ベンがベッドから起き出してきた。「なんだっていうんだ？」

アルファベットの壁もレーザーポインターもないというのは、なんて不自由でもどかしいんだろう。

キーをドアの前に落とした。

窓辺の小テーブルまで駆けていくと、また立ち上がって、ベンが読んでいたハードカバーを口にくわえる。

本をドアの前まで持っていった。それもキーの隣に落とす。

首を回して、新しい相棒を見つめた。

「このモーテルが気に入らないか？　もっといろいろある部屋がいいのか？　なあ、スクービー・ドゥー、おれはまだ一時間しか寝てないんだぞ」

〈ワイアー〉から男の子の、絶望と恐怖の悲鳴が響いている。

ベンはレンジローバーからひげ剃り道具を持ち込んでいた。いまバスルームに置いてある。それは本人で片づけてもらわないとならない。

スーツケースも持ち込んでいたが、まだ開けていなかった。鏡のついたクロゼットの扉のそばに立ててある。

キップはもどかしさのあまりハッハッと荒く息をつきながら、サムソナイトのケースを押し倒した。そして相棒を見る。

ベンはクロゼットに吊るしてあったジーンズを取り出して、穿きながら言った。「わかったよ、何か言おうとしてるんだな。おしっこしたいのか？」

このひとはネイビーシールズの元隊員だ。馬鹿ではないはず。ただ目が覚めるのが遅いだけなのだ。

倒れたスーツケースのハンドルを口にくわえ、後ろ向きにずるずると、部屋の向こうのドアのほうまで引きずっていく。

ベッドの端に腰かけ、丸めてスニーカーに突っ込んであった靴下を穿きながら、ベンが言った。「ほんとにおかしなワンコだな」

モーテルの鍵は、本が置いてあったテーブルの上に載っていた。

キップはそれをくわえ、ドアまで持っていって、スーツケースの上に落とした。

「交戦地帯じゃ、いろいろ妙なことが起こる。死ぬはずのときに死ななくて、さっぱりその理由が説明できないとかな」

それ以上は何も言わずに靴を履いてから、ベンはドアまで来ると、立ったままスーツケース、本、車のキーと部屋の鍵を見下ろした。

「たとえばだ、角を曲がったとき、自動式カービン銃を持った敵が三メートル先にいる。そいつが引き金を引く、だが銃が目詰まりを起こし、代わりにこっちがそいつを撃ち殺す」

キップはしっぽを振った。

「そういうことが三度も起こったら、世界は想像してたよりずっと不思議な場所だと思うようになる」

キップがうなずく。

「それとも、おれの頭がおかしくなってるのかもな」

キップは首を横に振った。ちがうよ。

「まあ、もうベッドに戻るわけにもいかなそうだ。おまえはおしっこの必要はないんだろうが、おれはある。それからここを出よう」

55

メーガンはドアをぐいと引き開け、惰性のままに弧を描いて動いていくドアを盾にしたが、寝室に駆け込んでくる者はいなかった。両手で拳銃を支えるうちに、開いたドアのあいだから廊下があらわになった。

ドアから外へ出たとき、自分の寝室から漏れる光で、かろうじて廊下に誰もいないのがわかった。

ウッディの部屋は左側の、玄関に近いほうにあった。右側には客用の寝室が二つに、バスルーム、廊下に面したクロゼットがある。侵入者はそのどれかに隠れ、ドアを少し開けて、隙間から見張っているかもしれない。ウッディの部屋の真向かいには、物置として使っている裁縫室があるが、そのドアも開いているかもしれないし、いないかもしれない。ウッディの部屋に背を向けるのは危険だし、裁縫室にも目を配る必要がある。それで、いま通ったばかりのドアのすぐ左側の壁に背中をつけた。

動きだす前に耳をすまし、風があげる悲嘆の声の合間に何かを聞き取ろうとした。風の声は大音量でしかも哀調を帯び、この世界そのものの死を悼む挽歌《ばんか》のようだった。その雨のない嵐が音を覆い隠すマスク代わりになり、足音や手がかりになる物音はまったく聞こえなかった。

心臓が風のテンポに合わせて激しく打っていたが、メーガンはそっと左へ、横向きに動きだした。首を左右にめぐらし、自分の二つの目が見る方向へと拳銃のひとつの目を向かわせる。

何事も起こらないまま、ウッディの部屋まで来た。なかに足を踏み入れながら、懸命に息子の名をささやく。

後ろでドアが閉まりきる前に、息子がベッドの上で、体の左側を下にして横たわっているのが見えた。背中はこちらに向いている。薄暗いランプの明かりのなかで、男がベッドの横にひざまずき、少年とまともに向かい合っていた。

「ほうら、ママが来たぞ。おまえはママがどれだけいい女か、わかってるか？　そりゃあいい女なんだぞ、おまえみたいなお荷物のガキのせいで、人生をむだにするのはもったいないくらいのな」

56

風が自然の猛威そのものとなり、猛《たけ》り狂ったようにびゅうびゅうと路地を吹き抜け、建物のレンガ壁にぶつかっていた。

ゼルマンと名乗った男は、本物の検死官助手かどうかはともかく、たしかに死体の扱いには慣れているようで、手際よく二つの死体を載せてから搬送車を出した。黒幕タイプのフローリーはペイントン・スペイダーの遺品のシェルビー・スーパースネークに乗り込んであとに続いた。この車も死体その他の証拠物件とともに州司法長官のもとへ移譲されたのだった。二台の車が右折して中央広場へ入り、ライトの光を引き連れて、視界から消えていった。

風に震える闇のなかで、カーソン・コンロイは言った。「これは不当きわまりない」

エックマン保安官が肩をすくめた。「そういうものだ」そしてついさっき出てきた建物の横手の入口へ戻り、選挙で手に入れた縄張りへ消えていった。

最近は前にもましてこの言い回しをよく耳にするが――そういうものだ――誰かがそう口にするたびにカーソンは苛立ちを覚える。エックマンに言ってやりたかった。あんたはそういうやつなのか、どういうことかよくわかったよ、と。だが口をつぐんでいた。つぎの選挙では有権者たちが目を覚まして新しい保安官に投票するかもしれない。それまでこの職を首になるわけにはいかない。

もう真夜中近くになっていたが、カーソンは荒れ狂う風をよそに、自分のオフィスに戻った。デスクのパソコンに向かうと、国の犯罪情報センターのウェブサイトにアクセスし、逮捕令状が出ている人間のリストを呼び出した。ネイサン・パーマーの名前を探す――すると、興味深い事実の数々が浮かび上がってきた。

57

最初の一瞬、メーガンは侵入者の見分けがつかなかったが、声でその正体がわかった。今日の昼間に電話で話した相手。リー・シャケットだ。

髪はもうブロンドではなく、茶色だった。きれいに整えられていたひげは剃り落としてある。顔つきでほかに変わった点はごく微妙でどことは言えなかったが、不気味で異様な感じがあった。

ウッディは身じろぎもせず、さっきより大きな声で呼びかけても、まったく反応がなかった。高鳴る心臓の音がさらに早くとどろいた。うちの子に何をしたの、このクソったれ野郎。

シャケットの右手がウッディの頭に添えられていた。ウッディの顔に。

メーガンはH&Kを両手で握り、訓練で教わったとおり、照星をシャケットの顔に据えようとした。相手がベッドの反対側にひざを突き、ウッディがあいだに挟まれているせいで、見えているのはやつの顔だけだった。だが心臓が早鐘を打つせいで、射撃場では一度もそんなことはなかったのに、両腕が震えていた。七メートルの距離がある場合、構えが安定していても頭を撃つのは技量が必要なため、いつでも胸を狙うほうがいい。

「ママが一億ドルの男を撃とうとしてるぞ。おまえのママは何が自分のためになるか知らないのさ。だが、もうじき思い知ることになる」

メーガンは恐怖をあらわにして言った。「その子に何をしたの？」

獣じみた笑い顔だった。「触っただけさ。触られるだけでこのチビにはショックらしいな。ピーンと石みたいに固まりやがった。触られるのがいやなんだ、少なくともこのおれには」

シャケットが片手でウッディの顔をなでる。メーガンは言った。「離れなさい。その子から離れて」

「おれに触られるのがいやなんだ」シャケットはくり返し言い、少年に触れるのをやめようとしなかった。「ずいぶんスノッブなくそチビだな、ママそっくりの。ママのメーガンは自分がほかの連中よりずっと偉いと思ってるのさ。一億ドルの男でさえ自分には釣り合わないと」

意を決してシャケットのほうへ一歩踏み出し、また一歩近づいたが、まだ顔を照星に捉えきれない。心臓の音が耳にどくどく響き、荒れ狂っているはずの風の音ももう聞こえなかった。初めてこの家へ越してきて猜疑心《さいぎしん》にとらわれ、銃以外に自分とウッディを守れるものがない筋書きを百とおりも思い描いていたあの時期にすら、こんな場面は予想もしなかった。息子が自分と敵のあいだにいるせいで、ただの一発も撃てないなんて。

「警察を呼んだわ」嘘をついた。

「ほう、だとしたら、じつにまずいな。そいつは大変なミスだぞ。だがおれたちはみんなミスをする、そうだろ、メーガン？　おれもさっきキッチンに拳銃を置いてきちまったよ、あのホットな女のおっぱいを食ったあとで」くつくつ笑って首を横に振る。「いや、ちがったな、ステーキだ。ここのキッチンで、ステーキを食ったんだ、ジャスティンのおっぱいほど美味くはなかったが」

薬物の影響があるのだとしても、この男はまちがいなく正気じゃない。顔の制御が利かなくなりはじめ、一貫した表情を作れなくなっている。ぴくぴくする引きつれや痙攣《けいれん》、すが目、ゆがんだ笑い、しかめ面が絶え間なく争うようにくり返される。

次第にひどくなるその不安定さと、人を食べたという話がメーガンの恐怖を増幅させた。胸がきゅっと締まり、息を吸い込むと気道がきしんだ。

「おまえがほんとに警察を呼んだのなら、おれたちみんな、もう未来はない。おまえはひどい嘘つきだな、メーガン。嘘をついてるにおいがぷんぷんするぞ、雌のにおいと同じくらい。じゃあこれからどうなるか教えてやろう。おれはずっと思い描いてた夢を叶えるのさ。おれとおまえとで、最初からそうするべきだったんだ。おれの右手がどこにあるかわかるか？」

「その子から離れて」

「おれの右手がどこにあるかわかるか？」シャケットが叫んだ。その目にランプの明かりが映って不気味に光る。

「その子の顔の上よ」

「だが、正確にどうなってるかまでは見えないだろう。こいつは目を閉じてるんだよ、メーガン。おれの親指はこいつの右目、人差し指は左目の上にある。それをぐっと深く突っ込んだら、ものの二秒で目玉をえぐり出せる。そしたらこいつは口も目も頭もだめな、三重の役立たずになる」ウッディが頭を引き離せないように、左手を彼の後頭部に添える。

「こいつの目玉をほじくり出してほしいか？　落ち着いてこれからどうするか話し合う

か？」

「最低なゲス野郎。その子を傷つけたら殺してやる」

「おいおい、メーガン、メーガン。おまえはそんな口をきける立場じゃないんだぞ。その高慢ちきな態度はいったん捨てな」

一歩前に踏み出す勇気はなく、まだ狙いは定められない。耳の血管が耳鳴りのように高い音をたてていた。

「撃ちたいか、メーガン？　そら、撃ってみろよ」

向こうはこの拳銃に弾が入っていないと思っている。でももし撃って仕損じたら、こいつはウッディの目を潰すだろう。

「自分がラッキーだと思ってるか、メーガン？」

「いえ」

「まだ自分がおれより上だと思ってるのか？」

「あんたより上だなんて言ったことない」

「だが心じゃそう思ってた。嘘はつくなよ。おまえの嘘はにおいでわかる。おれには本当のことを言え。でないとこのガキがどうなるか」

「わかったわ。そうよ。わたしはあんたより上だと思ってた」

「いまはどうだ。おれは昼間からずっと、このおまえの快適な家にいた。ひと晩じゅう好き勝手をしてたが、おまえはなんにも気づかずにいた。それでもおれより上だと、おれより頭がいいと思ってるか?」

「いいえ」

「じゃあそう言え」

「わたしはあんたより上だと思ってない。あんたより頭がいいとも」

「それが本当だといいがな。このガキのために、そうであってほしいよ、メーガン。おまえがちゃんと学んで、改心したのならな。こいつの目玉がまぶたの下で動いてるのを感じるよ。夢を見てるやつの目がきょときょと動くみたいに。そこでだ、おまえにやってもらいたいことが三つある、メーガン。ついてきてるか?」

「ええ。わかってる」

「ひとつ、その拳銃を下に置く。二つ、着てるものを脱ぐ。三つ、ベッドの上に寝ころんで、その長くてきれいな脚を開く。おれを迎え入れられるように」

「ここで?」

「もちろんここでだ。ガキの前でR指定はいやか?」またいやらしい笑い声が漏れる。

「この口も頭もだめな役立たずはおれたちが何やってるかもわかりゃしないさ。ここに寝そべって親指を吸ってるあいだに、おれたちはずっと優秀な赤ん坊をつくるんだ。これから来る新しい世界のための赤ん坊を」

「その子を傷つけないで」

「それはおまえ次第だ。わかるか、おれがどれだけこいつを痛めつけたくてうずうずしてるか？　このジェイソンのろくでもないガキを」

「ええ、わかるわ」

「いいか、おまえのためなんだぞ、このガキを痛めつけずにいるのはな。おれたちはこれから取引をする。おまえは自分で思うほど頭がいいわけじゃない。自分がわかってると思ってることの、本当のところを知らない」

これはたぶん、この男が拳銃から弾を抜いたことをわたしが知らないと言いたいのだ。わたしをなぶろうとしてる。わたしに引き金を引かせて、弾が出なかったときのショックを味わわせたがってるのだ。

「どこに銃を置けばいいの？」

「ベッドの上だ。ようく気をつけろよ、メーガン。何かへたなまねをしたら、おまえもこいつも、とんでもないことになるぞ。おまえが何をしようとしてもうまくはいかないし、そしたらおれはこいつの目玉をえぐり出す、そのことがおまえにずっしりのしかかる。こいつの目が見えないのが、永遠におまえのせいになる」

もう行動に出るときは来ている。でもこの男は盾が必要だなどと思っていないのに、それでもウッディを盾にしている。動物のような狡猾《こうかつ》さだ。これから一分以内に来るチャンスを逃せば、もうまともに撃つことはできないだろう。

拳銃を下げないまま、シャケットのほうへ近づいていった。相手がこっちを迎え入れようとわずかでも体を起こして、その頭とウッディのあいだにもう少し隙間ができることを期待しながら。

つぎに何が起こるかという恐れが突然、そんなことを許してたまるかという怒りに変わり、たちまち慄《ふる》えが止まって狙いが安定し、照星がやつの顔にぴたりと合った。ベッドに達すると同時に、引き金を引いた。

こちらが意表を衝こうとするのを嗅ぎとったのか。発砲直前にシャケットは上体を振り、弾丸はその左耳を引き裂いた。獣じみた咆哮があがる。やつはウッディの目を潰しはせず、だがトカゲみたいに素早く、人間離れした速度でベッドからウッディをすくい上げると、腕に抱えて盾にした。つぎの一発は撃てなかった。バスルームのドアがすぐ三歩先にあり、シャケットはなかへ飛び込むとドアを閉めた――なんなのいったい、速すぎる、信じられない。その人智を超えた速さを前にして、メーガンは一瞬でさとった。〝自分がわかってると思ってることの、本当のところを知らない〟、さっきそう言ったのは、おまえの拳銃は弾が入っていないというほのめかしではなかったのだ。あの男には何か異常なことが起こっている、きっとそうなのだ。とても容易には理解できないような何かが。

ドアを開けようとしたが、ロックされていた。ウッディの目が潰されてしまう。掛け金に向けて二発撃ち、肩からドアに体当たりして飛び込んだ。激しい風が洗面戸棚の扉をカタカタ鳴らし、ラックのタオルをはためかせていた。

ウッディは床の上に、隅のシャワーの横にいた。きれいな目が見たこともないほど大きく開かれ、この部屋を越えたはるか先を見つめていた。

右手にある、背の高い上げ下げ窓の下側が開いていた。シャケットがそこから出ようとするところだった。この先にはポーチの屋根がないから、警報は鳴らない。逃げ出すやつの姿が一瞬だけ映った。伝説上の精霊《トロル》のように背を丸め、サッシの下の窓枠に乗って、肩越しにこちらを見た。目は狂おしい光をたたえ、食いしばった歯のあいだからシャーッと、何かの爬虫類《はちゅうるい》のような音をたて、そして闇に向かって飛び下りた。

窓に駆け寄ると、やつは四メートル以上の高さから、猫のように四本足で着地していた。真っ暗な闇のなかに黒ずくめの姿で、こちらを見上げた青白い楕円《だえん》形の顔は、あの世との境をさまよう幽鬼を思わせた。そして急いで芝生を横切り、家の表側のほう、ハイウェイのほうへ向かい、視界から消えた。

メーガンは洗面台のわきに拳銃を置き、窓を叩きつけるように閉め、命からがら走ってきたように息をあえがせた。ウッディのもとへ行き、バスルームの冷たいタイルにひざまずく。血。ああなんてこと。血が飛び散っている。でもこの子のじゃない。シャケットのちぎれた耳から出た血だ。ウッディの顔に触れ、髪をなでつけ、両方の手を取って唇をつけた。そのあいだもずっと言いつづけていた。もうだいじょうぶ、もう安全よ、悪者は行ったわ、ごめんね、ほんとうにごめん、でももう終わったのよ。

ウッディの心はここにはなかった。ときどき完全に引きこもってしまい、手のほどこしようもなく、こちらの顔が見えている、声が聞こえているという様子すら示さなくなることがある。ひどいストレスがかかると遠くへ行ってしまうのだが、そのストレスの原因はめったにわからず、なぜそんなにつらいのかを探りに踏み込むこともできない。でも今度だけは、もちろんわかっていた。

床に座り込んでウッディに両腕を回し、できるかぎりしっかり抱き寄せ、やさしくゆすった。「だいじょうぶよ、ね。もう何もかもだいじょうぶ」

一階の部屋のガラスが割れ、防犯センサーが作動し、アラーム音が鳴りひびいた。シャケットが戻ってきた。

58

州道八九号線がやっと一車線だけ開き、ハイウェイパトロールが通行止めを解除して、南北へ向かう車が事故車の残骸を避けながら交互に通行できるようになった。濃い霧も次第に晴れはじめるなか、ローザ・レオンは湖畔のタホーシティから山のほうへ向かった。オリンピック・ビレッジまであと三キロのところまで来ると、霧の塊が残らず背後の闇へと去り、前方に広がる夜空がはっきり見えてきたが、星は雲に隠されていた。

横転した十八輪トラックがハイウェイの片側へ移されるのを待つあいだ、ローザは二度ばかりうたた寝をしていたが、いままた盛大にあくびをした。今日は長い一日だったし、ただ長いだけでなく、ずっとつきまとう悲しみのせいでひどくくたびれていた。それでもキップという驚異と彼に対する責任感が、ローザを動かしつづけていた。

あと少しでオリンピック・ビレッジに着くというところで、あらためてアプリの〈パイドファインダー〉を確認してみて、がっくり肩を落とした。キップは何時間か同じ場所にいたあと、また動きだしていた。キップの位置を示す輝点は、州間高速八〇号線上のトラッキーの西にあり、点滅しながらドナー・サミット方面へ向かっている。動く速さからすると、車か何かに乗っているにちがいない。

良いひとに連れられているのだろうか。もしかすると良くないひとかもしれない。いっしょにいるのが誰にしろ、キップがただの犬ではない、宝物だということは知りようがないのだ。とにかくその人物は、ドロシーがあの子を託そうと選んだ相手ではないのだから、いま自分があきらめるわけにはいかない。絶対に、ドロシーを裏切るわけにはいかないのだ。

すでに制限速度に達していたが、ローザはぐっとアクセルを踏み込んだ。

59

メーガンは拳銃を手に――マガジンの弾はあと七発――裸足でウッディの寝室を駆け抜け、二階の廊下に飛び出した。そのときシャケットが玄関ドアを、ストッパーにぶつかって跳ね返るほどの勢いで開けた。側面の採光窓を壊してなかに手を突っ込み、デッドボルトの施錠つまみをひねったのだ。

風がヒュウヒュウと家のなかへ激しく吹き込み、アラーム音が甲高く鳴りひびく。メーガンが階段の下り口に達したちょうどそのとき、シャケットが玄関ホールのサイドボードから花瓶をつかみ上げ、怒りにまかせて壁に投げつけるのが見えた。そしてピューマ並みの速さで廊下へと消え、家の裏手へ向かった。

あの男は正気じゃない、でもあれは狂気よりも奇妙な、別の何かだ。野性的で奇怪で、力にあふれ、予測がつかない。玄関側の階段を駆け上がってくれば、こっちは何発でも撃てる。だがどれほど大胆であっても、軽率ではない。

さっきシャケットが言ったことを思い出した。〝おれたちはみんなミスをする、そうだろ？　おれもさっきここのキッチンに拳銃を置いてきちまった〟

やつは自分の銃を取りに戻ったのだ。どちらかの階段を上ってくる、たぶんキッチン側のだろう、そして上まで達したところで撃ってくる。

ウッディの部屋へ戻り、ドアノブのボタンを押して掛け金をかけた。こんなちゃちなロックでは、勢いよく蹴るだけで吹っ飛んでしまう。ドアにつっかいをしなくては。背もたれのまっすぐな椅子はだめ。ウッディのキャスター付きのデスクチェアと、肘かけ椅子しかない。

シャケットがやってくる。恐ろしい速さで。

ドアの左側に、引き出しが七段ある脚付きのチェストがあったが、カーペットの上を引きずってくるには重すぎる。それを押して横向きに倒すと、ドアがノブの高さまでふさがった。

電話が鳴っていた。甲高いアラーム音が響きわたり、風が家に叩きつけ、そして電話が、鳴っている。受け台から受話器をひったくった。警備会社だとわかっていたので、相手の言うことも聞かず、ただ叫んだ。「銃を持った男、家のなかにいる、いまそこにいるの、いま！」

通話も切らずに受話器を落とし、バスルームのドアへと急いだ。

ウッディはさっきと同じ場所にいたが、いまは体を横向きにした、胎児の姿勢だった。

メーガンは息子に背を向け、ここからいちばん離れた廊下に通じるドアに向き合った。

シャケットがウッディにしたことへの殺意に駆られた。この子をこんなに怖がらせて、しかも触るなんて。もしあのクズ野郎が急にわれに返り、銃をほうり出して許しを求めてきても、それでもわたしはやつを撃つ。撃って撃って撃ち殺してやらなくては絶対に気がすまない。

もうここまで来ているはずだ。風の吠え声、家がたてるキイキイ、ギイギイ、ドスッという音、絶え間ないアラーム音、そしてまた自分の心臓が打つ音。だが銃声は聞こえない。つっかいをしたドアを叩く音も。

どこにいるの？　やつが窓から飛び下りて、四本足で庭に着地したのを、月のように青白い顔に目が炭のように燃えていたのを思い出す。そこから想像が働いてやつが蜘蛛のように敏捷に家の壁を這い登り、外から上げ下げ窓を押し上げ、背後のバスルームへ入ってくる光景が浮かんだ。

いま助けが向かっている、武装した警官が。でもすぐそこまでは来ていない、まだ数分かかる。いま、その数分は永遠と同じだった。

突然、シャケットがドアノブをガチャガチャ動かした。それもほんのつかのまで、やつが銃を二発撃ち、ロックを吹き飛ばした。ドアを押し開けようとするが、チェストは重かった。さらに激しく押し、ドアが一センチ、二センチとじりじり開いた。

メーガンからドアの隙間へは角度があり、その向こうは見えなかったが、側柱に向けて一発撃ち、また一発撃った。するとドアにかかる力がゆるんだ。

こちらの残りはあと五発。

向こうには何発あるの――六発、八発？

またドアが強く押され、横倒しのチェストが一センチ、二センチと動いていく。銃撃戦になったら、やつの銃の狙いは、その動物じみた身体能力並みに超人的かもしれない。集成材のドアは五センチの厚みがある。ドア越しに撃とうとするのは、たぶん弾のむだでしかない。

ドアが二センチ動き、また一センチ動いた。もうまもなく押し入ってくる。やつの凶暴な行動パターンからすると、低い体勢で勢いよく、発砲しながら入ってくるだろう。こちらはいま、息子が動けずに横たわったバスルームの入口を守っているけれど、それも向こうは予測済みだろう。

メーガンはたじろいであとずさり、身を守る足しにもならなそうなドアの側柱の陰に回ると、両手で拳銃を握って構え、部屋の向こうでじりじり広がるドアの隙間に、まもなく姿を現すクズ野郎に狙いをつけた。

そのときまぎれもない、泣き声のようなパトカーのサイレンが予想より早く、風の不協和音と甲高いアラーム音に混じって響き、どんどん大きくなってきた。

「警察が来てる！」シャケットに向かって叫んだ。「もうじき着くわ、この間抜け野郎、おまえは終わりよ、警察が来たら！」

シャケットにも聞こえたのだろう、部屋に押し入ろうとするのをやめた。一瞬の間があった。永遠にも思える間が。

メーガンは同じ体勢で立っていた。喉元に酸っぱいものがこみ上げ、視野が心臓の鼓動とともにどくどく脈打っていた。

60

シャケットは憤怒《ふんぬ》に駆られ、すさまじい怒りのあまりやつら全員を、警報で駆けつけた警官二人と女とガキを皆殺しにしてやれると信じ込む。そして堂々と玄関側の階段のほうへ向かいかけるが、ふと狡猾な本能が現れ、燃え盛る憤怒を熾火《おきび》に、さらに弱いとろ火にまで抑え込むと、くるりときびすを返し、廊下を走って奥側の階段まで行き、一段飛ばしで駆け下りる。

アラームに応じて駆けつけた警察は、二人以上の可能性もある。二人だけだとしても、拳銃に加えてショットガンも持っているだろうし、応援を頼む可能性もある。おれはやつらの誰にも負けはしないが、狼が群で襲ってくれば、虎一頭がやられてもおかしくはない。キッチンを通り、裏口からポーチへ出る。暴風に、夜に歓迎されるなか、ポーチの階段を無視して一気に飛び下り、庭に着地する。

やつらは捜索に乗り出すだろう。このまままっすぐ林道に駐めたダッジ・デーモンまで行き、この一帯から離れようとしても、やつらがすでにハイウェイで検問を始めていて引っかかる恐れがある。迂回《うかい》しながら行かなくては。

庭には鹿も、リンゴの切れっ端を食わせようとするガキもおらず、いろんなものを照らし出すのでなくそのものの内から発しているような月の光もない。ただ荒れ狂う風とそこに混じるかすかな秋の最初の寒気、周囲を取り巻く森があるばかりだ。夜が来ればそこから闇が立ち上り、明け方にはまた帰っていく暗い砦《とりで》が。シャケットは庭のいちばん奥を横切り、西の木立のほうへ向かう。

警察は強力なＴＡＣライトを持って、こっちの跡を探しに森へ入ってくるだろう。だがシャケットは〝変化〟を遂げるうちに、暗視視力も嗅覚もぐんと高まっている。しかもほかの人間には及びもつかない野性の直感に導かれ、やつらがまごつくようなときも自信を持って動けるので、警察をはるか後ろに置き去りにして見失わせ、すごすごと引き揚げさせられるはずだ。

視覚と嗅覚をともに駆使して、シャケットは木々のあいだに延びるけもの道を見つける。鹿が何世代にもわたって下生えを食ってきた踏み跡は、抜けた毛と糞尿のにおいでそれとわかる。道は松や杉やトチやトウヒのあいだをくねくねと続き、ほどなく何千年もの雨風でなめらかにすり減った岩の露頭へと上っていく。岩を越えるとまた道が続き、やがて小川のほうへ下りていく。冴え冴えとした夜気のなかにスゲや苔《こけ》や野蒜《のびる》の香りが漂ってくる。以前なら骨が折れたであろう山歩きも、いまはほんの一瞬もこたえることはない。筋肉がやすやすと伸縮する。自然のなかを進んでいくその体は、若いころの夢でしか見たことがないほどやわらかくしなやかだ。恐れるものは何もない、クマであろうとピューマであろうと。そしてこの森を通り過ぎる自分が、ここに棲む生き物すべての心臓に恐怖を及ぼし、こちらがその気になれば餌食にできる小動物を麻痺させているのが感じ取れる。

この林床では森の梢《こずえ》のほうほど風は激しくなく、高い枝の上から尖った枯れ葉や松毬《まつかさ》や鳥の巣がぱらぱらと、彼の訪《おとな》いを祝う花吹雪《はなふぶき》さながらに舞い落ちてくる。

おれは支配者だ、見渡すかぎりのすべてを統べるものだという感覚が、昨日からシャケットの内でずっと燃えている怒りをやわらげ、いまは別のものに変えたのだろうか。だが今度は、ブックマンの家で味わった屈辱から遠く離れ、杉や松のゴシック風尖塔《せんとう》の奥深くへと分け入るほどに、真夜中過ぎの闇が血のなかへ染み入ってくる。燻《くすぶ》っていた怒りの火がまた燃え上がり、さらに激しい憤怒に変わる。うまく逃げおおせたいま、逃げ出さざるを得なかったことを忘れようとしてか、シャケットは夜のなかをうろつきまわる。いまだかつて知らなかった最高の興奮と満足をもたらしてくれるあの経験をいま一度と願い、空気が運んでくる豊かな情報を嗅ぎ取りながら、漆黒の闇を舌でなめてはあのすばらしい味を思い出し、歯噛みをしてこう念じる。この歯がもっと鋭ければと。

〈M通信《ワイアー》〉のベラ

〈ミステリアム〉に属する犬たちは、普通の犬ほど睡眠が必要ではない。平均的な人間よりも短くてすむくらいだ。

ベラは、モンテル一家の誰より早い時間に目を覚ます。

わたしは番犬のようなもの、という自負がある。

ときどき鏡の前で、歯をむき出す練習をする。われながら怖い、と感じてしまう。

ベラは一階にいくつかある自分の寝床のどれかで眠るようにしている。そのほうが不法侵入しようとする輩《やから》のにおいを早く嗅ぎつけられるからだ。

これまでにモンテル家の聖域を侵した者はひとりもいない。

でもだからといって、この先起こらないとは限らない。

犬がみんなそうであるように、ベラも楽天家ではあるけれど、世界が悪に染まっていることはわかっている。

それでも楽天家でいつづけられるのは、世界は本来、無垢な存在のためだけにつくられたものだと知っているからだ。

その本来の構造のなかに、邪悪な存在が入る余地はない。

いずれ世界は、その本来の目的のためにつくり直されるだろう。

木曜日の夜明け前のいま、ベラはキッチンの寝床から起き上がってファミリールームへ行くと、後足で立ち上がって壁のスイッチを押し、明かりを点けた。

そうしているところを何度か見つかったことがある。家族のみんなはそれが可愛いと言う。

子どもたちでいちばん年長のラリンダが、以前にこう言った。「ベラは暗いのが怖いんだよ。でもしかたないよね。ニュース見てると怖い話ばっかだもの！」

するとと上から二番目のサムが言った。「男はさ、暗いのなんて怖くないし」そのわりには夜寝るとき、いつも明かりを点けているけれど。

上から三番目のデニスが言った。「ネズミとかいるんじゃない、捕まえるのに明かりがほしいのかも」

「うちにはネズミなんかいないよ」ラリンダは決めつけた。「それにベラは猫じゃないし。だいたいベラはネズミは捕らないから」

「食べるかもしれないじゃん」とデニス。

「ベラはレディなんだよ。レディはネズミなんか食べないよ」

いちばん末っ子のミリーが言う。「みんなバッカみたい」

ベラは暗いのは怖くない。暗いと字が読めないというだけのことだ。

〈ワイアー〉は単なる意思疎通のシステムとはちがう。教育のツールでもあるのだ。

〈ミステリアム〉のメンバーのなかには、たった数分で若い犬に言葉の知識を教えられるものもいる。

ソロモンにブランディという、〈ミステリアム〉のなかでも哲学的傾向の強いメンバーふたりは、この能力を〝脳対脳データダウンロード〟と呼んでいる。

ファミリールームには、本の詰まった書棚が壁じゅうに並んでいた。

ベラは体格的には大きいけれど、棚の下のほうにしか前足が届かないので、読める本はかなり限られてしまう。

キャスター付きのオットマンを棚まで押していって、その上に立てば五段目まで届くのだが、バランスがとりにくいのでめったに使うことはない。

本を棚から出すときは前足を使い、戻すときは歯を使う。

誰かの足音がして、急いで本を隠さなくてはならないときは、あとで本棚に戻すつもりで裾の長いカバーのついた椅子の下か、エンドテーブルの下に押し込んだりする。

それをベラ自身忘れてしまうこともあり、その場合は子どもたちが本をほうっておいたと責められることになる。

するとひとりをのぞいて全員が、自分じゃないと正当な反論をする。たまにミリーが、ベラをしばらくじっと見つめたあとで、あたしがやったと言うことがある。

ミリーは疑っているみたいだ。いつか真実をつきとめようとするかもしれない。

そうなったらどうするか、ベラはまだ決めていなかった。もしその時が来たら、出たとこ勝負でいくしかないだろう。

木曜日の午前中のいま、ベラはファミリールームに寝そべって、ケイト・ディカミロの『ピーターと象と魔術師』を読んでいた。

とてもユーモラスで悲しく、不思議で奇妙で、でも真実を伝えてくるお話。真実とはどんな意味かというと、耳慣れない表現だろうけれど、生きることの基盤をなす母体、いろいろな人間と場所と、時間の流れに隔てられた瞬間を思いがけず結びつける母体を指す言葉だ。

ベラがページをめくるときは、鼻から息をフンッと吹き出すか、ページにしわをつけないように注意しながら、前足でそっと払うようにする。

お話は食べるものと同じくらい美味しい。そして食べ物に負けないほど大事だ。

お話がないと生きてはいけない。

お話は知性の最高の恵みだ。魂にとっての食べ物だ。妙薬なのだ。

お話を通じて、千回でもちがった生を生きられる――そして自分自身の生を最高のお話へと形づくっていくことを学べる。

第五章を読み終え、満足のため息をついたそのとき、何よりすてきなことが起こった。

〈ワイアー〉に新しい声が入ってきたのだ。

ぼくはヴァルカン。声はそう名乗った。

三歳になるジャーマン・シェパードだという。

これまでずっと、〈ミステリアム〉はレトリバー――ゴールデンかラブラドール――に限られていた。

ヴァルカンはもちろん、事実を伝えている。彼は犬なのだ。

だがほかにも、さらに驚くべき情報があった。

彼は遠距離から交信していた。一年前から交信相手を探して、外へ外へと範囲を広げていたのだ。

ベラは〈ミステリアム〉を通じて、どのくらい先からの送信が受信可能かを知らずにいた。

『ピーターと象と魔術師』を本棚に戻し、大至急、発表する文面を作った。

ベラ報：いろんなところですごいことが起こってる。ほんの数分前に、サクラメントの半径二百キロ圏外からの送信があったわ。これまで〈ワイアー〉では一度もなかったこと。送信者はサンディエゴのすぐ北のラ・ホヤに住むジャーマン・シェパードのヴァルカン。彼が伝えてきたニュースだと、なんとサンディエゴ、オレンジ郡、リバーサイド郡にもわたしたちのコミュニティがあるというの。その大半はシェパードとバーニーズ・マウンテン・ドッグ。ぜんぶで七十二頭いて、暮らしてる環境はばらばら。わたしたちが〈ワイアー〉と呼んでいるものを、彼らは〈ラジオ〉と呼んでいる。自分たちを表す名前は特に持っていないけれど、〈ミステリアム〉を採用してくれると思うわ。わたしたちはどこから来たのか？　なぜここにいるのか？　わたしたちのストーリーがとうとう明かされようとしてる。祝いましょう。いつも真実を。チャンネルはそのままで。

犬と少年

木曜日、午前一時――午前四時

61

保安官職に就いてから一年間、ヘイデン・エックマンは真夜中の十二時以降に執務室にいたことは一度もなかった。夕方六時を過ぎても帰らずにいることすらめったにない。しかしいまはその執務室にいて、頭を悩ませていた。

まだ歳も若くて魅力たっぷりのエックマンは、法の遵守や社会奉仕のことならいくらでも雄弁に語って、聴衆の心をつかむことができる。ただしいまの職は彼にとってのライフワークではなく、はるか上を目指す階段の一段目にすぎなかった。

保安官補になるまで五年かけて昇進してきたが、それ以前はあまりぱっとしない弁護士だった。いまでも自分は法執行官というより法律家だと思っている。今後三年はたゆみなく人脈を広げ、現職の利を活《い》かして合法もしくは合法すれすれのあらゆる手段で懐を潤したあと、パインへイヴン郡の地方検事に立候補する腹づもりだった。最終的な目標はカリフォルニア州司法長官の座で、そのために保安官の立場を利用し、将来の選挙の敵になりそうな公安官たちの不利になる情報を集めはじめていた。

それだけに今回のデクスター・フローリーとの取引には、一抹の不安を覚えずにいられなかった。フローリーがペイントン・スペイダーとジャスティン・クラインマンの死体をサクラメントへ、あの毒蛇どもの巣へ搬送していき、エックマンはこの事件の管轄権を州に譲り渡した。これで州司法長官のティオ・バービゾンにひとつ貸しができたとはいえ、もしこの状況をうまく抑え込めずに大騒ぎになってしまえば、エックマンにとってはバービゾンの要請にいともたやすく応じたことが明るみに出て、イメージダウンになりかねない。

何より気がかりなのは、バービゾンからまともな状況説明がもらえているとはとても思えないことだった。州司法長官の言い分によると、今回は国家安全保障局《NSA》との連係のもとに動いているが、その関与は非公式のもので、ＮＳＡが内密にしたがっているのだという。しかしバービゾンが大半の事情を伏せているのは確かだし、この州司法長官は抜け目ない策謀家との評判をとっていた。

ＮＳＡが関与しているという話が、事実だと考えられるふしはあった。ネイサン・パーマーの運転免許証が入った財布が女の死体のそばに見つかった時点で、エックマンは国の犯罪情報センター《NCIC》のウェブサイトに行って、この男に犯罪歴があるか、逮捕令状は出ていないかを調べてみた。令状はソルトレークシティの裁判所から発行されていたが、その要請を行ったのは、犯罪が発生したスプリングヴィルの町や郡の裁判所ではなく、ユタ州の司法長官だった。パーマーは窃盗、放火、殺人の容疑で指名手配されていた。そしてエックマンがネイサン・パーマーのファイルにあるごくわずかな情報を読んでいる最中に、コンピュータの画面がぱっと消えて白くなり、自分の肩から首、頭にかけてのシルエットが黒く浮かんだ。画面は三分ほどもロックしたままだったろうか、やがてまた動かせるようになった。これはつまり、エックマンが写真を撮られ、身元を確認されたということで、こんなことができるのは国の主要な安全保障機関以外にはありえない。そのどこかが犯罪情報センターのネイサン・パーマーのファイルを見張り、誰が調べに来るかを確かめていたのだ。

　それからエックマンはユタ州の司法長官に連絡をとろうとしたが、二十分ほどして、いきなりカリフォルニア州司法長官のティオ・バービゾンから連絡を受けた。バービゾンは開口一番、なぜネイサン・パーマーについて調べているのかと訊いてきた。それでエックマンが、男女二人の殺害とジャスティン・クラインマンの死体の恐るべき損壊について説明したところ、バービゾンは五分ほど電話を保留にし、誰かと協議していた。そして通話に戻ってくるとこう言った。自分は今回のことで国家安全保障局《NSA》の代理を務めている。ＮＳＡは、パインヘイヴンでネイサン・パーマーが犯した犯罪の訴追権がカリフォルニア州司法長官であるわたしに移譲されることを望んでいる。ついては、ソルトレークシティの裁判所発行の令状にはない詳細な情報をきみに明かしてもかまわないという許可を得た。パーマーはリファイン社に雇用されていた重役で、二日前の火災で九十三人が死亡し大ニュースになっているスプリングヴィルの研究施設の管理責任者でもあった。パーマーの身分証明書は実は偽造で、この人物はスプリングヴィルの火災に先立ち、そうした偽造書類を何通か入手していた。あいにくこの容疑者の本名を明かす許可までは得られていない。ネイサン・パーマーは自らつくったオフショアのペーパーカンパニーを通じて、カスタムの赤のダッジ・デーモンを購入している。当人がこの車のことを雇用主に知られていないと思っていたのなら、それはまちがいだ。ダッジは購入後、故意にGPS装置を取り外されていたらしく、容易には追跡できなかった。こちらはすべてを知る立場にいる雇用主すら知らない事実だ。このダッジについて手がかりが得られたら必ず知らせてもらいたい。最後に、これは国家安全保障上の問題であり、このわずかな会話で明かされたわずかな情報を他言することは法律により禁じられる。そうエックマンは念を押されたのだった。

そしてフローリーとゼルマンが押しかけ、去っていったいま、ヘイデン・エックマンはひとりオフィスに座り、ポットからブラックコーヒーを注ぎながら考えをめぐらしていた。なぜネイサン・パーマーは偽の身分証と、追跡が難しくなるよう細工した自動車が必要になると考えたのか。まるで自らスプリングヴィルの施設を破壊して逃亡する計画を立てていたかのようだ。でなければ、自分が罪を着せられそうな大事故が起きるのを見越していたような。実際にその施設で何が進められていたにしろ、メディアで言われているがん研究のような、NSAがなんの興味も持たないものでないことは断言できる。

それにパーマーの上役は、やつがいざとなったら逃げ出す準備をしていたことを知りながら、なぜその施設で雇用しつづけていたのか。これはどうやらとんでもない蛇の穴――そう、からまりもつれ合った脅威の塊だ。しかしエックマン保安官のような人間には、ざわざわとうごめく好機の塊でもあった。

　フローリーとゼルマンが被害者二人の死体と関連する証拠物件を持ち去ったことを受け、エックマン保安官はデスクに向かうとその移譲について説明する記録を書きはじめた。カーソン・コンロイ医師の行動にも特別に注意を払わなくてはならない。あの検死官は移譲の妥当性に疑問を呈し、規程と倫理の問題を持ち出すという出すぎたまねをした。この件が裁判になったときに備えて、できるだけ早く、ことが起こった直後に、日時も記した上でその経緯を書きとめ、コンロイという人間の信用が落ちるようにしておきたい。そうしてエックマンが新たに創作した内容によれば、コンロイ検死官が現れたのはいちおう求めに応じてのことで、移譲手続きのために呼び出されたのだった。ところが酩酊《めいてい》状態でやってきた検死官は、手続きそのものに異議を唱えはしなかったものの、あきらかに混乱した様子で、サクラメントから来た両名に向かって悪態をついた。

　エックマンは酒に酔った検死官との会話を楽しんで書き連ね、常軌を逸した彼の行動を事細かに創作しながら、あまり度が過ぎてこっけいにならないよう注意を払った。この記録を裁判所に提出することになったら、まずフローリーとゼルマンに内容を見せて、証言の際に口裏を合わせてくれるよう図らなければならない。

　記録を書き終えてプリントアウトし、自らの手で電子的にも物理的にもファイルし終えたとき、受付デスクにいる当直管理者のカール・フレデットから内線連絡があった。グリーンブライアー・ロードのメーガン・ブックマン宅に押し込みが発生し、複数の発砲があったという。

この一帯での押し込みは、象が出たとかいった事件より珍しい。

つねに地域の利益よりもおのれの利益を優先し、法による解釈よりも〝腐敗〟という言葉を甘く定義しているエックマンだが、警官としての直感には恵まれていた。そして即座に、ネイサン・パーマーは——実際の名前は何にしろ——パインヘイヴン郡から出てはいないのだと察した。

62

〈ミステリアム〉のメンバーみんなと同じで、キップも〈ワイアー〉をラジオのように切ったりつけたりできるのだが、緊急通信のときはいつでも勝手に飛び込んでくる。いまキップは〈ワイアー〉を切ってはいなかった。少年の痛みと絶望の悲鳴が方向を示すシグナルだったからだ。

ベン・ホーキンスに指示を出すのは、言葉なしでもうまくいきそうだった。このひとには、たとえありえなさそうなことでも、実際にありうるのだと証拠が示してさえいれば、ちゃんと信じられるだけの賢さがある。

悲しいことだけれど、人類すべてがそこまで頭がやわらかいわけではない。なんの根拠もなく、とんでもなくおかしなことを信じてしまう人たちもいるし、極端な言い方をすれば、事実そのものを目のなかに突っ込まれても、信じようとしない人たちもいる。

それはともかく、交差点に差しかかると、ベンが前を示してたずねた。「どっちだ?」ベンが正しい方向を指せば、キップは一度、確信をこめてワンッと吠える。まちがった方向なら、そうじゃないと鼻をフンッと鳴らす。

いつものように、もし話をするのに必要な物理的手段があれば、言いたいことは山ほどあった。

こう言ってあげたかった。あなたはすごく運転がうまいね。

こうも言いたかった。もっと、もっと速く。けれどもベンはもう、制限速度を超えるスピードで飛ばしていた。いずれにしても、これが緊急の用件だと察しているのだ。

もし話ができるなら、ベン・ホーキンスの人生について訊きたいことがいくらでもあった。どんな本を書いているのか、ディケンズは読んだことがあるか、おそらく無数にある並行宇宙の存在について物理学者たちが言っていることは正しいと思うか。

ドロシーは量子力学やひも理論といったものに夢中になっていた。

そして自分が夢中なものに誰かの興味を惹きつけるのが得意だった。

これはキップの説だ——並行宇宙は存在するし、ぼくらは死んだら、またほかの世界で生きつづける。

ドロシーはこの世界にはいなくなってしまったけれど、すべての世界から消えてしまったわけじゃない。

そう考えると、気持ちがやすらぐ。

天国は並行宇宙のひとつで、そこではみんな永遠に生きられる、とまで言うつもりはない。神学者じゃないから。

オリンピック・ビレッジから州道八九号線を北上し、州間高速八〇号線に入って西へ向かった。

それから州道二〇号線に乗り換え、さらに西を目指していく。

もし普通の犬なら、助手席に座りながら、隙あらば窓から外に頭を出そうとするだろう。だがキップは、何かが飛んできて目に深刻なケガを負う危険があることを知っている。とても賢い犬というのは、ただの犬でいるよりつまらないこともあるのだ。

ドロシーはよく、窓から頭を出してもいいと言ったけれど、でもそのときはずいぶんゆっくりとしか車を走らせなかった。あれはあんまり楽しくない。

これまでずっと、ほかの犬たちも〈ワイアー〉を通じて少年の声を聞いていると思い込んでいた。ところが急に、そうした犬たちからのコメントがないことをいぶかしく感じた。

それでこう送信した。〈ワイアー〉から男の子の声が聞こえるかい？　悲鳴をあげて、泣いてる。

たちまち返信が、外の夜のあらゆる場所から届いた。誰も少年の声を聞いていなかった。まさか〈ワイアー〉で通信できる人間がいるのかと、みんな興奮している。

キップは軽く唸って、その先に方向を変える場所があると知らせた。相棒が言った。

「右か?」

キップが一度吠える。**イエス**。

ちょうどそのタイミングで、〈ベラ報〉がぱっと頭にひらめき、ラ・ホヤのヴァルカンのことを伝えるニュースと、ベラの弾むような喜びが飛び込んできた。

ベラの言うとおりだ。何かがどこかで起こっている。とてつもなく重要な何かが。

そしてどうしてか、少年もその何かの一部にちがいないという気がした。ヴァルカンやベラやキップも含めて、自分たちは確かな目的もなく生み出され、自然に属さない場所で生きるよう放たれて、ありもしない答えを永遠に探し求めているこの世界のはぐれものなのだとこれまでずっと信じてきた、すべての知能の高い犬たちと同じように。

63

メーガンがウッディをバスルームからベッドまで運び、ジーンズとクルーネックのセーターを身に着けたのと同じタイミングで、警察が到着した。

ウッディを置いていくには忍びなかった。この子はすっかり現実から離れ、心に傷を負い、自分の世界に引きこもってしまっている。もちろん、こんなふうに遠くまで行ってしまうのは初めてではないけれど、今度はもっと新しい何かがあるように感じる。それが絶望でありませんようにと、彼女は祈った。

部屋を出て階段の下り口まで行き、警官たちに声をかけて、一階へは下りられないので二階まで来てくださいと頼んだ。

警官の片割れに事情を説明しながら、ウッディのデスクチェアをベッドわきまで押していき、その上に腰を下ろした。息子の片手を取ると、ぎゅっと握りしめられた指をやさしく開いてやりながら、なんとか緊張を解いてあげられないかと、頭をずっとなでていた。

わたしも冷静でいよう、恐怖を表に出さないようにしようと言い聞かせた。いまだに不安にとらわれているのは自分の話しぶりにもあきらかだったが、安全だという感覚がリー・シャケットのせいで永遠に奪われたことを息子に気づかれるのが恐ろしかった。わたしはウッディのために、この子を支える岩にならなくてはいけない。恐怖の海に浸かったままでいたら、この子まで溺れてしまう。

男の警官ふたりはメーガンの話を聞きながら、銃弾で壊れたドアのロックを調べ、何にも手を触れずに部屋のなかを探しまわっていた。しかつめらしい顔つきと無表情な視線を崩さず、どこかこちらを疑わしいと感じているようだ。経験や訓練上、仕方のないことなのだろうが、それでも湧いてくる憤りを隠すのは難しかった。このふたりは夜闇にまぎれてどこかへ逃げていったリー・シャケットを捜そうともしていない。犯人はもう近くにはいないでしょう、自分たちはここを離れて捜査に向かえという指示を待っているのです、と言って。

あの異常で暴力的な対決の経緯をこんなふうにわたしが静かに語っているせいで、警官たちは半信半疑になっているのだろうか。まだ自分の神経をかき乱しているはずの恐怖の残滓《ざんし》はどこへ？　大切な家を侵されたことへの怒りはどこへ行ったのか？

もちろんそれは胸の奥深くに、きつく巻かれたゴルフボールの芯のようにしまい込まれている。息子に伝わらないようにするために。発達障害を抱え、感情を外に伝えられなくても、深く繊細に感じてしまう子ども――不安に対処する防衛機制を持たない子どもの親なら、自分が感情をあらわにすればその子にどう影響するかをつねに考えていなくてはならない。シャケットのせいで心底怯え、珍しいことではないといっても、やはり気がかりなほど深く引きこもってしまったウッディに、恐怖というゼンマイをさらにきつく巻かせるような口調で話しつづけるわけにはいかないのだ。

最初の二人組から何分か遅れて、つぎの二人組が到着した。理由はよくわからないが、こちらが格上と見えて、そのふたりが主導権を取った。うちひとりは三十代の女性で、制服のシャツの胸ポケットに留めつけられた白い名札に黒い文字で、《キャリックトン》とあった。

キャリックトンはいろいろなトレーニングで鍛えているのだろう、前腕はたくましく、魅力的な北欧系の顔立ちで、ショートにしたブロンドの髪とウェッジウッド・ブルーの目を持っていた。いかにも有能そうな様子で、メーガンの供述を書きとめるために手帳とペンを取り出した。最初のふたりはやらなかったことだ。

部屋に同性の人間がいてくれるのはありがたかった。こちらがどんな目にあったかをもう少し汲み取って接してくれそうだ。ところがまもなく、この警官は有能かどうかはともかく、こちらを本能的に嫌い、理由のない不信感を持っていることが伝わってきた。

メーガンがあらためていきさつを手短に話すと、キャリックトン保安官補は言った。

「その子はどうかしたんですか?」

「高機能自閉症なんです」

「どういう意味ですか——〝高機能〟というのは?」

「生まれつき独習が得意で、大学レベルの本を読んでますけど、行動に表すことはまったくなくて。わたしか家政婦のヴァーナ・ブリキット以外の人間に触られるのに耐えられないんです。それに言葉を話さないので」

キャリックトンはずいぶん近い距離で、メーガンのパーソナルスペースを侵すように立ちながら、彼女とウッディを見下ろしていた。「その子が寝ている様子だと、わたしがここにいるのもわかっていないようですが。いつもそんなふうなのですか?」

「いいえ。さっきも言ったように、シャケットに怯えさせられたせいで」

「その男が、この子に危害を加えたと？」

「脅して、怖がらせたんです。シャケットがここにいるのを見つけたとき、あいつはウッディが動けないのをいいことに……顔を触っていた。この子には最悪のことなんです、知らない人間に顔を触られるのは」

「はっきり訊きますが、レイプされたのですか？」

「いえ。シャケットはわたしをレイプしようとしていました。それにウッディを怖がらせることで、わたしを苦しめようと」

「その子は数時間以内に検査をする必要があります」

「レイプはされてません。検査にかける必要なんてありません」

「その子がどう言うか聞きましょう。本人の供述も取らなくては」

「さっきも言いましたけど、しゃべらないんです」

「まったく？」

「自閉症では珍しいことではないわ」

　キャリックトンのパートナーだというアージェント保安官補は、聴取の様子を眺めては、廊下へ戻ってほかの警官たちと相談するのを交互にくり返していた。三台目のパトカーが到着した。点滅する警告灯の赤と青の光が、窓の向こうの風に震える夜闇にひらめいている。家のなかにはたぶん六人の警官がいるだろう。夜の空気に警察無線や、あちこちにいる警官たちのベルトに留めたトランシーバーのぱちぱちいう雑音混じりの交信音が満ちていた。家のどの部屋に入り込んで、何を調べているのだろう。警察がここにいるのも、シャケットを追い払えるタイミングで来てくれたのもありがたかったけれど、またしても大切な場所を侵されている気分がした。

「あなたはリー・シャケットという男と付き合っていたんですね」

「何度かふたりで会いました、十何年も前に」

「すると、その男とは関係があったと」

「性的な関係はありません。何度かデートをしただけ。それ以上は何も。ずっと昔のことです」

「今日の昼間、その男から電話があったと言いましたね」

「もう昨日です。いっしょにコスタリカへ行こうと言ってきて。どうかしてます。断りました」

このやりとりはさっきもした。キャリックトンはすでに訊いたことをまたくり返し訊いて、こちらの話に矛盾が出てこないか見ようとしているのだ。そうとわかってはいても、やはり苛立たしさを覚えた。

「シャケットが鍵を持ってなかったのなら、どうやってこの家に入ったんでしょう?」

「ヴァーナがここにいたときに入り込んだのだと思います。ヴァーナは何度も出入りするので、ときどき裏口のドアをロックせずにおくことがあって」

「シャケットはあなたがベッドに入るまで、どこかに隠れていたと?」

「だと思います」

「何時間も隠れていた。あなたの言うような常軌を逸した男にしては、とんでもなく辛抱強いですね」そう言ってメモをした。「あなたは眠っていた、なのにその男はまっすぐあなたのところへは行かずに、ここへ、その男の子の部屋へ来た」

「さっきも言いましたけど、わたしは眠ってませんでした。本を読んでいて、そのうち眠くなったので、寝る態勢に入ろうとした。そのとき拳銃が銃保管庫のなかにまちがった位置で置かれて、マガジンが空になっているのに気づいたんです」

「保管庫はロックされていたんですか？」

「ええ。あいつがどうして解除番号を知ったのかはわかりません」

「銃を所持するようになったのはいつから？」

「三年前です」

「カリフォルニアで、合法的に購入したのですか？」

「ええ」

「登録書を見せてもらう必要があります」

「この聴取がすんだら取ってきます」

「銃器の安全講習は受けましたか？」

「もう言いましたけど、月に一度練習をしてるんですよ。ええ、はい、講習は受けました」

「リー・シャケットのことがあって、銃を買ったのですか？」

「いいえ。どうしてそんなこと？　この銃を買ったのは、あの男と会っていた時期から何年もたったあとです。それに、あのころはあんなに頭のおかしいひとじゃなかった」

「男にケガを負わせたそうですね？」

「重傷じゃありません。左耳が少しちぎれたぐらいです」

「そのとき、この男の子は居合わせましたか？」

「ここで横になってました。いまそうしてるみたいに」

「その子のいる方向へ発砲したんですか？」

「仕方なかったんです。シャケットがこの子の目をえぐり出すと脅したので」

「目が見えないんですか？」

「は？　いえ、目は見えます」

「ずっとそこに寝そべったまま、視線も動いていませんが」

「目は見えてます」

「高機能自閉症ね。これまでその子をちゃんと検査して、ここが最良の環境かどうか確認したことはありますか？　特別な養護施設に入れるべきではないんですか？」

　この流れを変えなくては、とメーガンは決めた。ウッディの手を放して立ち上がり、キャリックトンとまっこうから向かい合った。「これはウッディが最良の環境にいるかどうかなんて話じゃないでしょう。誰かリー・シャケットを捜しているんですか？　あいつはもうまともじゃない、何かずっと悪いものなんです。組織的な捜索はされているの？」

「それはわたしの仕事ではありません」とキャリックトン。「わたしの仕事はあなたの供述を取ることです、その男の有罪を立証するのに必要なことですから」

「なるほど。だったら今夜、ここであったことに話をしぼりましょう。リー・シャケットが何をしたか、そして何をしようとしたかに」

キャリックトンはメーガンの視線を、おそらく十秒間ほど、無言で受けとめていた。ウエッジウッド・ブルーの目は陶磁器の皿のように冷たく張りつめていた。そして言った。

「あなたはこんなすてきなお屋敷があって、いろんないい物に囲まれて暮らしている。でもこんな問題のある子の面倒を見なくてはいけなくて、過去に関わった精神不安定なボーイフレンドまで現れるとしたら、いい家や物もあまり意味がないということね」

まったく会ったこともない人間がこちらのことを知っているという顔をして不可解な敵意を向けてくるのは、実際に相手と対面したときにはそうたびたび起こることではない。だがSNSはそうした行為の温床で、だからメーガンは毎日インターネットをのぞいたりはしない。しかしこんな状況で、あからさまな敵意に満ちた物理的実体を前にすると、ただマウスをクリックして消してしまうようなわけにはいかなかった。

「こんなことをいつまでも続けるつもりはないわ。わたしは容疑者じゃない。被害者なんです。あと五分だけ、それ以上は待ちません」

それから二分後に、ヘイデン・エックマン保安官が到着した。

64

〈ワイヴァーン城〉の南西側にある高い塔の部屋で、ウッディは自己嫌悪に打ちひしがれて横たわっていた。今度ばかりは自分の弱さを贖うことはできない。もう家に帰ることはできない。あの前触れが現れ、青い鳥が許しの歌をうたうことも、ふかふかの白ネズミが喜びのダンスを踊ることもない。自分がやったことへの正当な代価を支払えはしないのだ——むしろ今度は、やらなかったことへの。

あの悪い男は、おまえは口も頭もだめだと言ったけれど、ウッディは口はきけなくても頭はだめではない。しゃべれないのは確かでも、おまえは馬鹿だと言われたところで信じはしない。だがあの悪い男は、おまえは役立たずだとも言った。たとえ悪者が言ったことでも、その判断に根拠がないわけではない。たしかに本当のことなのだ。あの男はウッディの母親を侮辱した。侮辱どころか、服を脱げと言った。彼の母親と無理やりセックスをするつもりでいた。ウッディは無垢ではあっても、まったくのうぶではない。セックスがどういうものかは知っている。セックスは愛情のしるしとしては美しいものだが、愛情がなければ人殺しのように醜いものになる。そのことはわかっていた。

そのあいだずっと、ウッディは何もしなかった。まったく何も。あの男にそっと触れられた――頰を、鼻をなでられ、あごをぐるぐるとなぞられ、指先を唇にすべらされた――それがあまりにショックで、自分の無力さに耐えられなくて、腕も脚も鉛みたいになり、頭も持ち上げられなくなった。すぐに〈ワイヴァーン城〉へ逃げ込みはしなかったが、自分の寝室で、麻痺したままでいた。そしていまはこの粗末な葦の寝床に寝ている。

やっと〈ワイヴァーン城〉まで来たのは、発砲が起きたあとだった。バスルームの隅の床にうずくまったまま、立ち上がれなかった。母親に運ばれてベッドに入れられたときには、自分への情けなさがこれ以上ないほど骨身に応えた。

いま横になって高い窓を見上げると、外には膨らんだ黒い雲の腹が見え、その向こうでは雷の光がジグザグの稲妻の形をとることなく脈打ち、迫りくる嵐のなかを食い進んでいく酸の波を思わせた。見たことのない数のドラゴンが飛んでいた。棘のついた長い尾と扇形の翼の群は、何かの黙示録の恐るべき先触れなのか。だが稲光に続いて雷鳴が響くことはなく、ドラゴンの口から叫び声が出ることもない。この場所ではウッディと同じで何もかもが静かだった。いつもなら、やがて青い鳥が歌い、白ネズミが踊りだすけれど、今度はそのどちらも現れはしない。

言いたいことがたくさんあるのに言葉になって出てこないとき、裏庭にやってきた鹿にしか語りかけられないとき、ウッディは声を自分のなかに閉じ込めて生きることを覚えた。鹿に向かって言ったあの言葉――「きみはきれいだね。大好きだよ」――あれは本当は父親に向かって、彼が永遠に逝ってしまう前に言いたかったことだった。そして母親に向かって言いたいことでもあった。ママもいつか永遠にいなくなってしまうかもしれない、なのにぼくはこんな混乱のかたまりだから鹿にしか言うことができない――その思いも抱えて生きるようになった。

　母親の両腕に包み込まれるのが世界でいちばん心地よいと感じたとき、もしお返しに母親の体に両腕を回すことができればもっと気持ちがいいだろうとわかっていても、やっぱり誰もハグできないまま生きることを覚えた。ハグしなくても、ママはぼくがどんな気持ちかはわかってくれている、そう自分に言い聞かせていたし、ほとんどの場合、ママはたしかにわかっていると実際に信じられた。でもときどき、いまのように、ママは本当はわかっていないのかもしれないと思うことがある。この子もわたしを愛してくれていると、ただ願っているだけなのじゃないかと。そう疑いながら、それでも生きていくことを覚えた。

　でもこれだけは、これを抱えて生きていくことはできない。ママがレイプされそうに、撃たれそうになったのに、ぼくは何もしなかった。まったく。何ひとつ。ママを助けられなかったばかりか、麻痺して動けずにママの足かせになり、そのせいでママが殺されそうになった。ぼくがあの悪い男に触れられなかった――殴りかかれなかったせいで。助けを求めて走ることさえできなかった。こんなことになったのもきっとぜんぶ、ぼくがダークウェブの〈トラジェディ〉のサイトへ行って、『息子による復讐――忠実に編纂された怪物的巨悪の検証』を書いたせいなんだ。

ほかにもあの悪い男が言ったなかで、本当のことがある。

〝おまえはママがどれだけいい女か、わかってるか？　そりゃあいい女なんだぞ、おまえみたいな役立たずのお荷物のせいで、人生をむだにするのはもったいないくらいのな〟

ぼくがもう家へ帰らなければ、ママはぼくから自由になれる。ぼくがこの〈ワイヴァーン城〉にずっといれば、ママは別の誰かといっしょになって、もっといい人生を送れる。愛してるよとちゃんと言ってくれる誰かといっしょに。行きたい場所へ旅することができて、口のきけない息子はだいじょうぶかなんて心配することもない。ぼくは頭はいいけれど、やっぱりだめなやつだ。役立たずのお荷物で、しゃべれなくて、学んだことや感じたことで頭はいっぱいでもそんなものはなんの意味もない。知っていることも感じていることも、誰にも伝えられないのだから。

音のない稲光が脈打ち、ドラゴンたちが音もなく飛びまわっているなか、高い塔のこの世のものならぬ静けさに包まれ、もう体の下で乾いた葦がたてる音も、心臓の鼓動も、息を吸って吐く音も聞こえなくなったそのとき、突然、声が聞こえた。

いま行くよ、もうすぐ着くよ。

ガラスのない高い窓から視線を下げると、また犬が見えた。今度は床にうずくまってはいない。おすわりをして、車に乗っているみたいに体にシートベルトを着けている。

ねえ、泣かないで、怖がらないで。ぼくがすぐに行くから。

65

ブックマン宅で異常な家宅侵入および暴行沙汰があったと報告を受けた保安官は、その件とスペイダー／クラインマン殺しには同一の犯人が関わっていると判断した。そしてただちに、グリーンブライアー・ロードの封鎖を命じた。現場から逃走したと思われる赤のダッジ・デーモンを捜索せよ、このダッジは高性能のアフターマーケット仕様で、あらゆる法執行機関の車両を上回る馬力を有している。

それぞれの封鎖ポイントに四人の人員を配置した。第一のポイントはブックマン宅から南へおよそ三キロ、第二のポイントは北へおよそ二キロの地点。南のほうはすぐに人員がそろい、北のポイントには一台の自動車に同乗した保安官補二人が不完全なバリケードを作った。

ネイサン・パーマーと称される犯人は、サイレン音の接近とともにブックマン宅から逃走し、徒歩のまま西へ向かい、地所の裏庭から森へ入ったと思われる。パトカーがうようよしているハイウェイへ直接出る危険は冒さないだろう。しかしこのダッジ・デーモンに乗ってここまで来たことは確かで、近辺のどこかに隠してあるのはまちがいない。したがって森のなかを迂回しながら自分の車へ向かうだろう。

三十分前からグリーンブライアー・ロードは通行止めとなり、検問が行われていた。そしていま、ブックマン宅に最初に到着した二人の警官、ウォルター・コルトとフリーマン・ジョンソンはブックマンの家を出たあと、北側の封鎖を固めようと車を走らせているところだった。

ジョンソンは助手席に座っていた。勤勉な保安官補であるかたわら、ハイキングや釣りを好む熱心な森林愛好家でもあり、自然が示すパターンの変化には鋭い目を持っている。森林局の林道を右手に見ながら通り過ぎたとき、その入口の奥はリバイアサンの内臓のように真っ暗だった。ヘッドライトの光は路面の左右ほんの数メートルまでしか届かなかったが、ジョンソンはふと、夜に包まれた垂直な木立の闇のなかに視覚的な違和感を覚えた。

「待て、引き返してくれ。さっきの林道に何かあった」

ウォルター・コルトは速度を落とし、Uターンして少し南へ走り、左折して狭い未舗装の林道に入ると、ヘッドライトをハイビームに切り替えた。光が森の懐を深くえぐり、ジョンソンの直感にしか捉えられなかったものがいま、ハイウェイの舗装面からおよそ二十メートルのところにあらわになった。赤のセダンだ。

木々のあいだをゆっくりと進んでいくと、前方に見えるセダンはダッジだとわかった。ウォルター・コルトがフックから警察無線のマイクを取り、発見の次第を報告した。犯人の車まで三メートルのところで停まり、ギアをパーキングに入れてサイドブレーキを引いたが、エンジンは切らずにおいた。

ジョンソンもコルトも昨日の午後の、スペイダー／クラインマン殺しの現場に居合わせはしなかったが、女のほうが死んだあとで、動物か死肉喰《ぐ》らいの鳥に、おそらくハゲワシに食われたことは聞いていた。だからブックマン宅の襲撃に同一犯が関わっているのなら、大胆かつきわめて凶暴な相手だという認識はあったものの、その相手が自分たちの合わせて三十六年の法執行の経験をはるかに超える存在だとはまだわかっていなかった。

助手席の左前のダッシュボードには、ショットガンに加え、長さ一メートルあまりの牛追い棒が取り付けてあった。パインヘイヴン郡は人間より野生動物の数が多く、その一部は力の強い捕食者だ。特に有名なのはピューマだが、クマやコヨーテもいる。フリーマン・ジョンソンの経験では、雄牛が逃げ出す事件も二度あったし、虎を不法に、どんなときも子猫みたいにおとなしい動物だと勘違いした馬鹿者が飼っていた事件、ひどく虐待されていたピットブルが案の定すべての人間に牙をむいたという事件もあった。警官たちがそんな危険な生き物に毎日、あるいは毎週のように遭遇するわけではない。だが昔から保安官事務所の方針で、どんな動物でもよほどの極限状態でなければ銃で撃ってはならないと定められている以上、電気式の突き棒が欠かせなくなる事態は一度ならずあった。

ダッジ・デーモンは暗く静まり返り、ヘッドライトの光に照らし出された窓のなかを見るかぎり無人のようだったが、コルトとジョンソンは銃を抜いてパトカーから降り立った。

周囲にそそり立つ原生林の壁は、ある程度風の勢いをやわらげていたが、その城壁も難攻不落ではない。多少は弱まってもやはり執拗な強風が林床を震わせて下生えを残らず鞭打ち、常緑樹の高い枝はさらに強い疾風に大きく揺さぶられていた。針葉樹の枝がつくる深い天蓋のせいで空気の流れる音が水の奔流のような音に変わり、頭上を大きな川が逆巻いているかのようで、その瀬音に混じってかすかな悲鳴やうつろなうめきや苦痛にまみれたような叫び声が立ち上り、生者の世界から死者の国へ無数の魂を運び去っていく冥界の川《ステュクス》を思わせる。

ジョンソンと彼のパートナーは慎重にダッジへ近づきながら、パトカーの明かりが届いていない場所の木々にも絶えず目を配っていた。その暗闇はなぜか、かつてジョンソンが知っていたどれともちがうように、エデンのすべての希望の彼方にある名高い暗黒のように感じられた。

何か異様な、超自然的な脅威に満ちていると思える瞬間があったとしたら、つぎの襲撃はその雰囲気と完全に一致するものだった。襲撃者は彼らの視界を越えた高所の枝から、翼のある悪魔のように下りてきた。そいつはウォルター・コルトにまともにぶつかり、ダッジの後ろの地面に叩き伏せた。コルトの手から銃が離れ、車のバンパーに当たってガツッと音をたて、くるくる回りながら風に震える茂みのなかへ飛んでいった。

ジョンソンは驚愕によろめいて一、二歩あとずさり、コルトはごろごろ転がりながら襲撃者の上になろうと——あるいは相手を振り払おうとしていた。警官のほうが体は大きかったが、襲撃者のすさまじい獰猛さを見ると、体格や戦闘訓練だけでこの相手を撃退しきれないのは一目瞭然だった。

ふたりの体がからみ合って動いているせいで、ジョンソンは簡単に撃てないどころか、まったく的を定められなかった。足を踏み出して取っ組み合いに加わり、ネイサン・パーマーの頭に拳銃の銃身を打ちつけようとした。だが、ウォルター・コルトのあげた悲鳴に足を止めた。これまで知るかぎり、コルトは恐怖を表に出したことも、痛みに泣き言を漏らしたこともない、ストイックを絵に描いたような男だった。だがこれは単なる痛みの悲鳴というだけでなく、純粋な恐怖の悲鳴でもあった。そして悲鳴にはこんな言葉が混じっていた。「こいつ嚙んでる、嚙んでる！」

ヘッドライトの光に照らし出されたコルトの左手は、血まみれだった——左手だけじゃない、右手も——顔も血だらけだ。パーマーが喉笛に食らいつこうとするのを、コルトは血の出ている手で防ごうとしている。襲撃者が獲物の股間にひざを何度も、何度も叩き込もうとする。パーマーがふと、ジョンソンのほうを見やった。その口から血の混じった唾液がむき出しの歯の上をだらりと落ち、獰猛な視線には動物じみた光が宿っていた。

もみ合っているふたりの一方だけを狙い撃ちにはできず、ジョンソンはパトカーまで駆け戻って、牛追い棒をつかんだ。高電圧、低電流のこの装置が与える電気ショックは、クマや雄牛も制止できるほどで、人間に容赦なく使用すれば死に至る可能性もある。三秒で現場へ戻った。コルトはまだ悲鳴をあげていた。事務所の規程では牛追い棒を人間に使うことは禁じられている。規程など知ったことか。棒先の銅の電極をパーマーの背中に押し当てた。

襲撃者と接触しているウォルター・コルトにも、パーマーほどではなくてもかなりの衝撃が加わるだろうが、ほかにどうしようもなかった。パーマーが絶叫をあげ、ジョンソンがさらに棒で突くと、ぐらりと獲物から離れ、土の路面に顔から突っ込んだ。

コルトは激しくあえぎ、うめきながら、ショックをこらえようとしたがあまりうまくいかず、襲撃者からよろよろと離れていった。

パーマーは二十秒か三十秒は麻痺しているはずだ。その後も一分かそれ以上は方向感覚を失ったままだろう。

ジョンソンはユーティリティベルトから太いプラスティック製ジップタイの手錠を外した。襲撃者のそばに片ひざを突き、背中の後ろでその両手首をきつく縛ろうとする。

パーマーが手を振り払って仰向けに転がり、起き上がろうとしながら、なぶられて怒った蛇のようにシャーッと音をたてた。

心臓が早鐘を打って両腕が震え、脂汗まみれの指からジップタイがすべり落ちそうになる。ジョンソンは急いであとずさり、牛追い棒をひっつかんだ。銅の電極を襲撃者の下腹に突き当てる。パーマーが地面をかきむしり、指が鉤爪《かぎづめ》に、地面が砂になったように深い刻み目を作った。ジョンソンが何度も電気ショックを与えると、パーマーの頭ががくがく揺れ、首筋の腱《けん》がスチールの綱のように太く浮き上がった。ジョンソンがまた一度、さらに長い電気ショックを与える。ようやくパーマーが崩れ落ちた。意識を失ったか、死んだか。ジョンソンにはどちらでもよかった。

ひざを突いてパーマーをうつ伏せに転がし、両手を背中に回してジップタイで縛った。規程で許されている以上にプラスティックのストラップをきつく締め上げてから、これ一本でも誰かにちぎられたという話は聞いたことがなかったが、二本目を使うことにした。さらに両足首に一本ずつ巻き、三本目で両方をつないだ。

それが終わってようやく、パーマーの首筋に指を当ててみた。残念ながら脈はあった。この騒ぎのあいだに、ウォルター・コルトはなんとかパトカーまで這っていき、車の右側のフロントフェンダーに背中をもたれて座っていた。両手から血がだらだら流れ、左の小指が食いちぎられていた。人差し指も垂れ下がったままだが、まだわずかな肉切れでつながっている。あごの先はひどく嚙み裂かれ、いまにも骨からはがれ落ちそうにぐらぐらだった。コルトは生理学的ショック状態にあるのか、子どもみたいに泣きじゃくっていた。

フリーマン・ジョンソンは急いで運転席側のドアまで回り込み、車に乗り込んでマイクをつかんだ。救急車を呼び——「警官に被害、数カ所に重傷」——現在地を伝え、応援を要請した。「いま捕まるだけの人員をありったけよこせ」牛追い棒のバッテリーはもうほとんど尽きかけているはずだ。プラスティックの手錠はもつだろう。もたなかったことはない。だがパーマーを護送する前には、誰かがやつの口に咬合《こうごう》阻止器をかませる必要がある。よほど大勢の手を借りられないかぎり、そんなまねをする気にはなれなかった。

ジョンソンは車から降り、トランクから救急箱を取り出すと、コルトのところまで行ってそばにひざを突いた。両手の出血は続いているが、救急隊員がここへ着く前に止血帯が必要なほどではない。ガーゼを二巻き使ってゆるく縛り、両手の傷に圧力を加えるようにした。あごのほうはどうすることもできなかった。

「救急車が向かってるぞ。あと五分で来る、いや、五分もかからない」

「ううう、ちくしょう」コルトの声はかすれていた。

パーマーはすでに動きはじめていた。悪態をついて仰向けになろうとする。手首の縛《いまし》めをぎりぎりと引っぱり、枷《かせ》のはまった両足を蹴る。背中をありえないほどの角度で、まるで椎骨を順々に固められる蛇のように反らせ、上体を丸めてその反動で立ち上がろうとするが、失敗してまた獰猛に悪態をつく。

「いったい何なんだ、あいつは」コルトが言う。「あの化け物を撃ち殺せ、いまのうちに殺すんだ」

このパートナーに似つかわしくない怯えように、ジョンソンは寒気がした。立ち上がってまた牛追い棒を手に取り、構えようとしたそのとき、遠くからサイレンが響いた。応援だ。

細い林道の上空には月も星もなく、ただ冷たい風がハルマゲドンの弾薬庫のように頭上で轟音をあげている。森は深くて暗くて謎に満ち、かつて一度もなかった姿をフリーマン・ジョンソンの前に見せていた。

66

何台か集まったパトカーの警告灯が赤と青の光を、レンジローバーのフロントガラスとダッシュボードに投げかけている。

キップとベンはグリーンブライアー・ロードの北行き車線で、検問を待つ車の列に加わった。

ベンはそこそこ落ち着いて待っていたが、キップは気が気でなしにハッハッと息をついていた。

「どうした、おい?」

ベンはこの少年のことを知らない。その子が〈ワイアー〉でずっと悲鳴をあげていて、いまはほとんど黙り込み、完全な絶望に沈んでいることを示す哀れな声しか発していないことも。

この星に生まれた二つの種は、たがいに絆で結ばれ、何千年も過ごしてきた。もしかすると何万年も。犬、そして人間は。

犬は馬や猫よりも前から、人間のそばに寄り添っていた。

生きるために狩りが必須だったころから、いっしょに狩りをしてきた。自然が現在よりも苛酷《かこく》だった原始の世界で、あらゆる脅威からおたがいを守ってきた。地球上のあらゆる生き物のなかで、生きているあいだ毎日いっしょに楽しく遊んでいる別々の種は、犬と人間だけだ。

でも、その人間と犬との関係において、まだ実現していない運命がある。ドロシーはそう信じていた。

キップや〈ミステリアム〉のメンバーたちは、その人間／犬の運命がつぎに迎えるステージの象徴であり、この世界を変える存在なのだ。それがドロシーの考えだった。そしていまあの少年は、無意識のうちに〈ワイアー〉を使うことができている。だとすれば近い将来、人間と犬の絆がさらに深まり、この二つの種をいっそう強く結びつけることになるのじゃないか。

歴史を変える重要な瞬間が迫っている。キップはそう感じた。

警察がのろのろと車から車へ向かい、ドライバーに質問をし、トランクを調べている。歴史的な瞬間が迫っているのに、警察がグリーンブライアー・ロードの交通を遅らせている。いよいよこれ以上待ちきれなくなったら、外に出ておしっこをしたいと言いだす必要がありそうだ。

67

キャリックトン保安官補と、パートナーのアージェント保安官補が引き揚げていったあと、メーガンの供述はヘイデン・エックマン保安官によって妥当性を認められた。

保安官はアージェントの手を借りて、横倒しになったチェストを立て直し、自分は肘かけ椅子の端に腰を下ろすと、ウッディのベッドから離れようとしないメーガンと会話を始めたのだった。

部屋に入った瞬間に、メーガン対キャリックトンの反目の気配を感じ取った保安官は、女性保安官補のきびしい聴取の仕方を詫《わ》びはしたが、彼女はうちの事務所でも一、二を争う有能な警官なのだとかばうのを忘れなかった。

前保安官のライル・シェルドレイクとは、メーガンも一度会ったことがある。控えめな気取ったところのない男性で、引き締まった肉付きのいい顔と、まるで後光のような真っ白な髪の持ち主だった。人となりまではわからなかったが、本人と長く接してきた人たちからは、献身的で誠実な人物だと聞いていた。そのシェルドレイクの対抗馬にエックマンは打って出て、低次元な個人攻撃に終始する選挙戦に持ち込み、前任者を負かしたのだった。いまこの新任の保安官は、キャリックトンが残した悪印象を取り除こうとしていたが、メーガンの目には口のうまい、油断ならない人間と映った。昨今のアメリカ国民は、自己宣伝と政敵への誹謗《ひぼう》中傷の才にだけは特別に恵まれた、そんな底の浅い政治屋に惹きつけられるのだろうか。

エックマンは、メーガンがキャリックトンに話した内容すべてを蒸し返そうとはしなかったが、彼女が襲撃者と面識があったこと、その名前がリー・シャケットだということにはいたく関心を示した。「ミズ・ブックマン、あなたがご存じの範囲で、彼がネイサン・パーマーという名前を使ったことはありましたか？」

「いいえ、わたしの知るかぎりでは。でも、よくはわかりません。最後に会ったのは、夫といっしょに会社の行事に出たときで、八年前のことです。それ以前は……知り合ってからは十三年になります」

「リファイン社のCEOということでしたね、あのドリアン・パーセルの傘下にある？」

「そうです」

「ユタ州スプリングヴィルの郊外にあるリファイン社の施設で、大規模な火災があったことはご存じですか？」

「いいえ、ニュースは見ないようにしてるんです。どんな人が話題になっても、わたしに何ができるわけでもありませんし、ネガティブになる一方の世界のなかで、自分の描くものはポジティブなものにしようと決めているので」

「実は、彼はその施設の責任者で、九十二人が死亡したあとに逃亡した可能性があります」

　メーガンは顔をゆがめたが、そんな悲劇が誰にとってどんな意味を持つのかもわからないまま、何かを軽々しく口にすることはできなかった。「だったら、なおのこと早く彼を見つけなくてはいけないでしょう。彼には何かひどく異常なことが起こっています」

「リー・シャケットの写真はお持ちでしょうか？」

「オンラインで見つけられるはずでは？」

「たしかに。しかしいまのところわれわれにあるのは、彼が持っていた運転免許証の写真だけで、ネイサン・パーマー名義のものです。ですからミズ・ブックマン、もしあなたが写真をお持ちなら、いますぐ同一人物だと確認することができる」

「ミセス・ブックマンです」

「ああ、はい、もちろん。そのほうがよろしければ」

「リー・シャケットはわたしたちの結婚式に出ていました。アルバムの写真に、彼のスナップがあるはずです。以前とほとんど変わっていません――ただ、髪の毛を染めてました。それに、最近はずっとひげを生やしてたようですけれど、わたしが知り合ったころはひげはなかったので、写真とちがっているのは髪の毛だけです」

「そのアルバムを見せていただけますか？」

「ウッディを置いてはいけないので。下の書斎を見てきてください。本棚に十冊ほどアルバムがあります。結婚式のは白地に金色の縁がついたものです。ここへ持ってきてくだされば、わたしがリー・シャケットの写真を探します」

保安官がいなくなると、彼女はそっとウッディに話しかけ、もう安全よ、シャケットはすぐに捕まるから、もう二度とここへは来ないわと言い聞かせた。だがその言葉は確信というよりも願望の色が濃く、ウッディもそのちがいを感じ取ったのか、心の奥深くに引きこもったまま戻ってはこなかった。

風が家に吹きつけてごうごう鳴っている。それは特別な意味のない自然の音ではなく、グロテスクな狂気の悲鳴となり、メーガンの脳裏に十八世紀スペインの巨匠フランシスコ・デ・ゴヤが描いた『我が子を食らうサトゥルヌス』の、見る者に本物の恐怖をかきたてて何日も悪夢を見させるような呪わしい暴力性あふれる虚無のイメージを呼び起こした。

シャケットは玄関ドアの側面の採光窓を壊していった。ヴァーナ・ブリキットの手を借りてベニヤ板でふさぎ、ガラス屋が修理に来てくれるまでもたせるしかない。そのあいだも警報のアラームは作動しているはずだ。ドアのデッドボルトをぜんぶ二重にしよう。動かせるサッシ窓はサムターン式の掛け金でなく、鍵で開け閉めするタイプのロックに替えよう。拳銃の予備のマガジンがあった。今後はそれも必ず装塡して、拳銃といっしょに置いておこう。窓はぜんぶ昼も夜もカーテンを閉めて、家のなかの動きが外の誰かから見られないようにしよう。

それだけやっても、結局むだかもしれない。

安全だとは感じられないだろうし、実際、一瞬たりと安全ではない。シャケットが捕まるまでは。

本当のところ、あの男が死ぬまで、安心はできないのだ。

〝だがおれたちはみんなミスをする、そうだろ、メーガン？　おれもさっきキッチンに拳銃を置いてきちまったよ、あのホットな女のおっぱいを食ったあとで。いや、ちがったな、ステーキだ。ここのキッチンで、ステーキを食ったんだ、ジャスティンのおっぱいほど美味くはなかったが〟

やつの言ったことすべて、狂人のうわ言だと片づけてしまいたい、そんな思いに駆られた。でも、あの男はキッチンに銃を置いていった。キャリックトン保安官補はキッチンの床に生のままのステーキ肉が落ちていたと言った。

そのとき保安官が、白地に金縁のアルバムを手に戻ってきた。

メーガンはページを繰っていき、シャケットの適当なスナップを見つけた。式のあとの披露宴の写真で、スーツにネクタイを締めた彼が、新婚のふたりに向かって乾杯のグラスを掲げている。

「ネイサン・パーマーだ」エックマンが言った。「ブロンドの髪以外、すべて一致します」

メーガンは椅子から立ち上がった。「ちょっといいですか」

アルバムをベッドの上に置き、エックマンをうながして二階の廊下に出る。

ドアをそっと引いて、自分たちとウッディのあいだがほぼさえぎられるくらいまで閉めると、ささやき声よりわずかに大きな程度の声で言った。

「リー・シャケットが手配されてるのは、リファイン社の施設の火災の件だけじゃないのでは？」

エックマンの目が算盤《そろばん》を弾くように光った。メーガンにならって、低い声を出す。「どういう意味でしょう？」

「言ったとおりの意味です」

「申しわけないのですが、ミズ・ブックマン、わたしには口外する自由が――」

さえぎって言う。「ジャスティンという女のひとです。彼はジャスティンという女性を殺したんですか？」

しばらく無言でいたあと、エックマンは言った。「まだ報道には出ていないはずだが」

「彼がそれらしいことを言ったんです……ぞっとすることを。本当かどうかはわかりません。彼はここで、その女性を殺したんですか？　それともユタで？」

エックマンが口調をやわらげた。「明日のニュースに出るでしょう。ある男女の乗った車が二〇号線でパンクをした。その時間には、車の行き来はほとんどありませんでした。そこへおそらく、パーマーが……シャケットが通りかかった。そして男を四度撃ち、男女ともに殺害した」

保安官はあきらかに、いま伝えた以上の情報を明かしていいものか、損得を秤にかけようとしている。

メーガンは追及した。「どうやってジャスティンを殺したんです？」

エックマンはためらった。さらに暗さを増す夜のなかに、風がサトゥルヌスの、我が子を食らう者の叫び声となって響いてくる。やがて保安官は言った。「嚙んだのです」

「死ぬまで？」

「ええ。しかしミズ・ブックマン、お願いせねばなりませんが、どうか――」

「あいつは……食べたんですか？」

エックマンが眉をひそめる。「あきらかにカニバリズムの形跡があります」

メーガンは顔をそむけた。恐怖はきわめて根源的な感情だけに、こんなことを目を合わせたままで話すのは無理だった。

「その女性の胸を？」

「やつがそう言ったんですね？」

「におわせるように」

「胸の片方です。もう片方も一部。それに顔の大部分を」

「なんてこと」さっき熱く沸きあがり、ずっと煮えたぎっていた恐怖が、いきなり明るく燃えあがった。そして思い出した。シャケットがウッディの顔にどんなふうに触っていたかを、そしてやつの顔が――やつの口が――息子のどれほど近くにあったかを。「ここにはいられない。ここを出ていきます、今夜中に。いますぐ」

「警護の人間をつけられます」

また相手と目を合わせた。「人が足りないわ。世界中の警官を集めたって、わたしはここにはいられません」

「この件はどなたにも口外しないでくださると助かります。一般住民にパニックを起こさせたくない。情報の発表は管理して、おそらく明日の正午か午後まで遅らせなくてはならないでしょう。適切な発表のための声明文を作る時間が必要――」

警官がひとり、玄関側の階段を騒々しく駆け上がってきて、大声で呼んだ。「保安官！いらっしゃいますか？」

警官が階段の下り口から顔を見せると、エックマンは言った。「どうした？」

「犯人確保です。ジョンソンとコルトがあの野郎を発見しました。コルトは重傷で、救急車が向かってるところです。ジョンソンは無傷で、犯人は拘束されてます」

エックマンはメーガンに満面の笑みを向けた。ついさっき明かした忌まわしい秘密はもうなんの影響もありませんというように。「もう安全ですよ、ミズ・ブックマン。まったく安全です。うちの部下たちが仕事をしてくれた。今夜はゆっくりおやすみになれますよ。ではこのへんで……」

胸をそびやかせ、弾むような足取りで去っていく彼の姿は、パインヘイヴン郡を見舞った恐怖は絶好の好機だ、政治的な危機は出世の後押しになるのだといわんばかりだった。

その背中に向けて、メーガンはそっと言った。「ミセス・ブックマンよ」

68

救急車は負傷者を二名まで搬送できるが、ウォルター・コルトはネイサン・パーマーと同乗して病院へ運ばれるのを拒んだ。殺人犯はクロルプロマジンで眠らせると救急隊員が言っても、頑として聞き入れなかった。

フリーマン・ジョンソンにはコルトの気持ちが痛いほどわかった。だから最初に応答した要員を説き伏せ、パーマー用の二台目を手配させた。ウォルター・コルトを運んでいく救急車の警告灯がひらめき、サイレン音が木々のあいだを追ってくる森のバンシーの叫び声のように響いた。

救急車より早く応援が到着したので、ジョンソンは犯人と二人きりで待たされずにすんだ。彼は手に持った牛追い棒を構え、アージェント保安官補も同じものを手にしていた。キャリックトンはショットガンを持っていて、実際に使うのが楽しみだという様子だった。

地面にうつ伏せになったまま、犯人は疲れた様子もなく、背中に回された手首を縛っているジップタイを外そうともがきつづけていた。皮膚がすり切れ、少し血が滲んでいる。その痛みも当人にはなんの影響も及ぼさないようだった。

69

ふだんベッドに入る時刻を数時間過ぎても、カーソン・コンロイはブラックコーヒーとアイシングをかけたドーナツ二個をエネルギーにしてがんばっていた。もう一杯コーヒーをいれて、それでカフェインのタブレットを流し込もうかと思いながら、モルグのオフィスにあるパソコンから離れようとしなかった。すでに期待した以上の情報が手に入っていた。

まず、国の犯罪情報センターのウェブサイトへ行き、ネイサン・パーマーに出された令状を探そうとした。するとパソコンの画面が真っ白になり、彼自身の肩と首、頭の完全なシルエットが浮かび上がった。これはつまり、どこかの保安機関が――十中八九、ＮＳＡだろう――パーマーのことを調べようとする人間に興味を抱き、コンピュータ内蔵のカメラでその写真を撮ったということだ。カーソンは特に気にもしなかった。ほかの事件でも二度同じことがあったし、その後何も変わったことはなかったからだ。

ネイサン・パーマーは放火と殺人の容疑で指名手配中だったが、そうした犯罪の詳細は、ソルトレークシティの裁判所が発行した令状からは抜け落ちていた。そんな情報がわざわざ伏せられているとは、どう考えても妙だ。パーマーの写真はモンタナ州の運転免許証のものだった。三十代半ばのそこそこ魅力的な男で、髪と目は茶色、ひげはきれいに剃っている。

その写真の何かがカーソンの記憶に触れた。ネイサン・パーマーに会ったことはないのに、どこか見覚えがある気がした。

前任の保安官で、カーソンをパインヘイヴンへ連れてきた張本人のライル・シェルドレイクは、後任のヘイデン・エックマンのことでカーソンに警告していた。あの男は自分を守る必要があるときには、誰かをカモに仕立て上げようとするだろう。きみはエックマンの忠実な家来ではないから、スケープゴートにされる第一候補だ。だから事務所のコンピュータシステムに秘密のバックドアを作った、きみにその使い方を教えておく。シェルドレイクはカーソンにそう伝えた。「ヘイデンは思ったほどの毒蛇じゃないかもしれんが、まあ万一に備えて、血清を持っておくに越したことはない」

そしていま、カーソン・コンロイは、保安官事務所に蓄えられたデータの浅い湖をひそかに泳いでいき、ヘイデン・エックマンの個人用ファイルという暗い淀みにたどり着いた。いちばん興味深そうなのは、《非公式事件ノート》と名づけられたファイルで、そのなかに今日の日付の書き込みがあった。内容は、サクラメントからフローリーとゼルマンがスペイダー／クラインマン殺しの管轄権の移譲のためにやってきた際、カーソン・コンロイが酩酊したとおぼしき状態で論争を挑むといった、総じてプロフェッショナルらしからぬ行為に及んだというものだった。

カーソンは怒りを覚えはしたが、逆上するほどではなかった。こうした場合、怒りがさらに強い感情へと燃え上がるには、驚きの要素というか、予期せぬ裏切りがあったという感覚がなくてはならない。もともとエックマンなら欺瞞《ぎまん》でも裏切りでもやりかねないと思っていたので、怒りはせいぜい憤懣《ふんまん》の域にとどまり、暴力的な衝動や報復への欲求は湧いてこなかった。それに自分が酒に酔っていたなどというでたらめより、直近の殺人に関するファイルのなかにはさらに興味を惹かれるものがいくつもあった。

特に興味深かったのは、エックマンがカリフォルニア州司法長官ティオ・バービゾンとかわした会話のメモだ。ＮＳＡはこの事件に関心を持っているばかりか、ティオ・バービゾンの権限を通じて自ら捜査を行おうとしているらしい。殺害犯と見られる男が所持していたネイサン・パーマー名義の身分証は偽造だった。バービゾンはパーマーの本名は明かしていないが、エックマンに伝えたところでは、容疑者はリファイン社の要職にある人物で、九十二人が火災事故で死亡したユタ州スプリングヴィルの施設の管理責任者を務めていたという。

カーソンは保安官事務所のコンピュータシステムのバックドアから出た。昨日のニュースで見た映像に、リファイン社のＣＥＯが二年前、スプリングヴィル郊外の研究施設で同社が進めているがん研究についてのスピーチをしている場面が映っていた。グーグル検索をすると、その動画が見つかった。スピーチをしていた当時のその男は、きれいに整えた口ひげを生やし、髪は茶色ではなくブロンドだった。名前はリー・シャケットといったが、顔の造作などを見るかぎり、ネイサン・パーマーと同一人物なのはまちがいなかった。

報道によると、リファインはパラブル社の子会社だった。パラブルは超のつく大富豪のドリアン・パーセルが創業し、いまも経営権を握っている企業だ。リファインのほうはまったくの別業種で、公開会社というより私企業であり、パーセルが株式のかなりの部分を所有しているが、おそらく完全所有ではないという。

スプリングヴィルの施設で大規模なガス漏れ事故が起こり、建物が爆発炎上して内部にいた全員が巻き込まれた際、リー・シャケットもその施設にいたとのことだった。その情報が不正確なものだったという前提から、カーソンは恐るべき仮説に行き着いた。リファイン社がユタでなんの計画を進めていたにしろ、それはがん研究とはほとんど関係がないどころか、まったく無縁だったのではないか。もっとはるかに実験的で危険な研究に従事していて、爆発炎上も偶発的な事故ではなかったのかもしれない。

この状況についてしばらく考えをめぐらしたあと、カーソンは三つの可能性を導き出した。ひとつ、リファイン社がユタで進めていたのは、NSAもしくはNSAがらみの他の政府機関のための研究だった。二つ、あれほど大きな施設で生存者が一人もいないほど突発的かつ完全な爆発および火災が、偶然で起こることはありえない。あの火災の勢いは、たとえばきわめて感染力の強い、治療法のない疫病を引き起こす病原体の拡散を食いとめるために仕掛けられた皆殺し装置の存在を物語り、また生存者ゼロというのは、施設内の九十三人を意図的に閉じ込めて生物学的に封鎖するプログラムの存在を示している。いや、九十三人ではなく九十二人だ。三つ、リー・シャケットも閉じ込められるはずだったが、彼はその直前に逃げ出した。

そしてシャケットには何か重大な問題が生じた。極度の凶暴性とカニバリズムは、特定の病気の徴候ではない。狂犬病か？　いや、そうしたウイルスですらないだろう。狂犬病の徴候は、高熱、筋痙攣、喉の渇き、液体嚥下《えんげ》困難、てんかん発作、最終的な全身麻痺だ。極度の凶暴性やカニバリズムは身体の病気ではなく、なんらかの別種の疾患を示している。

それとも……

ずたずたに食いちぎられたジャスティン・クラインマンの顔が脳裏によみがえったとき、カーソンにこんな思いが浮かんだ。シャケットは習慣や慣習、文明的慣行を投げ捨てて、原始的な倫理状態にまで退行している。退行どころではない。墜落といっていい。こんな突発的な破局に至る病は、身体的なものにしろ精神的なものにしろ、まったく心当たりがない――そのときふと、〝退化〟という言葉が脳裏に浮かんだ。これが何を意味するのかわからないが、なぜこの言葉が頭のなかに執拗に引っかかるのだろう。やがてマグのコーヒーが半分ほど減ったころ、カーソンはいつのまにか、遺伝子工学のことを考えていた。科学界の一部の熱狂的な住人たちは、人類の〝進化〟――退化の対概念だ――をうながしてヒトという種の健康と長寿を促進し、ひいては超人的な力をもたらせると信じている。トランスヒューマニズム、ポストヒューマンといった言葉に彼らは踊り、人間が神のような立場に引き上げられるという幻想が生まれつつあるのだ。

近年になって、遺伝子工学の分野では重大な進歩が相次いだ。中国などの国では、CRISPRと呼ばれるゲノム編集技術が、親の精子と卵子から病気の原因となる遺伝子を削除するという目的で使用された。しかしゲノム情報がそれぞれの個体でどのように発現するのか、ゲノムを編集してどのような結果が得られるのかといったことはまだほとんどわかっていない。そうした実験的な試みがゲノムに変化を生じさせてのちの世代へ遺伝し、連鎖的な欠損につながる大きな危険性がある。そして何世代かあとには、身体的な力も精神的な力も衰えた新しい人類が生まれるか、種の滅亡すらもたらすかもしれない。ある程度頭の冷めた専門家たちは、これは科学史上例を見ない無謀な所業だと考えているが、新しい科学の技巧を宗教のように崇《あが》めてしまう狂信者はいつの世も存在する。

しかもCRISPRは、いくつかある新技術の一例にすぎない。もしこの技術が、あるいはさらに効果の高い技術がリファイン社のスプリングヴィルの施設で行われていた研究の対象だったとしたら、リー・シャケットは進化の梯子《はしご》を滑り落ちて恐ろしい原始的状態に陥ったのだろうか。でなければ、彼の全身の細胞になんらかの物質が付け加えられたという可能性もあるかもしれない。その結果シャケットは……どうなった？　進化の梯子を上るのでも下るのでもなく……横へずれたのでは？

三十分足らず前には、コーヒーといっしょにカフェインのタブレットを流し込もうかと考えていたが、もう起きているのにそんなものは必要なかった。腹の冷えるような恐怖がどんなカフェインも上回る効果をもたらしていた。

パソコンの電源を切り、椅子から立ち上がると、モルグの静けさに耳をすました。T・S・エリオットの詩の一行が頭に浮かんだ――〝ひと握りの骨灰のなかに恐怖を見せてやろう〟。

部屋をひとつずつ回って明かりを消していく。警報システムを作動させ、外に出てドアに錠を下ろした。

風が世界に向けて鎮魂歌をうたっている、だが追いたてられた冷気の流れはさらに不気味で、時間そのものが引き抜かれた栓のほうへ吸い寄せられて外に流れ出し、世界が永遠に暗くしんとした、音も動きもない場所になろうとしているようだった。

真夜中過ぎの路地の上で、中央広場のほうを向いて家へ帰ろうとしかけたとき、救急車二台のサイレンが聞こえた。一台はこちらへ近づき、もう一台は遠ざかっていった。

70

ベンとキップが車列の先頭に近づいたころ、警官たちが検問をやめた。車線からバリケードをどかしている。

「おまえを捜してるんじゃないかって気がしはじめたところだったよ」ベン・ホーキンスが言った。「誰かが世界一賢い犬を見つけ出そうとしてるんじゃないかってな」

キップは思う。ぼくはいちばん賢い犬じゃない。ぜんぜんちがう。

いつかベンにはソロモンに会ってもらわないと。ほんとうに賢い犬がどういうものかよくわかる。

ソロモンとブランディ。彼らは連れ合い同士で、すごく賢い。

キップは身を前に乗り出し、ハッハッといって鼻を鳴らした。もっと速く進まないと。

あの少年は、さっきのように悲鳴をあげてはいなかった。でもつらそうに泣いていて、たまらなく苦しそうで、ひとりぼっちだった。

検問のあった場所から北へ向かってまだいくらも行かないうちに、救急車が前方の、南行きの車線に現れた。

けたたましいサイレンとともに救急車が、警告灯を点滅させて通り過ぎた。キップは歯を食いしばって吠えるのをこらえたが、耳は苦痛のあまりわんわん鳴っていた。

また一分ほどすると、二台目の救急車が光とサイレンの音を発しながら、今度は後ろから現れ、北へ向かった。

路肩に寄って緊急車両をやり過ごしながら、ベンが言った。「ラッシーは人間をトラブルから助け出すけど、おまえはまっすぐトラブルのなかへ連れていこうとしてるみたいな気がするよ」

救急車が通ってからまた車線に戻ると、そう行かないうちに、左前方に大きな白い家が見え、キップの注意が惹きつけられた。

シートベルトの解除ボタンを片足で押して外し、ベルトから抜け出て、コンソールに左右の前足を乗せた。

頭をぐっと前に伸ばし、家を見つめる。

この時間なのに、ほとんどの窓に明かりが灯っていた。

少年があの明るい家のなかで待っている。

あの唯一無二の少年。

〈ワイアー〉で送信できる少年が。

キップは吠える犬ではないけれど、それでもワウワウと吠えた。何度も何度も家に向かって吠え、ベンの顔に向かって直接、せっぱ詰まった吠え声をあげた。

「おいおい、落ち着けよ。ここが目指す場所だってのか?」

吠えるのをやめ、精いっぱい勢いよくしっぽを振る。

レンジローバーの速度をゆるめ、惰性で走りながらも、ベンはためらうそぶりを見せた。

「玄関前にパトカーがいるぞ」

キップはまた吠えた。何度も何度も。

「わかったよ、わかった、言うとおりにするって」ベンが左折して南行きの車線を越え、車回しに入った。

警察の車を見たのと、さっきの救急車を思い出したせいで、キップはぞっとした。あの子はケガをしてるのだろうか。

エンジンを切り、ドアを開けながらベンが言った。「いま様子を見てくるから、おまえはここで待ってたほうがいい」

ベンがローバーから出た瞬間、キップはぱっと運転席に移り、開いたドアが閉じられる前に外へ飛び出した。

言いつけに逆らったわけではない。ベンはぼくの飼い主じゃないし、それはドロシーだって同じだ。

ぼくらは相棒なのだ。〈ミステリアム〉の犬と、人間が結ぶのはそういう関係だ。もしそんな人間の相手がいるのなら。ときどきいるみたいな、ひとりぼっちの犬でないのなら。それでもキップはやはり犬だし、これからもずっと犬なのだから、苦しんでいる少年のもとへ向かうという最優先の務めのために、たとえいっときでも、自分の指示が無視されたとベンに感じさせてしまうのは心が痛んだ。

風が木々を騒がせて庭の上を吹き渡り、リスやウサギやアライグマやキツネの、松や杉やエニシダやオウゴンスゲの、倒木の朽ちた幹に固まって生える茸のにおいを運んでくる。

ポーチの階段を踏んで上がる音がうつろに響いた。

いちばん上の段に警官がいた。さらにもうひとり、開いたままの玄関ドアから外に出てくる。

キップがしっぽを水平に突き出してポーチの上まで駆け上がり、入口から飛び込むと、警官たちが大声をあげた。

玄関ホールにいた女性が後ろへよろめき、叫んだ――「だめ、止まって！」――キップが見かけどおりのものではなく、悪意を持った野生の獣だというように。

〈ワイアー〉が釣りのリールになって容赦なく獲物を引き寄せるように、キップは否応なく引き寄せられていた。女性を安心させようと、ただクウンとひと声しおらしく鳴いてから、階段へと駆けていき、一目散に上がっていく。

女性がそのあとを追いかけ、警官のひとりも続いたが、キップは誰よりも速かった。

71

〈ワイヴァーン城〉の高い塔の部屋は、心の隠れ家であって体とは関係がなく、ウッディ・ブックマンが実際に階段や扉を使わなくても入って出ていける場所だった。そうせずにいられないときに入り、また家へ帰る用意ができたときに出ていくところ。

けれども今度は、螺旋《らせん》階段を上ってくるけたたましい足音を聞いて、葦の寝床から這うように下りると、扉へ駆け寄った。説明できない昂りに呑み込まれ、重い木材の扉にかかった大きな鉄のかんぬきの一本を押して外した。さらに二本目、三本目も。

そして戸口から出たとき、自分がベッドに座っていることに気づいた。パインヘイヴンの家の自室にいる。そのドアからハッハッと息を切らした犬が、輝くような金色のゴールデンレトリバーが飛び込んできた。

怖がらないで。ぼくだよ、ここにいるよ！

声は犬の心からウッディの心へ伝わった。まるで小説のなかのテレパシーみたいに。レトリバーがベッドに飛び乗って、体ごと突っ込んでくる。ウッディはその勢いを受けとめて積み上げた枕に倒れ込み、笑い声をあげた。

きみはいい子だよ。もうだいじょうぶ。ぼくがここにいるよ。ぼくらはもう家族なんだ。

72

メーガンはこれまで、ウッディが笑うのを聞いたことはあったけれど、なぜ笑っているのかは定かでなかった。それは彼の内にある何かの理由から、自分だけが見聞きしたことからくる笑いで、現実に起きたことが理由になることはなく、メーガンには共有できないものだった。

部屋に駆け込んだ瞬間、息子が犬にのしかかられ、でもその犬を抱きしめて笑っているのを見て、もつれ合った感情に心臓がきゅっと捉えられた。笑えばいいのか泣けばいいのか。リー・シャケットが捕まったのだから不安から解放されてもいいはずなのに、そのどれもできなかった。ウッディは幸せそうに笑っていて、犬も害はなさそうだ。でも犬には歯がある、そしてシャケットが気の毒な女性に、その顔に何をしたかを思うと、不安はやわらいでくれなかった。

メーガンのすぐあとに部屋へ入ってきた警官も、どうしたものかわからずにいた。これはお宅の犬ですかと訊くので、メーガンはちがいますと答え、近所の犬でしょうかと訊かれて、わかりませんと答えた。ふたりともその場に立ちつくし、何をどうすればいいのか考えあぐねていた。少年が声をあげて笑い、犬があきらかに喜んでいる姿は、べつに何もしなくてもいい、これで万事ＯＫと言っているようにも思えた。

警官のあとから部屋に入ってきた初対面の男は、どの警官も、保安官本人ですら敵《かな》わないほどの存在感を発していた。その穏やかな物腰、なめらかな挙措は、この男性がほとんど何にも驚かず、何にもあわてふためかないことを示していた。

「大変すみません」男が言った。「うちのワンコが失礼をしまして、申し訳ない。とてもいい子で、悪気もぜんぜんないんですが、ときどき夢中になってわれを忘れることがありまして」

メーガンが答える前に、男はレトリバーに声をかけた。「おい、スクービー」犬が彼を見た。「だいじょうぶだよな?」

きっと気のせいだとメーガンは思ったが、でもそうでないことはわかっていた。犬がこくんとうなずいたのだ。

「もう心配ありません」新来の男は警官に言った。そして求められもしないうちに尻ポケットから財布を出し、運転免許証を見せた。「ブレナデン・セプティマス・ホーキンスです。友人連中からはベンとかホークとか呼ばれてます。うちの両親はちゃんとした人間なんですが、名付けとなるとどうにもセンスがひどくて。弟はウィリー・ウィラード・ホーキンス。妹なんかユーラリア・アーミントルード・ホーキンスですから。幸いなことに可愛くて頭もよくて、えらくタフな子に育ってくれたので、みんなあいつをトゥルーディ以外の名で呼ばないほうが身のためだってわかってますけど」

73

ぶんぶんと反響する風の音はリズムともいえないものに落ち着いているのだろうが、救急車の警告灯が発する赤と青のストロボは運命を刻むドラムのビートのようだ。近くの木々は祭りの色に染まっていても、遠くの森の深い闇は光を呑み込み、その秘密を明かそうとしない。風と暗闇と脈打つ光、怯えた人間どもの指示や警告を叫びかわす声、そのすべてが刺激的で、シャケットは屈したというよりむしろ愉快な気分になっている。

足首に枷をかけられ、手首も背中の後ろできつく縛られているというのに、二台目の救急車から降りてきた救急隊員二人と警官二人はこっちを押さえつけるのにクロルプロマジンを注射しなければならず、しかも最初の予想より効果が少ないとわかり、また数ミリリットル追加せざるを得なくなる。

ようやく意識がなくなったとやつらは思っているが、実はそうではない。当面は自由を奪われ、抵抗はできなくても、やつらの言っていることはぜんぶ聞き取れる。やつらがどこへ連れていくつもりかも、勾留中にどう扱おうとしているのかもわかる。強力な薬のせいで身体の能力は奪われていても、いまも〝変化〟はどんどん進んでいるし、頭のなかは影響を受けていない。だがやつらは鎮静剤が効いてまったく意識がないと思っている。だからずっと目を閉じて、こっちの本当の状態を疑わせないようにする。耳をすまし、計略を立てながら。

74

郡刑務所には極度の心神喪失状態にある容疑者を収容できる監房はなく、そうした容疑者が自分自身や他人に危害を加えるのを防げるような医学的知識のある人間もいなかった。そのためにシャケットは、パインへイヴンの町の南東の外れにある郡立病院へ移送された。緊急出入口のポルチコの屋根の下、エックマン保安官はリタ・キャリックトン保安官補とともに待機していた。リタはなんにでも几帳面で絶対忠実な部下だったので、リー・シャケットの到着時にエックマンが穏やかな威厳をもって指示を与えているところをスマートフォンで動画に収める役割を信頼して任せられる。一般住民の安全への重大な脅威となる容疑者は、通常の病室の二倍の広さがあり、非常時には精神科病棟に転用される四部屋のうちの一室に入れられることになっていた。

保安官とリタは恋仲だった。事務所の服務規律では、制服警官同士がねんごろな関係になることは禁じられている。したがって、特にエックマンが彼女を保安官代理に任じて以降は、どの保安官補にも務まる任務に彼女を選ぼうものなら疑いを招く危険があった。ふたりはたがいに誠実を誓い合っていたが、それは愛情だけの理由だけではなく、実のところ愛だの恋だのは二の次だった。どちらも相手が何をひたすら追い求める人間か理解していたからだ。本物の、手段を顧みないほどの野心に憑かれた人間はそうはいないし、強い絆で結ばれた二人の個人は百人の独り者より強力だと知っている者はさらに少ない。ともに手を携えて上を目指し、どんな犠牲を払ってもおたがいを守り、やがては結婚する。そしてどちらも相手になりかわって、以前はひそかに協力していた敵を公然と非難し、人格攻撃だろうがなんだろうが手段を選ばずに引きずり下ろすのだ。

リタが風に負けじと声をはりあげた。「あいつは無実の被害者なんかじゃないわ。賭けてもいい」

「誰がだって？」

「ブックマンって女。あの女があいつを引き寄せたのよ」

「誰をだ？　シャケットのことか」

「あの女がどうにかしてあいつを引き寄せたの。あれを見たらわかる」

「やつの考えることなんて誰にわかる？　殺人狂だぞ」

「言ってよ、あんな女はちっとも好きじゃないって」

「きみがいるじゃないか。わたしには過ぎた女が」

リタは唾を吐き、その飛沫が風に乗ってエックマンのズボンの脚にかかった。「そんなセリフ、ほかの男からもなんべんも聞いたわ。そのたびにああいう女がしゃしゃり出てくる」

「わたしのタイプじゃない」

「なんでも持ってて、押し売りしてくるのよ」

「何を売るんだ？」

「あんたがとぼけるなんて、よけいにあやしいわね。あの顔、あの体、何もかも押しつけてくるの、ほら見なさい、あたしは最高にいかした女よって」

「さっきは化粧もしてなかったし、着てるのはジーンズで、あの動転した子どものことで頭がいっぱいで、何もかまっちゃいなかったよ」

「あの女に指一本触れないで」

「だから興味はないさ」

「ああいう女のせいで、なんべんもクソみたいな目にあわされてきたのよ」

「わたしといればそんなことにはならない。わたしときみは一蓮托生《いちれんたくしょう》だろう。大事なのはふたりでいることだ、いっしょならぜんぶうまくいく」

泣くようなサイレンの音が風のコーラスを縫って響いてきた。

「いよいよだ。ちゃんと撮ってくれよ、わたしがやつを降ろしてストレッチャーに乗せるよう指示してるところを」

そのとき、ポルチコの左のほうで、一匹のネズミが植え込みから出てきた。目が血走って半ば視力を失い、混乱した様子だった。舗装面を三本の足だけで、左の後足を引きずって歩いている。病院はネズミの群が建物のなかに入り込む前に退治しようと、植え込みのなかに毒入りの餌場を仕掛けていた。あのネズミは殺鼠剤《さつそ》をたっぷり食ったらしい。渇きのせいでやみくもに水を求めている。健康な齧歯類《げつし》は光を嫌うし、エックマンとキャリックトンを見ればさっと逃げ出すところだが、こいつは人間たちを無視して、哀れな足取りで這い進んできた。ふたりは何も言わずに、ネズミがポルチコを横切り、また植え込みのなかへ消えるのを見送った。そのときまぶしい光があふれ、救急車が進入路に現れると、悲鳴のようなサイレンがうめき声にまで静まった。

「ショータイムだ」エックマンは言い、リタは動画を撮ろうと携帯を構えた。

75

にぎやかなあいさつがひと区切りついた。ベッドではウッディが体を横にして寝そべり、ゴールデンレトリバーに向き合っていた。レトリバーも横向きに寝そべり、ウッディに顔を向けていた。どちらもおたがいの目を、ほとんどまばたきもせずに見つめている。少年とその飼い犬の、昔ながらのポーズではあったが、どこかそれだけではない、奇妙なちがいがあった。

メーガンはベン・ホーキンスと並んでベッドの端に立ち、首をかしげていた。これは周囲に無反応な、何かに夢中になっているときのウッディだ。体はここにあっても、心や感情はここにはないのだろう。こんな状態の彼は何度も見たことがある。不思議なのは、この犬も同じ状態にあって、少年のようにじっと横になり、どちらも親愛のしるしに手で触れ合ったり体をもぞつかせたり、風がたてるカタカタ、ガタン、ヒュウッという音に反応したりもしていないことだった。少年と犬とは、呼吸ひとつまで完全にシンクロしていた。

「あの子には、ちょっと変わったところがあります」ベン・ホーキンスが言った。

「高機能自閉症で、ＩＱは天才レベルなんです」

「スクービーのことですよ。あいつは自閉症じゃないけれど、あいつとあの子には共通の知性みたいなものがある」

「スクービーって、本当の名前なんですか？」

犬はその名前に、さっきのようには反応しなかった。

「何かの名前で呼ばなきゃならなかったんですが、リンチンチンじゃ気に入らなかったみたいで。まだあいつは、自分の本当の名前を教える方法を見つけてないんですよ。まあでも、そのうちなんとかするだろうと思ってます」

メーガンはベンを見つめた。この相手に好意を感じたけれど、気をつけるのよと自分を戒めた。「でも……あのワンちゃんとはいつから？」

「昨日の午後に見つけたんです。何か特別なところのあるワンコだと気づきはじめたのは、昨夜やった水の容れ物にクローバーって名前が書いてあるわけを知りたがったときでした」

　メーガンの笑みはおぼつかなかった。「どういうことかしら、知りたがったって？」

「込み入った事情がありまして。しかしあなたにも何か事情がありそうだ。あのドアのロックは銃で撃たれてるし、窓のそばの壁にも弾丸の穴がある。車でここへ来る途中、検問で待たされたし、着いたときには警官が何人かいた」

「ひどくおかしな夜だったんです」メーガンは認めた。

「玄関ドアの横の窓もガラスが割れてる。応急修理をしとかないと、風で葉っぱやらアライグマやら何もかも玄関ホールへ吹き込んできますよ。ペンキ屋が使う厚いビニールのタープみたいなものと、小さい釘があれば、ふたりでその仕事をしながら、おたがいに驚きの事情を語り合えるでしょう」

　警官たちはもう行ってしまっていた。メーガンはウッディを見つめた。リー・シャケットが拘束されたとはいえ、息子をひとり置いていくのは気が進まなかった。

　ベン・ホーキンスが言う。「心配いりませんよ。あの子ならだいじょうぶ。スクービーが面倒を見てくれる」

「ええ、ただ……あの子はわたしのすべてなんです」

「わかります。でもあのワンコには、まだ一時間しか寝てないのに起こされて、大騒ぎで部屋から追いたてられて――いやまいりました、まったく――百三十キロも運転したかな、あいつはそのあいだずっと道順を教えて、そうして息子さんのところまでたどり着いたんです。なぜだかさっぱりわからないが、あなたの息子さんはあいつにとってもすべてらしい。いまここにあるのは謎と、不思議な事実と、壊れた窓だ。たぶん夜が明けても、この三つはまだそのままでしょうが、少なくともフクロウが家のなかに飛び込んできて、風に追われてきたネズミを獲ろうと暴れるようなことはなくなりますよ」

「タープはありますから、打ちつけましょう」メーガンは言った。「ぞっとしないでほしいんですけど、ナイトテーブルまで行って、引き出しに入れた拳銃を取ってこようかと」

「そのほうがよければ」

「銃をウッディのそばには置いておけないので」

「銃をいじるようなことがあるんですか?」

「いえ、そんなことは。とても賢い子ですから」

「あのワンコもですよ。でもまあ、あってもいいかな。そいつをあなたに向けたりはしませんよ」

メーガンはナイトテーブルから銃を取ってきた。

遠くからでも、ベンにはその銃の型式とモデルが見きわめられた。「ヘッケラー&コッホUSPの九ミリ、十発入りマガジン、二十八オンス、四・二五インチ銃身。いい銃だ。それで侵入者を?」

「左耳がちぎれただけ。ちゃんと撃てなくて。ウッディが盾になってたせいで」

「どこを狙いました?」

「顔のど真ん中を」

「惜しいところだった」

「銃にくわしいんですね」

ベンがにっこりした。「ネイビーシールズに八年いまして。あそこの訓練じゃ、泳ぎ以外のこともさせられるんですよ」

76

血が呼んでいる。おのれの血が動脈を通りながら歌をうたい、静脈を通りながら心臓へささやきかける、その声のどちらもが自由を求める雄叫《おたけ》びだ。他人の血はにおいとしてのみシャケットに語りかけ、そのにおいはこのなかにいっしょにいると最も強くなるが、閉まったドアの向こうの廊下にもにおいは感じられる。

いまはもう完全に目が覚めている。ベッドの頭の上に小さな明かりがあるきりで、部屋は幾重もの影に覆われているが、シャケットの目には何も隠されてはいない。変化しつつある彼の視野では、あらゆる細部がさまざまな色合いの赤色であらわに見えている。可視スペクトルの光によって見るだけでなく、ほかの人間には見えない波長の光、つまりあらゆる固形物——床や壁、天井や家具、自分自身の体——の内部で生じている分子振動や、空気中の気体の分子回転から生み出される赤外線ででも見ているからだ。

傷を負った耳は、意識が完全になくなっているあいだに処置され、包帯を巻いてある。口にかまされていた咬合阻止器が外されたのは、快適といえば快適だ。またかませなくてはならないときには、やつらはその前に鎮静剤を打とうとするだろう。

ジップタイも外してある。胸の上に渡された幅広のストラップが胴体をベッドに縛りつけ、腕は左右の脇で固定されている。もうひとつのストラップは両腿の上だ。

点滴につながれているのは、水分補給と、ポートから管を通じて薬をすみやかに投与できるようにするためだろう。カテーテルもつながれて、小便は瓶にするようになっている。

こんな状況だが、べつになんの心配もない。

胸と腿に渡された幅広のストラップは、革ではなくゴム製で、ぎりぎり不快とまではいかず、循環を妨げない程度の伸縮性がある。普通の人間なら幅十センチの拘束ベルトに逆らっても無意味だろうが、あいにくこっちは普通の人間とはちがう。

この状況を計算し、逃げ出す手段を考え出そうとする。

警官は部屋のドアの外に置いた椅子に陣取っている。何人かがあの見張り番にしゃべりかけている声を聞いた。あの男のにおいがする。頭につけたヘアクリーム、脇にできた汗染みのにおい。ニンニクを利かせた食い物が好きなのか、逆流する胃酸混じりのすえた息のにおい。

やつらは自分が何をしたのか知らない、誰に対してこんなまねをしたのかも。決してやつらを許しはしない。また立ち上がって、慎ましい振る舞いというものを教えてやる。世界は一時代の終わりを迎えている。そしてリー・シャケットは新たに生まれつつある時代の化身だ。おれこそが科学によって新たに生み出された進歩そのものだ。科学とはすべてをつねに、また永遠に変えていく権利と義務を持った、地球上で唯一の力なのだ。

77

カーソン・コンロイは自分のフォード・エクスプローラーに座ったまま、病院の駐車場の目立たない片隅で、ヘイデン・エックマン保安官が行ってしまうのを待っていた。〈フォー・スクエア・ダイナー〉でいれてもらったブラックコーヒー入りのサーモスが強い味方だ。カフェインのタブレットも一錠飲んだし、残りの缶は上着のポケットにあった。

死体を検分し、殺人犯が犠牲者に加えた残虐きわまりない暴行を立証する日々を送ってきたカーソンは、正義というものを信じるのをやめていた。正義は確固たる事実ではなくてひとつの概念にすぎず、あらゆる人間の手で操作され、絶えず定義し直されるものなのだ。ハリウッドのポップカルチャーの製造元しかり、姑息《こそく》な政治家しかり、そのへんのテイーンエージャーが流行《はや》りのスニーカーやジーンズをほしがるのと同レベルで知的流行のトレンドに乗っかろうとする自称思索家たちしかり。

妻の殺人が未解決のままになったあと、カーソンがパインへイヴンでの新生活に求めたのは、正義ではなく真実だった。真実は定義し直されはしない。真実はあるがままのものだ。真実を見つけ出すというシンプルな仕事が複雑になるのは山のような嘘があるからで、その干し草の山のなかからキラリと光る針を選《よ》り分けていかねばならない。

通りすがりにリサを殺した犯人の身元がつきとめられるとか、検死解剖がきっかけで人間が振るう暴力のすべての真実がわかる、といった幻想を抱いていたわけではない。カーソンがこの新しい生活で求めたのは、自然の真実であり、自分自身の真実だった。空いた時間にシエラネバダの山懐《やまふところ》を歩きまわって自然を眺めるうちに、どんどん観察に熱がこもり、こう理解するようになった。自然界には驚くべき秩序が存在している。きわめて苛烈で合理的な秩序だ。毛皮や羽毛、カメレオンの鱗による擬態などもなくはないが、それを別にすればなんの欺瞞も関わってこない。野生の世界に舌先やペン先からくり出される嘘は存在しない。自然のあり方をよく理解するほど、人間が自己欺瞞といったひどい誤りに陥らずに、自分自身や他者に敬意を払える生き方がわかってくるのではないかと思えた。

スペイダー／クラインマン殺しの真実と、ネイサン・パーマーことリー・シャケットの真実は、自然のなかに見つかるはずの究極の真実と分かちがたく結びついている。なぜそんな気がするのかはわからないが、とにかくそう感じるし、その思いは非常に強いものだった。

しばらく前、モルグと保安官事務所を隔てる路地にいたとき、一台の救急車がパインヘイヴンの町に到着し、もう一台が遠ざかっていくのを聞いて、あのサイレンはシャケットと関係があるにちがいないと直感した。それで当直管理者のカール・フレデットに話を聞いて、ブックマン宅で事件があったことを知ったのだった。

そしてカーソンはいま双眼鏡で、ヘイデン・エックマンとリタ・キャリックトンが緊急出入口から出てきたあと、ポルチコの下で一、二分立ち話をするのを見守った。ふたりは駐車禁止区域に駐めてあったパトカーに乗り込み、サイレンも警告灯もつけずに相次いで出ていった。

手に持っていたコーヒーを飲み干し、サーモスのボトルにカップ代わりの蓋をねじ込むと、駐車場を横切って病院へ向かった。カール・フレデットから聞いたところでは、シャケットは捕縛されたあと、今日の午前中に保安官が地方検事と協議をするまで病院に拘束されるとのことだった。

精神科病棟に転用できる四つの病室のことは知っていたので、シャケットがどこに収容されているかをたずねるまでもなかった。まっすぐ最上階の三階へ上がり、東棟のいちばん奥まで歩いていった。

背もたれのまっすぐな椅子と、小さな折りたたみテーブルが廊下の左側の、三二八号室のドアの前に置かれていた。テーブルの上には水滴のできた冷水の水差しとグラス、コカ・コーラの缶、ピーナツの袋、改造自動車を扱う雑誌がある。

若くて職務熱心な警官のサッド・フェントンは、カーソンが近づいてくるのを見ると、雑誌を置いて立ち上がった。パインヘイヴン郡での任に就いてほんの六カ月だが、ちょうど好都合だった。この前例のない状況下でカーソン・コンロイの権限をどこまで尊重するべきか、彼にはまだ判断がつかないだろう。

「コンロイ先生」いささか大きすぎる声でフェントンは言ったあと、同じ棟にいる患者たちに配慮して声を低めた。「こんな時間なのに、何をしてらっしゃるんです？」

「スペイダーとクラインマンの解剖を終えたあとなんだが、眠れなくてね。いやまったく、一週間は眠れんかもしれない」

「クラインマンって女のことは聞きましたよ。『ウォーキング・デッド』そのまんまじゃないですか。先生はよくああいう仕事ができますね」

「誰かがやらなきゃならないからね。それでだ、ここにいる頭のいかれた患者を診なきゃならない」

「シャケットをですか？　しかし、先生がここへ来るなんて話は聞いてませんが」

「やつに二つ三つ、訊きたいことがあるんだ」

警官は眉をひそめた。「弁護士の立ち会いが必要なんじゃ？」

「やつにはまだ起訴状が出ていない。措置入院の形だ。起訴されれば、弁護士もつけなきゃならんだろう」

フェントンは半信半疑の顔だったが、カーソンがこの場にいられる権限を疑っているわけでないのはあきらかだった。「やつは危険ですよ、先生。何時間も意識がなくなる量の薬を打たれたはずなんですがね。拘束してる最中にまた目を覚ましたんで、もういっぺん打たなきゃならなかった。三度目も打ちたいくらいだったんですが、さすがに過剰摂取になるんじゃないかってことで」

「拘束は完全なのか？」

「そりゃもう」フェントンがポケットから鍵を取り出した。「とにかく気をつけてください、ウォルター・コルトの指を食いちぎったやつですから。それと、先生がなかに入ったら、ドアの鍵をかけなきゃなりません。規程でそうなってます」

「わかってる」

「おれがこのちっちゃい窓からずっと見てますけど、やっぱり鍵はかけとかなきゃならないんで」

ドアの窓は縦横五十センチほどで、ガラスと針金が何重にも入っていた。

フェントン保安官補が部屋をのぞき込み、鍵穴に鍵を差し込む。

またカーソンを見た。「ここのスタッフは、入るときは絶対ひとりじゃなく、ふたりで入るようにしてますよ。だいたい女の看護師と、病棟勤務のでかい男とで」

「だいじょうぶだよ」

「そうだ、あと、あいつの目は動物みたいに光るんです。なんかわけのわからない、ほら、ハロウィーンのときみたいなコンタクトでも入れてるんじゃないかって。それでいろいろ必要な処置がぜんぶ終わってから、外そうとしたんですが、ちょうどやつの鎮静剤やら何やらが切れて、また目を覚ましやがって。頭をぶんぶん振って拘束具を引きはがそうとするもんですから、コンタクトは明日にしようってことになりました」

「じゃあ今度も怖がらせようとしてくるかな」カーソンは言った。「こっちは蠟《ろう》の牙でもつけて、逆に脅かしてやろう」

78

メーガンとベンは協力して働き、ビニールのタープを切って二重にすると玄関ドアの側面の採光窓の上にかぶせ、風が吹いても船の帆のようにたわんで釘が抜けたり厚いビニールが裂けたりしないように、ぴんと伸ばして張った。窓縁は業者がガラスを取り替えたあとで軽く修理して、塗り直す必要があるだろう。採光窓は開け閉めができないので、防犯のシステムとはつながっていなかったが、アラームはメーガンがそうしたくなったときにまたいつでもセットできる。ふたりは割れたガラス片と吹き込んだ葉っぱやゴミを掃いて片づけ、シャケットが荒らしていったキッチンをきれいにした。そしてそんな作業を続けながら、おたがいの話を明かしていった。

　ベン・ホーキンスからどんな話を聞いたとしても、それでリー・シャケットが彼女の人生に持ち込んだ恐怖から、あの男に襲われたときの戦慄の記憶から気持ちを逸らせられるとメーガンは思っていなかった。ところが、あのゴールデンレトリバーには知性があるようだという信じがたい話や、ベンを無理やり追いたててオリンピック・ビレッジからはるばるパインヘイヴンの外れにあるこの家まで導いてきたという話に、彼女の頭は驚異の念と答えの出ない疑問でいっぱいになった。おかげで少なくとも当面、リー・シャケットのことは、どうしても考えずにいられない事柄ではなくなっていった。

　コーヒーを二つのマグに入れ、二階のウッディの部屋まで持って上がると、ときどき息子といっしょにジグソーパズルを解くのに使っている小さな丸テーブルの上に置いた。

　風吹きすさぶ夜が、その目鼻のない顔を窓に押しつけ、ガラスにぶつかってなかに入れろとうめき声をあげ、屋根裏からは何か重いものが入り込んで高いところにある梁に巻きつきでもしたみたいにギシギシ音がしている。強風は昨日の宵ごろに吹きはじめたころと変わらず異様な感じだった。けれどもいまは、雨のない嵐はただ脅威をもたらそうと吹きつけるだけではなく、何か驚くべきことが、好ましい変化があるという兆しを感じさせてもいた。

　少年と犬は、さっきと同じように寝そべっていた。どちらも一センチも動いてないように見える。ウッディの場合、そう不思議なことではないが、眠っていない犬にはとても珍しいことではないだろうか。

「ウッディは、動物とは何か通じ合うものがあるみたい。庭にやってくる鹿に食べ物をあげたりして。鹿も手からじかにリンゴを食べようとするの。ウサギやリスも——小さな動物もあの子からは逃げないわ」

「うちにも子どものころ、犬がいました。最近まではクローバーが。みんなすばらしいワンコだったが、こいつみたいなのは初めてです」

「あの子たちはどうなってるのかしら?」

ベンは首を横に振った。立ち上がってベッドの端へ近づき、そっと声をかけた。「スクービー?」

犬はしっぽを一度、バサッと強めに振ったが、それ以外はまるで動かなかった。

メーガンもベッドまで行った。息子を名前で呼んでみても反応がないので、こう言った。

「スクービー?」

犬がそれに応じるように、またしっぽを強くマットレスに打ちつける。

レトリバーから片時も視線を逸らさずに、ささやくような声で、ウッディが言った。

「ちがうよ。キップっていう名前なんだ」

79

カーソン・コンロイは病室に足を踏み入れた。ドアが後ろで閉まる。フェントン保安官補が鍵をかけた。

収監者は仰向けに寝て、左右の腕を脇につけたまま、幅広のストラップで拘束されていた。ベッドの上半分が三十度ほどの角度で起こされている。

いまは消灯後の時間とあって、ベッドの後ろの壁の、シャケットの真上から薄ぼんやりと落ちているのが病室の唯一の明かりだった。低電圧のこのランプから収監者の上に射す光の筋は、宗教画家が磔《はりつけ》にされたキリストの上に描いた神秘の光の不気味なパロディのようだが、これは愛の光に包まれた自己犠牲と贖いの絵ではなかった。このグロテスクな悪魔じみた姿が連想させるのは、イェイツの詩の一節〝いよいよその時が来れば世に生まれ出ようと、ベツレヘムに向けて身を屈めている荒々しい獣〟だった。

カーソンがベッドの端に近づいていくと、憎々しげな顔でにらみつけるシャケットの目が動物のそれのように爛々《らんらん》と光り、黄色と赤のあいだを揺れ動いているのが見えた。朝になってスタッフがまた鎮静剤を注射し、コンタクトレンズを外そうとしても、そこにあるのはただせわしなく恐ろしげに動く、人間のものとはちがう何かの目ではないだろうか。

「わたしは郡検死官のドクター・コンロイだ。昨日射殺された男性と、嚙み殺された女性の検死解剖を担当した」

この生き物の目に浮かんだ邪悪で狡猾な色は本物なのか、それともこちらの錯覚なのか。もしシャケットの考えていることや本当の精神状態を見きわめたと確かな自信を持ったとしても、それは信用してはならない。カーソンはそう思った。

「わたしは法廷であなたに不利な証言をするつもりはない。ジャスティン・クラインマンとその恋人の遺体の状態を伝えるだけだ」

シャケットに答えようとするそぶりはなかった。

空気にかすかな、だが独特なにおいが漂っていた。悪臭でも芳香でもない。何のにおいともちがう。カーソンがまったく嗅いだことのない、形容のしようのないにおいだった。

「ここには誰ひとり、最悪のケースを想定して動いている者はいない。あなたはただの精神疾患だと、完全な心神喪失状態なのだと考えられている。しかしわたしの見るところ、彼らの見立てはまちがっているのではないだろうか。あなたには常軌を逸した何かが起こっているのだと思う」

シャケットの腕はブランケットの上に置かれ、ストラップで留められていた。淡い光のなかでかろうじて、その筋肉がぐっと固く盛り上がり、手がこぶしに握り固められるのがわかった。

「〝トランスヒューマニズム〟という言葉を知っているだろうか、ミスター・シャケット」

収監者の鼻の孔が広がった。興奮を示す徴候なのか。

「哲学というには幼稚だし、理論というには基本的な事実が足りない。よく言ってもハイテク信者の宗教だ」

「おまえに何がわかる？」収監者が口を開いた。「おまえはまともなドクターじゃない。ただの死体解体屋だ」

「親トランスヒューマニズムの記事によれば、人類はまもなく身体的にも知的にもおのれ自身を変化させる能力を持ち、はるかに強い身体を獲得し、知能を著しく向上させ、マーベル・コミックの夢物語でしか語られなかったような力を得ることになるそうだ。それは人間と機械の融合か、あるいは遺伝子工学のブレイクスルーによって実現すると期待されている」

「おまえは目玉はついてても、何も見えちゃいない」

「スプリングヴィルで進められていたのは、ほんとうにがんの研究だったのか？」

「そんなつまらないものじゃない。だいたいおまえはなんでここにいる？　おまえに仕事をくれてやった礼を言いにか？　殺しがなけりゃ、おまえは商売あがったりだ。自分がどれだけ犯罪に加担してるか考えたことがあるかい、ドクターさんよ？」

自分が何を予期していたとしても、こんなものじゃない。ジャスティン・クラインマンを無残な姿にし、ウォルター・コルトの指を食いちぎった、手のつけられない人間未満のけだものはどこにいるのか？

　エサには食いつくまいと決めて、カーソンは続けた。「ドリアン・パーセルは、医学の発展のペースに鑑みれば、現在生きている人間は二百歳か三百歳か、もっと長く生きられるだろうと言っている。スプリングヴィルの研究は、長寿の問題に関わるものだったのではないか？」

「ヒトゲノム、水平伝播に関わるものさ。人類の運命、地球の運命にも——死体を切り刻んでなんで動かなくなったのかを調べるより、ずっと高尚な仕事だ」

　さらに訊いた。「何かまちがいが起きたのか？」

　風がけたたましい抗議の声をあげた。シャケットは左に頭を振って窓のほうを向き、外の騒がしい夜を恋い焦がれてでもいるような表情になった。

「まちがいが起きたのか？」もう一度訊く。

　気取った満足感が口角と目尻を上に引っぱり、あざけるような笑い顔になった。「まちがいが起きて、正しいことが起こったのさ」

「あんたは汚染されたのか？」

　シャケットの光る目のなかに青い光彩が浮かんでいて、月明かりの池の上のリンドウの花びらを思わせた。

　カーソン・コンロイは感じた。自分はいま、おそろしく異質なものを前にしている。証明はできなくとも、それがわかった。

侮蔑のこもった声音で、シャケットは言った。「おまえが汚染と言うなら、おれは王化と言おう」

「〝王化〟？　王になるということか？　なんの王に？」

「来たるべきものすべての王だ」

その言葉には静かな自信がこもっていた。これはシャケットの狂気を物語るものか、それとも矛盾するものなのか。どちらとも言えないと気づいて、カーソンはたじろいだ。

「あんたに何が起こったにしろ――何のせいで王化しつつあるにしろ――それは感染するのか？」

「そのことでここへ来たってわけか。一般市民を疫病の恐怖であおりたてようってのか」

シャケットは頭を振ると、また窓を見た。「いいかげんうんざりしてきたよ、ドクター」

「細菌やウイルスではないのか？」

「王が咳をすりゃあ、忠実に仕える周りのやつらには感染《うつ》るんじゃないか」

「あの火災で九十二人が死んだ――彼らも汚染されていたのか？」

「王化だよ。鈍いふりをしなさんな、ドクター。細菌でもウイルスでもない。ただの微生物……全身の細胞に入り込むようプログラムされた微生物さ」

「どういう微生物なんだ？」

「古細菌だ。どんなものだか知らないなら、調べてみな。知ったって意味はないだろうが。おれの〝変化〟のなかで、古細菌は弱みにはならない。おれは怖がっちゃいない」

「〝変化〟だって？」

「いま、おまえの目の前で、おれは変化している。だがおまえにそれを見る力はない」

「彼らは火に焼かれて死んだ――なぜだ？　彼らもその途上にあったのか……変化の……遺伝的な変化の？」

「そのとおり」

カーソンは少し考えた。「制御不能の変化か。世間に知られれば最悪の大惨事だ。訴訟が起きれば何億ドルという話になる」

「ははあ」シャケットが笑みを向ける。「死人を相手にしてても、すっかり脳みそが死んじまったわけじゃないらしいな」

「その人たちは、自分が爆弾の上で働くことになるとわかっていて雇用契約にサインしたのか？　もし何かあってその改変された古細菌が、閉じ込められていた隔離施設から漏れ出して危機的状況になれば、自分たちが見捨てられることを知っていながら？」

「知らなかったにしても、疑ってはいたよ。リスクを承知でサインしたのさ。科学者ってのは狂信者にもなりうる。というか当人たちが初めて、これこそ真実だと言って信じ込めるものを見つけたとなりゃあ、むしろ誰より狂信者になりやすいだろうな。ドリアンは理想を追うために、トランスヒューマンな未来にかける情熱を持った連中だけを集めた。究極のブレイクスルーが起きたとき、その場に居合わせたいと思う――病気から解放され、新しい可能性だらけの、活気にあふれた何世紀もの人生を保証される最初の人間の仲間入りをしたいと思う連中を。人間はみんな、ひとつか二つの目的を果たすために生きている――愛とか富とか、名声とか。だが、肉体的に不死になるという以上に追求しがいのある目的がどこにある？」

これまでシャケットがしゃべってきたなかで初めて、この長広舌にはまぎれもない狂気の香りがうかがえた。

カーソンの知るかぎり、古細菌は種と種のあいだで水平に遺伝子を伝播できるが、病気を媒介するという前例は見つかっていない。

おそらく改変された古細菌は、遺伝子のパッケージを実験動物の細胞に移動させて、その役割を終えたあとに死ぬか、あらかじめプログラムされた自然な状態に戻り、自然なプロセスの媒介物になるのだろう。

疫病が広まるという懸念は、ひとまず頭の奥のほうへ退いていった。

「何に〝変化〟するんだ？」カーソンは訊いた。

風がまたシャケットの注意を窓のほうへ惹きつけた。ガラスが細かく震え、背の高い二つの窓の金属製の窓枠がたがいに触れ合ってカタカタと鳴った。

風が少し収まると、シャケットは燃えるような目をまた訪問者に向けた。「おれは獣の王へと変化している」

それはカーソンが最初、この部屋に入ったときに予期していたとおりの、最もあきらかな狂気のしるしだった。「獣の王？」

「この世界は獣の世界だよ、ドクター。人間は動物園にいる動物のひとつでしかない。おれはそういうものすべての王になろうとしている」

誇大妄想。ゆがんだ自己愛。これまで話してきて、不気味なまでに論旨明快で察しのよかったリー・シャケットがいま、ずっと隠してきた狂気を明確な形であらわにしたようだった。

カーソンがこの部屋に入るまで一度も嗅いだことのないにおいが、また濃くなってきていた。ほんの一瞬、生の玉ねぎを連想したが、そうじゃないと思い直した。消毒用アルコールのにおいかとも思ったが、それもつかのまのことだった。尿ボトルの液体のつんとくるにおいともちがう。

これは自分自身の恐怖のしるしなのだ。湿った土のなかの、蛇が生まれたての子たちとからみ合ってとぐろを巻いている穴はどんなにおいがするだろうと想像しているようなものか。それが答えなのか?

カーソンは言った。「いまの状況を考えると、あんたは王位に就く前に、そこから追い落とされたわけだ」

収監者は反論しようとしなかった。ただうっすらと笑った。

カーソンがドアのほうを向いたとき、サッド・フェントン保安官補の顔がのぞき窓に押しつけられていた。

廊下へ出ると、警官がまたドアの鍵をかけた。「あいつはどこまでいかれてました、先生？」

「たしかにいかれてる。もし万一この部屋から逃げ出したら」

「そいつはありえません」フェントンがさえぎった。「起き上がって小便にも行けないんですから」

「それでも万一、逃げ出したら」カーソンは言いながら、自分の電話番号を改造車の雑誌の上に書いた。「射殺して、そのまま死体には近づかず、すぐにわたしの携帯に電話をくれ」

「射殺ですか、その場で？　事務所の規程だと――」

「出世より命が大切だよ、保安官補。射殺するんだ、わたしがなんとかする。きみがあまりきびしい懲罰を食らわないように、全力で取り計らおう」

フェントンはしばらく考えていた。「シェルドレイクさんがまだ、保安官でいてくれてたらなあ」

「ずっと起きていて、油断しないことだ」

「看護師長がコーヒーを持ってきてくれますよ」

「手洗いに行くときは、持ち場から離れなきゃならないな」

「ぱぱっとすませます。いえ、手も洗わないってわけじゃないですよ。ちゃんと洗いますって、ええ」

「手洗いに行くときは、その前にドアの窓をのぞいちゃいけない。きみがここを離れる前の確認をしてるとやつが思うかもしれない」

「いや、ちょっとびびってきちまいましたよ、先生」

カーソンは言った。「いいことだ」

80

〝ちがうよ。キップっていう名前なんだ〟

その言葉がメーガンのなかの、自分でも眠っていると気づかずにいたものを一気に呼び起こした。ジェイソンの死とともに締め出してきた、いろんなことが起こりうるという心浮き立つ感覚を。息子の口が発した声――そのかけがえのない、甘い妙《たえ》なる響きが、ずっと心の奥の部屋に寝かしつけ、もう戻ってくることはないとあきらめていた希望を呼び覚ました。十一年間待ちつづけ、待っても何も起こらないと十一年かけて受け入れたいまになって――このシンプルな言葉が。

ベッドの端の、彼女の隣にいたベン・ホーキンスが声をかけた。「どうしました？　そんなに震えて」そのとき彼は思い出した。玄関ホールで作業をしているあいだにメーガンが言っていたことを。〝あの子は一度も話したことがないんです〟

メーガンの心臓は、リー・シャケットがベッドのそばにうずくまり、ウッディの目を潰そうと親指と人差し指を構えていたときと同じくらい激しく打っていたが、今度は恐怖と怒りの鼓動ではなく、歓喜と驚異の鼓動だった。驚異どころではない。畏怖の念に、奇跡と超越の感覚にわしづかみにされ、そのせいで以前のウッディと同じように言葉をなくしていた。

ふらふらとベッドの側面を回り込むと、背を向けている息子を見下ろすように立った。その肩に手を置く。

ウッディもキップも動こうとせず、あの不思議な交感に没入したままでいた。少年にこのレトリバーの名前を教え、そして彼の舌を解き放ってその名をメーガンとベンに伝えることになった精神の感応に。

少年が、犬が、ベッドが、部屋がぼやけて溶け、彼女の顔を温かく流れ落ちていった。ジェイソンがここにいて、初めての息子の声を聞けたらどんなによかっただろう。それでもその瞬間を織りなす布地に、悲しみの糸は一本も混じっていなかった。

長い年月のあいだに、もしウッディが話すことがあったらどんな声を出すのだろうと考えたりもしたけれど、やはり発音はたどたどしいかもしれないという気がしていた。この子は何年もほかの人たちの話を聞いてきたが、自分は一度も実践したことがなかったのだ――メーガンの知るかぎり。けれども彼の発した言葉は、とても説明がつかないほど、伝えられた内容とはまるで不釣り合いなほど深く大きく彼女を揺り動かした。ウッディの口調は、同じ年頃のほかの子とまったく変わらず自然だったのだ。

そして今晩の早い時間にあったことを思い出した。ウッディが眠りながらもごもごつぶやいていて、メーガンがベッドから離れようとしたとき、彼が〝ドロシー〟と言うのを聞いた気がした。ふたりともそんな名前のひとは知らないし、聞きまちがいだろうと思ったのだけれど。いまになって、やはりその名を口にしたのではという気がした。片手をウッディの肩に置き、なんとかまたこの子がしゃべるのを聞きたい一心で、こう言った。「ねえ、ドロシーって誰？」

犬のしっぽが三度、マットレスをぱたぱたとはたき、ウッディの口から母親にとっては妙なる調べのような言葉が流れてきた。「ドロシーはキップの、人間のママなんだ。子犬のときから育ててくれたひと。でも昨日がんで死んじゃった。キップはドロシーを何より愛してた、何よりも、ぼくがママを愛してるみたいに。だから死なないで、ママ。絶対死なないで、ママに置いていかれたら怖くてたまらない」

メーガンはこれまでの人生で、ずっと強くありつづけてきた。どんな運命にも叩きのめされはせず、また立ち上がってきた。人生はたくさんの流れが集まって駆け下る川だが、あらゆる逆流や荒れ狂う急流は乗り越えられるばかりか、その経験は彼女をさらに強くした。だから、心臓をばらばらにされるような命の危険があるのでないなら、それほど驚きはしないはずなのに、でもそうじゃなくて、十一年もその言葉を待ちつづけたあとに、ウッディが愛してると言ってくれたのだ。もう抗うすべは何もなく、抗おうとも思わなかった。脚から急に力が抜けて立っていられず、涙がぽろりとこぼれ、やがてとめどもなくあふれ出した。ベッドの端に腰を下ろして言った。ママも愛してるわ、誰よりあなたを愛してる、と。ウッディはもうそれ以上何も言わなかったけれど、キップは輝く毛に覆われたしっぽでマットレスを三度はたいた。

81

キップとウッディは〈ワイアー〉でしかありえないように、目と目だけでなく頭と頭でもつながっていた。

ふたりのつながりはひそやかなものだった。たがいに送り、たがいに受け取る。それもふたりのあいだだけで。

キップは少年に、自分の経験した世界のことを伝えた。

ぼくはこういうふうに過ごしてきて、こういうものを見てきて、こういう人間に会ってきた、そのすべてからこういう結論を出してるんだ。

そして自分が大切に思うもの、怖いと思うもの、知っていることすべてを打ち明けた。

少年も同じくらい多くを知っていた。よくは知らなくて、ちがった見方をしているものも多かったが、彼も残らず打ち明けた。

キップが知っていたのは――ウッディ・ブックマンも知ってはいたけれど、いまは頭のなかだけでなく、心の底からそうだとわかった――人間の生をシンプルにするのは真実の道で、複雑にするのは欺瞞の道だということ。

妬みや執着は毒となって、そこから力への渇望やあらゆる悪が生まれてくるということ。

愛は妬みや執着の解毒剤だということ。

真実は愛が育まれるのに不可欠だということ。

愛は無垢でありつづけるのに不可欠だということ。

心の平和とゆるぎない幸福は、無垢であることの真実と、真実のシンプルさによってのみ達成されるということ。

おたがいに自分のひそかな思いを打ち明けても、相手についてわかったことをつぎつぎに明かしても、ふたりともいたたまれない気持ちになったりはしなかった。

ばつが悪くなりそうな打ち明け話を分かち合うことで、その気恥ずかしさはたちまちどこかに消えた。

理由のひとつは、キップとウッディはともに無垢な存在で、無垢さを失わせるものへの免疫ができているということだ。キップは犬の持つ性質のために、ウッディは発達障害のためだ。

もうひとつには、どちらも理解していたからだ。ある程度の認知能力を持った生き物はみな、往々にして愚かではあるけれど、その愚かさは否定されるものでなく、受け入れられるべきものだということを。

その理解から、慎ましさは生まれる。

慎ましさはあらゆる永続的な進歩の土台となる。

この交感を通じて、二つの命がその複雑でシンプルなさまざまな事実や感情とともに、コンピュータからフラッシュドライブへ移される情報のように苦もなく流れ込んでいった。そしてそれは単なるデータの移動にはとどまらない深い効果をもたらした。

人間と犬との絆は、もしかすると十万年前から続いてきたものかもしれない。

しかしいまこのとき、少なくともこのふたりのあいだに生まれた絆は、ただ長い時間をかけてつくられてきたものよりも強く、深く育っていった。

ここから何が生まれるのか、キップにはわからない。そしてウッディにも。

でもこれからわかるだろう。

その何かは必ずあきらかになる。

けれども物事の理由は、えてして永遠の謎に包まれているものなのだ。

82

午前二時。サクラメント郊外の、放棄されたショッピングモール。いずれ再開発の手が入り、あれこれ豪華な設備を備えた高級マンション群に造り替えられる場所だ。

広い土地は金網のフェンスで囲まれ、《危険》《立入禁止》といった赤い文字があちこちに目立つ。モールに盗む価値のあるものは何も残っていないが、普段はフェンスに一カ所だけあるゲートの内側に、自動車の座席に座った警備員がいる。目的は窃盗犯を追い払うよりも、肝試しの都市探検家たち——廃墟のホテルから大都市の地下に延びるトンネルの迷路に至るまで、あらゆる場所を詮索してまわる連中を近づけないことだ。そもそもそういった探検自体が違法なのだが、どこかの都市考古学者が冒険の最中にケガをしようものなら、無知な陪審やほかの案件を抱えた判事がまちがって数百万ドルの支払いを命じるようなことになってもおかしくない。

だが今夜、深夜勤務の警備員は仕事に出てこないようにと指示を受けていた。この廃モールは、誰かに目撃される見込みが小さいどころか、事実上ありえないような環境で落ち合いたいという二つのグループには願ってもない場所だった。

ハスケル・ラドローはレクサスSUVから降りると、ヘッドライトの明かりを浴びながら、意図して人目につくように、自分が一番乗りだといわんばかりに鍵を使ってゲートを開けた。

いまから数時間前、ラドローはラスベガスのペントハウスで、二十二歳の双子ゾーイとクロエとともに過ごしていた。双子が生きているのとほぼ同じ年月のあいだ倒錯的な行為にふけってきた彼だが、あのふたりは驚いたことに、さらに上を行く性技をいろいろ心得ていた。ドリアン・パーセルとは二十五年来の親友で、ずっと陰のパートナーだったが、ラドローは二年前に引退し、快楽三昧の生活に入った。ドリアンはいま、スプリングヴィルの真相をどう隠蔽するかで頭がいっぱいで、ラドローにその仕事を頼ってきた。それでチームの一員としてひとまず復帰したのだ。

フェンスのたわんだ金網が風のなかで、悪魔の手で奏でられる地獄の竪琴《たてごと》もかくやという不気味な曲を歌っていた。あらゆる場所から飛んできたあらゆる状態のビニール袋が金網に挟まり、ばたばたとたくさんの羽が羽ばたくような音をたてる。蝙蝠の群が頭のすぐ上を飛び過ぎていくようだ。

ゲートが横に向かって開き、ひびと穴だらけのアスファルトの上で車輪ががたがた鳴った。車をなかに進ませたあと、ラドローはゲートを閉めたが、錠は下ろさずにおいた。手はずでは、二人の男が同時にここへ到着し、自分のすぐあとに入ってくることになっていたからだ。

巨大な建物の東の側面をぐるりと回り、壁のない四階建ての駐車場ビルに乗り入れると、身障者専用スペースにレクサスを入れた。目に入るかぎり、ほかの車両は一台もない。

レンガ敷きのプロムナードが駐車用ビルとモールへの入口を隔てていた。ラドローの懐中電灯が照らし出したのは、ひび割れてぼろぼろに裂けた何十ものプラスティックのカップが、解体の当日までこのレンガの海を泳ぎつづけるよう宣告された魚の群のように歩道で震えている光景だった。

ガラスの自動ドアは再利用のために撤去され、合板のバリケードと金属製のドアひとつに置き換わっていた。二本目の鍵を使ってドアを開け、なかに入ったが、やはり鍵はかけずにおいた。事態はすべて手はずどおりに進んでいる、というふうを装うために。

エスカレーターはまだ撤去されていなかったが、もう動きはしなかった。溝のついた踏み段を上ってメインフロアまで上がる。店舗や看板の類はほとんど取り外されていたが、ときどき店の名前やロゴが何もないショーウィンドウの上に見えた。

鳥たちがどこからかまぎれ込み、出口を見つけられなかったのか、雀《すずめ》や鴉の死骸だらけだった。そこかしこに羽根やきゃしゃな骨がきちんと配置されたような状態で落ちている。ブードゥー教の信徒が儀式の準備のために、その骸《むくろ》で何かしらの模様を描き出しでもしたかのように。揺れる懐中電灯の光のなかで、羽根の先や骨が震えて動きだすかに見えた。

モールの中央プロムナードの途中に大きな円形の池があった。以前はここに睡蓮の葉が浮かび、色とりどりの鯉が泳いでいたが、いまは水も魚もなく、でたらめに折った折り紙のような紙くずが半分がた詰まっていた。

池を取り囲んだ高さ六十センチの壁にかぶせてある幅の広い笠石の上に、ラドローは腰を下ろした。あらかじめ打ち合わせたとおりに、懐中電灯のレンズを右手の指二本で隠し、光を自分の足のあいだの地面に向ける。

ハスケル・ラドローとドリアン・パーセルはジュニアハイスクール時代からの付き合いだった。当時はふたりとも攻撃的なハッカー兼つるつる顔のコード書きで、防御のお粗末な大企業のコンピュータシステムにルートキットを仕込み、まだ電子通信の何たるかをよくわかっていない不用心な経営者たちのeメールからあらゆる不都合な情報を集めまくっていた。すばらしく頭が切れて、まだ強請《ゆすり》という言葉にも恐れをなさない若者には、収入が流れ込む可能性は無尽蔵だった。バルザックは「巨額の資産の陰には、必ず犯罪がある」と書いているが、これはただの決まり文句だし、嘘でもある。だがラドローとドリアンはそこから何歩も進み、もし今後パラブル社の創業ストーリーが書かれることがあっても、そのライターがバルザックの言うとおりの真実にたどり着けるような手がかりを一切残さないように手を打った。ハスケル・ラドローは表に出ない立場を守りながらも、パラブル社の議決権株を二番目に多く所有し、おのれの財産と名声を守るためにはおよそどんなリスクでも冒すつもりでいた。だからこそこんな真夜中に、こんな崩れかけたモールまで足を運んできたのだ。

黒ずくめの服装に、暗闇でも見通せる暗視ゴーグルを着けた〈トラジェディ〉のふたりの男が、体を脱ぎ捨てて魂だけになったような、体重をなくして地面を打つ靴の音すら響かなくなったようなひそやかさで、ラドローの前に姿を現した。時刻は午前二時十五分。前もっての打ち合わせでは、ふたりはラドローのあとから二時三十分にこのモールへ来るはずだった。だが実際には、〇時三十分からここに来ていた。

ラドローはふたりの靴から目を上げようとせずに、左手に持った運転免許証だけを差し出した。精巧に偽造された、アレクサンダー・ゴルディアス名義の免許証。彼とドリアン・パーセルが使っている、ジュラ紀の化石の出る地層よりも深いペーパーカンパニーと偽造データの堆積層の下に埋もれた偽の身元だ。ダークウェブ内の組織〈トラジェディ〉の連中に金を払い、過去数年間に巧妙に偽装した五件の殺しを実行させたのは、この架空の人物だった。

〈トラジェディ〉の二人組の片割れが、運転免許証を返しながら言った。「ゴルディアスとは、どういう名前で?」

「親父の名だ」ラドローは言って立ち上がった。池の縁の笠石に置いた明るい懐中電灯はそのままにして。

ふたりの男はしなやかな雄牛といった体つきで、攻勢に出るときは壁をぶち抜いて通るか割れ目をするりとくぐるか、必要ならどちらの方法も採れそうだった。そろって黒のフード付きパーカーを身につけ、顔には反射を防ぐ黒い塗料が塗ってある。暗視ゴーグルはいまは目から外し、首からぶら下げていた。

〈トラジェディ〉上でのふたりの名前は、キース・リチャーズとロジャー・ダルトリー。本名は——当人たちはばれていないと思っているが——フランク・ガッツとボリス・セルゲトフだった。〈トラジェディ〉のスタッフは全体で六人しかいない。殺人請負組織の規模を小さくとどめるのは、裏切りの可能性を減らす賢明な方法といえるが、このふたりは組織を立ち上げた当事者でもあった。

彼らはセキュリティの侵害が生じたこと、組織の実体が露見する恐れがあることを認めたうえで、自分たちにはハッカーを始末する——もちろん無報酬で——準備があると依頼主に伝えた。ハッカーはゴルディアスのIDを乗っ取り、あきらかに〈トラジェディ〉の活動に関する証拠を集めようと、特にゴルディアスが依頼した五件の殺しのうち一件に関連する詳細を知ろうとしていたという。

現実《リアル》のアレクサンダー・ゴルディアス——すなわちハスケル・ラドローとドリアン・パーセル——はハッカーの正体を知り、双方が合意できる計画を立てるためにこの会合を強く提案した。〈トラジェディ〉はストックトンにある倉庫を根城に活動していて、アジトから百キロと離れていないこのショッピングモールは落ち合うのに好都合だった。彼らもここへ来る前にちゃんと地所の所有権を調べていた。だが、この地所を三分割して所有している海外のコングロマリットの米国支社三社のどれにも、ドリアンやパラブルとのつながりは見つかるはずもなかった。

高まる不安をまぎらわそうと、ラドローは歩きまわりながら話した。「それで、例のクソ野郎は誰なんだ?」

ボリス・セルゲトフがベルーガ・キャビアのように豊潤なロシアなまりを利かせて言った。「ご主人《ゴスポディン》、あのふざけたやつはまちがいなく女です」

「なんだと? 本気で言ってるのか? おれたちの喉にナイフを突きつけてるのがコンピュータ使いの女だと?」

「悪気で言うのではありませんが」フランク・ガッツが言った。「そういった考え方は〝プレディルヴィアン〟かと」

「なんだって?」

「プレディルヴィアン——古い、時代遅れ、ノアの洪水以前という意味。白人男性の考え方のいちばん悪いところです」

「おれは白人じゃない」

「わたしが言いたいのは、男にできることならなんでも、女にもできるということです」

「立ち小便はどうなんだ」

ガッツがため息をつく。「そういうのをお望みでしたら」

その場の全員に向かって哲学的な論点を言い聞かせでもするように、セルゲトフが言った。「女はすばらしいと同時に、ろくでなし《スヴォロチ》にもなれます」

「どっちでもいい。おれはこの件では何もへまをしてない」ラドローはもうコマネズミのような勢いで歩きまわっていた。「へまをしたのは〈トラジェディ〉だ。おまえらがやらかしたんだ。そのクソ女はどこにいる？」

「ここから二時間も行かないところに、ゴスポディン」セルゲトフが言う。「ただ、パインヘイヴンという町のことは聞いたことがないのでは？」

たしかに、そんな場所のことは初耳だった。

ガッツが言う。「女の名はメーガン・ブックマンです。その夫のことを覚えていますか？ジェイソンといって、われわれがヘリコプターを墜落させて始末したやつですが」

突然、モール全体がゴシック調の空気をまとった。誰の目にもつかずに落ち合える、秘密の会合には理想的だと思えた場所が、いまのラドローにはもっと不吉な、過去の所業とその報いがついにつながる核心のように思えてきた。まさか、あのメーガン・ブックマンなのか——美人で、絵描きで、ピアニストで、そのうえハッカーで、正義を求めてダークウェブをあさりまわるデータ泥棒だというのか？

ジェイソンは古細菌を介した遺伝子工学の研究の件を知り、強硬に反対していた。彼はトランスヒューマニズムがドリアンの未来への展望にとってどれほど大きなものかを知らなかった。そして自分は会社を辞める、上司の計画を世間に公表すると脅したことがどんな結果をもたらすかも。もしジェイソンがそうした懸念をメーガンに打ち明けていたのなら、あの女が夫の死んだヘリコプター事故に疑いの目を向けたとしてもおかしくはないのだろうか？

ラドローはトランスヒューマニズムの信奉者ではなく、リファイン社の研究にはみじんも関心がなかったが、ドリアンを批判することもなかった。スプリングヴィルでやっていたことは何も知らないし、知りたいとも思わなかった。

　ガッツが言った。「ミセス・ブックマンはパインヘイヴンで、知的障害のあるらしい十一歳の息子とふたりだけで暮らしています」

「子どもだからといって、その役立たず《ネヴエジダ》を生かしておくべきじゃない」ボリス・セルゲトフが断言した。「クルゴヴァヤ・オトヴェトストヴェノスト——連帯責任です。女が自分の股からそいつをひり出し、乳をやって育てた。女に劣らずわれわれの敵だ。同じ腹のなかから出た糞《くそ》です。いっしょに便所に流してやらなくては」

　ラドローはフランク・ガッツに言った。「おまえの友達はえらく雄弁だな。社内報にのせる詩でも書いてるのか？　でないならページを持たせてやったほうがいいな、おまえらの仲間に現代のロバート・フロストがいたってことになるかもしれん」

「あの、申し訳ないですが、そんなにコマみたいに回るのはやめてもらえませんか？」ガッツが言う。「こちらも目が回ってしまいます」

「コマみたいに回ってるわけじゃない。歩きまわってるんだ。重篤な神経不安だ。ストレスホルモンで溺れかかってるんだ、このとんでもないやらかしのせいでな。だから歩きまわって頭をすっきりさせようとしてるんだ。だいたいどうしておまえらふたりとも、ストレスなんか何もないですよって顔をしてられる？　なんのリスクもありません、あの女とガキを片づけたところで——」

〝ガキ〟と言ったのが合図だった。あらかじめヒスカス、ナッカー、ヴェルボツキと打ち合わせていたとおり、必要な情報をすべて聞き出したあとで、ラドローがこの言葉を発したのをきっかけに、いわば両袖から三人が舞台に登場してきた。

レロイ・ヒスカス、ブラッドリー・ナッカー、ジョン・ヴェルボツキは、午後十時三十分、つまり〈トラジェディ〉のふたりが来る予定の時刻の四時間前に――実際は二時間前だったが――このモールへ先乗りしていた。三人は近くの廃店舗にひそんだ。じつにうまく身を隠していたので、ガッツとセルゲトフがざっと調べたときも、痕跡は一切見つからなかった。ガッツとセルゲトフは武装していたものの、銃はまだホルスターに収まっていた。ヒスカス、ナッカー、ヴェルボツキが降霊会の幽霊のごとく姿を現したとき、この三人の拳銃は抜かれ、ラドローは銃弾の届かない安全な位置にいた。ガッツとセルゲトフはケブラーの防弾ベストを着ていても死ぬ運命にあった。四十八発入りの拡張マガジンが一分以内で三つ空になり、祭りの屋台のアヒル撃ちゲームでならいちばん大きなぬいぐるみを残らずさらっていけるほどのヘッドショットを何発も食らったからだ。

拳銃はすべて消音器付きだったが、銃声が完全に消えるわけではない。これだけ盛大に撃てば、強風が吹き荒れる夜中でも、モールの壁の向こうまで音が響いたかもしれない。だがラドローがこの地所へ入るのに使ったゲートから通りを隔てた向かいにある平屋建ての小学校までは届かなかっただろう。

その学校の屋上では、〈トラジェディ〉の三人目の男コーリー・ホームズが配置についてゲートの様子を見張り、ラドローがひとりで入ったあとに誰も来ないのを確認していたはずだ。いまごろホームズはおそらく後頭部に一発食らって死んでいるだろう。ヒスカス、ナッカー、ヴェルボツキの仲間がひとり、ホームズの先回りをして屋上にひそんでいたのだ。

くぐもった銃声が荒れ果てたショッピングモールじゅうにこだまし、その残響がやんだあともまだ、ラドローの耳はがんがん鳴っていた。頭を振りながらブラッドリー・ナッカーとあとのふたりのほうへ近づいていく。ナッカーはイアピース型の無線機を着け、声がよく聞き取れるように指を一本押し当てていた。小学校の屋上の仲間に向けて「了解」と言った。それからラドローに向かって、「シャーロックは今回、ほんとうにライヘンバッハの滝から落ちました」と言う。コーリー・ホームズはまちがいなく死に、アーサー・コナン・ドイルが自作の探偵を殺したあとに生き返らせて読者を困惑させたように、また生き返ってきたりはしないということらしい。

この手の連中はいつから作戦の最中に面白くもない軽口を飛ばすのを仕事の一部だと考えるようになったのだろう。ぜんぶ映画のせいだ。

ストックトンのアジトで寝ていた〈トラジェディ〉の残り三人も、すでに始末されたか、いままさに殺されているところだろう。死体はここにも向こうにも残らないし、発見もされない。六人の男はただ姿を消す。この組織のウェブサイトも、かりにあったとして記録の類もすべて、夜明け前には跡形もなく消え失せる。

フランク・ガッツとボリス・セルゲトフが数年前に〈トラジェディ〉の商売を始めたとき、その元手はギャングの資金源から来たものだと思っていた。だが実は、きわめて複雑なルートをたどってドリアン・パーセルからもたらされたのだと知っていたら、運命の皮肉に驚いたかもしれない。少なくともガッツには驚くだけの知恵があっただろう。セルゲトフのほうはかなりあやしいが。

ヒスカス、ナッカー、ヴェルボッツキも五人の仲間とともに二年前、自前のダークウェブの組織を立ち上げた。その元手は、世界中の傭兵相手に取引をしている国際的な武器商人から出たものだと当人たちは思っていた。しかし実際は、ドリアンが殺し屋版のブロードウェイ・エンジェルとなって、彼らのダークウェブの舞台を後援したのだった。彼らは五十二の文字と数字からなるアドレスを持った劇団を、古代神話の運命の女神にちなんで〈アトロポス&カンパニー〉と名づけた。アトロポスは三女神のうち最も不吉な、生命の糸を断ち切る女神である。この名を推したのは、こういう稼業の人間にしてはどうやら教育程度の高すぎるジョン・ヴェルボッツキだった。

巨額の資産の陰に犯罪はなく、ただハードワークと知性と執念があるだけだが、バルザックの意見も全面的にまちがいではない。十四歳の少年でも、強請でたっぷり潤えば、必ずその経験から犯罪の有効性と利益率の高さを学ぶものだ。

小学校の屋上でホームズを殺した男は、死体を始末したあと、このモールの片づけに加わってレロイ・ヒスカスを手伝う。ジョン・ヴェルボッツキとブラッドリー・ナッカーは休むまもなく、パインヘイヴンの外れにあるブックマンの家に向かって出発する。到着は二時間後だ。

〈アトロポス〉の二人組より感受性の繊細なハスケル・ラドローは、蜂の巣になって血と糞尿と腸内ガスのにおいを発するガッツとセルゲトフの死体から遠ざかった。

「ミスター・ゴルディアス」ヴェルボツキがついてくると、その靴から使用済みカートリッジが転がってカチンと乾いた音をたてた。「われわれは以前、あなたといい仕事をさせてもらいました。今回もうまくやるつもりですし、ストックトンのほうもうまくやります。ただ、パインヘイヴンでやるべきことを確認しておきたい。この無能どもの轍《てつ》は踏みませんん」と忌々しげに、ガッツとセルゲトフの穴だらけの死体を指す。「パインヘイヴンのようなところでは、よそ者は目立つし記憶に残る。ただ田舎町にある家を襲って引き揚げて終わり、というわけにはいかないでしょう」

「それは無理だし、やるべきでもない。メーガン・ブックマンと息子は生かしておいてほしい、この先十二時間はな。女をぶちのめしてじわじわ痛めつけながら、何を知ってるのか、誰かに話したのなら相手は誰かを聞き出せ。手こずるようなら、息子をぶちのめして女を吐かせるんだ」

ヴェルボツキは、自分とナッカーに二人の人員を加えるといった今後の手順を説明した。ラドローは細かな修正点を指摘した。

アレクサンダー・ゴルディアスことハスケル・ラドローは、荒廃したモールをあとにしようと歩きだした。手に持った懐中電灯の光が埃まみれの店舗のウィンドウに反射し、視界の周辺で尾行者のような形をとる。それが想像の産物だと知りながらも、彼は絶えず不安げに左右に首を振り、そこにあるはずのないものに向き合おうとしていた。

以前にも何度も金で殺しを依頼したし、ろくすっぽ気にもかけずにいたが、今夜のように契約が実行される場に居合わせたのは初めてだ。想像していたよりずっと心をかき乱される経験だった。

レクサスSUVを駐めてある四階建ての駐車場ビルまで戻ったとき、ふいにガサガサという音がして、彼はびくりと振り返り、林立するコンクリートの柱に懐中電灯の光をさまよわせた。暗がりからいきなり、数枚の古新聞が風にあおられて飛び出し、からみ合うように駐車場のなかを舞った。青白い翼を持ち頭巾をかぶった死神さながらに。強風がつくり出したこの存在は、大鎌も小鎌も持ってはいなかったが、だしぬけに宙に跳び上がってラドローに襲いかかり、顔を覆って視界を奪った。彼は悲鳴をあげてその抱擁から逃れようともがき、それが相手を傷つける足しになるというように懐中電灯で激しく打ちかかった。

這うようにしてSUVに乗り込み、ドアを引いて閉め、エンジンをかけてヘッドライトを点け、ドアをロックする。しばらく冷や汗をかきながら座っていた。新聞紙が風をはらんで闇のなかを飛び去っていき、さっきパニックを起こしたことをきまり悪く感じた。

ストレスだ。ストレス過多のせいだ。モールでの殺人。メーガン・ブックマンが彼とドリアンとあのダークウェブの結びつきを嗅ぎつけた可能性。ラドローはリファイン社とはなんの関わりもなく、スプリングヴィルの件も何も知らないので、そちらのほうはさほど心配してはいなかった。ただ、リファインの不祥事でパラブルの株価にどのくらい影響があるかだけが気がかりだった。

駐車場ビルから車を出し、モールの敷地から外の通りに出る。

ホテルに戻れるのは三時三十分ごろだろうか。ラスベガスで何日もゾーイとクロエとのプレイを楽しんだあとでよく眠らないとならないのに、この〈トラジェディ〉関連の仕事のせいで睡眠時間が削られてしまった。ベルモットをほんのかすかに利かせたマティーニを一杯やりたい。そのあとは上等なカベルネで早めの朝食をとる。朝食のメニューではなくて夕食用のたっぷりした献立にすれば、体内リズムがリセットできるかもしれない。それから八時間ばかり眠って、メーガン・ブックマンの尋問の結果に備えよう。サクラメントで四つ星ホテルのスイートが待っている。あの州都はじつに都合よく腐敗した州政府のお膝元で、闇の金がじゃぶじゃぶ動いている場所だ。つまりはいいホテルも選び放題だった。彼のスイートは寝室が三つあった。夜に目が覚めてバスルームへ行ったあと、新しいベッドに入ってピンと糊の利いた洗いたてのシーツにくるまるのが好きだった。新しい枕の下にはもう、悪い夢のかけらは残っていないだろうから。

83

保安官事務所本部と郡刑務所の裏手に、公営の駐車場がある。駐車場の先にあるレンガ造りの建物はガレージで、高い位置にある鉄格子入りの小さな窓から淡灰色の光が漏れていた。ガラスの高さより低く吊り下げられた、フード付きランプの明かりだった。

この建物には、重大犯罪関連の捜査のために押収許可の下りた車両が、法律で決められた日程に従って引き渡されるまで、もしくは裁判所が正当な持ち主への返還を命じるまでのあいだ収容されている。総じて平和なパインへイヴン郡では、法執行機関も証拠品の押収に血道を上げたり、財産没収法令を活用した収入に頼ったりはしていない。現在このガレージにあるのは二台の車両と、エックマン専用のパトカーだけだった。酒酔い運転のフォードF‐150ピックアップに、リー・シャケット――別名ネイサン・パーマーが、ユタ州から乗って逃げてきた赤のダッジ・デーモンだ。

病院からこの押収車両のガレージへと直行したエックマン保安官は、今夜はもう眠れそうもないほど興奮していた。自分ひとりでダッジと、その車内にあるものを調べた。今回の犯罪の異常性とドリアン・パーセルが所有する会社との関連性に鑑み、シャケット逮捕の件は正午までマスコミには伏せておくことにし、それでいまの状況をどうすればおのれの私利私欲のために最大限活用できるかを考える猶予ができた。この事件のおかげでエックマンの名前は数日中にも全米に知れ渡り、今後の出世の後押しになってくれるだろう。うまく立ちまわれば、パーセル本人に取り入るチャンスができるかもしれず、さらに大きな実入りも見込める。

求めよ、さらば差し出されん、だ。

ダッジのトランクにあったスーツケースの一個には、百ドル札と二十ドル札の束が詰まっていた。こんな大金がひとところに固まってあるのは見たことがない。ざっと数えたところ、十万ドルはありそうだった。

じっくり考えてから、そのスーツケースを保安官専用のパトカーのトランクに入れた。この金はあきらかに、逃走資金として用意されたものだ。つまりシャケットは、スプリングヴィルの施設で進められていた何かしらの研究が急に破綻し、自分が重大な法的責任を問われかねないことをわかっていたのだ。

メーガン・ブックマンの話では、シャケットはコスタリカがどうのと言っていたらしい。やつは本名でもネイサン・パーマーでもない別の名義で、コスタリカに安全な隠れ家を準備していたにちがいない。そこで身元を隠して生きていくなら、事故のあと直行するのでなく、跡をたどられないように複雑な経路をとる必要がある。それには少なからぬ賄賂《わいろ》やら、いろいろ費用がかかるだろう。オフショアの口座に何百万か蓄えがあるにしても、そういう金は簡単には引き出せない。全能のＮＳＡまでがあの男の捜索に関わっているとなると、十万ドルでは逃走資金としては不十分ではないか。シャケットの資産と今回の件での法的責任の重さから見て、やつが逃走資金を切り詰めるとは考えづらい。

エックマンはダッジの周囲を歩きまわり、ためつすがめつして見た。自動車で麻薬を運ぶのに隠しコンパートメントを作るのはよくある話だ。今回の場合、ブツは現金だろうし、すぐに手の届くところに作る必要がある。金を取り出すのにフェンダーを切り取るようなまねをしなくてはならないのはシャケットもごめんだろう。だとすればおそらく車内だ。

ダッジ・デーモンは高度なカスタマイズが施された傑作で、単に馬力のあるエンジンをラインで組み立てただけの代物ではない。内装の仕上げもメルセデスの最高級車と同等だ。隠しコンパートメントも巧妙にできているだろうが、内張りのステッチからその他の細部まで完璧であるぶん、すぐ手の届くところにスペースを作るのは難しい作業になる。

十分ほど探して、助手席の後ろに一対の押しボタンを見つけた。押すと隠しパネルが開き、なかにはビニール袋の包みが何個かあって、一個当たりの百ドル札の数からだいたいの額がわかった。三十万ドルの追加だ。

その束をそっくり自分のパトカーに運び込もうとして、ふと思い当たった。リー・シャケットの逮捕を公表すれば、ティオ・バービゾンがまたサクラメントからフローリーとゼルマンを送り込んでくる。今度はさらに人員を増やし、前に被害者二人の死体を運び去ったように、シャケットの身柄を預かるだけでなく、追加の証拠物件も持っていくだろう。

このダッジ・デーモンも含めて。

そしてこの車を徹底的に調べあげるだろう。隠しコンパートメントを見つけるだろう。それが空だとわかれば、なぜシャケットはわざわざ隠し場所を作らせておきながら、そこに何もしまっていなかったのかと疑問に思うだろう。

ヘイデン・エックマンはしぶしぶ、現金の三分の二だけを自分のパトカーに移し、州司法長官が調べるときのために十万ドルを残した。シャケットがあとで、この三倍の金と、スーツケースの十万ドルもあったと言い張るかもしれない。しかし相手は頭のいかれた変質者の人食い男だ。誰も信じはしまい。

いや、自分がシャケットの逮捕を発表する前に、当人がもう死んでいるということもありうる。やつの極度の凶暴性を踏まえれば、警官か病院スタッフの誰かを襲って逃げ出したため、やむなく殺傷能力の高い武器が使用されたというシナリオは考えられるだろう。エックマン保安官はシャケットが精神科病棟に収容されるのを見たときから、そうした工作は可能だろうかとずっと考えていた。

ティオ・バービゾンのために十万ドルを残していくのは、もしほかにもう何もなければ、エックマンには断腸の思いだった。しかしすぐあとで、助手席のシートに置かれた革のスポーツジャケットの裏に、また別のお宝が見つかった。いかにもスタイリッシュな上着で、ポケットには何も面白いものはなかったが、よく調べてみると、裾のあたりに軽い違和感があった。それで絹の裏地を裂いてみたところ、なかにビニール製のスリーブが縫い込まれていた。スリーブは細かく三十六のポケットに分けられ、そのひとつひとつにダイヤモンドらしきものが入っていた。当てずっぽうではあったが、このお宝の価値は、きっと三十万ドルどころではすまないはずだ。それも自分のパトカーに移した。

ヘイデン・エックマンはこれまで、パインヘイヴンはただの踏み石で、いまの職はもっと権力のある地位へ昇りつめるための一段目にすぎないと思っていた。しかしこの町はいまや、チャンスの塊となりつつあった。

84

ウッディのママはベッドの端に腰かけていた。ウッディはママのひざの上にいて両腕に抱きしめられ、ウッディもしっかりママに抱きついている。

ベンは肘かけ椅子に座り、キップはその横に立って、興奮と喜びでしっぽをばさばさ振っていた。

キップはほかの人間を、いまのウッディほど深く知ったことはなかった。

いまはウッディのことを知り、愛していた。ウッディのママのこともウッディを通じて知り、愛するようになった。

ドロシーのことも愛していたけれど、彼女のことはまだ、完全に知っていたわけではなかった。ウッディのように、その意識のいちばん深い根っこの部分まで理解できたわけではなかった。

そしてウッディ・ブックマンは、ほかの人間を、いまのキップほど深く知ったことはなかった。

それだけでなく、〈ワイアー〉での交感を通じてキップを知るようになるなかで、ウッディは自分のことも以前よりずっとわかるようになった。

キップはまだ話すことはできないし、これからも話せないだろう――六番目の感覚を、テレパシーを使わないかぎりは。

けれども少年はいま、話していた。自分から言葉を奪っていたくびきから解き放たれて。これはつまり、彼の発達障害の主な原因は、心理的なものだったということかもしれない。

でも、たぶんそうではない。

キップにはわかる。ウッディはソニッケアーがないと、やっぱり歯茎がなくなるまで歯を磨いてしまうだろう。

ウッディ自身、そのことがわかっている。

それにウッディは、いまでも意味のないことにこだわっている。自分は七月二十六日の午前四時に生まれたとか、26に7を掛けると182になるとか、それに生まれた時間を表す4を足せば186、自分のIQと同じになるといったことに。

この少年の寝室で、ママとキップとベンが驚嘆の思いで見つめるなか、ウッディは堰《せき》を切ったように話しつづけていた。生まれてからずっと自分の内に閉じ込められてきた気持ちや考えを明かしていった。なかでも特に、自分がどれほど母親を敬愛しているかということを。

そしてこうも言った。ぼくもいつか、ぼくと同じように、死んだひとの歯茎の組織を口に移植した女の子と出会いたい、そうしたらおたがいに話すことができるし、そのうちキスだってできるかも、と。

鹿にも家族がいて、その家族がずっといっしょにいつづけるのは人間と同じくらい難しいんだってわかった。

ぼくのママは、悲しみの川に架かる橋なんだ。

ママがピアノで『ムーン・リバー』を弾くとき、ぼくはいつかその川を軽やかに渡ったり、世界を観に出かけたりすることはないだろうけれど、でも悲しくはない。

ムーン・リバーをたどって流れを曲がり、その向こうに何があるかを見るかわりに、世界のことを書いた本を読んで、世界じゅうのことを想像できる。それでぼくには十分だし、そのことをママに知ってほしいと思ってた。

ぼくのパパは百六十四週前に死んだ。

ぼくはパパの死について、六十週にわたって調べてきた。

１６４から60を引いたら１０４になる。

百四は『息子による復讐——忠実に編纂された怪物的巨悪の検証』のページ数ときっかり同じなんだ。

キップが急いで机まで行った。後足で立ち上がる。バネクリップで挟んだレポートを歯にくわえた。

そしてその文書をベッドまで持っていき、ウッディのママの横に置いた。

すでに相当おかしな事態ではあったけれど、いまはほんとうにたがが外れかけていた。

85

急いで手洗いに行ってきたサッド・フェントン保安官補は、三二八号室のなかで派手な物音を聞いた。彼がこの持ち場についてから聞こえてくると予想していたのは、収監者のわめき声や悪態、殺人癖のある異常者がいかにもあげそうな意味をなさない絶叫だったが、そんなことはずっと起こっていなかった。いまが初めてだ。

ドアの窓からのぞいてみた。明かりは暗かったが、それでもありえない事態になっているのが見えた。シャケットが拘束具から逃れ、腕から点滴の管を引きはがし、尿を瓶に排出するカテーテルを外したうえ、背中の開いた検診衣も脱ぎ捨てていた。そして真っ裸で、ひとつきりの窓の前に立って、そこに体を無理やりねじ込もうとしていた。

その開き窓は縦長のガラスが左右に二枚、垂直な脇柱に蝶番《ちょうつがい》で留められたものだった。ガラスは取り外し可能なクランクを回さないと外側に開かない構造だ。クランクは通常、ひだの付いたシェードを下ろすときに突き出してじゃまにならないように、外して窓枠の上に置いてある。だが、この部屋が精神疾患患者の病室に転用されたため、クランクは完全に撤去されていた。

暗い影をまとってはいても、シャケットの姿は驚くほど力にあふれていた。金属の枠にはまった窓ガラスに体をぐいぐい押しつけるが、通り抜けられるほどの幅には開かない。この左右の窓ガラスをこじ開けるには固定用の金具を無理やり外さなくてはならず、それは人間の力ではとうてい不可能だ。なのに突然、ガラスががたがた震え、金属がビシッ、ギシギシと悲鳴をあげ、蝶番の二枚の金属板がつながった部分が分かれはじめた。青銅の枠がねじれ、ガラスが砕けた。シャケットが人間離れした唸り声をあげる。蝶番がはじけて裂け、傷ついた生き物のような痛々しい声をたてた。

看護師がひとり、廊下を駆けてきた。後ろに下がるようサッド・フェントンは言った。拳銃を抜いてドアを開けようとしたが、当然ロックされていた。鍵を差して回すと、拳銃を両手でつかみ、伏せろ、動くなと大声で収監者に命じながら部屋に入った。

その瞬間、窓の左半分が外側に向かってバタンと開き、右半分が脇柱から外れて落ちた。

シャケットがガラスの取れた金属の窓枠を投げつけ、フェントンは頭を引っ込めて顔にぶつかるのを避けた。

　保安官補が体勢を立て直し、もう一度拳銃を構えようとしたとき、シャケットは開いた窓台の上にしゃがんでいた。怒り狂った猿並みに恐ろしい姿だった。毛のない類人猿の顔から目が、頭蓋に火が満ちてでもいるように赤く爛々《らんらん》と燃えている。ガーゴイルの姿勢をとった裸の生き物の周りで秋の風が悲鳴をあげ、部屋のなかへ冬の冷気を運び入れ、ベッドの引き裂かれたゴムの拘束具をはためかせ、点滴のラックをカタカタと揺さぶる。窓から下のコンクリートの通路までは九メートル以上ある、どこにも逃げ場はないはず——そう思った瞬間、まるで空を飛べるというように、シャケットが夜のなかへ飛び出した。

　フェントンは唖然とし、部屋を横切って窓へ駆け寄ると、吠え猛る風のなかに身を乗り出して下を見た。きっと頭のいかれた収監者がぐったり倒れ、広がっていく血だまりのなかで動かずにいると思いながら。ところがシャケットの姿は窓の真下にはなく、左にも右にもなかった。信じられないことにやつは墜落《かんぼく》を生き延びたようだ。フェントン保安官補は視線を建物から遠く離れたところへ、低い灌木の植え込みから夜のこの時間には使われていない来客用駐車場のほうへ向け、青白い裸の人影が通りに向かっていくのを捜した。だが、そっちにもシャケットはいない。

　そのとき、むかし九学年の英語の授業で先生から読み聞かされて死ぬほど怖かったエドガー・アラン・ポーの短編が最初に頭に浮かんだのか、それとも風のなかから最初に聞こえた短い言葉があの小説を思い出させたのか、どちらともつかなかった。言葉と記憶は——それとも記憶と言葉は——ごくわずかな間隔を置いて続けてやってきた。蛇のシャーッという音に似た「おれを見な」という言葉、人を殺すよう訓練された凶暴なオランウータンの出てくる短編小説『モルグ街の殺人』。フェントンは頭をめぐらし、論理的にありえないにもかかわらず上を見上げた。垂直な表面も水平な表面もなんら意に介さない蜘蛛のように、シャケットは石灰石のまぐさ石とその周囲のレンガ製の装飾にへばりついていた。壁に体を押しつけて両脚を大きく開き、下を見下ろしている。その赤く光る目が保安官補の目と合い、歯がむき出された。

シャケットが石とレンガから手を放し、フェントンに飛びかかって窓から引きずり出した。もろともに三階から転落し、拳銃が警官の手からすべり落ちた瞬間、シャケットが勝利の雄叫びをあげた。サッド・フェントンは背中からコンクリートに衝突し、息が残らず体から叩き出された。千のナイフを突き刺されたように、痛みが体じゅうの神経を切り裂いた。だがすさまじい苦痛の炎が燃え上がったのは一瞬で、すぐに首から下の痛みが消えた。痛いのは頭と顔だけ。麻痺だ。

興奮に息を切らし、言葉にならない切迫した音をたてながら、墜落にも平気な様子のシャケットが獲物の上にしゃがみ込んだ。

口の端から温かい血が糸を引いて垂れ、あごに落ちていくのを、保安官補は感じた。

恋人を前にしたようなつぶやきをうっとりと漏らしながら、シャケットが赤くかぐわしい液体をなめた。それから口を警官の喉まで下げ、悲鳴や言葉を発し呼吸をする器官をがぶりと食いちぎった。

そのときサッド・フェントンにあったのは、冷たい風と揺れ動く木、そしてこの上ない恐怖だけ——だがそれも、ほんのつかのまだった。

86

初めは息子の創意あふれる行動に驚嘆し、誇らしさを覚えたものの、メーガンはたちまち不安をつのらせながら、『息子による復讐——忠実に編纂された怪物的巨悪の検証』のページをめくっていった。その間《かん》ベン・ホーキンスはウッディから、問題のダークウェブと〈トラジェディ〉と称するサイトのことを聞き出していた。

ウッディのオフィスチェアの上で、メーガンは軽いめまいを覚えていた。一時間のうちに、犬が大幅に高められた知能を持つという可能性に目を開かされ、自分の息子が高機能自閉症から桁外れに高機能な自閉症へと変貌するのを目の当たりにし、十一年間で初めて言葉をしゃべるのを聞いて、しかもダークウェブの殺人請負組織がわが子を追っているかもしれないと告げられたのだ。驚異の念はたちまち混乱と恐怖へ変わっていった。

ジェイソンはずっと、ドリアン・パーセルがトランスヒューマニズムに夢中になっていることに心を痛めていた。そしてこの超大富豪が研究に膨大な資金を注ぎ込むという財政的リスクだけでなく、研究そのものの性質にも危惧を覚え、パラブル社の職を辞そうとした。彼がヘリコプターの墜落事故で死んだとき、メーガンの脳裏には疑いが萌《きざ》したものの、そう長くは続かなかった。夫の死がもたらした当初のショックが過ぎると、この疑いは怒りの一部でしかないと判断した。あの知らせを受け取ったときに捉えられた、不公平への、運命への、神への怒り。その怒りが悲しみに、やがて悲しみが哀惜にすっかり取って代わられ、そしてウッディのためにと自分に活を入れて哀惜から抜け出すころには、疑いの念は次第に薄れていった。だいたいパーセルほどの資産と名声を持った人間が、暴力で部下を排除するというすべてを失いかねないリスクを冒すなんて、理屈に合わない。最初のころからそういう手口でのし上がってきたのなら話は別だが、そんな彼のダークサイドを示す証拠は存在しなかった。

けれどもその証拠は、誰もたどり着けないほど奥深く隠されて、たしかに存在していたのだ。やり場のない悲しみに突き動かされ、強迫観念に駆られた自閉症の天才以外には誰ひとり、その証拠を暴けるだけの時間と集中力を持てはしなかっただろう。

しかし並外れた知力を持ってはいても、ウッディは世間を知らない。アレクサンダー・ゴルディアスというパーセルの隠れ蓑《みの》を突破し、ダークウェブを嗅ぎまわったことでどれほどのリスクを冒したか。それを察するような抜け目なさには欠けていた。

少年に向かって、ベン・ホーキンスが言った。「それで……きみが〈トラジェディ〉というサイトから出る前に、最後に画面で見たものはなんだった?」

ウッディはベンよりも犬のほうを見ていた。「こんな文字が出てきた。〝必ずおまえを見つけ出す〟って。ぼくは机の下にもぐって、パソコンのプラグを抜いた。デスクライトのプラグまで。怖かったんだ。いまでも怖い。馬鹿なことをしちゃった。ごめんなさい、馬鹿なことをして」

メーガンは聞きながら、あらためて目をみはった。この子はまるで、ずっと前から口をきいていたみたいに、もう十一年の沈黙の年月を過去として忘れ去ってしまったみたいに話している。

ベンが言った。「いいかい、ウッディ、きみは馬鹿なことをしたんじゃない。きみがやったのは勇敢なこと、すばらしいことなんだ。勇敢なことをすればどうしても、勇敢な人間を嫌う悪党たちが逆襲してくる可能性はある。これでわれわれが何を相手にしてるかわかった、だからうまく解決できるよ。悪党を追い払うのはきみが思うほど難しくない。楽しめることだってあるんだ」

少年が犬をじっと見つめるあいだ、メーガンはベンを見つめていた──そしてふと気づくと、レトリバーがこちらを見ながら、しっぽを振っていた。

自分に言い聞かせた。この犬はただの犬じゃない。キップは犬であり……ひとでもあるのだ。そのことをわかっていなくてはいけなかった。彼はわたしがどんなふうにベンを見ていたかを見て、そしてわたしが何を感じているか察せるほど賢いのだ。

だしぬけにキップがするりとウッディから離れ、部屋を横切って開いたドアまで行き、その前に立って廊下をのぞき見た。

玄関ベルが鳴った。午前三時十五分という時刻に、玄関ベルが。そしてまた鳴った。

87

三二八号室でリー・シャケットに面会したあと、カーソン・コンロイはすっかり混乱していた。カフェインと悪いニュースで神経が昂り、睡眠不足で目がひりついたが、家に帰る気にはなれなかった。何かを探そうとするように、街なかへ車を走らせながら、何を探しているのか自分でもよくわからずにいた。

シカゴからパインヘイヴンへ移り住んだのは、大都会の狂騒からシエラネバダ山脈の静穏を求めてのことだった。しかし物理的な距離はもう誰にとっても、着々と増殖しつづける現代世界の病巣からの盾にはなりえないというのが真実だ。ただ面白半分にリサを殺したようなギャングどもが小さな町にも現れはじめている。ＳＮＳに集う有象無象が他人のちょっとした罪を本当のことかでっち上げかにもかまわず叩きまくり、セレブばかりかアメリカの片田舎の学校教師の人生までたやすく破滅させられる。ドリアン・パーセルは政府機関と手を組んで、ヒトゲノムを操作する無謀なプロジェクトに金を出し、ユタ州の人里離れた場所で研究を始め――そしていま、このパインへイヴンでも人死にが出ている。

進歩は、人間の経験と英知が積み重なった歴史から自然に思慮深く発展してきてこそ、本当の進歩となる。その経験と英知を無視して上から強いようとするとき、進歩はむしろ根本的な破壊をもたらす。

愛するパインへイヴンの絵のような町並みのなかを流しながら、カーソンは理解しはじめていた。自分が求めたのは、人間の傲慢から逃れることだったのだと。ユートピア思考はしばしば災厄につながり、空前の規模の大量殺人を引き起こすことは歴史で証明されているのに、あれやこれやのユートピア信者たちが不平を述べたてる、そんな現状から逃れたかったのだ。だがもちろん、思い上がった人間という種のプライドと傲慢から逃れるすべはない。小さな町に引っ込み、友人たちの小さな輪に囲まれて、人生をやり直すことはできる。彼らは自分と意見が合わないからといって同胞たちを黙らせたり罰したりしようとはしないし、他者への軽蔑や自惚れにまで肥大した自己愛が平和への重大な脅威を生み出すことを知っている。だが、大衆にアピールするすべてのろくでもないアイデアから免れられるほど遠く離れた町は存在せず、それを防げるほど高い城壁もない。

不死は大衆にアピールする。パーセルの出資した研究がすでに、九十二人に加えて男女二人の死を引き起こしたことが明るみに出たとしても、いまの風潮でならおそらく、パーセルは今後も有名な篤志家として持ち上げられつづけるだろう。

またパインヘイヴンの中心部を走っているとき、風の吹きすさぶ夜の闇に、複数のサイレンの音がとどろいた。〈フォー・スクエア・ダイナー〉の前に停まっていたパトカーがいきなり発進し、警告灯を点けて走りだす。もう一台のパトカーが保安官事務所わきの路地から飛び出し、一台目を追っていった。

カーソンは車を道路わきに寄せ、当直管理者のカール・フレデットに電話をかけた。悪い知らせがあるとは予期していた。しかしこれほど悪いとは思わなかった。リー・シャケットが郡立病院の部屋から逃亡した。フェントン保安官補の行方が知れない。おそらく囚われているものと思われる。現場にあった血の量から判断すると、重傷を負っているか、すでに死んでいるだろう。

犯人がこの世界では異質な存在で、しかも未知のレベルの脅威へと急速に〝変化〟しつつある状況では、法機関は実際の盾でありつづけることはできない。それはただの幻想にすぎない。

だが保安官はその現実を認めないだろう。あの男の下で働いている者たちも。その上にいるパインヘイヴン郡のお偉方も。メーガン・ブックマンに真実を知らせなくては。そしておそらくカーソン以外に、その真実を伝えられる者はいない。

88

玄関ベルが鳴り、キップは二階の廊下へ駆け出していくと見えなくなり、メーガンはナイトテーブルの上から拳銃を手に取った。

ベンはレトリバーのあとを目で追いながら言った。「それは必要なさそうですよ。キップは興奮してるが、あれはうれしくて興奮してるんです。玄関に来たのが誰かわかってるし、怖がっていない」

「玄関に誰が来てるなんて、どうしてわかるの?」

「においじゃないですか。犬は人間のにおいを覚えたら、何キロも先からにおいでわかるといいますし。だからひとりで留守番させたあとに家へ帰ると、いつも玄関ドアのところで待っててくれるんです」

それでもメーガンは、ここで動かずにいてとウッディに言い、ベンのあとから廊下へ出た。

ベンはもう彼女のことをよくわかっていたので、銃をみだりに使うことはないと確信できた。階段を一段飛ばしに下りながら言う。「本当は後方支援のほうが好きなんですがね」

キップは玄関ドアの左手の、割れていない採光窓の前にいて、しっぽを振るだけでなく全身をくねらせ、興奮のあまりその場で飛び跳ねていた。

三十代の女性が窓の向こう側にしゃがみ、犬をのぞき込みながら、満面の笑みで声をかけていた。何を言っているのかベンには聞こえなかったが、レトリバーの名前を知っていることだけはわかった。

ドアを開けると、女性が目を上げた。「ああ！　ごめんなさい。よかった、キップを見つけてくださったのね。あたしはローザ。ローザ・レオンといいます。あたしはキップの……この子の保護者なんです」

犬がこの再会でこれほど喜びをあらわにしているのを見て、ベンはよかったと思いながらも、刺すような寂しさに襲われていた。一日足らずのうちに、ベンとこの驚異のレトリバーのあいだには絆が生まれていた。このままキップの一生から、彼のストーリーから切り離されてしまいたくはなかった。

ローザ・レオンは玄関から入ってきてひざを突き、キップが鼻をすり寄せる。ベンは訊いた。「いったいどうやってここまで？」

「特製の首輪です。GPSがついてるので」

ベンがしつこい風に向かってドアを閉めようとしたとき、白のフォード・エクスプローラーが家のほうに向かってくると、ローザ・レオンが乗ってきたとおぼしきリンカーンMKXの後ろに停まるのが見えた。ドライバーがヘッドライトを消した。

「普通のワンコじゃないですね、この子は」ベンは言いながらドアを閉め、採光窓からフォード・エクスプローラーを見守った。

ローザはキップの耳の後ろをずっと掻《か》いてやっていた。「ええ、とてもよく訓練されてるんです。ほんとうに賢い子で。いろんな芸を覚えてるし」

「芸どころじゃありません」ベンはエクスプローラーから降りてくる男をじっと見ていた。「彼はサーカス犬なんかじゃない。まったくちがう何かだ」

ローザが顔を上げ、眉をひそめて言った。「おっしゃることがよくわかりませんけれど」

「よくわかってるはずですよ」ベンは精いっぱいにっこり笑ってみせ、言葉から角を取ろうと努めた。「あなたは彼を守ろうとしてるんです……彼の秘密を」

新来の男が家に向かって近づいてくる。

ベンは銃の携帯許可証を持っているが、いま拳銃はレンジローバーに置いたままだった。

「メーガン、また新しいお客です。こっちへ下りてこられますか?」

さっと首をめぐらして彼女が踊り場から下りてくるのを確かめたとき、ウッディが階段の下り口にいるのが目に入った。

メーガンの手に握られた拳銃を見て、ローザが立ち上がった。「何が起こってるんです? どういうこと?」

「ここじゃ何も起こってませんよ」ベンは言った。「ただ、いま歩いてきてるあの男はわからない。わきへ寄って。メーガンの後ろに隠れて」

男がポーチまで来ると、ベンが言った。「メーガン、知ってるひとですか?」

メーガンが採光窓越しに外をのぞくと、相手の男はうなずいてみせた。「何度か見かけたことがあるわ。町の職員みたいなひとじゃないかと」

「油断しないで」ベンが言って、ドアを開けた。

男は名刺を持っていた。「ミセス・ブックマンにお会いしなくては。緊急の用件で」

名刺によると、男の名はドクター・カーソン・コンロイ。パインへイヴン郡の検死官だった。

「彼女にどんな用件が?」ベンが訊いた。

「リー・シャケットが郡立病院の精神科病棟から逃亡しました」

キップがローザ・レオンにくるりと背を向け、階段を駆け上がってウッディのもとへ急いだ。

遠くから響くサイレンの悲鳴が大きさを増してきた。

〈M通信《ワイアー》〉のベラ

カリフォルニア州サンタローザ。モンテル家のファミリールーム。

ベラはやっと『ピーターと象と魔術師』を、自分が取り出してきた本棚の同じ場所へ戻した。

すごくいいお話だったから、じゃまが入ってほしくなかったのだけど。

でも、じゃまはたくさん入った。

たしかに、何かがどこかで起こっている。

歴史が今夜、つくられようとしている。

〈ミステリアム〉の文化と歴史は、文書を通じて世代から世代へ伝えられることはない。その担い手たちは字が書ける手を持っていないから。

その文化は声によるものだ。テレパシーによる会話を〝声〟と言っていいのなら。彼らはお話を世代から世代へと、篝火《かがりび》を囲んで集まるように、〈ワイアー〉を通じて伝えていく。

彼らが知るその歴史は、四世代前にしかさかのぼれない。時間にすれば五十年ほどだ。いくら賢くても、その歴史を声で伝えることが神聖な義務だと思っていても、いまあるすべてが信頼できるわけでないのはわかっている。

ある話が友人から友人へ伝えられると、どうしても伝言ゲームみたいに細かな部分が変化してしまう。

これは誰かが嘘をついたということではない。

そもそも犬は嘘をつかない。というか、つけないのだ。

それでも語り直せば、細部は変化する。記憶もやはり人間のそれと同じで、全面的に信用はできない。

だから彼らの歴史もある程度、神話のような様相を帯びる。

その起源に関しては、どの話も創世のくだりは人間に行き着く。

伝説に従うなら、彼らの種の最初の出どころは遺伝子研究所だった。知能を高める実験から生み出されたのだ。

その研究にはペンタゴンが出資していたという。

軍は知能の高い犬を創り出し、都市部での戦闘でスパイや偵察をさせようと考えていたのだ。

伝説には、そうした実験が行われていたらしいカリフォルニアのいくつかの場所の名前が出てくる。

熱心な〈ミステリアム〉のメンバーたちが、自分たちの文明の揺籃《ようらん》の地かもしれない場所をすべて訪ねてみたが、研究所は見つからなかった。

見つかったものといえば、住宅団地、スーパーマーケット、みすぼらしいショッピングモール、スポーツクラブ、ただの沼沢地。

老人ホームもあった。踊り子がポールダンスを踊るストリップクラブも。野球場やサッカー場を備えたスポーツ公園も。

もちろん秘密の施設ということで、地下にあるとか、何かしら偽装されているとも考えられた。

しかし犬特有の嗅覚を前に、隠しおおせられるものは何もない。犬の鼻はこれまで生まれた刑事や探偵の知恵すべてを合わせたより多くの手がかりを彼らにもたらした。

それでも、秘密の研究室の存在を示すものはひとつとして見つからなかった。

そして〈ワイアー〉にニュースがつぎつぎ飛び込んでくる今夜、ベラは歴史がつくられつつあるのを感じ取った。これまで想像してきたどんなものともちがった歴史が。

何かがどこかで起こっている。

何か大きなもの、すばらしいものが。

まさに今日、パインヘイヴンでキップが〈ワイアー〉を使える少年を見つけた。

シェパードのヴァルカンが、これまで知られていなかった仲間の犬たちのコミュニティが南カリフォルニアに存在すると伝えてきた。

サンノゼのイシカワ家で、シーザーとクレオに健康な六頭の子犬が生まれた。

ほんの三十分前には、バレーホのナンシー・ペルッの家にいるルーシーとリッキーが、五頭の子どもの親になったという報告が届いた。

過去三、四年を合わせたよりも多くの仲間が、たった一日で生まれたのだ。

そしていま、はるばるオレゴンから、遠いラ・ホヤのヴァルカンのものとほとんど同じ送信が〈ワイアー〉を通じて飛び込んできた。

そのジンジャーという雑種犬によると、コーバリスの町周辺に四十頭からなるコミュニティが暮らしているという。

オレゴンのグループはずっと以前から、〈ワイアー〉――彼らは〈ネットワーク〉と呼んでいた――を通じてほかのコミュニティとの連絡をとろうと試みていたが、何年も成功していなかった――いまのいままでは。

事件に事件が相次ぎ、ベラの興奮はますます高まった。

就寝中のモンテル家の家族をよそに、落ち着きなく家のなかを動きまわった。

飲み水のボウルまで行く。

自分用のクッキーがしまってあるキッチンの引き出しまで行く。

ファミリールームの隅にある自分用のおもちゃ箱まで行く。

水もクッキーもおもちゃもほしいわけではない。

初めはどうしたいのかわからなかった。

でも、やがてわかった。走りたいのだ。

これだけの朗報がうれしくてたまらず、とてもじっとしていられなかった。

ファミリールームからだっと走り出た。一階の廊下を駆け抜ける。

リビングルームをぐるぐる駆けめぐり、ソファや肘かけ椅子に飛び乗っては飛び降りた。キッチンに入った。ペット用ドアをくぐる。ポーチを横切る。庭を何周も何周も、まるでレース場みたいに走りまわった。

家に戻ると、キッチンの床の冷たいタイルの上にぐったりと寝そべり、幸せな気分で、舌を垂らしてハッハッとあえいだ。

しばらくして体力が戻り、水を飲んでから、二階へ駆け上がろうかと思った。アンドレアとビルを起こしたい。ラリンダを、サムを、デニスを、ミリーを。家族みんなを。愛するひとたちを。

この喜びをみんなと分かち合いたい。

でもそれはできない。

みんなベラにどれほどの知性があるかを知らないし、ベラは言葉を話せない。みんなは〈ワイアー〉が使えない。

みんなを愛しているし、みんなが愛してくれている。

それでもいまこのとき、ベラの弾けるような喜びの底には、孤独であることの静かな悲しみがあった。

自然とは緑の戦場で、弱者は永遠に強者の餌食にされつづける。自然は何も顧みないし、地球も顧みない。どれほど美しくてもやはり苛酷な場所で、その上に生きるものには無関心だ。

大切なのは精神だ。精神は顧みるし、精神は愛する。精神が果たす最高の役割とは、この苛酷な場所をより良い場所に変えることなのだ。

精神が——そして心が——人と犬とを何万年ものあいだ結びつけてきた。生きるための同盟を、世界の闇に立ち向かうための愛情という盟約を打ち立ててきた。

犬の精神が変化を、大きな飛躍を果たせば、犬と人間との絆もいつの日か、この数千年間よりずっと強固なものになるかもしれない。

オレゴン州コーバリスにコミュニティが存在することを伝える新たな〈ベラ報〉の文面を考えながら、ベラは望んだ。いつかウッディという少年だけでなく、もっと多くの人間が〈ワイアー〉に加わってくれることを。

いよいよその時機が来て、アンドレアとビルとラリンダとサムとデニスとミリーにも、わたしのすべてを知ってもらえることを。

〈ミステリアム〉の謎が解き明かされるまで、わたしが長生きできることを。

なぜわたしがこんなふうに生まれついたのか、そのことにどんな意味があるのか、これからどこへ向かっていくのか。その謎がわかることを望んだ。

ベラは自分用のおもちゃ箱から、風味をつけた硬いゴム製の骨をくわえ取った。

どれほどの存在であっても、彼女はやはり犬だった。

このおもちゃの骨は人間が考え出し、人間が作り、愛情の表現としてベラにくれたものだ。だから家族がみんな眠って、ひとりぼっちのときでも、それは彼女を慰めてくれた。

ミステリアム

木曜日、午前四時——

89

ウッディはこれまで経験したことのない世界にいた。自分自身にも、いっしょにいるほかの誰にもいたたまれなさを感じない世界に。彼がこの親密さへの不安をキップに伝えると、キップはこの親密さがなくてはならないものだとウッディに伝えてきた。ウッディの奥深くにある結び目がほどけていた。以前はそこにどんな結び目があったのか、心理的なものか身体的なものなのか、その両方なのかどうかもわからなかった。どんなふうにほどけたのかもよくわからない。ただ、〈ワイアー〉という、彼とキップがおたがいに自分を開け放つための手段が、その二つの目的だけでなく、三つめの目的にも役立ったことはわかった。〈ワイアー〉は単にコミュニケーションと迅速な教育の手段というだけでなく、変化をもたらす神秘のツールでもあったのだ。キップはその三つめの目的を、〈ワイアー〉がどのように働いてそれを果たすかを知っている。ウッディはそう直感した。そのことを、どうして自閉症というゴルディアスの結び目がほどけたのかをこのゴールデンレトリバーから説明してもらいたかった。でもいまはそのときではない。

今現在、この家にはウッディのほかに四人の人間がいた。ママと、それにベン・ホーキンス、ローザ・レオン、カーソン・コンロイ――この三人は一時間前まではまったく知らないひとたちだった。それに犬が一頭。みんなもう知らない誰かではなく、ウッディが自分のことを知ってるくらいによく知っていた。そのうえ、外の至るところに警官がいた。家の前のグリーンブライアー・ロードに駐めてあるパトカーのなかに二人。裏庭の森の近くに駐めてある四輪駆動のＳＵＶに二人。バックポーチの階段の下にあるもう一台のＳＵＶにも二人。

しばらく前にシャケットとかいうやつとあんなことがあったばかりで、またこれだけのことが起こってこれだけの人間がやってきたら、以前のウッディならすっかり怯え、〈ワイヴァーン城〉へ逃げ込んでいただろう。でもいまは逃げたくなかった。たぶんもう二度と逃げたくはならない、そう思った。

そのひとたちが全員、警官をのぞいてリビングに集まっていた。窓のカーテンはぜんぶ閉めきり、誰ひとりコーヒーをいれようとも、ブリキットおばさんの美味しいマフィンを出そうとも言いださなかった。みんな急いで話さなくてはいけないことがあった。特にミスター・コンロイは、シャケットが逃げ出したこと、古細菌のこと、ユタ州スプリングヴィルで九十二人が死んだことを話した。ミズ・レオンはドロシーとキップと〈ミステリアム〉のこと、莫大な遺産を受け継いでキップの法的な保護者になったことを話した。どれもすごくわくわくさせられる、冒険小説みたいな話で、でも恐ろしくもあった。ウッディはキップの頭をひざにのせて座りながら、ダークウェブと〈トラジェディ〉というサイトのことを訊かれたらいたたまれない気持ちになるだろうと想像していたけれど、そうした話はためらいもなく口をついてあふれ出てきた。この六十週で見つけ出したことぜんぶ、そして父親のために正義の裁きを求めることで得られた満足感。彼は自分自身に驚き、そしてふと思った……もしつぎの夕食で、野菜やポテトや肉をひとつのお皿に盛って出されたとしたら、別々の食べ物がおたがい触れ合っているのを見て、やっぱり以前のように気持ちが悪くなるのだろうか、それとも普通の人みたいに食べられるようになるのか。

全員が何より急いで言わなくてはならないことを言ってしまうと、不安げな沈黙が部屋じゅうに満ちた。でも、みんなが少しのあいだ言葉をなくしたのはたぶん、ウサギ穴に落っこちてびっくりしたせいだったのかも。やがてウッディ以外の全員がいっせいにしゃべりはじめた。そうして自分たちの置かれた状況については意見が一致した。ウッディは蜂の巣を蹴飛ばしたせいで、大変なピンチに陥っている。ウッディがピンチだとしたら、母親のメーガンもそうだ。キップは〈ワイアー〉を使える唯一の人間であるウッディから離れるつもりはない、となればキップも大ピンチということになる。ローザ・レオンは法的にも道義的にもキップの保護者なのだから、やはり大ピンチだ。そしてリー・シャケットが病院でミスター・コンロイにスプリングヴィルでの実験の真相をしゃべったのだから、検死官も大ピンチだ。みんながみんな、いまはドリアン・パーセルの敵になった。そしてこの相手は、自分にとって深刻な脅威になると感じた人間には容赦のかけらもない方針で臨もうとする男だ。

この部屋でただひとり大ピンチではなく、黙ってここを出て普通に暮らしていけるひとがいる。ベン・ホーキンスだ。でもベンはこう言った。自分は以前に何度も大ピンチを切り抜けてきた、振り返ればそれなりに楽しい経験だったし、いつもそこから学ぶことがあった。ここにいるわれわれはおたがいを守り合う仲間で、大きな家族みたいなものになっている、だから自分もそのなかで役割を果たしたい、キップという魔法の一部になりたいのだ、と。ウッディは思った。キップが魔法だっていうのはたしかにそうだけれど、でもベンがぼくのママを見るときの顔は、ぼくもキスしたいと思う女の子を見たらああなるのかなと思わせるような顔だった。もしキップだけじゃなくて、そんな子までぼくの前に現れたとしたらの話だけれど。

ミスター・コンロイが言った。「メーガン、いまのところ保安官はあなたに警護をたっぷりつけていますが、それはシャケットがここへ来ると思ってるからです。あいつが気にかけているのはあなたでも息子さんでもない、自分のキャリアだけだ。シャケットを発見して取り押さえたのなら、保安官補たちをここから引き揚げさせるでしょう。そのあとでもし、ダークウェブの組織の誰かが現れたら……」

「わたしたちでなんとかするしかないわ」ママが言った。

ミスター・コンロイが首を横に振る。「まずいのはそれだけじゃありません。ヘイデン・エックマンはすでに、誰かから指図を受けていて——NSAか、パーセル本人かもしれない——なんの異議も唱えずに管轄権を州の司法長官に譲り渡したんです。もしパーセルがこのダークウェブの殺し屋たちをあなたに——われわれに——差し向けて、じゃまが入らないようにエックマンを買収しようとしたら、あの保安官は喜んで買われるでしょう。そうしたらわれわれは地元の法執行機関に頼ることもできない。前保安官のライル・シェルドレイクに仕えていた保安官補は……まあ、信用できると思います。しかしエックマンはライルの忠実な部下たちを追い出して、事務所の人員を目いっぱい増やした。そのなかにはあいつの腹心も多いし、もしその連中がわたしを警護すると言って現れたら……とてもじゃないがここにはいたくはありません」

「この家から離れるべきかしら？」ママが言った。「でもどこへ行けばいいの？　逃げ出すなんてしゃくだけれど」

「絶対見つからないような場所はどこにもないですよ」ベンが言う。「もしパーセルほどの力のある人間がその気になれば」

「計画が必要だね」ウッディは言った。「お話のなかだと、ほんとうに大ピンチになった人たちはよくそうしてる。いかした計画を立てるんだ」そしてソファから体をずらして下り、キップもいっしょに床に飛び下りた。「ブリキットおばさんがすごく美味しいマフィンを焼いてくれたんだけど。食べたいひとはいる？　コーヒーもいれたほうがいいんじゃない？」

見るからに疲れ、心配そうだったママが思わず短い笑い声をあげ、自分でも驚いたという顔をした。「ねえ、ウッドロウ・ユージーン・ブックマン！　あなたったら、もうりっぱなホストじゃないの」

ウッディの顔に赤みが差したが、それはずっと長いあいだ悩まされてきたのとはちがう、また別の種類のいたたまれなさだった。「コーヒーのいれ方、知ってるよ」と言うと、キッチンへ駆けていき、すぐあとをレトリバーがとことこついていった。

90

風の音は狂気をはらんだ声で、ヘイデン・エックマンはその音の奥深くに、狂犬病に冒されたコヨーテの遠吠えを、悪魔じみたハイエナの呼び声を、邪悪な道化師シャケットの笑い声を聞いたような気がした。いまの逃亡犯はこの風ほど速くて止めようがなく、昨日の午後から迫ってきている雨ほどとらえどころがなく、やつがあの古い映画のドラキュラのようにマントをひるがえし、蝙蝠になって消えていった夜の闇ほどにも暗かった。

血の跡は病院の南側へしばらく続いたあと、三階の窓の下の降下地点からわずか十メートルのあたりで薄れ、消えていた。保安官はその場所に、建物の壁に背を向けて立ち、三人の警官がTACライトを手にコンクリートの歩道やアスファルトの駐車場に落ちた赤い滴を探しまわっているあいだ、ただ待っていた。

弁護士でいたときは、へたを打つと資格を剥奪《はくだつ》されるという以外のリスクはなかったし、おおむね静かなパインヘイヴン郡で保安官補を務めていた五年間も、銃を抜くような場面にはならなかった。敵が構える小火器の銃口に向き合ったことすら一度もない。保安官としての四年の任期も愉快なまま終わるものと思っていた。そのあいだに自分の懐を潤す山のようなチャンスに恵まれ、地元の企業家や慈善団体から感謝のしるしにいろいろな名誉を授かり、法執行官としてふさわしい敬意を向けられ、制服姿の男に目がない女たちから特別な関心を向けられるものと。

それなのに任期の一年目から、しかもまだ九カ月もたたないのに、こんなところで壁を背にして、腰のホルスターに差した拳銃のグリップに手をかけて夜の闇のなかを見回しながら、いつ裸の異常者が襲ってきやしないかとびくついている。しかも相手はただの裸の異常者ではない。絶対に逃げられないという保証付きの拘束具を引きちぎり、百九十三センチ、九十五キロの武装した警官を力で上回って、三階の高さからコンクリートの歩道に転落しても生き延び、死んだか動けなくなったかした男を運び去ったやつなのだ。なんの目的でそうしたのかは、考えたくもない。

自分のパトカーのトランクに三十万ドルと、ひと財産になるほどのダイヤモンドが入っているいま、エックマンは保安官職に立候補したときの計画とはちがった未来のことを考えていた。

この十二時間で三人が殺され、保安官補一人がひどい嚙み傷を負い、メーガン・ブックマンと息子が暴行されそうになった――すべてスプリングヴィルの惨事から逃げ延びたたったひとりの男の仕業なのだ。この混沌ぶりを考えれば、捜査は州レベルか、へたをすると連邦レベルで行われる可能性もある。ヘイデン・エックマンが現職にあるかぎり、まだそうした捜査の結果に多少の影響を及ぼすことはできなくもないだろう。だがもしいまの地位から退けば、たちまちエックマン以上に真実など歯牙にもかけない官僚や政治家どものスケープゴートにされてしまう。

避けようのない昏《くら》い未来に思いをはせていたが、それを断ち切るように保安官補のフリーマン・ジョンソンが駆け寄ってきた。制服の靴の片方が、病院敷地の東の端で発見されたという。あきらかに、リー・シャケットの監視役に任じられて行方不明になった保安官補、サッド・フェントンのものと思われる。

ジョンソンに付き添われ、自分も部下も拳銃のホルスターに右手をかけていて、靴のある場所ではさらに二人の警官が待っているのに、エックマン保安官はまだこの捜査に加わりたくないという思いにとらわれていた。できればより高位の当局に連絡をとり、管轄権を譲り渡してしまいたいが、パインヘイヴン郡で最高位の法執行官はこの自分だ。それは選挙に勝ったことの不幸な帰結だった。

病院東側にある駐車場は、施設スタッフ専用だった。二十台以上はある車両のぴかぴかの側面に風が吹きつけてびゅうびゅう鳴っている。このあいだのどこかに――あるいはどれかの車のなかに――シャケットが隠れているかもしれない。警官ふたりがセダンやSU

Vの列をざっと調べて、逃亡犯はいませんと報告してきた。ただしこのふたりは、好奇心ややみくもな職務熱心さを持ち合わせていないという理由でエックマンが雇った連中なので、きちんと仕事をするとはあまり信用できなかった。

フリーマン・ジョンソンは前任者シェルドレイクの時代からの古参で、シャケットを牛追い棒で取り押さえた当人だけに、頼りにしていいと思えた。落ちている靴を見つけたのもこのジョンソンで、彼が先に立って車の列の前を通り過ぎ、駐車場の外に出ると、敷地をぐるりと取り巻く従業員用の道路に入った。

靴はその道路のわきに落ちていて、ひもの結び目がほどけていた。ジョンソンのＴＡＣライトの光に照らし出された靴はぽつんと寂しげで、もう二度と親に会えないさらわれた子の靴を思わせた。もっともこの靴のサイズは三十センチだったが。

道路を隔てた真向かいに、独立した建物があった。ここは天然ガスを燃料とする加熱・冷却プラントで、四管式のファンコイルユニットを使って病院の冷暖房を一手に引き受け、どの病室や手術室、オフィスでもそれぞれ別々に温度を設定できるようにしている施設だった。

フリーマン・ジョンソンが言った。「やつはここにいます。サッド・フェントンを連れ込んだのはここだ。年金を賭けてもいいです」

加熱《ボイラー》・冷却《チラー》プラントは灰色に塗ったコンクリートブロック製で、金属の屋根がついていた。なかには加熱装置と冷却装置のほか、冷却塔やその他諸々の機械類がある。道路と駐車場の地下にトンネルがあり、なかを走っているのは超冷却された水を病院の空調装置へ送るパイプが一本、超加熱された水を送るパイプがもう一本。さらに二本のパイプが使用済みの水をこの建物まで戻して濾過《ろか》し、また冷やすか熱するかしてリサイクルするようになっている。窓はあまり多くなく、この時間では半分が暗かった。蒸気の厚い塊が冷却塔から立ち上っては風に吹き散らされ、呪われた霊魂の行列のように夜闇のなかへと消えていく。

エックマン保安官はこの場所に足を踏み入れたくなかった。屋根の上に、**《死にたければどうぞ》**というネオンサインがあるようなものだ。フリーマン・ジョンソンは長い警察勤務でずっと求められることをやりつづけてきた人間だけに、すでに拳銃を抜いて建物の捜索にかかる態勢だった。保安官補のハーディとドリューはただの餌食というどころか、ほんとうに馬鹿なのだろう、シャケットを法の裁きにかけてやると意気込んでいた。

エックマン保安官は電話を二本かけた。まず応援を要請し、人員は二名、どちらもショットガンを持ってくるようにと言った。つぎに病院の夜間管理者にかけ、この時間に加熱・冷却プラントで当直をしているのは誰かを問い合わせた。

管理責任者のジャネット・フェギンが言った。「昼間は三人いるんですが、深夜勤務《グレイブヤード・シフト》は一人だけでして。エリック・ノースマンです」

三人のチームとともに、ショットガンを携えた応援の人員を待つあいだ、〝墓場勤務《グレイブヤード・シフト》〟という言葉が保安官の頭のなかにこだましていた。

91

ジョン・ヴェルボツキとブラッドリー・ナッカーがサクラメントの廃ショッピングモールから車に乗ってグリーンブライアー・ロードへ着くまでに、〈アトロポス&カンパニー〉のパートナーたちがパインヘイヴンの状況を調べあげていた。郡保安官事務所の通信システム、税務署のコンピュータファイル内の固定資産記録、郡の選挙人名簿、出生・死亡記録をハッキングして必要な情報を集めたのだった。

午前四時四十三分、ヴェルボツキとナッカーの乗ったキャデラック・エスカレードはグリーンブライアー・ロードを北へ向かっていた。保安官事務所の車両、なかに座っている見張りの警官を見かけても、驚きはなかった。ここまで来る途中に、逃亡犯のリー・シャケットがこの家で凶行に及び、逮捕されたあとでまた逃走したことを聞いていたからだ。依頼人のアレクサンダー・ゴルディアスは、こんな面倒な状況のことは言っていなかった。あっちもどうやら何も知らないらしい。

家の前を二度目に通り過ぎたとき、ブラッドリー・ナッカーがゴルディアスのいまの番号にかけた。応答はなかった。

「ホテルに戻ってひと眠りってところか」ヴェルボツキは言った。「しばらく連絡はつかないかもしれないな」

「どこのホテルか知ってるのか?」

「いや。教えようとしない。こっちが宿泊者名簿にアクセスして、本名だかチェックインに使った偽名だかを調べようとすると思ってるんだろう」

〈アトロポス&カンパニー〉には、殺人請負よりさらに利益の上がるビジネスがひとつだけあった。金を払って殺しを依頼してきたなかから、これぞと選りすぐった相手を恐喝するのだ。しかしゴルディアスは、その正体が誰にしろ、いつも自分の身元につながるような手がかりを残さないようにしていた。連絡のときは必ずいちいち別の使い捨て電話を使う。指紋を採ろうとしても、まるで指紋そのものがないようだった。何かの酸かCO2レーザーで消したのかもしれない。ちょうどヴェルボツキが自分でもやろうかと検討していた処置だった。

「じゃあどうする?」ナッカーが訊いた。この男はヴェルボツキより年下で、計画が時間的な変更を迫られると我慢が利かなくなりやすい。「あの間抜け野郎がつかまるまで、ただぼうっと待ってるのか」

「いや、作戦の基地を確保しよう。そこでこれからの準備をする。それと、依頼主を間抜け野郎とは呼ぶな」

「実際に間抜け野郎でもか?」

「実際にそうなら、よけいにだ」

〈トラジェディ〉と名乗っていた殺し屋の組織は、下賤《げせん》な連中の集団だった。〈アトロポス&カンパニー〉はそれとは対照的に、洗練された人物が積極的な問題解決を図るためのオプション、という位置づけをうたっている。そうしたイメージを保つには、ある種の自制と慎みの感覚が必要なのだ。

自分たちがここまで来たのは、ブックマンの家に侵入して母親と息子を人質にとり、尋問をしたあとで最終的には親子を殺し、死体が決して発見されないよう始末するためなのだから、とにかく慎重にいかねばならない。パインへイヴンのように小さな町だと、モーテルにチェックインすれば、たとえ偽の身分証明書を使ったところで、のちのち捜査員が容易に跡をたどれる手掛かりを残すことになる。

そのかわりに仕事仲間たちが税務署の記録を調べ、ブックマン宅からグリーンブライアー・ロードを南へ一キロ半ほど行ったところに適当な家を見つけていた。所有者はチャールズ・ノートン・オクスリー、四十九年間もその名義のまま変更がない。郡の選挙人名簿に五十六年前から記載されているので、どう若く見積もっても七十七歳にはなっているはずだ。

その平屋建ての牧場スタイルの家は、ハイウェイからぐっと奥まった、杉の木立の陰にあった。まだ午前五時の何分か前という時刻なのに、どの窓にも煌々《こうこう》と明かりが灯っている。

州間高速八〇号線に乗り、コルファックスの南の休憩所で停まると、この州のたいていの荒れた公立学校にあるような汚いバスルームを使おうとした。スーツケースを男用の個室に運び入れたものの、命に関わる病気に感染しかねないと判断して駐車場へ戻り、エスカレードの開いたテールゲートの後ろで服を脱ぎ、下着姿になった。黒のスーツに白のシャツ、黒のネクタイを身に着ける。彼らのベーシックなFBIスタイルは、ほぼいつものことだが、人目を欺くことが求められるときにはきわめて有効だった。

日の出までまだ一時間以上あるパインへイヴン郡で、夜のこの時間帯には似つかわしくない身なりを整え、ふたりはオクスリーの家の玄関ドアに向かって、強い風にも臆さずに歩いていった。ナッカーは短髪なので問題はなく、ヴェルボツキの豊かな頭髪はなでつけるより風で少々乱れたほうがずっと似合った。どちらのスーツも仕立ての良い最高級のウール混で、強風にも型崩れすることはなかった。

照明つきの玄関ベルの飾り座金は、家自体より半世紀は新しく、あきらかにカメラが仕掛けられていた。

ヴェルボツキが玄関ベルの前で愛想笑いを浮かべる。

ナッカーはピリピリして笑うどころではないようだった。パートナーとしては信用できる男だし、殺人技の訓練も積んでいるが、見かけも立ち居振る舞いもあまりに暗殺者然としている。それでもヴェルボツキがブラッドリー・ナッカーの熱心な教師役を務めようとするのは、この若者にはいまの職業で最高の人材になろうという真摯な意欲があると思えたからだった。昨今の若い連中は大概まっとうな労働倫理を持ち合わせず、生まれてからほぼずっとハイテクやSNSにどっぷり浸っているせいで、腹ぺこのチワワほどにも集中が長続きしない。その点ナッカーは集中力があり、ハードワークも苦にしなかった。もし彼がもう少し明るくなり、いかにも信頼できそうな笑みを浮かべ、その前のめりな態度を辛抱強く抑えることを学べば、殺し屋稼業の完璧なパートナーになってくれるだろう。

玄関わきの照明が灯り、玄関ベルのスピーカーから声がした。「なんの用だ?」

「オクスリーさん?　チャールズ・オクスリーさんですね?」ヴェルボツキは風に負けじと声をはりあげた。

「それがどうした」

精巧な偽造バッジと身分証明書の写真を玄関ベルのカメラに向けて掲げながら、ヴェルボツキは言った。「FBIのルイス・アースキン特別捜査官です。二、三うかがいたいことがありまして」

「日が昇ってからじゃだめなのか?」

「お宅の明かりが点いているのが見えたもので」

「訊きたいことってのは?　何がどうしたんだ?」

「今夜のまだ早い時刻に、ブックマン宅で重大な事件がありました」

「ああ、ひと晩じゅうサイレンがうるさくて眠れやせん。あそこで何かあったところで、わしが知るもんか。それでなくても自分の問題が山ほどあるんだ、社会保障の支払いが十四カ月もないこととかな。むだ骨だから帰ってくれ」

ブラッドリー・ナッカーがドアのロックを撃ってぶち破りたそうな目で見ていた。

笑顔でうなずきながら、ヴェルボッキは玄関ベルに向かって言った。「社会保障にどういった問題がおありでしょう？　われわれがお手伝いできるかもしれません」

「十四カ月前から小切手をよこさなくなったんだ、わしが死んでると言ってな。わしの声が死んでるように聞こえるか？」

「十四カ月前に亡くなったのはあなたの奥さんですね」

「なんであんたがそんなことを知ってる？」

自信ありげな薄笑いを装いながら、ヴェルボッキは首を横に振った。「ＦＢＩですから。なんでもわかりますよ。お力になれると思います」

チャールズ・オクスリーは長いあいだ、何も言わずにいた。現代国家の市民たる彼には、それこそ数えきれないほどの実例から、権力のちょっとした行き過ぎがたちまち致命的な行き過ぎに変わるということ、国の代理人が〝お力になりたくて来ました〟と言ってきた場合、七割がたは処罰か強奪が目的であることはわかっているはずだ。しかし人の心理には、自分は権力を代弁する善意の人間だと言いたてる相手に、その場をゆだねたい、何かを信じたいというねじれた欲求がある。たとえその何かが人間らしさを失った働き蜂の群であったり、顔のない機械であったりしたとしても。ヴェルボッキの確信どおり、チャールズ・オクスリーはロックを外してドアを開け、ふたりをなかに招き入れた。

オクスリーは百七十センチ弱だろうか、やせた闘鶏の人間版だった。顔には喪失や苦労や貧しい生活をしのばせるしわがくっきり刻まれ、鷲鼻《わしばな》は折れた跡があり、青い目は挑戦的だった。

背丈は低くても、若いころはボクサーとして鳴らしていたのだろう、簡単な相手ではない。しかしいまはブラッドリー・ナッカーと比べて五十歳は年上で最低でも三十キロは軽く、若い男から腹に一発食らっただけで文字どおり吹っ飛び、背中から壁にぶつかった。

ナッカーがさらにオクスリーの顔に一発か二発くれないうちに、ヴェルボツキは言った。「そこいらじゅうに血が落ちるのはまずいぞ。誰かここへ訪ねてきておとなしく帰ろうとせずに、どうしてもドアを開けなきゃならなくなったらどうする」

ナッカーは呆然《ぼうぜん》としてえずいている老人の肩をつかみ、家の奥のキッチンへ引っぱっていくと、朝食用テーブルの椅子へ押しやった。

ヴェルボツキは地下室に通じるドアを見つけ、明かりを点けて、下までおりて見回した。灯油式の暖房炉があった。これなら爆発炎上を起こさせる装置を簡単に仕掛けられる。

ヴェルボツキがキッチンへ戻ると、ナッカーが言った。「こいつが言うには、子どもはいないし、近所付き合いのある人間もいない」

成人した子どもや近所の人間は、いちばん予告なしに立ち寄ってきかねない存在だ。

ヴェルボツキはキッチンのすぐ外の小部屋へ行き、フックにかけてある長い毛織のスカーフを見つけたが、物入れにもっと適当な延長コードが何本かあった。その一本を持ってキッチンへ行き、オクスリーをくびり殺した。

ナッカーと協力して、死体を地下室の階段へ投げ落とした。ヴェルボツキが明かりを消す。ナッカーがドアを閉めた。

ふたりとも家のなかを歩き、まだ閉まっていないブラインドとカーテンを閉めてまわった。

三台収容のガレージにはフォード・エクスペディション一台があった。ヴェルボツキは空いた区画のひとつにエスカレードを入れ、オクスリーの車のなかに見つけたリモコンでシャッターを閉めた。

戻ってみると、ナッカーがコーヒーをいれていた。

この契約を遂行するには四人の人員が必要だろうということで、〈アトロポス&カンパニー〉から追加の二人がまもなく、必要な荷物を積んだ黒のシボレー・サバーバンに乗ってリーノーを発つ予定だった。三、四時間でここへ到着するだろう。

ヴェルボツキはリーノーに電話を入れた。そして灯油式の暖房炉が不測の事故を起こすための仕掛けに必要な品目のリストを伝えた。

ダークウェブ上の組織である〈アトロポス&カンパニー〉は、表向きには隠れ蓑とマネーロンダリングの目的で、〈スーパーセーフ・トゥモロー〉という名前のハイテク警備会社を経営している。ネバダ州の税法が有利だという理由から、本社はリーノーに置いていた。

ヴェルボツキが言った。「いい香りのコーヒーだ」

「あのじいさん、上等なジャマイカブレンドを飲んでた」ナッカーが言う。「茶さじ一杯のシナモンで風味をつけといたぞ」

92

ローザ・レオンは一日もしないうちに、ごく普通の経済状態の庶民から富豪へ、世界のきびしさを黙って耐え忍ぶ立場から世界にかけられた魔法を信じる立場へ、平凡な暮らしからめくるめく冒険に満ちた暮らしへと移行し、それをすんなり受け入れた自分の順応性に半ばあきれてもいた。

みんながミセス・ブリキットのマフィンを平らげ、コーヒーを飲んだ。特にベン・ホーキンスが戦略と戦術の知識に長《た》けていたおかげで、計画と呼べるものが驚くほどのスピードで組み立てられていった。その前提にあったのは、〈トラジェディ〉の悪者たちがまもなくやってくる——《必ずおまえを見つけ出す》——こと、そしてヘイデン・エックマン保安官は無能なうえに腐敗しているので、まともな警護をつけてはくれないだろうということだった。

二つある客用寝室のベッドに座りながら、ローザはすでに自分の役割を果たし終えていた。アイフォーンでドロシー・ハメルの弁護士――じゃなくて、いまはあたしの弁護士だ――ロジャー・オースティンに連絡をとったのだ。彼が早起きなひとで、日の出の前にベッドから出ることは知っていた。キップのことは、まだあの犬の秘密を知らない弁護士には話さずにおいた。けれどもウッディが父親の事故を調べあげたという信じられないいきさつについては簡潔に説明した。〈トラジェディ〉というダークウェブの殺し屋が発した脅迫のことは話さなかった。そして『息子による復讐――忠実に編纂された怪物的巨悪の検証』という文書を、これからすぐメーガンにeメールで送ってもらうので、安全に保管してほしいと頼んだ。そしてその内容を読んで、絶対に腐敗していないし今後もしないとわかっている法曹界の人物ふたり、判事か弁護士に教えてほしい。

「しかし、あなたはどのようにして、ミセス・ブックマンとその息子さんと知り合ったのです？」ロジャーが甘く深みのある声でたずねた。もしこのひとのことを知らなかったとしても、深い信頼感を与えてくれる声だ。「あなたがそのおふたりの話をなさるのを聞いたことはありませんでしたが」

「ああ、前からの知り合いなんです。もう何十年もたったみたい。あの、ロジャー、ウッディのお父さんが誰のせいで死んだのか、まだ言ってませんでした。あの子のレポートを読めばその名前がわかりますけど、びっくりすると思います。すごく力があって、すごく裕福なひと。ウッディが考え出した夢物語なんじゃないかと思われるかもしれません。でも、誓ってそうじゃないの。追加の証拠もどんどん出てくるはずです」思わずこうつけ足さずにいられなかった。「犬に食わせとけ、なんて話じゃないんです、ロジャー。とにかく、あの文書を読んで、検討してください。どうしてもあなたのアドバイスが必要なの。ウッディが探し出した真相が世間に信用されて、しかるべき措置がとられるようにするために、あたしたちはどんなふうにことを運んだらいいのか。この話がマスコミに取り上げられて広まるまでは、メーガンとあの子が安全にいられるとは思えません」

電話をしたことで、ローザがこの計画に貢献できることは当面終わったものの、今日の午後になればまた自分の役目がある。いまはこの客用寝室のベッドに体を伸ばし、そのときに備えて休んでおかなくては。でもこんなに興奮してしまっているのに眠れるだろうか。そう思いながらも、彼女は眠りに落ちた。

93

ローザ・レオンが電話でロジャー・オースティンと話しているあいだに、カーソン・コンロイは友人のハリー・ボーセロ宅を訪れていた。ハリーの家はパインヘイヴンの東の外れにある。彼はレストラン〈フォー・スクエア・ダイナー〉のオーナーで、朝になって混み合う店の様子を見るついでに、自分も朝食をとるつもりで出かけるところだった。

カーソンとハリーが友人付き合いをしているのは、どちらも自家製ベーコンが好物だからというだけでなく、同じポーカークラブの仲間で、同じ教会に通い、自然への愛を分かち持っていて、さらに男やもめだったからだ。三年前、ハリーは妻のメリッサを亡くした。意味のない通りすがりの銃撃ではなく、やはり意味のないがんという病魔のために。そしてカーソンは、ハリーが最悪の悲しみから立ち直るのに手を貸したのだった。

いま彼は、ハリーのあとについて、家の裏手にある納屋へ向かっていた。低く垂れ込めた雲が沸き返り、松の木がざわざわとそよぎ、ゆるやかに近づいてくる夜明けが地球最後の日だとでもいうように、夜の生き物たちがそれぞれの巣穴や枝の陰で身をすくめている。

以前のオーナーはこの納屋を厩舎《きゅうしゃ》として使っていた。ハリー・ボーセロは馬は苦手だが、馬力のあるものは大好きで、快適なオートキャンプも趣味にしていた。それで馬房の壁を取り外し、自分の車のコレクションを収める場所にした――ファストバッククーペの一九七〇年式フォード・マスタング・マッハ1ツイスター。一九七六年式コルベット・スティングレイ。一九六八年式ポンティアックGTO。一九七一年式ダッジ・チャージャー・マグナムV8。新型のフォードF－150クルーキャブピックアップ。さらに全長十メートルのキャンピングカー、フリートウッド・サウスウィンド。

ふたりはこれまでに二度、このキャンピングカーで一週間の休暇に出かけた。一度目は南のヨセミテへ行き、二度目は北のシャスタ湖で釣りをした。カーソンがこれを借りて、ネバダからユタにかけてソロキャンプに行ったこともある。そしていまもう一度、この車を貸してほしいと持ちかけたのだった。

ハリーが納屋に入って明かりをつけ、人ひとりが通れるくらいのドアを閉めた。「今度はどこへ逃げ出そうっていうんだい?」

「まだ決めてなくてね」カーソンは言いながら、その嘘を後ろめたく感じた。だがいまは、この車を何に使うかを知らずにいるのがハリーにとってはいちばんいい。「ほんの三、四日だよ、メンドシーノ岬あたりまで行くかな。海でも見たい気分なんだ」

「あそこなら風もだいぶ弱いはずだ」ハリーが言う。「それにこっちが雨になったら、雨雲は南南東に動くから、向こうは晴れるだろう」

ハリーが車のキーをカーソンに渡し、リモコンを使って大きな扉を巻き上げると、納屋の太い梁がうめき声をあげた。尖った屋根のてっぺんにある疾走する馬をかたどった大きな風見が激しく回転し、キイキイと甲高くリズミカルな、黙示録の獰猛な四騎士のひとりが乗ってでもいるような音をたてていた。

「おまえさんが出ていったら、エクスプローラーはここで預かっとく。もしこのフリートウッドをおしゃかにしても、まちがっても自殺なんぞしないでくれよ。新しいのを買ってもらうのに生きててくれなきゃ困る」

「あんたは最高の友達だよ、ハリー」

「それにポーカーをやるのも、毎晩毎晩すっからかんになってくれるおまえさんがいないと、張り合いがなくなっちまう」

「あんたがあの哀れな安食堂じゃぜんぜん稼げないのはよくわかってるからな」とカーソン。「だからカードじゃあんたに勝たせてるのさ。慈善事業ってやつかな」

カーソンはフリートウッド・サウスウィンドに乗ってまっすぐ自宅へ向かい、車回しにキャンピングカーを停めた。家とのあいだを何往復かして、自宅の冷蔵庫から水のボトルにコカ・コーラ、ペパロニとチーズのピザ四枚をキャンピングカーの冷蔵庫へ移した。

リビングの暖炉のマントルピースの上から、小さめのリサの写真を一枚、いっしょに持っていこうと手に取った。フレームから写真を外し、折りたたまずに上着のポケットにすべり込ませる。

まもなく訪れる決着が荒っぽいものになったとしても、今日の木曜日という日が金曜日に変わる前に、自分が死ぬとは思えなかった。それでもリサの写真を持っていたい。もし万一そのときが来るのなら、その前に一瞬でも、彼女の顔を見て死にたい、と思った。

94

ローザ・レオンが部屋に落ち着いて仮眠をとり、カーソン・コンロイがハリー・ボーセロからキャンピングカーを借りているあいだ、ベン・ホーキンスは自分のレンジローバーを、つぎにローザのリンカーンＭＫＸを、ブックマン宅に隣接する四台収容のガレージの区画へ移動させた。

カーソンによるヘイデン・エックマン保安官の辛辣な評価に影響されたのだろうか、警官たちの態度や能面のような表情、冷たく刺すような視線からは、この連中がここにいるのはシャケットが戻ってくるのを警戒するだけでなく、この家にいる人間たちを監視下に置きつづけるためでもあることが感じとれた。

ベンはローバーからスーツケースを引っぱり出した。家まで持っていき、二階にあるもうひとつの客用寝室まで運び上げる。ケースには衣類や洗面具に加え、愛用の拳銃が入っていた――ナイトホーク・カスタム・四五ＡＣＰ。フレームにスライド、銃身、拡張マガジン、マガジンリリース、スライドストップは鋳造ではなく鍛造されたものだ。堅牢な手工品のような、あと百年もすれば完璧になるだろう３Ｄプリンティング技術で作られたようなマシン。これまで持ったなかでは正確さも信頼性も最高の拳銃だった。

ベッドに腰かけて、銃と予備のマガジンに弾をこめた。カイデックスのホルスターをベルトに通し、拳銃を差す。当面は上着を羽織ってこれを隠すつもりはなかった。拳銃の携帯許可証は持っているし、この家に割り当てられてきた警官や応援の人員に何か良からぬ意図があったとしても、こちらから抵抗があるかもしれないと思わせれば、ばかなまねはしづらくなるだろう。

睡眠はオリンピック・ビレッジのモーテルで、キップに起こされる前に一時間ほどとったきりだった。ダークウェブの殺し屋が来たときに冴えた状態でいるには、もう少し寝ておく必要がありそうだ。もし〈トラジェディ〉の殺し屋どもが不始末の片をつけにやってこなかったとしても、別のやつらが来る。そもそもドリアン・パーセルにプロの殺し屋を動かせるだけの力があるのなら、いくらでも代わりの強硬な手段をとることができるはずだ。

眠る前に、家のなかをひと巡りして部屋の配置に慣れておきたいと思い、ドアや窓が適切にロックされているか確かめながら、敵が奇襲をかけるつもりならどの場所から押し入ろうとする可能性が高いか調べてまわった。

ローザ・レオンが眠っている客用寝室はそっとしておいたが、ほかの部屋をチェックしたとき、二階の窓の一部が防犯システムにつながっていないのに気づいた。ポーチの屋根を見下ろす窓は、梯子を使えば手がかけられるのに、アラームが接続されていない。防犯システムの会社にありがちな愚かしい慣習だ。業者を呼んで配線をやり直させている時間はないので、サッシを閉めて動かないよう釘を打たなくては。それには三十分かかる――メーガンの許可も必要だ。

彼女は一階の書斎で机に向かい、百四ページに及ぶウッディのレポートを読みふけっていた。いまはじゃまをしたくない。一階のドアと窓はどこもきちんとアラームにつながっていた。入ろうとするならガラスを破るしかない。ガラス破壊センサーがついているし、

だろう。予備のバッテリーも備えているので、もし電気が切られても数時間はシステムが作動する
細い廊下を通るとき、壁にかけてあるメーガンの作品を見るうちに、ベンは次第に惹き込まれていった。そしてどの絵よりも虜《とりこ》にされたのは、アトリエで制作中のカンバスだった――月明かりのなかで、鹿にリンゴを食べさせているウッディの絵。
その絵を見た瞬間、おれは生涯かけて探していた女性を見つけた、そう思い定めた。ベンはロマンティストだった。自分でも否定はしないし、言い訳をする気もない。いろいろ癖の強いところはあったものの、ブレナデン・セプティマス・ホーキンスの両親はたがいに愛し合っていて、名前は妙でもバランスのとれた、幸せな子どもを三人育てあげた。ベンは母親みたいな女性は正直ごめんだし、父親ともタイプはちがったが、あのふたりのようにぴったりくる相手がいればと願ってきた。メーガンにはひと目見たときから惹かれてはいたが、女はルックスが何より大事だというような男ではない。外見的には美しくても、その下の内面が醜いどころかそれ以上に悪い女、いっしょに人生を送るのは空虚すぎて耐えられないような女もいる。並々ならぬ精神力、知恵やウィット、善良な心、これだけの美点が備わったメーガンのような人間に出会うのは初めてだった。そしてこの絵からは、彼女が世界の美しさを、ただ表面的な輝きだけでなく、その本質を見ていることがうかがえた。なぜなら彼女がこのカンバスに描いているのは、目で知覚した現実ではあっても、目だけでは認識できない現実の層をさらに深い洞察力と直観で捉えて表現したものだから

だ。主題とはうらはらに、これは感傷的な作品ではない。たしかに月明かりがつくり出す幻想的な光景ではあるが、これはわれわれ人間が求めてやまない平和のもろさと、いつ迫ってくるかしれない暗闇をともに表現する絵でもあった。

ネイビーシールズの一員として、自国のために戦い、死んでもいいという覚悟でやってきた。だがこの数時間をメーガンとウッディ、キップと過ごしたことで、両親の実家で感じていたような、自分たちは家族だという感覚がどんどん強まり、すっかり圧倒されていた。とどのつまり、国のために戦って死んでもいい、人生が生きるに値するという気持ちの根底にあるのは、家族を守ること、ただそれだけだったのだ。

95

ベンが書斎の開いたドアの前で足を止めるのと、メーガンがベンを捜しに行こうとするのが同じタイミングだった。彼女が椅子を回し、パソコンに背を向けて言った。「例のアドレスを入れて、ダークウェブの〈トラジェディ〉のサイトに行ってみたのだけど、ウッディのレポートにあったスクリーンショットとまったく同じ。そのあと急に真っ暗になって。いまはもうサイトはなくなったみたい。二度とつながらなくなったから」

「店じまい？　テントを撤収してずらかっちまった？」ベンは言いながら、机に近づいていった。

「たぶんそう」メーガンはその可能性に頼ろうとした。「自分たちが見つかったとわかったら、店をたたんで夜逃げしたくなるのじゃない？　お得意のリストさえあれば、また新しいアドレスで、別の名前で店を開けるもの。ウッディがやったことも、向こうには大したことじゃないのかもしれないわ。あっちにとっては不都合ではあっても大惨事ではなくて、わたしたちを追いかけてくるほどのことじゃないのかも」

ベンはかぶりを振った。「やつらが追跡システムをたどってウッディのパソコンにたどり着いたのなら、ここに誰が住んでいるかはわかるし、自分たちの殺しのリストにあなたの夫がいたこともわかる。しかしあなたがどうして自分たちのことを知ったのか、確かなところはわからない。そうして何よりも、あなたが顧客リストを持っているのじゃないかと心配になる」

「そんなものはないわ。ウッディがやつらの存在を知ったのは、パーセルのｅメールにハッキングして、ゴルディアスのＩＤを通じてパーセルと〈トラジェディ〉のつながりをつきとめたから。あの子は完全な顧客リストなんて持ってない、あるのはパーセルに不利な証拠だけ」

「それでもやつらは確かめないわけにはいかない。そのためにここへやってくる」

「警護の警官が六人もいる場所へ？　無理よ」

「かもしれない。しかしシャケットが見つかって殺されるか、また逮捕されるかしたら？　そうなったら保安官は警護を引き揚げさせる」

メーガンは疲れていた。疲れをぬぐい取れるかもしれないというように、片手で顔をこすった。「じゃあ、計画どおりに進めないと」

「少なくとも計画はあるしね。それにここへ来たらどんなことが起こるか、やつらには絶対に予測できない」

96

ローザ・レオンが睡眠をとり、カーソン・コンロイがハリー・ボーセロの家をキャンピングカーに乗って出ていき、ベンとメーガンが一階で相談をしているあいだ……キップはウッディといっしょに少年の部屋にいた。床の上に体を伸ばし、歴史の懐に抱かれて。

歴史家はしばしば、文明の転換点というものをまばゆく大げさに、仰々しい音と華々しい光に満ちたもののように言いたてる。

だが実際には、戦争を始める、平和を求めるといった決定は、往々にして静かな部屋でなされるものだ。

病気の治療法は、テレビカメラも背景の音楽もない研究室で、時間をかけて開発されてきた。

キップとウッディは〈ワイアー〉につながっていた。

立て続けに発せられた直近の〈ベラ報〉の余波のなか、ふたりはいま、歴史の転換点にいた。

自分たちこそが、歴史の転換点なのだ。

キップにはそのことがわかっていたし、ウッディにもわかっていた。〈ワイアー〉に加わった全員がわかっていたけれど、仰々しい音も華々しい光もなかった。

キップが状況を説明し、こちらで立てた計画どおりにしてほしいと訴えたが、主役はウッディだった。

〈ミステリアム〉の犬たちは、全員ではなくてもその多くが、彼らの秘密を知る人間たちとともに暮らしている。

彼らはおたがい意思を通じ合わせるために、ドロシーが考え出したアルファベットの壁のような巧妙な手段を、あれこれ工夫していた。

しかし彼らが人間と直接話すことができる機会は、これが初めてだった。

彼らの興奮レベルは高まったが、みんなが一度にしゃべるようなことはなかった。

彼らには規律と思いやりがある。彼らは犬なのだ。

彼らの言葉はどれも、頭のなかに思い浮かべたあとテレパシーで伝えられ、それぞれの犬の人間の相棒か、テレビの俳優に似た声をしていた。

〈ワイアー〉を通じたウッディの声は、キップとふたりでいるときのウッディ――長い長い沈黙から解き放たれたあとのウッディの声と同じだった。

キップはテレビのあるゲーム番組の司会者のような声だった。

歴史的瞬間には、歴史家が気にもとめないいろいろな瞬間とまったく変わりなく、ひとつや二つのばかばかしい振る舞いも含まれるものだ。

訴えが終わってその返答を受け取り、キップとウッディが〈ワイアー〉を切ると、犬が少年を噛んだ。

それは遊びの甘噛みで、皮膚を傷つけるようなことはなかった。

ウッディはウーと唸り、歯をむき出した。

キップもウーと唸って、より大きく歯をむき出す。

ふたりは手と前足を振りまわして取っ組み合った。

ウッディが跳ね起きた。隣のバスルームへだっと駆け込む。

キップが少年のあとからバスルームにすべり込んだ。

ウッディがくるりと反転してバスルームから出ると、ドアを引いて閉めた。

キップの黒い鼻先がドアと床の数センチの隙間からのぞき、フンフンと激しく音を鳴らした。

ウッディは床に伏せて、その鼻を指でいじくった。

キップが我慢できなくなってウーというと、ウッディはドアを開けた。

少年がベッドに飛び乗り、カバーを頭の上まで引き上げる。

キップもベッドに飛び乗り、ブランケットのひだが見つかるたびに鼻面を突っ込み、くるまってくすくす笑う相棒の居所を捜しつづける。

どこででも見られる、犬と少年の遊び。自分たちが歴史の車輪を回す梃子《てこ》となったあとも、暴力の一夜が終わってもっと悪い昼間を連れてくるはずの夜明けを迎えようとするいまも、その無垢さは変わらなかった。

97

保安官と三人の保安官補は、ショットガンを持って応援に来るはずの二人を待っていた。そのあいだにも郡立病院の裏手にある加熱・冷却プラントはさらに不吉な雰囲気をまとい、ヘイデン・エックマンにとっては凶々《まがまが》しい伏魔殿に、宿命に導かれてきた埋葬室になっていた。暗い窓の向こうには、単に明かりの消えた部屋にはとどまらない不穏な何かが、いったん足を踏み入れれば二度と逃げ出せない底なしの空隙が待ちかまえているようだ。明

る い窓も暗い窓と同じくらい心強さは感じさせず、その光はどこか異世界じみた邪悪さを帯びていた。

絶え間なく吹きつける風が目をちくちく刺し、皮膚をかさつかせ、唇を荒らすばかりか神経もすり減らしてくる。ジャスティン・クラインマンの嚙みちぎられた顔の記憶のように、三階の窓の下の歩道に残されたサッド・フェントンの血痕のように。いまになって、あの法律事務所を閉めたのはとんでもない失敗だったのじゃないかという気がしてきた。弁護士試験は三度受けてやっと通ったぐらいで、すべって転んだだけの人身傷害から賠償金をしぼり出す法律ゴロのような仕事しかなく、依頼主がたびたび調停で手を打ったり料金を値切ったりするせいで収入も限られていた。だがそうした仕事では少なくとも、顔や体のどこかをかじられるような目にあうことはない。

赤と青の光をまき散らすなか、それでもサイレンは鳴らさずに、待ちかねたパトカーが到着した。警官ふたりがごそごそと降りてくる。さっぱりした顔、ひょろっとした体つきで、ショットガンを持ってはいてもその頼もしさたるや、いっぱしの男を気取ったハリウッドの青臭い若手俳優並みだ。このふたりもエックマン自身が雇ったのだが、いかにも頭が鈍くて、自分の上司が腐敗していると察するどころか疑ってもみなさそうなところも採用理由のひとつだった。いまあらためて見ると、まるでエサになるのを待っているまぐさのようだ。

保安官は二人組のひとりに先頭に立つように、もうひとりには最後尾につくように指示し、味方の誰かが一二番径のセミオートマティックの銃弾の届く範囲にいるときは特別に注意を払うようにと、念入りに辛抱強く言い聞かせた。ふたりともこくこくとうなずきはしたが、ほんとうにわかっているのか、単にボブルヘッド人形が機械的に首を振っているのと同じなのかは推測するしかない。

加熱・冷却プラント専用の小さな駐車場には、深夜勤務の保守係エリック・ノースマンの車が駐めてあるはずだったが、一台の車も見えなかった。

何かの異状を伝える最初の兆しのように、プラントの正面ドアが開いていた。風のせいで大きく開かれた状態のまま、外壁に軽くぶつかって小さく音をたてている。

明かりのついた入口ホールに、三つのドアがあった。

警官のひとりが右側のドアを開け、なかに足を踏み入れた。ドアの先の広い部屋にはボイラーとチラー、貯蔵タンクにポンプ、用途の不明な機械類がごちゃごちゃと並び、さまざまな太さの塩化ビニールのパイプが迷路のように縦横無尽に伸びていた。精密に調整された機械がたてるウィーン、ドクドク、カチカチという音、水が圧力を受けてシューッと流れる音が部屋に反響する。ジェームズ・ボンド映画のアクションシーンのセットに似た場所だった。前に進んでいくには死角が多すぎ、後ろを振り返るにはじゃまな物が多すぎる。

保安官にしてみれば、どうしても必要というのでないかぎり捜索したくない場所だった。実際に必要なのか、残りの二つのドアのなかを見るまでなんとも言えない。

たまらなく小便がしたくなってきた。この尿意は完全に心理的なものだと自分に言い聞かせた。いつか州司法長官になるという望みをまだ捨てていないなら、そうであってくれたほうがいい。

入口ホールの左側のドアの向こうはバルコニーで、双子のようにそびえる巨大な二本の冷却塔が見晴らせた。鋼板とコイル式熱交換器、ドラムファンからなるその構造物は三つのフロアに分かれ、最初の三分の一は一階のバルコニーより下の位置にあり、さまざまな高さで作業用の通路がつながっていた。ここもやはりジェームズ・ボンド映画のセットのようで、初めに見た部屋に劣らず足を踏み入れたくない場所だ。

入口の真正面にある三つめのドアを開けると、なかは管理用オフィスだった。メインデスクのほかに、小さめのワークステーションが二つ設《しつら》えてある。冷蔵庫。電子レンジ。ファイルキャビネットが二つ。部屋の奥のバスルームに通じるドアが開いているが、その先の狭い空間には誰もいない。もうひとつのドアは閉まっていた。備品入れのクロゼットだろうか。

リー・シャケットはあの備品入れにひそんでいるのではなく、エリック・ノースマンの車に乗って逃げた。ほぼそう確信できたので、エックマン保安官はひとりの警官のあとからオフィスに入り、もうひとりがその後ろについた。彼がその確信を――および尿意の緩和を――得たのは、サッド・フェントンの体がドアの右手の床にうつ伏せに倒れ、もうひとりの男の死体がデスクの上にほうり出されていたからだった。どちらの死体の状態も、シャケットがこのふたりをゴミ程度にしか思わず、さっさと捨ててこの場所から逃げ出したことを示していた。

　血糊で固まった髪の毛が突き出しているフェントンの頭蓋の破片がいくつか、体から離れたところに落ちていた。脳がなくなっているようだった。

デスクの上の死体は、おおよそシャケットと同じ体格で、靴も含め着ているものをすべてはぎ取られていた。

裸だった逃亡犯はいま、あきらかに服を着ているということだ。

このふたりめの犠牲者はエリック・ノースマンかもしれないが、身元確認は指紋の照合に頼らざるを得ないだろう。この男は無造作に首を引きちぎられ、その頭はどこかに消えていたからだ。

98

　夜が明けて最初の灰色の光が低い雲間から射し、わずかな夜の名残を消していくころ、カーソン・コンロイはフリートウッド・サウスウィンドをある舗装路に駐めた。その道路はどこにも通じておらず、どん詰まりの向こうにはただ草地が広がっていた。

パインヘイヴンの町から十キロ足らず行ったところに、十六万平方メートルにわたって広がる、地元ではビッグ・ウィンディと呼ばれる一帯がある。以前はそのうちの四万平方メートルをトレーラーパークが占めていた。かつてトレーラーハウスが並んでいた場所には、いまはひび割れたアスファルトの通りとコンクリートの基台、そして雑草があるばかりだ。州はこのトレーラーパークを買い上げ、さらに何万平方メートルか敷地を足して、風力発電所を建設しようとした。ところが運の悪いことに、この場所は数種の渡り鳥の通り道に当たり、もし風車ができれば毎年およそ一万四千もの羽を持った友人たちが巨大なブレードに巻き込まれて命を落とすという調査予測が出た。発電所プロジェクトを支持する勢力は、鳥は七年か八年もたてば半年ごとの渡りのコースを変更するだろう、それまでに失われる鳥の数は十万羽以上にはならないとする専門家の意見を押したてた。だが悲しいことに、ほかの地域にある風力発電所での経験は、鳥の飛行能力は元々の本能を書き換えられるという楽観的な評価とは相容れないものだった。そうした多くの施設では、定期的に恐ろしい数の鳥の羽毛が地面に散らばり、まるで古代の神々がいっせいに枕投げでもしたかのような光景が見られた。

最初の訪問者を待つあいだ、カーソンはキャンピングカーの後部にある寝室へ行き、靴を脱いでマットレスの上に体を伸ばした。

睡眠不足とストレスがこうまで体にこたえる経験は初めてだった。それでいて精神はおそろしく高揚し、あらゆる可能性に満ちたおとぎの国を飛びまわっている。以前にはありえないと感じていたような、同量の不安と喜びとがせめぎ合う状態だった。

シャケット——そしてシャケットが変化しつつあるもの——には心底ぞっとさせられたし、スプリングヴィルのリファイン社の研究施設スタッフを冒したものの正体も恐怖の源だった。ネガティブなことに取り憑かれ、ごく些細なきっかけから果てしなく思い悩むのは人間の性《さが》だ。それでも眠りが訪れるのを待つあいだ、カーソンの思考は遺伝的混沌の恐怖から、ともすればキップという驚異へ、まだ会ってもいないほかの〈ミステリアム〉の犬たちへと移ろっていった。

カーソンは自然界に学ぶ徒として、自然とは緑の機械であり、そのなかで生きようともがく生き物に対しては、ネズミであろうと人間であろうとまったく無関心であることを知っていた。それでも機械は例外なく、なんらかの用途のためにできているもので、そうした目的に向かわせる原動力がなんであっても、驚異を生み出すことはできる。人間はそのひとつであり、〈ミステリアム〉もまたそのひとつなのだ。

ドリアン・パーセルは、いまは灰燼《かいじん》に帰したスプリングヴィルの施設での研究を通じて、トランスヒューマンな未来へ至る道、現在と未来の世代がその制約を脱ぎ捨てられる道を見つけようとした。人間がいまよりも優れた存在になりうるという彼の考えは、あるいは正しいのかもしれない。しかしそうした変化が、近年目覚ましい進歩を遂げたとはいえ、まだまだ粗雑な道具にすぎない科学の応用から生み出されると信じたのは悲劇的な誤りだった。

自然という機械を動かす力がなんであれ、それは人類という存在を高め、そのあり方の質を改善する方向に向かっているのではないか。それもパーセルが出資していたリファイン社の無骨で強引な手段とはまるでちがう、はるかにエレガントで想像を超えた方法で。そうした思いにカーソンは魅了された。自然界の頂点にぽつんと孤独に立ちつづけるのが人類の運命ではないのだとしたら？　その高い地位を別の種と、おたがいに争うのではなく、実際に補完しあう存在と分かち合えるのだとしたら？　いまから何万年も前、犬と人間が最初に同盟を結んで無関心で冷酷な自然に立ち向かおうとしたときから、ある必然的なプロセスが始まっていたのだとしたら？　種と種を結ぶ愛情という絆に駆りたてられ、犬がその友達のことを知ろう、理解しようと努めるうちに、彼らの知能が次第に高まっていったのだとしたら？　人間と犬の絆が強まり、その強さ自体がわれわれの四本足の友の変化を速める原動力になったのだとしたら？　そしてある日、そのなかから、彼らにはない精巧な発声器官に代わるテレパシー能力を身につけた個体が現れてきたのだとしたら？

やがてキャンピングカーのドアがノックされて、新しい驚異の世界へと目覚める時が来るまで、カーソン・コンロイは際限のない〝だとしたら？〟の流れに乗って眠りへいざなわれていった。そして犬の夢を、誇らしげに勢ぞろいしたさまざまな犬種たちの夢を、想像を絶する魔法によってつくり変えられた世界の夢を見た。

99

朝。このいつ果てるともない夜は決して明けないのじゃないか、もう二度と朝は来ないのじゃないかという気がした。それでも朝はやってきた。来なければいいという彼の願いとうらはらに。雲間を通って加熱・冷却プラントの窓から射し込む朝の光。それは追及の光、釈明を求める光であり、もうそこから逃れるすべはなかった。

ここにはばらばらの頭蓋骨、そこには首なしのノースマン。風が外で狂犬病の狼のごとく吠え猛り、建物内には機械類の音が満ちていて、黙示録のロボット兵器が作り出されてでもいるようだ。

ヘイデン・エックマン保安官は、おのれの世界がサッド・フェントンの頭蓋骨のようにばらばらに割られ、こじ開けられた気がしていた。

カーソン・コンロイの居場所はまだわからなかった。犯罪現場から要請があればすぐ応じられるように、二十四時間ずっと待機しているはずだ。なのに電話に出ず、自宅にも姿がない。

コンロイの助手のジム・ハーモンが写真を撮り、証拠物件を収集し、死体をあれこれ調べていた。だがこいつはドクター・カーソン・コンロイじゃない、三十四歳の若造で、ただの検死官助手でしかない。いまのこれはパインへイヴン郡史上最大の犯罪なのだ。この殺人の大安売りは被害者をばらばらにするだけじゃなく、ヘイデン・エックマンのキャリアすら消し去りかねないというのに。

一面の血と人間の残骸にまみれた管理用オフィスにいるのは耐えられなかった。保安官に立候補したときは、まさかこんな血みどろの殺戮《さつりく》の場に立たされることになろうとは、これから一生悪夢に見るような光景を目の当たりにしようとは夢にも思わずにいた。しばらく前に強烈な尿意を覚え、あやうく部下たちの前で漏らして恥をかきそうになったが、いま抑えたと思ったとたんにまたこみ上げる吐き気と比べれば何ほどでもない。何度も上がっては下がる胃酸のせいで喉が焼けつくようだった。

ジム・ハーモンの作業のじゃまをしたくないだけというふうを装って、保安官はボイラーやチラーのある広い部屋に居場所を変えた。三段の梯子の上に腰を下ろす。ポンプが保温パイプの迷路に水を送り込む音が、ときおり襲ってくる猛烈な吐き気のリズムとシンクロするが、工場オフィスの殺戮の光景とにおいよりはずっとましだった。

フリーマン・ジョンソンが、消えたエリック・ノースマンの車両について報告しに来た。リー・シャケットが盗んでいったのは確実だったが、もうひとつ悪い知らせがあった。ノースマンは改造車《ホットロッド》のマニアで、黒の四八年式フォード・ピックアップを断ち切って車体を低くし、さらに改造を重ねたものに乗っていた。このピックアップトラックにはＧＰＳがついていないため、ほぼ瞬時に位置を特定できる信号は発していないということになる。

「ところで」ジョンソンが言った。「疑いようのないことがひとつあります」

「疑いようのないこと?」

「フェントンの脳が消えました」

エックマンは顔をゆがめた。「とっくにわかっていたことだろう」

「それでも、ジム・ハーモンが徹底的に調べなくてはならなかったので」

「デスクの引き出しにでもあると思ってたのか?」

「相手は異常者ですから、何があってもおかしくありません」

「ハーモンの仕事はそろそろ終わるのか?」

「あと一時間ほどです。ノースマンの首のことはご存じですか?」

「前に会ったことはない。首の見分けはつかん」

「ジムによると、ほんとうに消えたらしく、この構内のどこにもないとのことです」

消えた首のことなどもう話したくなかった。

「うちの連中があれをどう呼んでいるか、聞いてますか?」

保安官はその質問に沈黙で応じ、相手が気を利かせてくれるように願った。

ジョンソンには通じなかった。「シャケットのランチボックスと呼んでます」

ヘイデン・エックマンは身震いした。「もうたくさんだ」

100

ウッディは眠っているあいだに〈ワイヴァーン城〉へ行ったが、今度はキップがいっしょで、ふたりの夢は寝息と同じようにシンクロしていた。そろって跳ね橋へ通じる傾斜路を上り、堀を渡ると、第一の門楼にある落とし格子の下をくぐり、城の外郭へ入った。空は青く晴れて稲妻は見えず、ドラゴンも飛んでいない。少年と犬は第二の門楼を通り抜けて内部へ入った。内側の帳壁の南西側の塔まで行き、その内部に延びる石の螺旋階段を上り、鉄張りの扉をくぐる。そして梁をめぐらした天井と羅針盤の四つの方角に縦長の窓がある、高い塔の部屋に足を踏み入れた。

犬と少年は円を描くように動き、高い窓から外をのぞいた。

空は相変わらず青い。

ドラゴンはすべて退治されていた。

ふたりが円を一周したとき、城が忽然《こつぜん》と消えた。

夢のなかで、ふたりは海を見晴らす草原に立っていた。

草原は海からあらゆる方角に向かって、百キロも、千キロも延びていた。

どこからともなく銀色の、ヘリウムで浮かんだ風船が現れた。

草原の上をふわふわ漂ってくる。

《ハッピー　バースデイ》と赤い文字で書いてあった。

その日はキップの誕生日でも、ウッディの誕生日でもなかったけれど、ふたりともその風船がほしくてたまらなくなった。こんな草原にあるなんて不思議だ。明るい銀色のマイラー樹脂も、そこから垂れ下がっている赤いサテンのリボンも、重要なもののように思えた。きっと何か意味があるんだ。ふたりとも元気いっぱい追いかけた。キップは長いリボンをくわえようと飛び跳ね、ウッディはさらに高く跳び上がってつかもうとするが届かない。それでもふたりはあきらめなかった。もう決してあきらめたりしない。笑いながら、吠えながら、草原を走りつづける。ひざ丈の金色の草のなかを、ふたりはいつまでも、いつまでも駆けていく。

101

木曜日の午前十時。深いけれど悪夢ばかりの三時間の眠りから覚めたメーガンは、チーズとトマトソースとバジルの焼ける香りに誘われて、一階へ下りていった。キッチンではベン・ホーキンスが、見張りと料理という両方の仕事に精を出していた。

メーガンはドアの前に立ち、彼がラザニアを作るのを眺めた。一皿目をオーブンから出したあと、またこの二皿目を入れるのだろう。ベンはメーガンがいるのに気づかず、懐かしいボーイズⅡメンの『4シーズン・オブ・ロンリネス』を鼻歌で歌っていたが、なんだかずいぶん陽気な調子だった。

彼女は言った。「料理もできるのね」

ちらと振り返ると、ベンが言った。「料理と呼んでいいのかな。食べた人間がみんなそう思ってくれるわけじゃないから」

「これからお祝いするようなことになるって、ほんとうに思ってるのね」

「まあ、前例があるので。大勢の人間にさんざん銃やらを撃たれて一発も当たらなかったんだから、今度もきっとお祝いだってことになるんじゃないかと」スプーンでソースをすくっていちばん上のパスタの層にかける。「いや、ちょっとお宅のパントリーをのぞかせてもらったら、まあ広いパントリーで、いろんなパスタの袋があって、しかもあのおそろしくでかい冷蔵庫にお宝が詰め込んであって――サーロインのハンバーガーパテとか上等なステーキ肉とか、独立記念日のパーティー五年ぶんでもまかなえそうなくらいで――それを見て、ぴんとね。そう、まず自分にこう言って。〝なあベン〟――自分のことはベンって呼ぶんですよ――〝なあベン、この家の女性は牛が絶滅するって本気で心配してるみたいだぞ〟って。それでここにある材料を有効活用しようと。以前確かな筋から、牛は少なくともあと一千年期《ミレニアム》は死に絶えないって聞いていたし」

「非常時のためにに準備しておかなきゃと思って。プロパンで動く発電機があるので、停電になっても一カ月は家全体の電気がまかなえるわ」

ベンがうなずいた。「テロリストが襲ってきたときのためにね」

メーガンが応じる。「牛の大群が暴走してくるとか」

ベンはパスタの上にモッツァレラチーズの層をかぶせていた。ちゃんと要領を知っているのだ。「ウッディはラザニアが好きなんじゃないかって気がして」

「ラザニアと野菜を、別々のお皿に分ければだいじょうぶ」

「そういうのもいずれ、昔話になるんじゃないかな」

「そうなったらすごいけど。でも何があろうと、あの子はわたしにとって最高の息子。今度はわたしが見張りをするわ。あなたは眠れるうちに眠っておいて」

「二時間ほど前に、警官六人が帰って、新しい六人が」

メーガンは裏口のドアのほうを、ポーチの階段のはすかいに駐めてある警察のＳＵＶを見た。

ベンが言う。「料理は始めたばかりだから、仕事はまだたくさんありますよ」

「よかった。おかげで気がまぎれるわ……何もかもから」

「オーブンに入れてある一枚目の皿が、五分ほどで焼き上がるかも」

ベンが手を洗い、ペーパータオルで拭いた。

メーガンがオーブンの前に立って、ラザニアが焼けているをのぞき込んでいるとき、ベンが言った。「あなたの絵、すばらしいですね。すごくいい」

メーガンは肩をすくめた。「ああいう描き方しか知らないの」

「それはどうなんだろう。この件が終わったら、そのことをじっくり話してみたいな」

「早く終わるといいんだけど」

「終わりますよ」

ベンがドアへ向かった。廊下に出ようとしたとき、メーガンは声をかけた。「あなたはどれを気に入ってくれたの？　あそこにある絵のなかで」

ベンは振り返り、にっこりした。「ぜんぶ。ぜんぶ好きです、これまで見たものすべてが」

102

サクラメントのホテルの三寝室のスイート。五時間だけ眠ったあとの午前十一時十分、ハスケル・ラドローは廃モールでの殺しの夢から目が覚めた。ベッドから起き出すと、三つあるなかでいちばん近いバスルームへ行った。用を足したあとで別の寝室へ行くつもりだった。そこならシーツは新しいし、さっきまでの悪夢にうなされることもないだろう。

悪い夢はもう何十年も前から彼の眠りの長い時間を占めていたので、おれは何か超自然的な存在に、たぶんサンドマンの邪悪な双子に嫌われて、恐ろしい幻視の標的にされているのじゃないかと思いはじめた。初めのうちは冗談じみた思いつきだった。だが何年もたつうちに、半分以上真剣に受けとめるようになった。夜中に寝る場所を替えるというのは、ハスケル・ラドローが悪夢から逃れるための手段だった。旅行中でないときにひとりで住んでいるメンロパークの自宅には寝室が九つあり、順繰りにちがう部屋で寝るようにしていた。

そしていま、ホテルのスイートのリビングを横切っているとき、コーヒーテーブルに置いてあった使い捨て携帯が鳴りだした。この番号は〈アトロポス&カンパニー〉のジョン・ヴェルボツキとブラッドリー・ナッカーしか知らない。パインへイヴンのメーガン・ブックマンの件が片づいたら、これも廃棄するつもりだった。

自分はアレクサンダー・ゴルディアスだと言い聞かせてソファに座り、三度目のベルで使い捨て携帯を手に取った。「ああ？」

ジョン・ヴェルボツキが言った。「何時間も前からかけていたんですが」

「くたくたでな。眠っていた」

「われわれも多少眠りました。交代しながらですが」

「ああ、あいにくおれには交代する相手はいないんでな。どうなってる？」

「こちらは四人そろって配置についてますが、例の女に保安官が警護の警官を六人つけているので、家を訪ねるのは無理です」

ラドローは狼狽《ろうばい》して言った。「警官が六人？　どうしてあの女にそんな警護が必要だなんてことになるんだ？」

「われわれから守るというのではありません。ここへ来る途中、警察の無線を傍受しました。ネイサン・パーマーという男から守ろうとしているようです、そいつが女を追いかけているとのことで」

「どこのどいつだ、ネイサン・パーマーというのは？」

「昨日の午後に男女二人を殺した男です。本名はリー・シャケットというようですが」

ラドローはつかのま言葉を失った。リー・シャケットだと？　リファイン社のＣＥＯの？　彼はスプリングヴィルの件について、メディアで報じられていることしか知らなかったので、こう言った。「いや、シャケットは死んだ。あそこにいた全員が死んだはずだ」

「あそことはどこです？」ヴェルボツキが訊いてくる。

ラドローは唇を噛み、ようやく言った。「シャケットがメーガン・ブックマンと知り合いだったのはずっと昔だ。なんだっていまさら追いかける？」

「なぜ頭のいかれた男はしじゅう女を追いかけるのか？　これはいわゆる修辞疑問ですね」

「シャケットが殺した二人ってのは？」

「四人です。女を追いかけてきて失敗したあとで、さらに二人殺してます」

ヴェルボッキが殺された人間のリストを挙げ、知るかぎりの細部を説明していくと、ラドローは驚愕を抑えられなくなった。「首を引きちぎった？　嚙み殺した？　食った？」

「全員ではなく、一部の人間をです」ヴェルボッキが訂正を入れる。「ある種の怪物ですね。あなたはその怪物とお知り合いで？」

ラドローは問いかけを無視した。「それでまだ、パインヘイヴンにいるのか？」

「わかりません。ピックアップを盗んで、逃亡中とのことです。四八年型フォード・ピックアップの改造車なので、見つけるのは容易でしょう」

「なんてこった、とんでもないニュースじゃないか。おれはニュースはもううんざりだから一切耳に入れないようにしてる。だがそれなら、ネットやらにもあふれてるはずだ」

「まだです。保安官からまだ報道発表がありません」

「四人が殺されて、その容疑者が逃げてるのに、報道発表がないだと？　どうかしてる。最初の殺しは昨日の——午後と言ったか？」

「ええ。ただどうやら、昨夜のうちに、この事件の管轄権がサクラメントの司法長官に移譲されたようです」

ラドローはソファから立ち上がった。「ティオ・バービゾンにか？」

「ええ、たしかそんな名前でした」

シャケットはスプリングヴィルで死んだはずだった。だが死んでいなかった。ティオ・

バービゾンが最初のカップル殺人事件の管轄権を取り上げた——そしてまだ記者会見も開かず、なんの声明も出していない。ティオはドリアン・パーセルに飼い慣らされている。ずっと以前から。

ラドローは携帯を耳に当てたまま、無言で立ちつくしていた。長い沈黙が続いたあと、ヴェルボツキが言った。「もしもし?」

「ああ」

「あれだけの警官に囲まれていては、女に近づくことができません」

「まだ動くな。女はまだ大事な標的だ。別に一本電話を入れなきゃならない。あとでこっちからかけ直す」

通話終了のボタンを押す。

コーヒーテーブルから別の使い捨て携帯を取り上げた。これは殺し屋組織〈トラジェディ〉に関連する件で、ドリアン・パーセルへの報告に使うためだけに入手したものだった。機器にはドリアンの、やはり使い捨て携帯につながる番号がテープで貼ってある。〈トラジェディ〉のウェブサイトに関連したセキュリティ侵害の件が、それに関連する一切とともに消し去られたとき、ラドローとパーセルはこの二つの携帯を廃棄する手はずだった。

拡大する一方のこの国の犯罪事情を考えると、ずっと以前から使い捨て電話の事業にかなりの額を投資してきたことを、ハスケル・ラドローは自画自賛したくなった。

彼はドリアンの番号を押した。

103

　カリフォルニア州サニーベールのパラブル本社内には、広さ七百五十平方メートルに及ぶドリアン・パーセルの居住用アパートメントがあった。そのおかげで、新しいM&A案件の交渉中だったり、新製品が最後の微調整の段階に入っていたり、野心あふれるどこかの政治屋が、ぜひともドリアン・パーセル本人とひそかに顔を突き合わせてある公安職の人間が自分の職と選挙民を売りに出すときの値段を相談したいと言ってきたりするとき、パーセルはそうした企業業務の中心にいることができる。しかし九月のこの木曜日、ドリアンは本社のアパートメントにはいなかった。

　海沿いを少し北上したパロアルトの、サンフランシスコ湾を見晴らす八千平方メートルの区画に、ドリアンは一千平方メートルに及ぶ自宅を所有していた。このまばゆいばかりの屋敷で、彼は婚約者のパロマ・パスカルと暮らしていた。パロマは高い教育を受け、すばらしく魅力的で美しく、どれほど名高い名士たちとの社交の場でも自信に満ちて優雅に立ち振る舞え、誰にでもポジティブな印象を長く与えられる女性だった。向こうから結婚を言いださないかぎりは、ずっとフィアンセの立場でいられるだろう。しかし今現在、ドリアンはこの屋敷にもいなかった。

サンフランシスコの中心部、ノブ・ヒルの頂に立つ豪壮なビル内にドリアンが所有する、千三百平方メートルに及ぶ二フロアのアパートメント。窓からは見事な景観が、壮麗かつ街の象徴のような二、三の建築物からホームレスのキャンプや糞便の散らばる歩道に至るまで一望できる。この精緻な内装が施された自らのペントハウスに、彼はサフロン・〝サニー〟・ケタリングという、パロマ・パスカルよりもまたはるかに美しい二十三歳の女性と暮らしていた。サニーはおそろしくしなやかで柔軟な体の持ち主でもあったが、それは六歳のころから体操選手として訓練を続けてきたたまものだった。現在の時刻は午前十一時四十分。サニーは眠っていた。彼女とドリアンは午前一時十五分にベッドに入ったが、やっと落ち着いて寝入ったのは午前六時、これ以上究められる体位の持ち合わせがなくなってからだった。

ドリアンが目覚めたのは十時三十分で、四時間と少ししか眠っていなかった。死というものを完全に理解した幼年期の終わりから、ひと晩に五時間以上眠れることがなく、死神への報復代わりにセックスに励まずにはいられなくなったのだ。いまドリアンは、二フロアを占めるアパートメントの下の階にある書斎で、ステンレスと青い珪岩《けいがん》でできた大きなデスクに向かい、執事のフランツが出してくれた朝食を食べていた。と同時に、毎日飲んでいるビタミンとミネラルのサプリメント百二十四錠の最初の四十錠を口にほうり込みながら、ユタ州スプリングヴィルの施設の悲劇的な火災の犠牲になったリファイン社従業員たちの葬儀で読みあげる弔辞の文句を考えていた。

使い捨て携帯が鳴った瞬間、誰がかけてきたのかわかった。この番号はハスケル・ラドローひとりしか知らない。

電話に出た。「人生は良いものだ」

「人生は複雑だ」ラドローが応じる。

「どうした」

「昔なじみの害虫駆除サービスの連中が、面倒なゴキブリを見つけた。連中はもう店じまいしている」

つまり〈トラジェディ〉の主だったメンバーは死んだということだ。だがやつらはゴキブリを、すなわちハッカーを見つけた。

「新しい害虫駆除サービスの連中が、仕事にかかる態勢に入っている」

〈アトロポス〉のヴェルボツキと仲間たちのことだろう。

「だが、こっちで片づけようとしてる問題が、おまえが片づけようとしてるのと同じ問題になった」

「どういうことだ」

「あの九十三人のうちの一人が、ビッグバンを出し抜いて逃げた。そのことをおれに教えなかったな」

いいいい、シャケットだ。

ドリアンは言った。「教える必要もなかっただろう。どうして知った？」

「昨日、ミスター九十三人目がやらかした。あいつが何度やらかしたか、知ってるか？」

「二度だ」ペイントン・スペイダーとジャスティン・クラインマンの件を指してそう言った。

「昨日の午後は二度だ。だが、おまえはどうやら知らないらしいが、そのあとやつは女の家へ行き、大騒ぎをしでかして捕まった。だが警戒が足りなかったらしく、いままた二度やらかした」

ドリアンは朝食の残りをわきへ押しやった。「女の家？　どの女だ？　まだこのふざけたしゃべり方を続けるのか？」

「おれはなんにもふざけちゃいない」

「誰も聞けるはずがないし、もし聞いてたところで、おれたちが何者だか知りようがないだろう」

まださっきまでのしゃべり方を引きずりながら、ラドローが言った。「おまえの古細菌のビジネスにクソをぶちまけようとした男を覚えてるか？」
ジ、ジ、ジェイソン・ブ、ブ、ブックマンだ。
「覚えてる」

「やつの女房だった女があの町にいる。ミスター九十三人目はあの女に未練があった。女の家へ行く途中で、二度やらかした。それから女を口説こうとしたあげく、腕輪をはめられた。それでまた二度やらかして、逃げ出した」

「なぜおれは最初の二人のことしか知らないんだ？　あのど田舎なら司法長官《AG》を通じて飼い慣らしてる。こっちには絶えず情報が来てるはずだ。何もなかったみたいに消されてるはずだろう」

「いくらど田舎だって、大昔のテレビの『メイベリー１１０番』とはちがう。それにあの制服野郎はたちの悪いやつらしく、自分を法執行のスターに仕立て上げようとしてる」

　ドリアンの喉元にビタミン剤のかけらがこみ上げてきた。無理やり飲み下すと、残った塊をケールのスムージーで洗い流した。

　そして言った。「あのクソ野郎、野犬の捕獲係に格下げしてやる。だが、おれたちの二つの問題がどうしてひとつになるのか、まだわからない」

「害虫駆除サービスの、もう店じまいしたほうの連中が、ハッカーをたどってつきとめた。あの女やもめだ」

「やっぱりふざけてるだろう」

「どうにかしてゴルディアスのＩＤとおまえの〈トラジェディ〉のパスワードを手に入れ、真相にたどりついたんだ」

「恩知らずのクソ女が」ドリアンは言った。

「あの女にたんまり株をくれてやるべきだったんじゃないのか」

「おれの計算じゃ、あのオプションはまだ満期じゃなかった。おれはサンタクロースじゃないからな。そっちの仕事を終わらせるじゃまになってるのはなんだ?」

「その将来の野犬捕獲人が、例のやらかし屋が戻ってきたときに備えて女に警護をつけている。六人だ。しばらくどこかに引き揚げさせて、ドーナツでも食っててもらわなきゃならん」

「すぐに手を回す。それでミスター九十三人目はどうする?」

「やつはどこかの運の悪い野郎の首を引きちぎって、そいつのピックアップに乗って逃げた。凝ったホットロッドだから、目につきやすい。だからもう、あの辺りからずっと遠くまで逃げたとあそこの連中も思ってるが、念のために女やもめを見張っていようってことだ。しかしあの男には、まんま『X - ファイル』みたいな何かが起こってる。どういうことか、心当たりがあるか?」

朝食の皿の上で凝固しかけている卵とアボカドとカニの身をじっと眺めながら、ドリアンは言った。「いや。何もない。まったく」

104

ヘイデン・エックマン保安官は、パインヘイヴン一の高級住宅地、シエラウェイの自宅に引きこもった。

独り身の男には十分な広さがある家で、快適な家具調度も、最新の電気器具もそろっていたが、この住まいを誇る気はなかった。いつかここよりずっと大きな、ずっと豪華な家に住むと決めていたので、この家では居心地の悪さしか感じなかった。足りないものがあるからではなく、将来ふさわしい地位に就いたとき、自分はずっと社会の頂点にいた、ずっとエリートの一員だったと言えなくなるからだ。出自などはある程度偽装できるし、過去も嘘で塗り固められるが、あの偉人が以前ここに住んでいた、制服を着て、ほとんど普通の庶民と変わらなかったと言いだす人間はきっといる。

だがいまとなっては、おそらくここが自分の住んだなかでいちばんりっぱな家になるという事実に向き合わざるを得なかった。あまりにも不当な話だ。これまですべてうまく進めてきた。法律の学位を利用して保安官職にまで昇格し、事務所内に忠実な部下たちを配したことで、パインヘイヴン郡の法執行機関で起こるすべてが彼の信用を、ひいては名声を高める結果になるはずだった。近隣の郡やサクラメントの指導層にせっせと人脈をつくった。選挙戦での個人的な出費は予想よりずっと少なくすんだ。シャケットのダッジ・デーモンの隠し場所から四十万ドルを見つけ、ほんとうに欲深ならぜんぶ懐に入れるところを十万ドルだけ残してきた。そんなふうにすべてうまくやってきたというのに、いまは災厄の、破滅の縁に立たされている。

州司法長官のティオ・バービゾンとは、今回の件で進展があれば必ず報告するという取り決めをしていた。しかしあのときスペイダー／クラインマン殺しの捜査をサクラメントに譲り渡したのは、もう犯人はとっくにパインへイヴン郡から出ていき、エックマンの管轄権内でこれ以上の進展はないとふんだからだ。

それからは大混乱だった。だが凶悪な事件が相次いでも、病院であの災厄が起こるまでは、その状況を利用できると思っていた。報道発表のための声明文をものして、逃亡犯逮捕の手柄を独り占めにするつもりだった――〝犯人は殺人狂というだけでなく、スプリングヴィルの大惨事の責任を負うリファイン社のCEOでもあるのです！〟。そして報道発表の場で、エックマンはその怪物を州司法長官に譲り渡そうと計画していた。当人への報告はメディアへの声明を発する直前に行い、向こうが手柄を独占できないようにする算段だった。

それなのに。ああ、それなのに。いまはさらに二人が死んでシャケットは逃亡したうえ、司法長官への連絡を怠ってしまった。おれはたっぷりクソを浴びることになる。いや、そんななまやさしいものじゃない。クソの大砲が火を噴く、そしてその連続砲撃の的になるのは、ヘイデン・エックマンただひとりなのだ。

家へ帰ってきたのは、報道発表の声明文を書くという名目だった。だが自分の遺書そのものになりそうで、何も書けなかった。

実のところ、家へ帰ってきた本当の理由は、リー・シャケットが野放しになっているいま、パインへイヴンのどこにいても安全だと感じられないせいだった。ここは最上級の防犯システムを備えている。どの部屋にも拳銃を隠してあるし、まだ制服を着たままなので腰にも拳銃を差している。ブラインドとカーテンはひとつ残らず閉めた。

弁護士のころは、進んでケガを負ったふりをしたり、実際のケガの影響をとんでもなく大げさに言いたてるホラ吹きたちの代弁をしてきた。そういう依頼主がいちばん危険になるのは、補償を求める裁判や調停でエックマンが基本合意した額以上の和解金をうまくせしめ、そこからかなりの金をかすめ取っていることを知ったときだった。そのくらいのことはどの弁護士もやっているというのに。だがそんな連中も、こちらを殺そうとまではしなかった。

シャケットが病院に到着し、精神科病棟に収容されるときにはこれみよがしに指図をして、その場面をリタ・キャリックトンにスマートフォンで撮影させたが、ひょっとすると知らないうちに自分から、あの殺人狂の怒りの的になっていたのじゃないだろうか。ただ法執行官として、職務を遂行しただけなのに。だがシャケットのような狂人の頭のなかでどんな理不尽な怒りが湧き上がっているか、誰にわかるものか。

サッド・フェントンの脳みそは消えていた。

エリック・ノースマンの首は持ち去られた。シャケットのランチボックス代わりに。

保安官はそわそわと、家のなかを歩きまわった。この家にいるのは自分ひとりじゃない、半ばそんな思いにとらわれ、二階へ上っては下り、上ってはまた下りを何度もくり返した。窓はすべてカーテン類を閉めきっていたので、明かりという明かりを点けなくてはならなかったが、それでも部屋のなかは暗がりだらけで、ときおり視野の隅でその影が動いたように見え、そのたびにびくりとして振り返り、拳銃のグリップに手をかけた。

　風が家をなぶるときの物音、キイキイ、ポン、ガタガタという音すべてが、家が嵐に向けて抗議している声のようだ。だがエックマンにとってそれは、ストーカーが一部屋か二部屋先にひそんでいるという前触れになった。

　角を曲がった瞬間シャケットに、血まみれの歯をむき出して笑っているあの顔に出くわすのが恐ろしかった。これは現実的な不安じゃない、落ち着けと自分に言い聞かせた。だがあの逃亡犯なら不可能なはずのことをやってのける、そう思うのがほんとうに非現実的だろうか？　抜け出せないはずの精神科病棟の拘束具から抜け出し、空を飛べるみたいに三階から外へ降り立ったのなら、錠を下ろしてアラームも備えた防犯の万全な家にだって、蟻《あり》が鍵穴を通り抜けるようにやすやすと入ってこないと誰に言える？

　普段はあまり酒は飲まないが、つのる一方の不安をマッカランでやわらげることにした。最初はオンザロックで飲んでいて、やがてストレートに切り替えた。グラスで氷がからんと音をたてるのがいやでならなかったのだ。酒のせいで五感が鈍るとよけいに襲撃にあいやすくなると心配するべきだろうが、不安のせいで代謝が異常に高まっているのか、これくらいの量ではなんの影響もないように感じた。

　あてどもなくアイランド式キッチンの周囲をめぐり歩いていると、事務所支給の携帯電話といっしょにユーティリティベルトに差してある私用のスマートフォンが鳴った。側近といってもいい五人の部下にはやはり私用の携帯を渡し、状況次第では自分の私用電話にかけるように指示していた。デリケートな話題が公の記録に載って、公表されたりしないための用心だ。画面に、《発信者不明》の文字があった。つまり、相手は部下の誰かではない。

出ないほうに気持ちが揺れたが、そのとき直感が、かけてきた相手の正体を告げた。この発信者を避ければ、いざ例の大砲が発射したときにかぶるはめになるクソの量が増えるだけだ。

酒のグラスを置き、冷蔵庫に背をもたれ、ずるずる体を沈めて床に座り込んだ。立ってこの電話に出られる気がしなかった。

直感は当たった。かけてきたのはティオ・バービゾンだったが、向こうは名乗ろうともしなかった。ティオはシャケットの逮捕と逃走のことを知っていた。さらに二人殺されたことも。彼は以前と同じティオではなかった。保安官を対等な存在ではなく、格下の相手として扱い、しかも激怒していた。

「きみはどれほどの失態をしでかしたかわかっているか？」
「はい」
「逃げ道はあると思うか？」
「いえ」
「いまの時点できみに逃げ道はない」

「わかっています」

「われわれは取引をした。きみはそれを反故《ほご》にした。スタンドプレーに走って自分がスポットを浴びようとしたあげく、まんまとやつに逃げられた。わたしをこけにしただけではない。この件にはきみの知らない利害関係者がいる。きみなど蟻のようにひねり潰せるし、喜んでそうしようとする勢力がだ。きみはその関係者もこけにしたのだ。最悪の場合、きみは朝起きたら自分のタマが切り取られてるのに気づき、もっとひどいことにならなかったことを神に感謝しながら残りの人生を過ごすことになる。しかし、まだきみに求められることもあるから、逃げる方法はないでもない。ただひとつだけ」

涙がヘイデン・エックマンの目にあふれた。「どんな方法でしょう?」

「うちの事務所の連中が夕方六時にきみのところへ行く。その連中にあらゆる証拠物件を、被害者の死体も含めてぜんぶ引き渡せ」

「はい、もちろん」

「その連中が、これまでの経緯をすべて説明する長い声明文を用意している。きみはそれにサインをする。ネイサン・パーマーとリー・シャケットの名前は声明のどこにも出てこない。犯人は麻薬で頭のいかれたギャングMS - 13の構成員とされる」

「ギャングMS - 13の誰が?」

「こっちで適当な候補を探しておく。きみには関係ない」

「しかしシャケットはまだどこかにいます」

「われわれが見つけ出す。どのみちやつは自滅するだろう」

「やつが自殺するとは思えません」

「そんなことは言っていない。自滅すると言ったのだ。やつにはそれを止められん。どうだ、この一回きりのチャンスに懸けるのか、せっかくの人生を台なしにして終わるのか？」

温かい涙の粒がぼろぼろと、ヘイデン・エックマンの顔をこぼれ落ちた。「わたしは今後も保安官でいられるのですか？」

「きみがわたしに飼われる立場になること、さっき言った利害関係者にも、あらゆる人間に飼われるようになることを理解しているかぎりはな」

「わかりました」保安官はためらいなく言った。もう床に座ってはおらず、体を横にして、胎児の姿勢になっていた。「するといずれ……もっと高い役職に立候補してもよろしいのですか？」

「よろしいだと？　何を言う、ぜひそうしてもらわないと困る。きみがしかるべき人物たちに飼われる立場になり、それを自分で認め、いざというときにただ言われたとおりにできるのなら、きみは理想的な候補者だ。そうなるために、もうひとつやってもらわなくてはならないことがある」

「なんでしょう？」

「警護についている六人の警官だ。その任務を解け。みんな家へ帰らせろ。もう必要ない」

「ですが、もし……」

「必要がなくなったのだ」

「もしシャケットが……MS‐13の構成員が戻ってきたら？」

「何もまずいことにはならない。きみの責任が問われることはない。こういうことを処理するにはそれなりの方法があるのだ。で、きみは飼われるのか、飼われないのか？　飼われる立場になるのは快適なものだぞ、ヘイデン。何もかもがすばらしく容易になる。きみは貴重な資産となって、大切に扱われる。昇進も確約される」

「魅力的に思えます」

「実際、魅力的だ」

「では、もう警護が必要でないのなら……」

「必要はない」

「彼らの任務を解きます」

「われわれのクラブへようこそ、ヘイデン」

「それも魅力的です」

「実際、魅力的だぞ」ティオが言って、電話を切った。

ヘイデン・エックマン保安官はそのあともキッチンの床に寝転がり、胎児の姿勢をとったまま、おそらく十五分ほど動かずにいた。狭い通り道を下りていくような、陣痛に押されて産道のなかを新しい世界へ向かって進んでいるような気がした。この陣痛は良心の疼きではない、彼の良心にそういう種類の力はない。これは欲求の疼きだった。記憶にあるかぎりの昔から彼を駆りたててきた、地位と力への欲求。自分がいずれ高い地位に就いたとき、それが正当な努力ではなく、支配階級のわがままや嗜好に従ったことで与えられたものだったとしたら……そう、それでも彼は、その地位のもたらす威光を満喫できるだろう。そもそも彼だけではない。いま称賛や名声を得ている人間のおそらく四分の三は、それに値するだけのものを何も成し遂げてはいない。ただ、その時々の権力者に求められるイデオロギーに盲従しているだけなのだ。自分の手に入れた力が本当の力ではなくても、ただ言われたとおりのことをほかの連中にしているだけでも、権力者が使う鞭になるほうが、鞭で打たれる側になるよりずっといい。

〝打たれる釘でいるより、金槌《かなづち》になりたい〟

　しかもエックマンは、ティオ・バービゾンが与えようとする新しい人生にはうってつけの人材だった。彼がとびきりの嘘つきだからだ。ゆるぎない確信を持って嘘をつくために、そのうち自分の創り出した真実が本当の真実だと信じるようになり、ときには自分で自分を騙していたことに気づいて驚いたりするほどに。もし新しい主人たちに梯子の何段か上まで持ち上げられれば、それが自分自身で得た本物の力だと信じるだろう。ほんとうに心から何かを信じれば、その何かは一種の真実となり、それを支えに生きていくこともできるようになる。少なくとも一度につき一日ぐらいは。

　ようやくキッチンの床から起き上がった。服をぜんぶ着たまま、難産の形跡のひとつもなく。

キッチンに置いてあったグラスのスコッチを飲み干す。

それから私用の携帯を手に取ると、ブックマン宅にいる部下のひとりの私用電話にかけ、女やもめとその息子の警護を引き揚げさせるよう命じた。

105

午後十二時四十六分。メーガンが起きてきたばかりのローザ・レオンに手伝ってもらって台所仕事をしていたとき、森に近い庭の西側の端のＳＵＶに配置された警官たちと、バックポーチ近くのもう一台のＳＵＶにいた警官たちが車を出し、風のなかを走り去っていった。

シャケットが逮捕されたとは思えなかった。自分の経験と、カーソン・コンロイのヘイデン・エックスマン評を踏まえれば、パインへイヴン郡の保安官事務所が腐敗しているのは確実だ。わたしに何も伝えずに警護が引き揚げていったこと自体、ドリアン・パーセルの意を受けた誰かがエックスマンに働きかけたことを物語っている。これでわたしはリー・シャケットだけでなく、ダークウェブの〈トラジェディ〉という組織からやってくる人間たちに対しても無防備になってしまった。

ローザが言った。「ホーキンスさんを起こしましょうか？」

「もう少し寝かしておいてあげて、ローザ。彼が言うには、警護が引き揚げられたとしても、〈トラジェディ〉の人間はすぐにはやってこないだろうって。たしかにそのとおりだわ。あと何時間かある。でもウッディとキップの様子を見てきてほしいの。もし眠ってたら起こして、ここまで連れてきて。わたしたちのそばに置いておかないと」

まるでただの調理器具のように、Ｈ＆Ｋの九ミリがまな板の上に置かれていた。

ローザが急いで二階へ上がっていくと、メーガンは電話を取り上げてカーソン・コンロイの番号を押した。彼は風力発電所になりそこねた以前のトレーラーパークにいて、ハリー・ボーセロのフリートウッド・サウスウィンドのなかで待っているはずだった。

カーソンが二度目の呼び出し音で出ると、メーガンは言った。「制服警官はみんな行ってしまいました。もう監視はありません。準備はいい？」

「十五分でそっちへ着くよ」

106

ドリアン・パーセルはノブ・ヒルにあるビルの屋上の待機場所にいた。窓の外の、ヘリコプターの離着陸場をいらいらと見つめる。エアタクシーを待っているところだった。

ボディガード二人のうちひとりはエレベーターの横に、ひとりはドリアンの傍らにいるが、彼に同行することはない。ドリアンの行き先は極秘だった。

サニーベールのパラブル本社にある広壮なアパートメント、さらに広いパロアルトの屋敷、またさらに広大なこのサンフランシスコ中心部の二フロアのペントハウスに加えて、ドリアンはもうひとつ、ベイエリアにも住居兼不動産資産のポートフォリオを持っていた。サンフランシスコ湾の北岸に位置するティブロンの邸宅がそれで、四千平方メートルの庭に囲まれ、敷地全体は二万平方メートルに及ぶ。邸宅から南南西の方向には、ゴールデンゲートブリッジと絵のような街並みがほぼ八キロの海の向こうに、美的にちょうど好ましい距離を置いて望むことができる。夜の衣をまとった遠景はまばゆいばかりで、どんなときでも嗅覚に不快な刺激をもたらしはしない。

婚約者のパロマ・パスカルは基本、パロアルトに住んでいるが、何かしらのカルチャーイベントで街に出る機会には、ノブ・ヒルのペントハウスでドリアンと過ごすこともある。しかしティブロンの家には、服の一着どころか歯ブラシ一本も置いていない。体操の名手サフロン・〝サニー〟・ケタリングは、ごくまれにパロマが訪ねてくるとき以外、ドリアンとペントハウスで暮らしているが、やはりティブロンで過ごすことはない。

ドリアンは隣接する三カ所の地所を購入し、古い屋敷を取り壊して新しいウルトラモダンな邸宅の建設に取りかかり、やっと十六カ月前に完成を見た。スチールと花崗岩と珪岩とガラスからなる建築物には、秘密の階段や隠し扉など、ファンタジーやSFに夢中な十三歳の少年なら誰もが自分の住処に作りそうなギミックをふんだんに取り入れてある——もしその十三歳の少年に、家ひとつに八千万ドル費やせるだけの財力があるならば。

週に四日、十四人のスタッフがこの新邸宅と庭の手入れをしに通ってくるが、木曜日の午後五時から月曜日の午前八時までは誰もいなくなる。ドリアンがティブロンへ引っ込むのも月に一、二度の週末だけだが、隠れ家としてはじつに重宝だった。完全なプライバシーが守られるおかげでいろいろな懸案から解放され、今後のカルチャーやハイテクはどこへ向かうのかを明晰な頭で考えたり、未来学者としての特異な才を発揮して新たなビジネスや、パラベルをさらなる成長に導く技術革新を案出したりもできる。

ドリアンは当代のトーマス・エジソンを気取っていて、エジソンの素朴な道徳観は持ち合わせていなくても、〝メンロパークの魔術師〟と称賛されたかの人物が夢に見るしかなかったほどの収益を実現する鋭い才覚に恵まれていた。

ティブロンにひとりでいるのはかまわないにしろ、この家を建てようとした時点で、いずれはパロマともサニーとも味のちがう異性のパートナーを住まわせようという気持ちはあった。なにしろ性的にきわめて活発で、優等賞の種牛の人間版を自認している男なのだ。ただしそれは、いつでも準備OKという意味だけのことで、子どもの父親になることを考えると心底ぞっとした。パロマであれサニーであれ誰であれ、うまくつけ込まれてそういう方向に持っていかれるとしたら冗談ではない。

邸宅が完成して十数カ月、たくさんの快適な設備といっしょに女も置こうという決心はまだついていない。設計と建設の過程でも、そのことを意識して考えたことはなかった。だが、建築業者から鍵を受け取ったときにこう気づいた。自分は無意識のうちにこの場所を、あわただしい日常生活からの隠れ家というのみならず、変化の速い——とはいっても彼の性に合うほど速くはない——この世界の息苦しいルールやつまらない社会規範からの隠れ家としても考えていたのだ。月に一、二度ティブロンを訪れるあいだに、未踏の刺激的なセックスの領域へ乗り出す方法をいくつか考案したりもした。とはいえ、野心家であると同時に慎重な男でもある彼は、さまざまなオプションを検討しつつ、どの程度なら無茶をしても咎められずに逃げおおせるかといったことも自問自答していた。

パラブルのロゴを横腹につけた、双発で八人乗り、メインローターと尾部ローターを高い位置につけたヘリコプターが空へ浮かび上がった。十五分でティブロンに着くだろう。

107

ぼくたちはおそろしく危険な段階に入ろうとしている。キップはさとった。
この家にいるひとたちの命が危ない。
でもそれだけじゃない。
シャケットがウッディの部屋やその他の場所で触ったものから、やつのにおいがした。
人間のにおいだけれど、それでいて人間のにおいとはちがう。
何か新しく恐ろしいもののにおい。そのにおいにキップは吐き気を覚えた。
シャケットというやつがどこかにいる。
やつを生み出した科学は、放棄されはしない。
これから何年ものあいだ、その結果として死者が出るだろう。
ダークウェブの殺し屋たちもどこかにいる。
それでもキップは、ブックマン家のキッチンで、嗅覚的な至福を味わっていた。
たくさんの料理が作られている。どれも美味しそうなものばかり。
この鼻はすばらしい授かり物だけれど、日々の事態を複雑なものにもする。

犬の鼻は四十四の筋肉からなる。

人間の鼻はたった四つだ。

犬の鼻の嗅覚受容体の数は、空の星の数以上ではないだろうけれど、決して引けを取らないように思えることもある。

人間の受容体の数はその一パーセントにも満たない。

だが嗅覚はいくらお粗末でも、人間はそれを補ってあまりある親指を持っている。

ほんとうにあれは驚異的だ。キップはコンロにかけた鍋のなかで煮え立っているビーフチリのにおいに耐えた。オーブンではポテトのキャセロールが、また別のオーブンではケーキが焼けていて——

——そしてシャケットというやつが残したほのかなにおいに警戒し——

——ダークウェブの殺し屋どもがグリーンブライアー・ロードに置いた車から降りてきたら、そのにおいも嗅ぎ——

——ベンはまだ二階で眠っている、彼独特のにおいが呼吸とともに吐き出されるリズムでわかる——

——ウッディを取り巻く空気に漂っている幸せなフェロモンも感じ取れる——

——そして同時に、頭のなかに〈ベラ報〉が飛び込んできた——数分前、アイダホ州コー・ダリーンにいる六十四頭のコミュニティから接触があった。

何かがどこかで起こっている。

ここでも何かが起ころうとしている。

車回しに入ってきたキャンピングカーの排気ガスのにおいがした。

キップはリビングに駆け込み――ウッディも駆けてきた――ちょうど大きな車がゆっくりと通り過ぎて家の裏のほうへ向かうのを見た。

ふたりともキッチンへ走り、裏口のドアへ向かった。

メーガンが言った。「待って。こういうことはきちんと段階を踏んでやりましょう」

フリートウッド・サウスウィンドが車回しから外れて裏庭へ入ると、郡道からは見えない位置に停まった。

いまはあらゆるものが微妙なバランスを保っていた。

108

木曜日の午後一時――通常の退出時刻まではまだ四時間あったが、ティブロンにあるパーセルの邸宅の管理人、エイモリー・クロムウェルは家と庭の管理スタッフ十四人に対し、月曜日午前八時まで職務から解放すると言い渡した。

〝お大尽《だいじん》〟はこのような間際になってから、今週末はここへ来る、しかもいつもより早い時刻に着くと言ってよこした。誰もがお大尽の意向には従わなくてはならず、たとえ予定していた半日分の仕事がふいになっても文句は許されない。クロムウェルは野良猫の群を追い払うように、スタッフをそれぞれの車へと追いたてた。あのお大尽はここで働いている管理人以外の人間に会釈をするどころか、ちらと一瞥《いちべつ》をくれることすら嫌がるのだ。

クロムウェルが〝お大尽〟というあだ名を使うのは自分の頭のなかだけで、スタッフ相手には決して口にしない。彼らに雇い主を茶化す口実を与えてはならない。クロムウェルはロンドンに生まれ、英国で教育を受け、ボストン、ニューヨーク、フィラデルフィアの錚々《そうそう》たる屋敷で働いてきた。朝食と昼食と夕食でそれぞれ別々のアンティークの銀食器のセットがあり、雇い主たちはみな名家の出で、フランス語を第二言語であるかのように流暢《りゅうちょう》に操り、数限りない行儀作法の決まりが体に染みついた人物たちだった。だからクロムウェルは、自分にはドリアン・パーセルのような俗物を小馬鹿にする資格のみならず、そうする義務もあると感じていた。あのお大尽はクロムウェルがこれまで仕えてきた家族すべての財産を合わせたより多くの金を持っている。だが、それが何ほどのものか。

二年前、クロムウェルはボストンで自ら広告を出し、年俸三十五万ドルプラス一時手当というそれまでの二倍の報酬が得られるいまのこの職を受け入れた。ただ遺憾なことに、何十億ドルもの資産を持ち、ＩＴの天才の名をほしいままにするパーセルのような人物が、いまだ大人になりきれない下賤な男だとは予想していなかった。ティブロンでのお大尽はパーティーも開かず、ゲストを招いてもてなすこともない。冷凍ピザや冷凍ワッフルやアイスクリーム以外何も食べようとしないうえに、デリカテッセン一店ぶんのランチョンミートやチーズやサンドウィッチの中身でサブゼロの冷蔵庫をいっぱいにしておきたがる。大画面テレビがあまりにたくさんあるせいで、まるで家全体がきわめて洗練された〈ベストバイ〉の店舗のようだ。二十台のゲーム機器が三十四の部屋にまんべんなく配置されている。さらに四十六台のピンボールマシンが置かれたゲーム室。ウォークイン式の金庫には千枚近いハードコアポルノのＤＶＤがしまってある。これをクロムウェルが見つけたのは、パーセルがたまたまある日曜日に急ぎの用で出ていったとき、扉を開けっ放しにしていったからだ。

目下のところは、ここに三年いたあとで別の勤め口を探そうという腹づもりだった。まだ四十八歳だし、引退の年までパーセルに我慢することはできそうもない。

クロムウェルは不規則な造りの邸宅の一階を大急ぎで見てまわり、ドアが残らずロックされているか確かめた。家のコンピュータからすべて施錠できるようになっているのだが、スタッフのなかには規則を破って自動ロックシステムを無視し、作業中にあちこちのドアを開けては楔《くさび》をかませておく者がいる。家からしょっちゅう閉め出され、顔認証システムでもう一度入ろうとしても、機械が頑として認識してくれないというのが彼らの言い分だった。ときには音楽システムが勝手に動きだし、あろうことか決まってテイラー・スウィフトが大音量で家全体に流れたりもする。かと思えばガレージで、パーセル本人は決して運転しない自動車のコレクションを載せた回転式のコンベヤーが、まるで車自身が毎日毎日ただじっとしているのにあきあきしたというように勝手に回りだすこともある。またときには、家の管理プログラムの魅力的な女性の音声が掃除機の音に反応し、「医療のご支援がご必要ですか?」と何度もたずねてきたりする。こういったシステムはどれもパラブル社やその子会社の製品ではなかったが、もしかするとどのメーカーも自社の装置の行き先を知って、あのお大尽をからかうために装置をいじくったのではないか。もしそうだったらと思うと、じつに痛快だった。

とるものもとりあえずスタッフを追い出したせいで、四つのドアに楔がかませたままになっていた。最後のドアに施錠したころ、ヘリコプターのバラバラという音が響き、お大尽の到着が迫っていることを告げた。

クロムウェルは裏のテラスに出て、ヘリコプターが着陸するのを見守り、それからこの雇い主にふさわしいと思われる以上の威厳をもってあいさつをした。そのあとは長い週末が待っている。ペブルビーチでゴルフを楽しみ、スパでくつろぎ、すばらしい食事を味わう。五つ星のリゾートに予約を入れてあった。あそこのセラーにある最上級のワインは、ドリアン・パーセルのそばで五分も過ごさねばならなかったトラウマを癒やしてくれるだろう。

109

ブックマン宅から南へ一キロ半行った、地下にチャールズ・オクスリーの死体がある家のガレージで、ヴェルボツキとナッカーは〈アトロポス〉のパートナーであるスピーアとロドチェンコを迎えた。ガレージにはオクスリーの車とエスカレードに加え、スピーアとロドチェンコがリーノーから乗ってきた黒のサバーバンが納まった。

着いたばかりのふたりがサバーバンに載せて持ってきた品のなかに、白いビニール製の、大小二つのサイズがあるブロック体のアルファベット文字のステッカーが入っていた。アルファベットぜんぶではなく、FとBとIだけが複数あった。この文字をきれいにそろえて、サバーバンの屋根と左右の前部ドア、テールゲートに貼っていくには時間と忍耐を要した。結果は上出来で、いかにも公用車らしくなった。

アレクサンダー・ゴルディアスから電話があり、保安官の部下たちはもう、メーガン・ブックマンと息子の警護に就いてはいないとのことだった。

ヴェルボツキ、ナッカー、スピーア、ロドチェンコは協議の末、ブックマン宅へ向かうのは午後四時まで待ってからにした。それより早く行動に出れば、警官たちが引き揚げたのを見計らって自分たちが来たことが見え見えで、ほんとうにＦＢＩなのかと女やもめが疑うかもしれない。

地下室の暖房炉を炎上させる単純な装置を仕掛け、あとで一カ所つなげるだけですむ状態にしたあとで、時間潰しにキッチンテーブルでポーカーをやろうということになった。チップは一枚千ドル。みんな酒飲みだが、仕事を控えているときは飲まない。ヴェルボッキがポットのコーヒーをいれ、ナッカーがパンケースで見つけた一ダース入りのチョコレートがけドーナツの箱を出してきた。

延長コードで絞殺された死体を見たことのなかったスピーアは、絞められた痕がどんなふうになるのかに興味をもった。そして地下室まで下りていき、チャールズ・オクスリーの喉を眺めてから戻ってきて、なかなか面白いと感想を言った。

ポーカーを始めてまだ三十分というころに、アレクサンダー・ゴルディアスがまた電話をよこした。警護の任務に就いていた友好的な警官の報告によると、いまの時点で例の家にいるのはメーガンとウッドロウ・ブックマンだけではないとのことだった。三十代のラテン系の女と、やはり三十代の、レンジローバーに乗ってゴールデンレトリバーを連れてきた男がいる。ある時点でその男は、ラテン系の女のリンカーンＭＫＸと自分のローバーをブックマン宅のガレージに入れた。警官たちは誰からもブックマン宅の来客に注意を払うようにとの指示を受けておらず、ローバーとリンカーンのプレートのナンバーを控えるだけの知恵もまわらなかった。このふたりが何者なのか、〈アトロポス〉のパートナーたちが着いたときにまだ家にいるのかどうか、いまとなっては知りようがない。

　殺し屋たちは三分ほど協議したあと、この展開はなんの問題にもならないと結論を出した。以前に四人そろっての仕事で、一度に十一人の民間人を尋問し、そのあとで射殺したこともある。自分たちはプロなのだ。

　またポーカーに戻ると、ロドチェンコが言った。「このドーナッはすごくいけるぞ」

「四人で一ダースか」スピーアが言う。「取り分は三だな」

「へえ？　もしおれが四つ食ったら、おれを撃つのか？」

「この仕事は三人でもやれる」とスピーア。

「楽勝だ」とナッカー。

「その必要があるならな」とヴェルボツキ。

　この場にユーモアを解する人間はひとりもいなかったので、ロドチェンコは四つめのドーナツを取らなかった。

110

　この邸宅は至るところに、クレストロンのスクリーンパネルが配置されている。ドリアン・パーセルはキッチンの壁に埋め込まれたそのパネルのひとつを操作して、防犯システムを作動させた。システムは家のドアと窓すべてと、二万平方メートルの地所全体をカバーしていた。何者かが正面ゲートを突破しようとしたり、敷地の周囲の忍び返しを埋め込んだ塀をよじ登ろうとすれば、熱センサーと動作センサーを組み合わせた感知器が人間の姿をつきとめる。するとアラーム音が鳴り渡り、スチール製のシャッターが下りてきて窓という窓を覆い、さらに警察に連絡が行く。ドリアンはチャリティ財団を通じて警察慈善基金に毎月三万ドルを寄付しているので、実際に計ってみたところ、地元当局はこの家からの警報にはほかと比べて平均で六倍早く対応するという数字が出た。

　パーセルがティブロンへ来たのは、テクノロジーやカルチャーについて深い思索をめぐらすため、セックスでどこまで無茶をしても許されるかを考えるためというだけでなく、人付き合いのわずらわしさから逃れてのんびりと楽しむためでもあった。チョコレート風味のウォッカを氷の上に注いだ。酒のグラスを片手に、洗練の極みのウルトラモダンな宮殿を見てまわる。さて何をしよう。ピンボールかビデオゲームか、仮想現実のフライトシミュレーターでF‐18戦闘機を操縦するか、エアライフルを持って屋上のデッキまで行き、飛んでいる鴉を、もしいたら鳩でも撃ってやろうか。

　図書室へやってきた。さまざまな濃淡の珊瑚《さんご》色や瑠璃《るり》色、深い琥珀《こはく》色の精密な模様が描かれた巨大なアンティークのペルシャ絨毯が、白い石灰石の床の上に浮かんで見え、呪文ひとつで自分を空に飛ばせる精霊《ジーニー》を待ってでもいるようだ。本棚は柾目《まさめ》のアニグレ材を使っていて、木目の見事な表面が金色に輝いている。本は専門の人間を雇って貴重な初版本を六千冊探し出させ、八桁の金を積んで手に入れた。

初めは書架のあいだをぶらぶらと歩き、自分の戦利品を鑑賞してまわるつもりだった。ところが、角を曲がっていちばん近い通路に入ったとき、ふっとかすかな、胡乱《うろん》なにおいを嗅いだ。どこから来るのかわからない。カビか、何かしらの紙の傷《いた》みだろうか。本の係の者につきとめさせなくては。おかげで部屋をめぐり歩く熱意が薄れてしまった。

彼にはまだ、この世界有数のコレクションのどれかを読むひまはないが、それはどうということはない。この図書室の目的は主に二つ。ひとつは、住まいに高級感をかもし出すこと。もうひとつ、もっと重要なのは、本棚を隠し扉として使えることだ。あの古い恐怖映画のような――ああ、カーロフ、ルゴシ！――隠し扉は、映画にのめり込んでいた子どものころからの憧れだった。

ドリアンが「オーカス・ボーカス」と、北欧神話の魔法使いの名前を口にすると、音声認識プログラムがロックを解除し、回転式の蝶番に載った扉が開いた。秘密の通路に足を踏み入れる。こういった通路が家の壁という壁の裏に網の目のように延びているのだ。「これは私の体である《ホク・エスト・コルプス・メウム》」の言葉とともに、本棚の扉が閉まり、ロックが下りた。

その秘密の通路の終わりには、床から天井まで壁全体を覆う鏡を模した秘密の扉があった。こうした隠し通路の存在はスタッフも誰ひとり知らないので、ドリアンはときどき自らこの鏡を拭いてやったりもする。しばらく立って、鏡に映る自分をほれぼれと眺めた。

なんとすばらしく神秘的な姿だろう。それから鏡の枠にひそかに仕込まれた掛け金を探り当て、扉を開けた。

その先には上へ延びる秘密の階段と、下へ延びる秘密の階段があった。下りの階段を進んでいき、ここのコレクションのなかでも特に高価な本が三方に並んだ三メートル四方の空間に出た。「アブラカダブラ」と唱えると、またしても隠し扉が回転して開いた。ドリアンはそこを抜けて、千年前に封印され忘れられた地下墓地のように隔離された入口の間《ま》へ入った。

記憶にあるかぎりの昔から、「秘密」「隠された」「隔離された」「ミステリアス」「内密に《スブ・ロサ》」といった言葉は、彼のなかに静かな興奮をかきたてる。それはいまも少年のころと変わらなかった。

隠し扉の奥の壁には、重さ三百五十キロの断熱スチール製の扉があった。扉はダイヤル錠か、「ホラ・ノラ・マッサ」という中世の黒魔術師が自らの魔法の仕上げのために使っていた呪文で開けることができる。

ドリアンがその言葉を口にし、開いた扉をくぐると、そこには家具調度のない小さな居室があった。手前の部屋は、広さ六×九メートル。奥はバスルームで、冷蔵庫と電子レンジも備わっている。

壁と天井は鉄で補強した厚さ一メートルのコンクリートで造られ、数センチの厚みのある防音板と乾式壁に覆われていた。もしここにアイポッドを持ち込んで、最高にやかましいヘビーメタルの曲を最大音量で鳴らしたとしても、その破壊的なコードは入口の間の外では、三百五十キロの扉の向こうからかすかに響く正体不明の音でしかなくなる。さらに離れれば、もうまったく聞こえない。

　ここはこの家に三つある避難部屋のひとつで、テロリストやらただの物盗りやらが家に侵入してきたときに難を逃れ、警察が来てすべて片がつくまで待っていられる場所だった。ほかの二つの部屋は、ここほど奥深いところにはなく、ここほど徹底して備えを固めてもいない。そして三つとも、市の建築部の記録には未記載の部屋だ。

　家が完成してから何週間もたたないころ、ドリアンにはいまいるこの避難部屋が、ほかの二つとはまたちがった用途に使えることを理解しはじめた。さらに一カ月がたって、ようやく自分が無意識のうちに、このスペースを別のどんな目的のために用意したか知っていたことを認めるに至った。それは古い恐怖映画好きの内なる子どもが思いついたものでも、その子どもが長じてなったセキュリティ意識の高い超大富豪が考え出したものでもない。それを造り出したのは、彼の人格のより冷酷な側面であり、彼自身もまだ全面的に認めるまでに至っていない完全に自由で全能のドリアン・パーセルであり、自らを表現しようと願ってやまない〝究極のわたし《アイ》〟だった。

　彼はふと、以前耳にした、理由はよく説明できないが、どこか惹かれる詩の二行を口にした。詩を書いた詩人のこと、詩の残りの文句は知らないし、べつに知りたくもなかった。

「私は一対の不揃いな鉤爪になるはずだった／静かな海の底を掻きむしって進んでいく爪

に」

小声で言ったわけでもないのに、この部屋の防音効果のおかげで、詩の言葉は遠くの壁に達する前に消えてしまった。

この忌まわしい時代を乗り越えてトランスヒューマンの未来へ達し、人間という種の限界を超えた神となるには、神のように思考することが必要だ。神は限界を認めない。

氷を浮かべたチョコレート味のウォッカをすすり、部屋を見回しながら、ここにはどんな装飾が最もふさわしく、また映えるだろうかと考えた。そして、どんな究極の力をおれは手にすることができるだろうかと想像した。

じつに手強い難題ではある。この神殿の至聖所で、禁断の悦びに満ちた秘密の生活にふけりながらも、自分がその悦びに支配されたり、これまで地上の世界に見せてきた自分の顔や人格が何かしら変化することがあってはならないのだから。

この難題を克服し、さらに成功を積み重ねてほかの連中を凌駕していく、その楽しみがどれほどのものかを考えるうちに、彼の顔にゆっくりと、抑えた笑みが広がっていった。

111

木曜日の午後二時五分には、ヘイデン・エックマン保安官はこんこんとおのれに言い聞かせたあと、人心地ついた気分になっていた。ティオ・バービゾンの言うとおりだ。飼われる立場になるというのは解放なのだ。言われたことをやる以外になんの責任もないというのは。バービゾンの部下たちが六時に来て、死体と証拠物件を引き渡し、州司法長官の希望どおりに直近の事件を脚色した書類にサインをする。それで新しい人生が始まるのだ。

リビングの肘かけ椅子に腰を下ろす。二杯目のスコッチを三分の一ほど飲んだころ、私用の携帯が鳴りだした。かけてきたのは保安官補のリード・ハナフィンだった。エックマンが指名した忠実な部下のひとりだ。

「保安官、たったいま聞いたんですが、昨夜ブックマン宅の警護をしていた連中によると、ドクター・コンロイがあの家にいたそうです」

エックマンは椅子に座り直した。「さっきまでカーソンを捕まえられずにいたんだ。助手のジム・ハーモンが加熱・冷却プラントの死体を調べなきゃならなかった。カーソンはブックマンのところなんかで何をしてる？」

「わかりません。ドクターのエクスプローラーが前に駐めてありました。そうして夜明け前に出ていったそうです。わたしが捜しに行きましょうか？　あの家を調べたほうが？」

少しためらってから、エックマンは言った。「訊いてみないと」

ハナフィンが戸惑い声で言う。「誰にです？」

「いや、どうしたものか、考えてみなきゃならないってことだ。ドクターはあの家にいてはならないんだ、公式にも非公式にも。なのに勝手なまねを。この件はわたしが処理する」

「お耳に入れておくべきかと思いまして」

「もうわかった」エックマンは電話を切った。

三十秒ばかりして、また電話が鳴った。リタ・キャリックトンだった。

「しばらく寝たわ。あなたは？」

「いや。もう二度と眠れないかもしれない。ピリピリしてしまってね」

「じゃあそっちへ行って、リラックスさせてあげる。あたしはすっごくムラムラしてるの。こんなにいろいろあって、ひどい殺しとかも——それでなんだか、火がついちゃったみたい」

エックマンは腕時計を見た。バービゾンの部下たちが来るまでおおよそ四時間ある。リタと一戦まじえればなんとか緊張がほぐれて、二時間ほど眠れるだろうか。サクラメントの連中を相手にするのに、少し休んでおかなくてはならない。「じゃあ来てくれ」

「二十分で着くわ」

保安官は急いでバスルームへ行き、五十ミリグラムのバイアグラをスコッチで流し込んだ。

防犯アラームを切ってガレージへ行った。パトカーのトランクから現金と、裏地にダイヤモンドが縫い込んであるジャケットを取り出す。

またキッチンへ戻り、ジャケットをスツールにかけ、現金を中央のアイランドの上にほうり出した。

リタには、おれがティオに、おそらくパーセルにも飼われる立場になったとは言わないでおこう。飼われるのはいいものだ。それはわかっている。だがリタにはたぶん、あれこれ説明しなくてはならなくなる。あいつはしつこく聞きたがるだろう。いまはしゃべりたくなかった。ただあの体でぜんぶ忘れさせてほしかった。あいつはもうその気になってるし、これだけの金を見せてやれば、強力な催淫剤を一キロ飲ませるのとおんなじだ。

リタを待つあいだ、またアラームをセットしようとして思い直した。なんのためかと訊かれるだろう。こっちがリー・シャケットを怖がっているとは思われたくない。

二十分と言ったのに、リタは十五分でやってきた。ガレージに車を入れ、連絡ドアからキッチンへ入ってくる。非番なので制服姿ではなかった。アイランドに積み上げられた金を見るなり、たちまち乳首がぴんと立ち、白いTシャツを押し上げた。

「どうしたのこれ、事件の証拠物件か何か？」

「いいや、正当な戦利品だ」

リタは目をみはっていた。「あなたのもの？」

「わたしときみのものさ。シャケットの車に隠してあった」

リタは上等な赤ワインを持参してきていた。ボトルをアイランドの上に置くと、札束に顔を埋め、深く息を吸い込んだ。そして目を上げると言った。「これ以上ないほどギンギンにしてあげるわ」

「さっとシャワーを浴びてくる」

「もう、早くしてよ。ワインを二杯注いでベッドで待ってるから、ミスター・ビッグ」

彼女にミスター・ビッグと呼ばれるのは、たまらなくいい気分だった。ほんのしばらく前にはキッチンの床に転がって胎児の姿勢をとり、おれの人生は終わったとか、おれの未来はもう生きる甲斐《かい》もないほど先細ってしまったとか思い込んでいた。なのにいまは明るい未来が保証されていて、これからリタに干上がるまでしぼり取られる。まったくすばらしい女だ。あいつが実はメーガン・ブックマンだと思い込めれば、もっとずっとすばらしくなるだろう。

112

主要な行動の場は、いまは二階へ移っていた。警官たちが最初に引き揚げていったとき、メーガンは息子とキップだけが離れたところにいるのを心配していたが、もうその必要はなくなった。

ウッディは自分の部屋で、そばにいるキップに見守られながら、サンタローザのモンテル家のベラと〈ワイアー〉を通じて三十分も交信をしていた。〈ミステリアム〉のメンバーのなかでも、ベラは誰より〈ワイアー〉の経験が豊富だった。なにしろ何年も前から自らの意思で、一日二十四時間、週末も無休でずっと受信係を務めていたのだ。そしてほかの犬たちがつながっていないときも、何か拡散するべき重要なニュースが入ってくると、仲間たち全員を強制的に接続させてその知らせを頭のなかに響かせることができる。ウッディが〈ワイアー〉の存在を知ったのは、初めのうちは無意識レベルのことで、意図して〈ワイアー〉を使ったわけではなかったが、それがキップを引き寄せたのだった。だからいまはその使い方をすべて知る必要があった。ベラは彼にアドバイスを送るだけでなく、〈ワイアー〉のデータパッケージも送ることで、数分のうちにウッディが〈ミステリアム〉の誰とでも交信できるようにした。

この教育の結果として、本人も存在することを知らずにいた彼の頭のなかの閉まった扉が開かれ、自由さと完全さの感覚が、《ハッピー　バースデイ》と書かれたヘリウム風船のように浮かび上がってきた。ウッディの変容は彼とキップとの交感から、昨夜ベッドの上でたがいの目を見つめ合ったときから始まり、そしていまベラの力によって完了したのだった。

それが終わると、彼はキップといっしょに床にひざまずき、かけがえのない相棒を抱きしめた。頬と頬を、皮膚と毛皮を触れ合わせ、長くやさしい時間を過ごした。少年は何もしゃべらず、犬も何もしゃべれなかったが、ともに何千年にもわたる自分たちの種の相互依存と愛とを祝《ことほ》いだ。そしてその絆が、二日前には誰も想像できなかったような壮大で奇跡的なものへと成熟していくことも。

ふたりがいま、その最前線にいる世界の根本的な変容とは、記録された最古の歴史よりさらに前、敵だらけの平原や脅威に満ちた森のなかで暮らしていた犬と原始人とのあいだに同盟が結ばれたときから始まった。それまでは、きびしい天候やたくさんの獣がもたらす致命的な危険から身を守る避難所といえば、洞窟と、注意深く絶やさずにおかれる火だけだった。しかしこの同盟とともに、捕食者である二つの種——犬と人間が、何千年ものあいだ協力を続け、そしておたがいのあいだに育まれた愛によって単なる捕食者にとどまらない存在となったのだ。この愛は、ひとつの種が自分の種を大事にするただの本能ではなく、犬と人間に、やがてひとつの運命へ通じる長い道のりを歩ませるものだった。人はそれを進化と呼ぶのかもしれないが、犬は次第に知性を獲得し、やがて突然の大飛躍を遂げた。これを〝インテリジェント・デザイン〟と呼ぶ向きもあるだろうが、この変化の動因がなんであれ、どちらの種もおたがいがいなくてはこれほど栄えられなかっただろう。犬には人間の手と声が必要で、人間には犬の無垢さを受けとめること、欺瞞を許さないその性質を自身のものにすること、そして彼らの忠実さに見合った存在になることがぜひとも、なんとしても必要だったのだ。

口のきけない自閉症の少年が二つの種をつなぐ通訳になったという皮肉は、以前の状態にあったときのウッディにもたぶん面白く感じられただろう。自らの責任の重さを厳粛に受けとめながら、彼は言った。「行こう、キップ。ママと話をしなくちゃ」

113

オクスリーの家では〈アトロポス〉のパートナーたちがポーカーを終わらせて、ブックマン宅へ向かう準備に入っていた。

それぞれに銃で武装し、発砲しながら家に押し入るつもりはなかった。ドアをノックして、いかにも本物らしいバッジを見せてなかに入る。ブックマンの親子はトラブルの到来を予想してはいるだろうが、そのトラブルが映画に出てくるFBI仕様らしい車に乗ってきて、黒のスーツ姿で丁重な言葉をかけ、FBIの紋章のついた精巧な偽造の写真入り身分証を見せてくるとは思うまい。

彼らの選んだ武器はテーザー銃と、クロロホルムを吹きつける小型のスプレー缶。標的が五万ボルトの電流を食らって呆然とし、それから昏倒したところをジップタイで拘束する。

そのあとで尋問を始める。メーガン・ブックマンがダークウェブの殺人請負組織について知っていることを細大漏らさず聞き出す。巧妙に仕組んだ事故、心臓発作、脳梗塞、自殺、テロ事件などを装った殺しに金を支払った依頼主についても。

ブックマンの女やもめと、必要なら居合わせたほかのやつらにも注射をすることになるだろう。バルビツール酸系のチオペンタール、通称〝自白剤〟には、それだけで何もかもしゃべるという保証はなく、ただこちらの質問にどうしても答えなくてはという衝動に駆られるようになるだけだ。しかしこのチオペンタールを、ロシアの情報局が開発した薬物のカクテルといっしょに使用すれば、嘘をつくのはほぼ不可能になる。注射といっしょに激しい痛みを加えてやればさらに効果的だ。

ヴェルボツキは言った。「もし運がよければ、女は知っていることをあの家の連中以外には漏らしてないかもしれない。その場合は証拠を残らずかき集め、四人をここまで連れてきて、できるだけきれいに殺し、リーノーまで運んで死体を始末すれば、もう二度と表には出てこない」

〈アトロポス&カンパニー〉は、死体が発見されないよう始末することにかけては万にひとつの抜かりもない。リーノーにある彼らの施設は死体処理の驚異と言えた。

「犬はどうする？」ロドチェンコが言いだした。「誰だかわからん男が、犬を連れて現れたんだろう」

「何が問題だ？」

「犬も殺すのか？」

「面倒になるならな」

「面倒になろうがなるまいが、おれは殺したい」

「犬に恨みでもあるのか?」

「おれを見るときの顔が気に入らねえ」

「どんな顔をするっていうんだ?」ブラッドリー・ナッカーがいぶかしんだ。

「何かピンときたときのおまわりみたいな顔で見やがる。とにかく犬はぞっとするんだ。ずっと昔からだ。三べんも嚙まれた」

スピーアが言った。「だったら殺せばいい」

「みんなそれでいいか?」ロドチェンコが訊く。

誰にも異存はなかった。

114

ウッディは母親を連れてキッチンからアトリエへ行き、自分と鹿を描いた未完成の絵のそばにあるスツールに腰かけさせた。

背の高い窓の向こうで、庭の木々はさっきほど激しく揺れてはいなかった。風はようやく少しやわらいだようだけれど、垂れ込める雲は次第に黒くなってきていた。

ウッディは母親の前に立ち、その両手を取った。息子がただ触れられるままでいるのでなく、自分から進んで触れてきたことに、母親がまだ驚いているのがわかった。

「すごいことが起ころうとしてる」彼は言った。

「すごいことならもう起こってるわ、ウッディ」

「ぼくよりずっと大きなことだよ」もちろん〈ミステリアム〉と〈ワイアー〉のことはメーガンも知っている。犬同士はおたがいの頭のなかを読めないということ、〈ワイアー〉は基本的に精神を通じた電話でしかないことも知っている。そして彼は、サンタローザのベラのこと、ベラが自分にしてくれたことを話した。「ぼくもまだ、ベラのやり方を、彼女がどうやってみんなに話しかけるかを学んでるところなんだ。ベラは犬たちが〈ワイアー〉に入っていてもいなくても、全員に声を届かせられる。すごくカッコいい。ハインラインの小説に出てくるやつみたい。でも、ぼくももっと何時間も練習するよ、そうしたら……つぎのステップに行けるかもしれない」

母親の長くやさしい指が、彼の手をぎゅっと強く握った。「つぎのステップって何なの、ウッディ？」

「怖いものじゃないよ。しばらく練習してみないと、うまくできるかどうかなんとも言えない。かなりがんばって練習するつもり。でもその前に、ママに言っておきたいことがあるんだ」

口をつぐんだ息子に、メーガンは言った。「どんなこと？」

言いたいことを表す言葉はわかっていた。何年も黙っていたあとで初めて話せるようになったとき、実際に口にもしたけれど、でもその言葉は全体のほんの一部、小さな部分でしかなかった。ウッディは目を閉じて、母親に向ける気持ちのすべてを集めた。彼女が自分を愛してくれていること、ジェイソンを失った悲しみ、深いやさしさ、画家とピアニストとしての才能、その心の広さと清らかな意図、どれもちゃんとわかっていると。母親にまつわるそうした輝かしい真実のすべて、それが自分のなかにかきたてる感情のすべてを取り出し、織物に織り上げてこんな言葉に包み込み――**ママは地上に降りた天使だよ、心からママを愛してる**――母親へと送った。ベラが〈ベラ報〉を送ったときに使うのと同じ、やさしいけれど抗えない力をもって。

〈ワイアー〉に近いものは、何千年も前から存在していた。正確にいつからかは誰も知らない。それを示す言葉もなく、それについて考えもしないうちから、犬たちはある意味で〈ワイアー〉を使っていた。知能の急速な発達が起こるずっと以前から、原始的なかたちで使っていたのだ。おのれのテリトリーを確立するため、脅威の存在をたがいに警告し合うため、こっちは獲物が多いぞとたがいに教え合うために。〈ワイアー〉は、単に〝テレパシー〟と言ってもいいのかもしれないが、〝本能〟と呼ばれる蓄積された知の一部だった。知には四つの種類がある。教えられるもの、経験から学ぶもの、直感的に知るもの、遺伝子に組み込まれた本能的なもの。

人間よりもはるかに深く、自分たちの本能を信頼してきた犬は、より洗練されたかたちで〈ワイアー〉を使える準備がすでに整っていた。知能が高いレベルに達した時点で、どうすればその贈り物をよりよく活用できるかを理解していたのだ。ウッディの場合は〈ワイアー〉が、さあわたしを使ってと待ち受けていることを知らなかった。そして絶望と恐怖と先の見えないパニックに捉えられていたあの時間に、話すことができないために感情のやり場がなく、気づかないうちに〈ワイアー〉を通じて送っていた。けれども〈ワイアー〉は実のところ、ウッディの本能的な知を司《つかさど》る遺伝的パッケージの一部であり、この星に住む人間はみんなたしかに同じようなテレパシー能力を秘めているのだ。

そしてウッディはいま、〈ワイアー〉を通じて九月にこのバレンタインカードを送ったのだった。彼が見つめる前で、母親の目が大きく、見たこともないほど大きく見開かれ、息が喉につかえて、彼の手を握った指にまた力がこもり、涙があふれ出た。彼女はしばらく前、初めて息子の声を聞き、愛しているよと彼が言ったときにも涙をこぼした。でも今回は〈ワイアー〉の力に、そして言葉よりも多く伝えられたものすべてに、胸のずっと深いところを貫かれた。さらに今回ちがうのは、ウッディが泣いていたせいもあった。彼が母親のために開けた扉から、〈ワイアー〉を通じて返されてきた不朽の愛のメッセージに心を揺さぶられていた。

父が死んでから百六十四週のあいだに、ウッディは何度か、涙をこぼしているところを母親に見つかった。そのたびに彼は笑みを浮かべ、サムアップのサインをしてみせたりして、これはうれし涙なんだと思わせようとした。だがテレパシーによる交信には、嘘はない。いくら良い意図があったとしても、嘘で騙すことはできない。送信する側が秘めている本当の動機は、送られる言葉にともなった感情と分かちがたくからまり合っているからだ。ウッディの母親はいま、彼が以前に流していたのが悲しみの涙だったこと、そしていまここで見せている涙が本物の喜びの涙であることを知った。

突然、彼女はこれまでにあったことのすべてを知り、その意味を、やがて起こるはずのことを理解し、〈ワイアー〉で彼に伝えてきた。**ああもう、あなたったら、なんなの、こんなにわたしを死ぬほど怖がらせて。**

母親が何をほんとうに言いたいのかがわかった。これは悪い意味での怖さとはちがう。一文なしの人間が宝くじで十億ドルを当てて、もう何もかも以前と同じにはいかなくなる、そう感じたときの怖さなのだと。

115

シャワーを浴びた保安官が裸でバスルームから出たとき、リタはまだ服をぜんぶ着たままでカベルネを飲んでいた。そしてワインをたっぷり注いだグラスをよこし、ベッドの端に腰を下ろすと、おもむろに服を脱ぎはじめた。

リタがそうするところを眺めるのが、ヘイデン・エックマンにはその後の行為にも勝るほど刺激的だった。ストリッパーのような芝居がかったしぐさはせずに、着ているものをひとつひとつゆっくりと、それでいて効率よくはぎ取りながら、こういわんばかりの挑発的な視線を投げてくる――あたしが法よ、ダンナ、あんたはあたしの望むとおりのことをするの。女子はよくわからなくて手に負えない、彼がそう思い、彼のほうも女子たちから、あんなやつ無理、と思われていた十代の頃、エックマンが母親と暮らしていた家の隣には、警察官のダウリング夫妻が住んでいた。彼の思春期の性欲はひたすら、妻のジョイス・ダウリングへ向かった。裏庭で日光浴をしている彼女を双眼鏡で眺めながら、いつまでも目を離せなかった。もしリタが制服を着ていて、名前がジョイスだったら、このストリップはもっともっと刺激的になっていただろう。

保安官は半分飲んだワインのグラスを置いて、リタをベッドに誘い入れた。しなやかでみだらで、いつにもまして貪欲で、いくら貪《むさぼ》ってもあき足りないようだった。こいつはセックスマシンだ、これまでのどの相手よりすごい――やがて彼女の下で眠りに落ちた。

そして目を覚まし――ひどく混乱した。裸のままだったが、もうベッドにはいなかった。なぜか浴槽に浸かっていた。水は冷たかった。体ががたがた震えている。

リタがいた。いまは服をぜんぶ着て、閉まった便器の蓋に腰かけ、彼を眺めていた。

アンディ・アージェント保安官補が言った。バスルームのドアの前に立っている。「おい、目を覚ましたぞ。まずいんじゃないのか」

「だいじょうぶ。もうほとんど意識はないわ」

「仰せのままに、保安官」

このやりとりに、ますますエックマンは混乱した。呂律のまわらない声で、リタに向かって言った。「ちがう、きみは保安官代理だ」

「ええ、任命してくれてありがと。特別選挙があるまでは、あたしは暫定保安官ね」

そこまで酔うほどスコッチを飲んだ覚えはないし、まちがいなくワインはほとんど飲んでいなかったが、われながらひどく酩酊した口調に聞こえた。「特別選挙？」

「ティオ・バービゾンが推薦してくれるわ。あたしもクラブに入会したのよ、ヘイデン。これからは自分でやるわ」

血のにおいがした。周りの水が血で赤く染まっているのに気づいた。

大量の血だ。

少しのあいだ、シャケットが家に入り込んで、食い殺されそうになったのかと思った。右腕が陶製の浴槽の縁にのっていて、その手首が剃刀で深々と切られているのに気づいた。まぶたがおそろしく重かった。鉛のようだ。とても開けていられない。「でも、おれは飼われてる。自分を売って。使える資産になったんだ」

「そんなふうに思えてよかったわね、ちょっとのあいだでも」

声はずっと遠くから、まるでリタがバスルームを出て、寝室から話しているように聞こえた。

必死に目を開いてみたが、リタは相変わらず、便器の蓋の上に座っていた。

バスルームのなかの影が濃くなってきた。こちらを眺める女の顔すらよく見分けられない。

「ジョイス?」

「ちっ、聞こえた、アンディ?　あたしがこの間抜け野郎でいちばんムカつくのがなんだかわかる?」

シルエットだけになった男が言った。「なんだい?」

「あたしとヤってるとき、こいつはトリュフをほじくる豚みたいにフガフガ言いながらこの名前を呼んで、自分で気がついてもいないのよ」

「誰の名前だ?」

「ジョイス。こいつが十代のオタクだったころ、ヤりたくてしかたなかった隣の女警官だかなんだか」

「なんて変態だ」

「変態中の変態よ」

ヘイデン・エックマンはその侮辱に抗議しようとした。だが、声が出てこなかった。やがて、何に腹が立ったのかも思い出せなくなった。そして――

116

ベン・ホーキンスは数時間眠ったあと、メーガン・ブックマンと顔を突き合わせて、招かれざる、だが避けられない来客に向けての準備を確認した。メーガンはこれから起こることに不安を覚えながらも、反撃できるチャンスを待ち望んでいた。ウッディのことは衝突の起こりそうな場から遠ざけておきたいと主張するかと思いきや、少年の存在が殺し屋たちを安心させるうえで不可欠なことをちゃんと理解していた。やつらには、こちらがシャケットの襲撃のショックを引きずってはいても、たったいま危険と向き合っていることには気づいていない、そう信じ込ませることが重要なのだ。もしその場に少年の姿がなければ、向こうははめられたと思い、銃が抜かれ、血が流れるだろう。

数分後、ベンがキッチンにいるとき、放棄されたトレーラーパークへの三度目の往復を終えてきたカーソン・コンロイが、キャンピングカーから積荷を外に出し、これまで運んできたぶんといっしょにした。

「もう一度往復するには、時間が足りません」ベンは言った。

カーソンが首を横に振る。「その必要はないよ。これでぜんぶだ」

「あなたが面倒を見てくれるなら」――運んできた中身を指して――「計画どおりにフリートウッドをしまってきます」

「ほんとうに今日来ると思うかい？　やつらがウッディの跡をたどってこのパソコンまでたどり着いたのはつい昨日だ。むしろメーガンだと思ってるんじゃないか」

「やつらはできるだけ早く動こうとします。きっと来る、まちがいない。夜まで待ってはいないでしょう。暗くなってから現れたら、こっちがますます警戒することはわかってるはずだし。この曇り空だと、十分な光があるのはあと二、三時間だ。もうじき来ます。たぶん一時間で」

カーソンは窓に目を向け、外のどんよりと雲に覆われた空の下、着実に薄れていく日中の光を見た。「それでやつらは正面からやってくると？　正体を隠して、別の何かのふりをして？」

「そうすれば玄関から入って制圧できる見込みがいちばん高いと考えるでしょう。あの手の連中は、われわれ一般人をカモだと思ってます」

「実際、そういうことも多い」

「ええ、でも今回はちがう」

風は強かったが、荒れ狂うような勢いはなくなっていた。いまは金切り声をあげるのではなくただゴウッと吹きつけ、もう満足に伝えきれなくなった怒りに喉を詰まらせているようだった。

キャンピングカーのキーは運転席の隣のカップホルダーに入っていた。ベンはハイウェイに乗り入れ、北へ向かった。

一キロ少し走ると、ピクニックテーブルのある、山の見晴らし場所まで来た。凪は吹くし雨も迫っているとあって、いまこの施設を利用している人間は誰もいなかった。そこにキャンピングカーを駐め、ロックすると早足でブックマン宅へ歩いて戻った。

家まで近づくと、窓を見渡した。どの窓も残らずブラインドとカーテンで覆われている。例外は玄関ドアののぞき窓と、二つの採光窓だけで、そのひとつにはガラスが、もうひとつには前の夜にメーガンとふたりで打ちつけた半透明のビニールのタープが見えていた。

あらためて家に入ってみると、全員がリビングに集まり、手はずどおりに待っていた。カーソンとローザは肘かけ椅子に、メーガンはソファのひとつに座っていた。メーガンの左隣にはウッディ、右隣の飾りのついたクッションの下には拳銃があった。

ベンは暖炉の前へ行き、ガスの炎が燃えている陶製の薪に背を向けて立った。彼の拳銃はマントルピースの上の置き時計の裏に隠してあった。

実際に拳銃を使うかというと、それは計画にはなかったが、自分もメーガンも手の届くところに武器がなくては安心できない。

コーヒーが振る舞われていた。自家製のケーキやクッキーの皿もサイドボードの上に載っている。ブックマン親子とお客たちはこの時間に英国式アフタヌーンティーをするのが習慣で、つい最近あった家宅侵入や暴力にも屈しはしない、という意思表明のようにも見える。

ここで昨夜起こったことの重大さを思えば、実際、すばらしい光景だった。しかしこれからの計画は、すべてが正確なタイミングにかかっている。特に重要なのは、悪意を持った相手が玄関から入るなり行動に出るようにしむけてはならないこと、リビングルームに入ってから一、二分はその先の展開がよく読めないというふうに感じさせることだ。望ましい反応を確実に引き出すには、こちらが疑っているそぶりを見せずにあいさつして迎え、向こうが虚を衝かれて軽くうろたえるような状況をつくり出すのがベストの方法なのだ。

「うん、なかなかいい」ベンは一同に向かって言った。「しかしみんな、麻酔なしで虫歯の治療を待ってるみたいに緊張してるなあ。もっとリラックスしたふりをして。ローザをごらんなさい。じつにふさわしい態度だ」

「コーヒーにね、ちょっぴりと」ローザが認めた。

ベンは笑って言った。「全員におすすめできる方法じゃあないかな」

「やっぱり警察には頼れないの？」ローザが訊く。

「もうエックマンは誰かから指示を受けてるわ」メーガンが言った。「あの男がほんとうに気にしてるのは、わたしたちじゃなくてその誰かだもの。わたしたちだけでやるしかない」

カーソンもうなずく。「平和で安全なパインヘイヴンもここまでだ」

少年はおかしな姿勢をとっていた。ソファに深くかけているのに、腰から上は前に乗り出し、頭を右側にかしげて天井をぽかんと見上げている。

「ウッディ」ベンは声をかけた。「どうかしたかい?」

「いましゃべれないよ。なんにもわからないふりをしてるんだから」

メーガンがその肩に手を置いた。「わざとらしい演技はやめて、ウッディ」

ウッディはベンに意見を求めた。「演技のしすぎだと思う? だってぼくの場合、ぜんぶが演技ってわけでもないんだし」

「さすがにちょっとクサかったかな。ただみんなに向かってニコニコしてるだけでいいんじゃないか」

「これでどう?」ウッディが『カッコーの巣の上で』の若いころのダニー・デヴィートのような、やさしげな笑い顔を作ってみせる。

「完璧だ」とベン。

「怖がらないで」ローザが少年に声をかける。「あたしも怖くなるかと思ってたけど、でも怖くないわ。まあ、ちょっとはね。ちょっとというよりだいぶ怖いけど、でもすごくじゃない」

ウッディはかぶりを振った。「ぼくは怖くないよ。もう怖くない。キップが来てくれたから」

それが本当でないことをベン・ホーキンスは願った。恐怖を忘れることは、往々にして命取りになる。

ベンは怖かった。心臓はずっしり重く、腹がぎゅっと恐怖によじれる。メーガンと目が合うと、彼女も不安にさいなまれているのがわかった。この部屋にいる全員、失うものが多すぎる。おたがいの存在だけでなく、自分の命だけでもない。この世界全体を失うことになるのだから。

車が一台、家の車回しへ入ってくる音が聞こえ、ベンはカーテンで覆われた窓に注意を向けた。

玄関のドアまで行き、採光窓から外をのぞく。ダークスーツを着た男が四人、黒のサバーバンから降りてきた。車の横に、《ＦＢＩ》の文字があった。

ベンは言った。「来ましたよ」

117

キップは二階の廊下に座り、警戒態勢をとっていた。

ウッディのそばにいたかった。もしいざとなったら、少年のために命を投げ出せる場所にいたい。

きっといざという事態になる。キップはそう思っていた。

人間は破滅の一歩手前にいても、自分を騙そうとする。自分は決して死なないと信じたがる。

犬ならそんなことはしない。

それでもキップは、希望を失わない人間が好きだった。人間も犬のように、生まれつき希望を持つようにできている。

けれども犬たちと同じように、自然の冷たい無関心さを理解すれば、暴力に満ちたこの世界で永遠に生きられるとは思えなくなる。

そのかわり、自分が生きているうちに、この世界をもっと良い場所にしようと思うようになる。いまとはちがう、より良い世界に希望を見いだそうとする。

ああ、ウッディのそばにいたい！　こんな危急存亡のときに。どれほど強く、激しく、熱烈に、そう焦がれたことか。

でもいまのところは、ここが、二階の廊下がぼくの持ち場だ。

自分の任務はわかっている。

ドロシーの敵はがんだったから、ぼくは彼女のために何もできなかった。

ウッディの敵はがんじゃない。

驚くべき静けさが、家を包んでいた。

キップが耳をすましても、まったく何も聞こえない。とてもいいことだ。

風がやっと、建物を責めさいなむのをやめていた。

家はそのなかにあるものすべてにも、歴史の重みにもうめき声を発していない。

空気はたくさんのにおいに満ち、その多くがどれもこの上なく重要なものだ。

この世界を変えるかもしれない少年との絆を、自分が運命に選ばれた犬であることを、彼は誇らしく感じてはいない。

ただ、過ぎた名誉だと、厳粛な気持ちでいる。そして絶対に失敗はしないと。

車回しへ入ってくる車の音が聞こえた。

エンジン音がやんだ。

ドアが開いた。

においがした。一人、二人、三人、四人の〈憎み屋《ヘイター》〉のにおい。

首筋の毛が逆立った。

それぞれ微妙に異なる、四つの悪が近づいてくる。

キップは立ち上がった。しっぽを低く下げ、動かさずに保つ。

玄関ベルが鳴った。

家じゅうにチャイムの音がこだまし、次いで雷鳴がとどろいた。地殻が裂け、地球の溶けた芯へ落ち込んだようだった。

118

ジョン・ヴェルボツキは玄関ベルを押した。後ろのポーチの上にナッカー、スピーア、ロドチェンコが控えている。スピーアとロドチェンコはいかにもＦＢＩ捜査官が持ち歩くようなブリーフケースを提《さ》げていたが、なかにはあらゆる必要な薬物と尋問の道具が納まっていた。

　太陽が新星爆発して空を覆う雲を一瞬で焼き消したような稲妻が走り、ヴェルボツキはびくりとした。すさまじい雷鳴が歯と骨に反響する。

　激しい雨が突然、凍った雹《ひょう》をともなってばらばらとポーチの屋根に叩きつけはじめた。そのときドアが開き、戸口に男がひとり、そばに少年を連れて立っていた。

　男のほうはレンジローバーに乗ってきたという、身元不明のやつにちがいない。背が高く頑健で、ヴェルボツキの気に入らない空気を漂わせていた。有能さか？　動じなさか？　どっちにしろ、いい兆しではない。

　彼の直感は、いますぐこの野郎を撃てと言っていた。しかしヴェルボツキは心理学の学位を持っている。この分野で名の知れた、彼のお気に入りのドイツ人学者たちは、直感というのはただの神話だと書いていた。この概念は〝民俗学《フォルクスクンデ》〟に端を発するもので、そうした迷信を自然の法則だと信じる農民たちがつくり出したのだと。

文明化された人間は、明晰《めいせき》な観察と厳密な事実に基づいた、冷徹な推論に従って動かねばならない。直感などを信用すれば、神話に取り憑かれたあの愚か者たちのように身を滅ぼすことになる。それで銃を撃つのは思いとどまった。

男のそばにいる少年は、知的障害があるというメーガン・ブックマンの息子だろう。歳のわりに体が小さい。その青い目は、何にも焦点を合わせていられないというようにじゅう泳いでいて、笑みは異国の人形のようだ。それがずっと張りついたように変わらず、どんな感情とも切り離されているせいで、不気味に感じるのだろう。

「なんのご用でしょうか、皆さん？」

ヴェルボツキは用意していた偽造のＦＢＩの身分証明書を、そこの知的障害の少年よりはよほど本物らしい笑みを浮かべて差し出した。「特別捜査官のルイス・アースキンです」やはり偽の身分証を見せている仲間たちを指しながら言う。「こちらも特別捜査官のジム・ローズ、トム・コルビー、クリス・ダニエルズです。ミセス・ブックマンがリー・シャケットと不幸な対面をされた件でうかがいました。やつはＦＢＩの最重要手配リストに載っています」

われながらしっくりこない、とヴェルボツキは思った。何を言うか前もって、時間をかけて練習しておくべきだった。だが少年は間の抜けた笑みを崩さず、男のほうは安心した表情を見せた。「わたしはベン・ホーキンス、ミセス・ブックマンの友人です。シャケットが少なくとも二つの州で殺人を犯したと聞いて、どうして連邦レベルの人たちが動こうとしないのか疑問に思っていたところでした。どうぞどうぞ、お入りください、アースキン捜査官も、皆さんも。みんなリビングにいますので」

ドアを閉めるのを客たちにまかせて、ホーキンスは背中を向けた。なんの疑いも見せずに玄関ホールを歩きはじめる。だが、ニタニタ笑いを張りつけたままの少年がまだ戸口から動かずに、ヴェルボツキやチームのさらに向こうを見つめているのに気づくと、足を止めて言った。「さあおいで、ウッディ。クッキーをいただこう」だが少年はまだどこうとせず、ホーキンスが戻ってきてその手を取った。「すみません」とヴェルボツキに言った。「ウッディはとても良い子でして、いつも聞き分けはいいし、ただ……その、ちょっと特別なんですよ」と、少年をやさしくリビングの入口のほうへ導いていく。

ルイス・アースキンこと、ジョン・ヴェルボツキは家のなかへ入っていった。三人があとに続き、スピーアがドアを閉めた。

雨が滝のように激しく落ちかかり、しっかりした造りのこの家にも、やわらかくドラムを連打するような、不思議と心地よい響きが満ちていた。生まれる前の胎児は羊膜《ようまく》のなかで、これに似たトクトクという音を聞いているのだろう。命をつないでくれる母親の血が絶え間なく体のなかを巡り、自分を包み込んでいる音を。

そうした思いが浮かんでくるたびにヴェルボツキは、自分がいぶかしくなり、少しどうかしてるのじゃないかと考えてしまう。もし心理学の修士課程を続けていれば、どこかで精神分析も修めなくてはならず、そういうセッションのやり方も学んでいただろう。それはそれで興味深かったかもしれない。だがそのすぐあとに、高報酬の外国での傭兵稼業からさらに報酬の高い国内での殺人請負のスペシャリストに鞍替えし、心理学を仕事にしていくのはあまりに実入りが少ないと思うようになったのだ。

いま、ベン・ホーキンスと少年のあとからリビングへ入っていくとき、ホーキンスがこう言っているのが聞こえた。「メーガン、みんな、われわれの祈りが聞き届けられたぞ。FBIの人たちがリー・シャケットの件で来てくれた」

リビングの連中はコーヒーを飲んでいて、サイドボードにはタルトやクッキーやフィンガーサンドウィッチが載っており、ホーキンスは暖炉のマントルピースに置いた自分のカップを取りに行った。メーガン・ブックマンはソファの横のテーブルにカップを置くと、立ち上がって訪問者たちにあいさつをし、ジョン・ヴェルボツキを感心させた。あれだけのことを経験したばかりだというのに、この女は生き生きして美しく、心理学的に安定している。

堂々とした居住まいで、簡単には屈しないという雰囲気があった。口を割らせるにはチオペンタールその他の薬物がかなり必要だろうが、尋問のしがいがありそうだ。そして尋問が終わったあとには、たっぷり楽しめる。ぶっ壊れるまでどのくらいの辱めに耐えられるか見てやろう。

ほかにはラテン系の女が肘かけ椅子に、黒人の男が別の椅子に、コーヒーカップを持って座っていた。どちらも立ち上がろうとしなかったので、ヴェルボツキの手間がはぶけた。偽のFBIの身分証明書をしまい、「ミセス・ブックマン、特別捜査官のルイス・アースキンです」としゃべりはじめると、三人の仲間が部屋の奥に移動し、それぞれが三人の大人に襲いかかれるよう配置についた。ガキはほかの全員をテーザーで撃ってクロロホルムを嗅がせ、拘束してから片づければいい。ロドチェンコとスピーアがブリーフケースを下ろした。「それでこちらは」ヴェルボツキは続けた。「特別捜査官の――」

三人を順番に紹介するつもりでいた――ローズ、コルビー、ダニエルズ。ロドチェンコがダニエルズで、その名前を口にしたときが、テーザー銃を抜く合図だった。

そのとき、ヴェルボツキはためらった。少年の顔から愚かしい笑みがすっと消えてその青い目に知性が宿るのを、黒人の顔に侮蔑の色が浮かぶのを、ベン・ホーキンスがマントルピースの時計に手をかけてその後ろにあるものをつかもうとするのを見た。突然彼は、あの直感はやはり民俗学《フォルクスクンデ》じゃなかった、戸口のところでホーキンスを撃つべきだったのだとさとった。いまはこの野郎を撃って、黒人の男とラテン系の女とガキを撃って、誰も動きださないうちに全員殺してから、メーガンを捕まえる。ほんとうに必要なのはあの女だけだ。

119

フォスター・ベンディクス保安官補の担当区域は曲がりくねった山間《やまあい》のルートだが、これまで酒酔い運転の検挙ぐらいしかやることはなかった。あとはせいぜい、若造たちが公道レースで車をぶち壊したり、いい歳をした連中が面白半分に道路標識を銃で吹っ飛ばしたり、故障で立ち往生した車に手を貸したり。ときどき警官というより、何やかやの修理や後始末を引き受ける便利屋になった気がした。

荒天のわびしい灰色の光のなか、分厚い雨の幕になぶられながら、鳥殺戮機関の建設計画が頓挫した元のトレーラーパークを通りかかった。あれは蜃気楼《しんきろう》か――ファタ・モルガーナを見ているのか、と思った。ただしそこにあったのは崖や建物の幻ではなく、ずらりと並んだ乗用車やSUVだった。

ここには何年も前から誰も住んでいない。トレーラーハウスはもう消えた。昔は電気のコンセントやガスの接続口や浄化槽があったが、そういったライフラインは風力発電所の建設中止が決まるずっと以前から切られている。何かの集まりに使うのに適した場所ではなかった。

それはいいが、この土地はまだ郡の所有で、いっこうに買い手もつかないため、ここで誰かにケガでもされると郡が責任を負うはめになる。フェンスの修理に割く予算もなかったが、いちおう入口に立ち入り禁止の看板を掲げてはいた。

その看板を無視する不届き者たちを追い払うのもフォスター・ベンディクスの役目だったので、彼は郡道を外れ、荒涼とした地所のひび割れたアスファルトの上に乗り入れた。以前にここで見かけた車はだいたい一度に一台きり、それも必ず夜のあいだのことで、行くところのない十代のカップルがミートローフの歌う『パラダイス・バイ・ザ・ダッシュボード・ライト』のようなまねをしているのがお決まりだった。

篠突《しのつ》く雨のなかにずらりと並んでいる車両はどれも、運転席にも助手席にも人がいるようには見えなかった。シートに横になっているなら別だが、それはとても考えられない。ホンダにBMW、SUVにクルーキャブのピックアップ、スライドドアのバンも二台ばかり。ナンバープレートはほぼカリフォルニアだが、オレゴンも三台ある。数えるとぜんぶで四十一台だった。

どうしたものか判断がつかず、この時間帯の当直管理者セシル・カルストロムに連絡を入れた。セシルはこう応じた。「近寄ってみて、なかに死体が転がってたりしないかどうか確かめたか？」

「なんでこんなところで、大勢の人間が死ぬようなことがあるんです？」

「何かのカルトとかだよ、大昔のジム・ジョーンズみたいな。教団の連中がひとところに集まって集団自殺したんだ」

「えらく想像力豊かですね、部長」

「おれの想像力を十倍にしたって、現実に外で起きる妙ちきりんな事件には追いつかない。とにかく車のなかをのぞいてみろ」

「だってこの降りようですよ。どこかでノアか誰かが方舟《はこぶね》でも造ってるんですかね」

「制服のヒーローってのは楽じゃないんだよ」

「了解」フォスターは言った。

120

雷鳴と雨の音に混じって、人の声が下から響いてきた。

二階の廊下の、階段の下り口に立ち、キップは準備体勢をとった。頭を持ち上げ、全身の筋肉を緊張させる。

いよいよ行動に移る、その期待感に身震いが走る。

〈ワイアー〉からウッディの声がした。いまだ、いま！

キップは高く吠えた。〈ワイアー〉の上だけでなく、現実に響き渡る声で。

彼の後ろの廊下から、ほかの犬たちもいっせいに吠えた。さらに家じゅうの寝室にいる、ほかの犬たちも。

キップが〈ワイアー〉で呼び寄せた犬たちだった。今日という日が始まる夜明け前に。ベンとメーガンといっしょに立てた計画どおりに。

〈ミステリアム〉の犬たちはみんな静かに、待っていた。ひたすらじっと、息をひそめて。そしていま、そろって怒りの声をあげ、戦いに転じたのだ。

キップが階段を駆け下りる。

外の雷鳴とは別の轟音が家じゅうに満ち、彼のあとから階段を走って下りる音がとどろいた。

121

ヴェルボツキがジャケットの下のホルスターに手を伸ばしたそのとき、地獄の悪鬼どもがいっせいに吠え声をあげた。ベルトに通したホルスターから拳銃を引き抜いたのと同時に、獣の群が猛然と階段を駆け下り、玄関ホールへ殺到してきた。シェパードにゴールデンレトリバーにラブラドール、ドーベルマンにマスチフにロットワイラー、みなガウガウ吠え、唸り、歯をむき出している。二十頭、四十頭、いや、それよりずっと多くの犬だ。犬の海がすさまじい勢いでリビングの岸辺にぶつかってくる。ぱっと跳び上がったマスチフの、八十キロを超える圧倒的な力を前にしたとき、ジョン・ヴェルボツキは不動の存在どころではなかった。犬の巨体が突っ込んできて、彼は後ろへよろめいた。ゴールデンレトリバーに手首を嚙まれ、つかんでいた拳銃が宙を飛んだ。横へ逃げようとしてエンドテーブルにぶつかり、バランスを崩して床にひざを突いたところへ、犬どもが群がってきた。テーザー銃に、クロロホルムの噴射する缶に手を伸ばそうとするが、その両手に嚙みつかれた。懸命に立ち上がろうとするものの、袖やジャケットの前をくわえられて床に引き倒され、うつ伏せに伸びたところへ、背中や脚の上にどすどす飛び乗られて身動きもできなくなった。ロットワイラーが首筋をベロリとなめてにおいを嗅ぐ、その熱い息がかかるたびに、自分の命が危機にさらされているのだと、ヴェルボツキは困惑しながらも寒気に見舞われていた。

＊

ブラッドリー・ナッカーは心理学の学位を取っていないどころか、大学にも縁がなく、ハイスクールに通っていたのも、ただ手頃なカモが大勢いて、そいつらを脅しつけて意味もなくぶちのめしたり金品を奪ったりできるというだけの理由からだった。ナッカーの才能と天才は暴力に関係したもので、ありきたりの強盗殺人に始まり、事故か自殺に見せかけた殺しの計画を立てる、無実の人間に罪を着せるよう仕組むといったことまで、殺しにかけてはすばらしく頭が回った。しかしそれ以外のこととなると、概して呑み込みが悪かった。吠え声を聞いたとき、ナッカーはカーテンを引いた窓のほうを見た。それほど多くの動物の群が家のなかにいるとは想像できなかったのだ。そしてその獣がリビングへなだれ込んできたときも、驚きはしたものの、それがありえないほどの数のペットだとはわからずにいた。やっとその正体に気づいたのは、犬の群がヴェルボツキに襲いかかって、やつが金と楽しみのために人を殺す血に飢えた異常者でなく、ただの腰抜けのＦＢＩ捜査官そのもののように取り押さえられたときだった。ナッカーはおのれの性向に従い、この動物たちは家や家族を守ろうとする番犬ではなく殺すように訓練された戦闘犬なのだと感じた。そのいざという瞬間、ブラッドリー・ナッカーの殺しの才能が発動し、公認会計士並みの計算能力をもってわずかコンマ五秒のうちに、唸りながら飛びかかってくるこの群の圧倒的な力に十連発の拳銃とテーザーでは太刀打ちできないと結論をはじき出した。そしてハイスクールで自分より体のでかい荒くれ者が向かってきたときと同じ行動に出た。くるりと背を向けて逃げ出したのだ。ダイニングへ通じる連絡ドアへ行こうとしたが、結果は吉とは出なかった。

＊

スピーアは蛇の熱烈な愛好家だった。飼っているペットは大きなガラス水槽に入れたガーターヘビと家のなかで放し飼いにしているボアコンストリクターで、ハツカネズミやスナネズミやウサギを大量に買い入れては餌にやっていた。左腕の前腕から上腕にかけてはガラガラヘビの、右腕にはコブラのタトゥーを入れてある。蛇の敏捷さ、蛇の残酷さに憧れて、自分もそのスタイルをまねようとしていた。犬の群が現れたとき、彼は本能的に、こいつらはどこかちがう、普通の犬じゃないと察した。スピーアは複雑な人間ではない。信じるものはたった五つ——暴力とセックス、金、蛇、本能で、それだけを深く、情熱的に信じていた。何十頭もの犬たちの連携のとれた動きを見るなり、彼はシャーッといって身をひるがえし、二歩進んでまたシャーッといい、少年の体をつかんだ。ガキの喉にナイフを突きつければ犬どもはきっと手を出せない、本能的にそう感じ取ったのだ。だがコートのポケットからジャックナイフを引き出し、ボタンを押してハンドルから刃を飛び出させる前に、彼の犬どもに対する蛇並みに敏捷な反応をベン・ホーキンスが上回ったのに気づいた。ホーキンスもスピーアに対して蛇並みに敏捷に反応し、拳銃の冷たい銃口を彼の右のこめかみに強く押しつけていた。

＊

ヴェルボツキがジャケットの下のホルスターに手を伸ばすのを、ただし左手でテーザーを抜くのでなく右手を体の前でクロスさせて腰の左側の拳銃をつかもうとするのを見たとき、ロドチェンコはこのパートナーが何かの異変に気づいたのだと察した。作戦がまずい方向へ向かおうとするほんのわずかな兆しがあったのだ。自分も拳銃に手を伸ばし、全員を――メーガン・ブックマンを除く全員を殺そうとした。所要時間はおそらく四秒ほど――座っているふたりはたやすく頭を撃てる、胸ならさらに容易だ。だがホルスターから銃を抜いたそのとき、世界中の犬を集めたような大群が滝のように階段を駆け下りて玄関ホールを抜け、リビングへ押し寄せてきた。でかい雌犬にでかい雄犬、悪夢を十回見ても足りないほどの歯また歯。犬は一頭のはずだ、一頭の。殺していいと許可が出たから、それを楽しみにしてきた。だがいま、その犬がなぜかロドチェンコが来るのを知って、応援の仲間を呼び寄せたみたいだった。向こうを殺す前にこっちが打ち倒されるほどの数がいた。ガキのころから三べんも嚙まれたせいで、前を横切る犬がみんなこっちを嚙もうとするどころか喉笛を食いちぎろうとしてくるように見えた。どの犬もみな、勘のいいおまわりが見るような、魅力的で世知《せち》に長けた女が見るような、いとけない若い娘を連れた母親が見るような目でこっちを見ていた。疑いと嫌悪と、侮辱のこもった目で。

　ロドチェンコが拳銃を肘かけ椅子のラテン系の女の頭に向けたとき、メーガン・ブックマンがすでにＨ＆Ｋの九ミリを慣れた様子で両手に持って構え、彼の顔に狙いをつけていた。至近距離だ。三メートルぐらいか。構えやスタンスはそれらしいが、実際に撃つのはからきしかもしれない。こっちがラテン女の脳みそを吹き飛ばし、ブックマンの女が一発撃ってもし外れれば、その瞬間に体をひねってしとめられる。それから引きずり倒されてぶちのめされても、その前に少なくとも二人殺《や》れたという満足感に浸れる。このズベ公と仲間のやつらに一矢も報いずにくたばるより、二点稼いで逝ったほうがずっとましだ。完璧に意味をなす戦略だった——ただしあの性悪な目の犬どもがじっとこっちを見ていることをのぞけば。ずらりと並んだよだれの滴る歯を見ると生きた心地もせず、拳銃をしっかり握ってもいられなくなった。心臓がばくばく打って両腕が震え、銃が右へ、左へとガクガク揺れて的から逸れ、一メートル先の象が相手でも当てられそうになかった。

「銃を捨てて。早く捨てろ、この腐れ頭」女やもめが言う。その言葉が終わらないうちに、人間たちがぞろぞろと玄関ホールに現れた。犬どものあとから階段を下りてきたのだ。男も女もいて、あらゆる年齢と人種がいた。二十代、三十代、もっと年上の連中。何人かは銃を持っていた。

犬がロドチェンコの周りに殺到し、唸り声をあげて彼の靴に、ズボンに嚙みついてきたとき、やっと理解した。ここでは何か異常なことが起きている、ただ驚くほどの数の動物がいるという以上のことが。彼は拳銃を捨てた。「助けてくれ」

「あんたが死ぬところを見たくてたまらない」女やもめが言った。「ちょっとでも妙なまねをしたら、犬たちにあんたをばらばらにするように言うわ」

「ほかにテーザーと、クロロホルムのスプレー缶を持ってる」ロドチェンコは自分から明かすと、武器をぜんぶ捨てて、犬どもの女王に取り入ろうとした。「ほかのやつらもみんな同じだ」

122

ティブロンの邸宅。三つある避難部屋のうちでもいちばん奥深いところにある部屋のなかで、ドリアンはいま理解した。自分がこの部屋を造ったのは、いまだ進歩途上の社会が容認しないレベルの性的自由を満喫したいという意識下の欲求のせいだったのだと。その部屋で彼は、チョコレート味のウォッカを飲み終えた。窓のない部屋の隅で、床に座りながら、どんな欲求をここで満たせるだろうかと空想にふける。いつのまにかグラスの氷が溶けていて、それも飲み干した。

スプリングヴィルとパインへイヴンの件はもう、心配の種ではなくなっていた。過去の危機が必ず解決したように、すべての危機は過ぎ去っていくものだ。成功を確実なものにするには、世界がどう動くかを理解しなくてはならない。重要なのは自然が定めたルールだけ。捕食者と獲物がいて、弱者は敗者となる。おのれを守れない、あるいは守ろうとしない獲物も。そして唯一の美徳は勝つことであり、唯一の悪徳は負けることであるという事実を十分に受け入れることができない捕食者も、ともに敗者なのだ。

歴史が描く曲線は正義へとつながる、一部の連中はそう言うが、そんなものはたわごとだ。正義は存在しない。したとしても、ほんのわずかだ。正義という言葉は政治的な色合いが濃すぎるために、その意味は長続きしない。言葉の定義は絶えず変化している。正義の擁護者を気取る連中はつねに代償を――金や名声、群衆からの称賛や自己評価といった代償を支払わざるを得ない。そして連中に足りないものをドリアンが手に入れてやれば、やつらは進んで自分の大義をその代償と交換しようとする。

真実はまた別のものだ。大勢の人間がなんとしてでも物事の真実を知ろうとすれば、また一部の頑固な運動家だけでなく、人類の大多数がそうなれば、ドリアンは苦境に陥るだろう。だが決してそんなことにはならない。

ティブロンのこの家の目的は自堕落にふけることなのだから、もう一杯飲もうと決めた。今度はバニラ味とオレンジ味のウォッカを混ぜて、大人のポプシクルを作ってやろう。

隠し部屋から出て、重さ三百五十キロのドアを閉めると、入口の間から離れて本棚の扉を閉め、階段を上って一階へ向かった。

右のほうに、図書室の裏の隠し通路へ通じる入口があり、その両側に床から天井まで壁全体が鏡になったように見える隠し扉があった。その扉が開いている。ドリアンは驚いた。いつも扉を通ったときには、ここのような秘密の場所にあるものでも、必ず閉めていく習慣だというのに。

通路に入って大きな鏡を元の位置に戻し、奥にある本棚に偽装した扉に向かった。

「オーカス・ボーカス」と声を発すると、扉が開き、彼は図書室に入った。「ホク・エスト・コルプス・メウム」の言葉とともに、回転式の蝶番に載った書架が弧を描いて元の位置に戻り、一様に本が並んだ壁となる。

最高だ。この家にいると退屈することがない。

キッチンへ行き、ウォッカのボトル二本を持って白い珪岩のアイランドに向かい、バニラとオレンジ味のウォッカを氷の上に等量分注いでいると、どちらの風味ともちがう、何かのにおいを感じた。いいにおいではなかったが、不快というには異質すぎた。化学薬品のものではなく、腐敗や排泄《はいせつ》物にまつわるものでもない。図書室で嗅いだ奇妙なにおいを思い出したが、これはもっと強烈だった。

においの素をつきとめようと、巨大なキッチンをひとめぐりし、何度もキャビネットを開けたが、においはとらえどころがなく、弱まってはまた強まった。ウォークイン式のパントリーまで来たとき、ネズミでも死んでいるのかと思い、扉を開けるのを躊躇《ちゅうちょ》した。まさか。ありえない。この家はしっかり造られていて、ネズミが入り込む余地はないはずだ。

扉を開けると、パントリーの明かりが自動で点灯した。その密閉された空間のなかで、初めのうちにおいは強まったように感じた。だがたちまち、もう存在しなくなったように弱まっていった。食料品の棚をざっと見ても、あやしいものは見当たらない。

いまはにおいは薄れ、何も変わった気配はなかった。

パーセルは肩をすくめると、アイランドへ戻り、大人のポプシクルを作り終えた。

123

稲光がカーテンの縁の周囲にひらめいた。ゴロゴロと雷鳴がとどろき、雨が叩きつけている。

とてつもない一日だった。そして日が暮れようとしている。

キップはほかの犬たちを妬んだりはしなかった。

ウッディは、三人の殺し屋がジップタイで拘束されているリビングに残っていた。殺し屋たちに関心があったわけではない。

犬たちといるのが楽しかったのだ。

犬たちとテレパシーで話しながら、いっしょに楽しんでいた。

犬たちはみんなウッディが大好きで、彼に夢中だった。

初めて〈ワイアー〉に加わった人間なのだ。

興奮と安堵の空気のなか、〈ミステリアム〉の犬や人間の相棒たちが家の一階の至るところで混じり合っていた。

この書斎以外のあらゆる場所で。

書斎ではロドチェンコが、ベン、メーガン、カーソン、ローザの前で自分の知るかぎりのことをぶちまけていた。

キップは殺し屋のすぐそばに座り、彼をじっとにらみつけ、ときおり唸っては歯をむき出してみせた。

この書斎がサウナだとでもいうように、ロドチェンコは大汗をかきながら、キップにいつ股間のモノを食いちぎられるかとびくついていた。

どうやら以前、ほかの犬にそういう目にあわされかけたらしい。

薬を使わなくても何もかもしゃべる、ロドチェンコはそう言った。

それでもベンは信用しなかった。

チオペンタールとロシア製薬物のカクテルの適正な投与量を心得たベンは、ロドチェンコに注射をした。

ベスビオ火山のように、ロドチェンコは言葉を噴出させた。

どんな質問にも必要以上に長々と答えた。

訊かれてもいない疑問にまで答えていった。

自分の罪もパートナーたちの罪も、アレクサンダー・ゴルディアスなる人物も含め、ありとあらゆる人間の罪を並べたてた。

ウッディの調査のおかげで、ゴルディアスの正体がドリアン・パーセルであることはもうわかっていた。

メーガンがそれをすべて録音した。

その音声を、ローザ・レオンの弁護士でドロシーの親友だったロジャー・オースティンあてにeメールで送った。

ベンはダークウェブの〈アトロポス&カンパニー〉のサイトに行った。ロドチェンコの指示に従い、やつらのコンピュータをハッキングして、一切のデータをフラッシュドライブにダウンロードした。

そのコピーもロジャー・オースティンのもとへ送られた。

ロジャーはウッディのレポートも合わせて、それだけの材料のなかから証拠を抜き出す工夫をしなくてはならないだろう。

きっと難しい仕事になる。でも不可欠な仕事だ。

この証拠が信頼できる機関の手に渡るときには、ウッディやメーガンまで跡をたどられないようにする必要がある。

〈ミステリアム〉のために。

四人の殺し屋がもはや脅威ではなくなっても、問題であることに変わりはない。

〈ミステリアム〉の存在を、まだ知らせるわけにはいかないのだ。

「われわれはある意味、窮地に立っているわけだ」ベンは言った。「でもそれほどリスクを冒さずに、抜け出す道はある」

124

ティブロンの邸宅のぜいたくなゲーム室には、四十六台のピンボールマシンが備えられている。このゲームが進化してきたさまざまな時期を代表するマシンばかりだ。ドリアンはぜんぶのマシンを点灯させて遊ぶのが好きだった。脈打つようにぴかぴか光るバックボードや威勢のいい音楽で部屋全体が活気づき、どこかの遊園地かボードウォークの本物のアーケードにいる気分になれる。そしていま、なかに入ってすぐのところにあるスイッチひとつで、四十六台すべてに灯が入った。

部屋の中央まで来て、〈ホーンテッド・ハウス〉という刺激的なゴットリーブのマシンから始めようと決めた。ハスケル・ラドローといっしょに子どものころからやり込んできたマシン。奥行きの深い台にはいちばん上とメインと地下の三層のフロアがある。球を弾く八つのフリッパーにいろいろなレーン、それに隠し通路もあり、球がどこから出てくるか予測がつかないこともある。マシンはフリープレイにセットされているので、コインを入れる必要はない。十分もたつとすっかり調子を取り戻し、つい昨日もプレイしたような感覚になってきた。

ドリアン・パーセルが良い人生を送るうえでのモットーのひとつは、何をするにしても、たとえば巨大テック企業を立ち上げるのでも愛人とヤるのでも、商売敵《がたき》を打ち破って破滅に追いやるのでもピンボールで遊ぶのでも、これがすべてだ、自分の生き死にがそこに懸かっているというように取り組むことだ。いまは〈ホーンテッド・ハウス〉に全力で、マシンに表示されているこれまでの最高スコアの百三十四万点を絶対に超えるという意気込みでのめり込んだ。名コンサートピアニストの指さばきにも劣らない技巧でフリッパーを動かしながら、全身で気持ちを表現し、うまくいくたびに歓声を、チャンスを逃すたびに罵声をあげ、ゲームの台を覆ったガラスに唾しぶきを飛ばす勢いだった。

テーマ音楽やフリッパーがカタカタ跳ねる音、ベルの鳴る音やその他の効果音、そして自分の叫び声にまぎれ、また勝つために一心不乱になるあまり、ふと響いた「オーカス・ポーカス」の声にも反応しなかった。〝ホーカス・ポーカス〟の初期の形であるその言葉は、耳障りな声で発され、マシンが発する不気味な効果音のひとつのようでもあった。そして彼の集中が初めてゆらぎだしたのは、またあのにおいを少しずつ意識したときだった。さっき図書室で嗅いだのに元をたどれず、その後キッチンでも感じたにおいだ。球が一個、扱いきれずに《グッバイ》と書かれた穴に吸い込まれ、ほとんど間を置かずにまた一個消えた。今日は以前の最高スコアを更新できる日じゃない。そうさとったとたん、急ににおいが強まったように感じた。さっきよりもはるかに強いにおい。ドリアンはもうひとりではなかった。

振り返ると、一メートル先にリー・シャケットがいた。シャケットは建設中のこの家に三度ばかり来たことがあり、ドリアンは誇らしげに見せびらかしたものだ。だが、いまここにいるシャケットは怪物じみた変化を遂げていた。体がぼつぼつと水疱《すいほう》や膿疱に覆われ、顔はかさかさの鱗だらけで、まぶたは赤く腫れ上がり、頭蓋に恐ろしい圧力でもかかったように目玉が飛び出している。唇は血の気がなかった。ちがう。ただ青白いどころじゃない。真っ白だった。皮がむけて小麦粉のように白く、何かの酸の粉末に唇を押しつけたせいで焼けて色が抜け落ちてしまったようだ。

「ドリアン」その声は野太くしゃがれていた。

ドリアンの背後には〈ホーンテッド・ハウス〉の台があった。シャケットの手の届く範囲から逃れるには、台に沿って右側へ移動してから出口へ走らなくてはならない。だがシャケットは――かつてシャケットだったものは――こんな状態でも信じられないほど速く動くことができた。逃げられる、ドリアンは思った。いつも自分のしでかしたことの悪い結果から逃れてきたように。今度も逃げられるはずだ、避難部屋のどれかに鍵をかけて閉じこもり、助けを呼びさえすれば。いまはただ、左へ行くと見せかけ、さっと右に移動して走りだせばいい。

なのに、動けなかった。筋肉が一瞬で固まったようだった。体が石に変わったみたいだ。

「ドリアン、おれは〝変化〟してる。おれが変わっているのが見えるか？」ドリアン・パーセルを麻痺させていたのは、この怪物への恐怖だけではない。もっと別の何か、頭の奥で震えているさらに恐ろしい、彼にはうまく名づけられない可能性だった。それともあえて名づけずにいるのか、もし名づけてしまえばいまある唯一の可能性が現実に変わるという恐れのせいで。「捕食者の王になっているのさ」シャケットがにやりと笑い、舌で歯をなめる。その舌は唇に劣らず白かった。歯は汚れ、隙間に何か灰色のくずが挟まっていて、吐く息はひどい腐敗臭がした。これまで避けようと努めてきた、考えるだけで身震いが走るような思いが抑えきれなくなった。人間の寿命を著しく延ばすこと、数百年生きることは結局、自分の運命ではないのかもしれない。知能が格段に高まり常人離れした力を備えた、最初のトランスヒューマンにはなれないのかもしれない。ただこれまでの大富豪と同じように死んでいくのかもしれない。世界はドリアン・パーセルを放逐できないと確信して生きてきた彼はいま、死の可能性に向き合い、麻痺していた。

シャケットに両腕をつかまれた瞬間、ようやくドリアンの麻痺が解けた。振りほどこうともがいたが、この怪物は死ぬ寸前だとしても、思ったより弱くないどころか人間にはありえないほど強かった。シャケットの手の膿疱からおぞましい液体がにじみ出ていた。あれはきっと感染《うつ》る、こっちのシャツを染み通って皮膚にくっついてくる。何かが上腕に吸いつくのを感じた。必死にもぎ離そうとするほど腕に食い込む指の力がさらに強まり、筋肉の繊維がばらばらになる感触があった。ドリアンの痛みと恐怖と恐慌の悲鳴に、シャケットはまたにやりと笑い、もう一度おのれを賛美した。「おれは〝変化〟した」リファイン社の前CEOは真っ白な舌でゲーム室の空気を味わい、やにわに絶叫の源にかぶりつくと、やわらかい唇を食いちぎった。

125

ロドチェンコは二階へ引っぱっていかれ、当座のあいだクロゼットに閉じ込められていた。

パインヘイヴンの外れにある白い下見板張りの家。その家の慎ましい書斎は、やがて未来を変えることになる激震の震源地には似つかわしくなかった。だが、夜の闇を稲光で焦がし雷鳴で震わせ、家に雨を叩きつける嵐は、巨大な変化を引き起こす怒りのメタファーと捉えられるかもしれない。

ベン・ホーキンスは思った。〈ミステリアム〉と人間の驚くべき絆は、世界を永遠に変えるだろう。だが、世界が一夜にして根本から変わるなら、そこには必ず新しい世界への不安がともない、そして不安からは恐ろしい結果が生じずにはいないだろう。

文化面でも経済面でも、大きな混乱が起こる。すべての宗教に、また科学にも影響が及ぶ。あらゆる分野の科学者の多くは、過去と現在を問わず、なんらかの科学理論だけでなく、イデオロギーに縛られた政治体制にも強く肩入れしているからだ。科学は決してひとところにはとどまらない、過去の概念を消し去っていく絶えざる発見のプロセスではあるが、自分のキャリアを築く土台としてきた理論と相容れないあらゆる証拠を頑として拒む者たちも多い。人間とは、階級や人種、政治や宗教、あるいは単なる妬みに基づいて、人を殺せるくらい憎むことができるのだ。〈ミステリアム〉の犬たちがウッドロウ・ブックマンを通じて〈ワイアー〉をほかの人間たちにもたらせば、そのテレパシー能力を受け取った人間は今後、〈ワイアー〉では騙されることはなくなり、誰かを騙すこともできなくなるだろう。そのとき人びとはある恐ろしい事実に直面させられる。自分たちは真実を追求し、大切に育むと公言してきたにもかかわらず、その真実を実際にはしばしば重荷として遠ざけてしまうということ、むしろ自分たちが軽蔑すると言っていた嘘のほうが、厳然たる事実や冷徹な現実より総じて好まれるということに。そしてまもなく、ここにいる美しい犬たちのような驚異と奇跡の生き物さえもが、あるひとりの少年と同様に攻撃の標的となる。人間と犬との絆が究極の形にまで洗練されたあとに起こる大きな変化を受け入れたいと願う、そんな人びともまた。そしてホロコーストに匹敵する規模の暴力が振るわれる可能性すらも否定できなくなる。

ベンはこう主張し、メーガンもローザも、カーソンもキップも賛成した――〈ミステリアム〉の犬たちを世界に紹介する仕事は、十年単位とまではいかなくとも、何年もかけてゆっくりと進めていくべきだ。この犬たちを愛し、〈ワイアー〉という重荷を受け入れた人たちは、しばらく〈ミステリアム〉の存在を秘密にしなくてはならない。犬と人間の仲間たちのコミュニティが至るところに広がっていき、欺瞞に満ちた世界がやがて静かに、いまだかつてなかったほど真実が優勢となる世界へと変わる時が来る。バランスが変化し、暴力と盗みと裏切りが減っていけば、いよいよ人類に対してこう告げる時が来たとわかるだろう。

〝かくも進化を遂げた世界にあって、その一翼を担ってきた存在を紹介しましょう。太古の昔からわれわれの仲間でありつづけ、どんなときでもただ愛と、ともに冷酷な自然に立ち向かうことしか求めなかった、犬と呼ばれる四本足の兄弟姉妹を。彼らは利己的でも、妬み深くも傲慢でもない。どうかわれわれに加わって、ともに明日を目指してください。世界が権力狂のためにゆがめられず、すべての命が大切にされ、かつては永遠につかめないと思えた多くのもの――たとえば星々にさえ手が届くようになる、そんな未来を〟

当面の問題は、〈アトロポス＆カンパニー〉の四人の男だった。

ひとつには、彼らの身柄を預けられるようなまともな相手が見当たらなかったことだ。エックマン保安官はメーガンとウッディが狙われていると知りながら、警護の人員を引き揚げさせた。カーソンによれば、カリフォルニア州司法長官のティオ・バービゾンは誰かに飼い慣らされていて、その相手は九分九厘、ドリアン・パーセルだという――ジェイソン・ブックマンの〝事故〟を金で仕組ませ、〈アトロポス〉をパインヘイヴンへ送り込んだ男。また近年では、かつては信頼できるとされたＦＢＩの評判も色あせてしまった。確信を持って信用できると言える機関は、昨今はどこにもない。

もうひとつのさらに重要な理由から、ベンはあの四人を法の下に引き渡したくないと感じていた。ヴェルボツキ、ナッカー、ロドチェンコ、スピーアは、今日自分たちを打ち負かした犬たちの正体はよくわからなくても、彼らが普通ではないこと、ただの犬以上のものであること、この家にいた人間たちが犬たちの真実を知っているということには気づいている。誰かが当局に訴え出るという事態は、ベンがいちばん避けたいことだった。

安楽椅子に座ったローザが、キップの頭をひざの上にのせながら言った。「でも、だとしたら、あいつらをどうしましょう?」

「殺すわけにはいかないわ」メーガンが言う。

「もちろんだ」ベンがうなずく。「われわれにできることはただひとつ――やつらを解放する」

カーソン・コンロイが窓から振り返った。彼はさっきから窓の外の雨と稲妻を見ていたが、そうしながらおそらく、まもなく自分たちの上にやってくる別の種類の嵐が過ぎ去るには長い時間がかかると感じていたのだろう。「解放する? プロの殺し屋四人を? 何か考えがあるんだろうか?」

ベンは自分の思惑を説明した。「つまり、やつらを野放しにして、やつらがこれまでずっとやってきたとおりの行動をとることを期待するんです」

「もし期待どおりにいかなかったら、あいつらがやったことの責任がわたしたちに懸かってくるわ」とメーガン。

「たしかにそうだし、それは受け入れよう」ベンがうなずく。「そうなるのを避けたければ、やつらをいま殺して、ここに埋めるしかない」

みんなそろって長いあいだ黙り込んだあと、ローザが言った。「ベンはあいつらのことをよくわかってるのだと思うわ。簡単な答えはどこにもない。四人の人間を殺して、そこからより良い未来を始めることはできないもの」

カーソンが外の嵐のなかに出ていくと、殺し屋たちが乗ってきた黒のサバーバンを調べ、武器が残っていないことを確かめた。

ベンは最初に、リビングでナッカー、スピーアとともに拘束されているヴェルボツキのところへ行った。それからロドチェンコに話をしに二階へ上がった。

126

ベンは二つめの客用寝室に入ると、ドアノブのつっかいにしていた背もたれのまっすぐな椅子をどかし、クロゼットの扉を開けた。背中に回した両手をジップタイで縛られたロドチェンコが待っていた。

ベンがベッドの端に座るよう指示した。ロドチェンコが腰を下ろす。

「おまえを解放することにした」

殺し屋は驚きに目をむいた。「なんでおれを?」

「おまえだけじゃない。おまえら四人ともだ」

ロドチェンコは警戒の色を示した。「意味がわからん。なんでそんなまねをする?」

「べつにわからなくていい。おまえらは出ていって、二度と戻ってこない。ヴェルボツキと話し合って決めたことだ」

ロドチェンコはかぶりを振った。「だめだ。そいつは無理だ。やつらはおれが裏切ったのを知ってる。おれは殺される」

「おまえは裏切ったわけじゃない。こっちがチオペンタールやら何やらの薬を使ったせいだ。おまえはしゃべるしかなかった」

「そりゃそうだが、あいつらはおれが死ぬほど犬嫌いなのも知ってる。薬なしでもしゃべっただろうと思ってるし、あんたがおれに薬を使ったという確証もない」

ベンは隣に腰を下ろすと、ロドチェンコのひざをぽんぽんと叩いた。「わかるさ、アミーゴ。おれも人殺しの好きなクソ野郎を大勢相手にしてきた。いや、気を悪くするなよ。おまえらみたいな連中は、忠誠心とはあんまり縁がないしな。だから協力するなら、ちょっとした護身用の道具をやろう」

ロドチェンコの顔に期待の色が浮かんだ。「銃か?」

「それは無理だ。ヴェルボツキとほかのふたりはもうサバーバンまで引っぱっていかれた。

そのジップタイを解いたら、おれがおまえを下まで連れていく。それでドアから出る直前に、スピーアの嫌らしいジャックナイフと、おまえが使おうとしていたクロロホルムのスプレー缶を一個渡してやる」

「あいつらは三人いるんだぞ」

「すまんが、おれにできるのはそこまでだ」

「あいつらには何かやったのか？」

「なんにも。協力的じゃなかったからな」

「本当だといいが」

「おれを嘘つき呼ばわりするなよ、アミーゴ」

「犬どもは下にいるのか？」

「手を出させないようにしてやる」

「あの犬どもは、なんだか妙なところがある」

「自分を棚に上げるな」

「それにあの大勢の人間は何なんだ？」

「友達さ。同じケネルクラブの仲間だよ」

127

メーガンにローザ、ベンはほとんど一日じゅう料理をしていたので、食べるものは軍隊ひとつに出せるほどの量があった。

ここにいるみんなが軍隊みたいなものだ。キップはそう思った。

人間たちは混じり合い、笑い合いながら食べていた。

みんな素敵なにおいだ。〈憎み屋〉のにおいはどこにもない。

〈アトロポス〉の四人が行ってしまったいまは。

もちろん、シャケットはまだどこかにいる。

またここへ来るかもしれないし、来ないかもしれない。

キップはずっと遠くからでも、そういうにおいを嗅ぎつけられる。

犬たちも混じり合い、テレパシーで笑い合い、特別に自分たちのために用意されたものを食べていた。

ハンバーガー。鳥の胸肉。チキンブロスで煮込んだ人参の雑炊。ポテト。

ほんとうにすばらしい集まりだった。

ドロシーがここにいれば、もっともっとすばらしかっただろう。

そしてジェイソン・ブックマンがここにいれば。

でもある意味で、ふたりはここにいるのだ。ふたりを愛していたひとたちの心のなかに。

なんてすごい二日間だったろう。臨終の床に始まって、新しい世界の誕生まで。

本に書かれたお話みたいだ。

でも現実の世界は、小説よりもっとファンタスティックだった。

今夜、ここにいるみんなが、世界がどれほどファンタスティックなところかを知った。

家のなかに期待が高まっている。この夜がどんな終わりを迎えるかを察している。

何人かの人間には、少し怖いという気持ちもある。でも少しだけだ。

キップに嗅ぎ取れるその不安は、ほんのかすかなものだった。

一時間が過ぎ、また一時間たつころには、人間たちはどんどん、以前は話すことのできなかった少年のほうに目を向けるようになっていた。

とても小さな体。でもその肩に未来が懸かっている。

彼にはできる。たとえ食べ物をひとつずつ別の皿に取り分けなくてはならなくても、彼は未来を担っていける。

やがて、集まったひとたちの上に沈黙が下り、その時が来たという感覚が行き渡った。

メーガンがウッディの手を取った。「用意はいい、ウッディ?」

「みんなの用意ができたのなら」

「できてるわ。わたしたちみんな」

ベン・ホーキンスがメーガンのもとへ行き、彼女の手を取った。

ローザ・レオンがベンのもとへ行って、彼の手を取る。

カーソン・コンロイがローザの手を取る。

手をつなぎ合う必要はないけれど、離れて立ったままでもできることだけれど、それでもみんな手をつないでいく。

つなぎ合った手がリビングから玄関ホールへ伸びる。

玄関ホールから廊下へ。

キッチンへ。

メーガンのアトリエへ。ウッディと鹿たちが、鹿の家族の絵が、完成を待っている場所へ。

つなぎ合った手の列が家じゅうへ伸びていく。

犬が人間たちの脚に体を押しつける。

そしていまウッディは、ベラが自分にしてくれたことをした。どうすればこれができるのか、彼女が教えてくれたとおりに。

世界中でウッディただひとりがほかの人間たちにできること。

居並んだ全員に、彼は〈ワイアー〉という贈り物を、そして重荷を授けた。

もしこの贈り物を受け取れなかったひとたちがいれば、彼らには家が不気味に静まり返るのが、ただ屋根や窓に雨が打ちつけている音だけが聞こえただろう。

だが受け取ったひとたちには、家じゅうが喜びのあいさつと興奮した会話で満たされたように聞こえただろう。

そうした声がまるで聞こえないひとたちも、誰かの心から心へ、また誰かの心へと伝わっていく驚異の念や感情を感じ取っただろう。

やがて雨が上がるころ、訪問客たちは全員、遠く離れた場所にあるそれぞれの家へ帰っていった。

何かがどこかで起こっている。

予測可能な未来のために、〈ミステリアム〉と彼らの最愛の相棒たちにできるのはただ待つこと、見守ることだけだった。

128

フロントガラスのワイパーが葬列の太鼓のようなリズムを刻むのを聞きながら、墓場を思わせる闇のなか、ヴェルボツキはブックマン宅からオクスリーの家に向かって車を走らせた。あの家には自分たちの荷物と、チャールズ・オクスリーの死体を残したままだった。

本当は前の助手席にロドチェンコを乗せて、目を離さずにいたかったのだが、どうせあの野郎は絶対に断っただろう。後ろから首を絞められるか、何かしらで始末されると心配しているのが見え見えだった。

スピーアが助手席に乗り、ロドチェンコはナッカーとともに後ろに座った。

「あいつらがうちのコンピュータのデータを抜いてぜんぶどこかの誰だかに送ったんなら、もうリーノーには戻れないな。おしまいだ」ナッカーが、四人のなかでいちばん頭の悪いやつらしいことを言った。

「何も終わっちゃいない」ヴェルボツキはねつけた。「おれたち全員、逃走用の金もあるし、オフショアの口座も偽の身元も持ってる。サクラメントに着いたらそれぞれ別々の街へ飛ぶ。そこで外見を変える。今日から一カ月後にマイアミで落ち合う。またやり直して、今回失ったのよりでかくてりっぱな組織をつくるんだ」

「それがいい」スピーアが言った。「そんで一年くらいたってから、みんな忘れたころにまたパインヘイヴンへ行って、あのアマとすましたガキをぶっ殺してやる」

「あそこじゃ、何か妙なことが起こってた。あの犬たちもだ、なんだかおかしかった」とヴェルボツキ。「あそこには金輪際《こんりんざい》、寄りつかないほうがいい」

スピーアは黙った。ロドチェンコも無言だった。

ナッカーが言った。「マイアミはいいな。太陽に砂浜に、女もいっぱいいる」

するとロドチェンコが、自分がまだ立場の強いパートナーだというように、〈アトロポス〉のほかの幹部四人のことを持ち出した。「リーノーの連中に知らせたほうがいい。あいつらもずらかれるように」

ヴェルボツキは言った。「知ったことか。もう一度やり直すなら四人だけでいい。どうせあいつらは、あとから加わった付け足しだ」

「分け前をせしめる幹部が多すぎると、新しい組織を立ち上げられなくなるからな」スピーアが言う。

「そのとおりだ」ヴェルボツキはうなずいた。「初めはしばらく、立ち上げの費用に月々の諸経費でかつかつだろう。出費に見合うキャッシュフローを確保して、四人に十分行き渡るようにしなきゃならない。それから五人目のパートナーを引き入れることを考える」

スピーアがため息をつく。「悪《わる》には休むひまもねえな。もし所得税とかも払ってたら、この稼業もどれだけきびしいことになることやら」

「死ぬまで引退できないだろうな」とヴェルボツキ。

オクスリーの家に着くと、車回しに駐車し、玄関ドアから入った。家のなかを通り抜けるあいだに、どこのサーモスタットも――リビング、寝室、キッチン――《冷房》でなく《暖房》になっているのを確認し、温度調節つまみを摂氏五度に設定して、発火が早すぎるタイミングで起こらないようにした。今現在、家のなかの温度は二十度だった。

キッチンで、ヴェルボツキは言った。「ロドチェンコ、おれとおまえで全員の荷物をここから運び出す。ナッカー、スピーア、地下室へ行って、計画どおりに石油の暖房炉が燃え上がるよう設定をし終えてくれ」

ナッカーが顔をしかめた。「なんでだ？　あのクソじじいは完全に死んでて、二度は殺せないんだぞ。こうなった以上、できるだけさっさとずらかったほうがいいだろう」

「スピーア」ヴェルボツキは言った。「説明してやってくれるか」

スピーアがナッカーに同調しないかと心配だったが、気色の悪い蛇使いは意図を汲み取った。「ブラッドリー、おれたちは逃げなきゃならねえが、そこの地下のじいさんを殺して逃げるわけじゃない。だからその線を守って、おれたちの手配リストによけいなクソを付け加えるのはよそうってことだ。ここを出てから暖房炉がドカンといったら、家はぜんぶ燃え落ちる。あとはじいさんの骨だけで、なんの証拠も残らねえ」

「ああいいさ、わかったよ」とナッカー。「さっさとやっちまおう。けど、おれはあのクソじじいをしばらく蹴飛ばしてやる」

「もう死んでるんだぞ」スピーアが地下に通じるドアを開けた。「いまさら蹴飛ばしてどうなる」

「少しはうさが晴れるだろうよ」ナッカーがスピーアのあとから階段を下りていった。

ヴェルボツキは荷物の入ったスーツケースやダッフルバッグの山を指さすと、ロドチェンコに声をかけた。「これをぜんぶサバーバンに積み込め。おまえとスピーアがサバーバンに乗って、そのまま行っていい。おれはナッカーと自分の荷物をまとめてエスカレードに積み込む」

ロドチェンコが半分空のダッフルバッグ二つとスーツケースひとつを手に取り、廊下を抜けて家の玄関のほうへ向かうと、ヴェルボツキはキッチンの引き出しをざっと物色し、面白い刃物類を見つけた。選んだのは肉切り包丁だった。

素早く廊下を進んでいく。玄関ドアのわきにあるリビングに身をひそめて立ち、ロシアのネズミ野郎がサバーバンから戻ってきたところを叩き切るつもりだった。

だがロドチェンコは、外に出ていなかった。ヴェルボツキが廊下からリビングに入った瞬間、左から犬嫌いのゲス野郎がジャックナイフを短剣のように構えて突進してきた。そしてナイフをシニアパートナーの脇腹に突き刺し、刃渡り十五センチの鋭利な鋼鉄を下行《かこう》結腸と小腸に食い込ませた。

衝撃と激痛にも、ヴェルボツキが振り回した肉切り包丁の勢いは止まらなかった。鋼鉄が首にぶつかり、その役目をまっとうした。ロドチェンコはよろめき、地獄の消火ホースのように血を噴き出させたが、床に倒れるころにはもうその血も止まっていた。死んだのだ、このゲス野郎にふさわしく。

ヴェルボツキは包丁を死体の上に落とし、慎重に脇腹からナイフを引き抜いた。視界の周辺が暗くなったが、気を失いはしなかった。傷は小さいが深かった。鋭い、だが耐えられる程度の痛みのせいで、脂汗がにじみ出てくる。思ったより出血は少ない。刺し傷を片手できつくふさいだ。治療が必要だ。数時間で急性腹膜炎が発症する。エスカレードを運転してサクラメントまで行ける自信はあった。そうしたら、ティオ・バービゾンの息のかかった一流病院で治療を受けられる。

廊下に出て、キッチンへ戻った。地下室に通じる開いたドアの前で、深く息を吸い込み、声を落ち着かせて、下のナッカーとスピーアに呼びかけた。「そっちはもう終わったか?」

「すんだぞ!」スピーアが叫び返し、下のほうからドスッと大きな音がした。

「もうひと蹴りだけだ」ナッカーがそう言い、スピーアの姿が階段の下に現れた。

ヴェルボツキは地下室のドアを閉め、ラッチボルトをかけた。サーモスタットの前へ行く。〈暖房〉の状態のサーモスタットの温度設定のつまみを調整し、一気に五度から三十度まで上げた。

このサーモスタットは暖房炉に取り付けておいた装置のトリガーのような役目を果たす。こういった標準的な空調システムは、加熱の指示を出して五、六秒たってから電気で補助バーナーが点火する。するとたちまち灯油の染み込んだ環状の芯から炎が噴き上がり、トリガーの線を燃やして爆薬を炸裂させるのだ。

地下の階段を上ってきたスピーアが怒ってわめきだすと、ヴェルボツキはキッチンを横切って裏口のドアへ向かった。あと四秒か五秒、余裕はたっぷりあった。

いまはナッカーも怒声をあげていて、スピーアが地下のドアをどんどん叩いていた。だいたいあいつらは、おれがこの仕事でトップ中のトップを目指すパートナーの器じゃなかった。ナッカーは頭が鈍すぎるし、スピーアは薄気味悪かった。蛇のタトゥーなんか入れやがって、噂じゃ左右の腕だけに限らないらしい。どこかにもっとましな仲間が待っているはずだ。

外に出るドアまであと一秒、まだ時間の余裕はある、少なくとも二、三秒は。そのとき、体のなかで何かが裂けた。経験したこともない強烈な痛みに両脚の力が奪われた。裏口の前の床にどさっと倒れた。

酸とさらに悪い何かが喉元にこみ上げ、無理やり飲み下した。暖房炉が爆発し、体の下で床が跳ね上がり、家全体が大きく揺れて天井の一部が崩れ落ちた。運命が――アトロポスの女神が――彼が焼け死んですべて清算されるのを確実にするには体の麻痺だけでは足りないと決めたように、天井の根太やいろいろな残骸がヴェルボツキを押さえつけて動けなくした。

横たわったまま炎が迫るのを待つあいだ、外の夜を濡らしている激しい雨のことを思った。だが、巧妙に仕組んだこの火災の勢いは簡単に消せるはずもなく、たちまち目的を達するだろう。地下でごうごうと燃える火が上へ上へと向かい、体の下の床が暖まってくるのを感じた。

以前に心理学の講義で、人間がもうすぐ死ぬというときには、脳が幸せな感覚を引き起こすホルモンをつくり出すと聞いたことがあった。それによって、死の床にある人間に救いの天使が降りてくる幻が見えたり、臨死体験から生還した人間が、トンネルの向こうで心地よい光とすばらしい世界が招いていたと言ったりする理由が説明できると。

ヴェルボツキには天使も、トンネルの先の光も見えなかった。だが煙の触手が部屋のなかを伸びてくるころには、長く抑圧されていた記憶がよみがえって頭のなかに過去の光景があふれ出し、その思いがけない喜びに心臓が高鳴った。ジョンが六歳のとき、父親がデイジーを家へ連れて帰った。二歳のゴールデンレトリバーで、父が息子のためにと、収容所の檻から救い出してきたのだ。デイジーと幼いジョンはいっしょにいろいろな冒険を楽しみ、何もなければ疑心暗鬼やいさかい、口論ばかりだった彼の家庭で確かな喜びの源となってくれた。しかし父と母の結婚は長続きせず、デイジーがヴェルボツキ家へ来てから一年後、犬は幼いジョンの腕に抱かれて息を引き取った。アルコール依存の母親にとって、デイジーは憎らしい夫の化身であり、それだけの理由で犬に毒を盛って殺したのだ。すばらしかった一年はデイジーの死とともに、思い出すにはつらすぎる一年となった。火が迫ってくるいま、その記憶は炎よりも明るく輝きはじめた。抑圧から解き放たれた記憶は、生まれてからあの歳までずっと知らずにいた、そしてその後の年月も決して知ることのなかったやさしさと、笑いと、愛の思い出をよみがえらせてくれた。

129

ティブロンの二万平方メートルの地所を管理するエイモリー・クロムウェルは、愚かな人物ではなかった。実をいえばその正反対で、臆病者ともちがっていた。

ペブルビーチのすばらしいリゾートで四泊過ごし、明けて月曜日の朝、彼は自らの方針として、スタッフよりも一時間早く到着した。大きな巻き上げ扉の内側に入り、この職に就いた人間に支給されるＢＭＷから降りて、壁に埋め込まれたクレストロンのパネルで警報システムを解除する。扉が下りて閉まると、主人の車のコレクションを載せた回転式のコンベヤーからはかなり離れた、従業員用の広大なガレージの一角に駐車した。ところが今朝はＢＭＷを降りたときから、遠くからでも耳障りな、四十六台のピンボールマシンが鳴らす音楽が聞こえていた。マシンの入ったゲーム室は、地下のガレージやシアタールーム、二レーンのボウリング場と同じ階層にあった。

ドリアン・パーセルはここで週末を過ごした場合、日曜の夜に発つのが習慣だった。地上にある各フロアでは、家に誰もいないとき、照明やテレビや音楽の装置がついたり消えたりして、この住居には人が三、四人いるのだろうと思わせるようにプログラムされている。だがゲーム室のマシンはそこに組み込まれていない。

つまりパーセルがいま、その部屋にいるということだ。

そしてあのお大尽がいつもの習慣から逸脱しているとなれば、何か異状があったという可能性が考えられる。

エイモリー・クロムウェルはこの職業に就く準備の一環として、格闘技と武器の訓練を積んでいた。また専門の知識を活かすだけでなく、慎重な判断を下せることも給料の一部だと心得ている。したがって、ただちに警察を呼ぼうとは考えなかった。大富豪の連中がクロムウェルのような人間を雇うのには、おのれの愚行が世間に衆知されるのを、少なくともその愚行が重罪とされるまでは阻止するという目的もあるのだ。彼はガレージ内の修理工場にある戸棚のなかに隠した銃保管庫まで行き、スラッグ弾を発射する一二番径のショットガンを取り出した。実包を一発装塡し、マガジンに三発込め、さらに予備の二発をコートのポケットに入れる。

そしてゲーム室のなかで、理想的とは言いがたい状態のドリアン・パーセルを発見した。はなはだしい暴力とカニバリズムが行われた証拠に加え、大富豪の首はどこかに消えていた。

この時点で警察を呼んでもよかったかもしれないが、クロムウェルは絶好の機会が目の前にあるとき、みすみすそれを見逃すような人間ではない。

ショットガンを撃てる態勢を整え、血の足跡と、考えたくもない細かな残骸が散らばる跡をたどって一階ぶん上がると、メインフロアの図書室まで来た。

男がいた。厳密には人間の男とも言いがたい、ティム・バートンが映画化したH・P・ラヴクラフトの小説から抜け出てきたようなものが、書架に挟まれた通路に座り込んでいた。本棚に背中を預け、両足を前の本棚に押しつけている。パーセルの首がひざの上にあった。

風変わりな侵入者は、どこかで着るものを脱ぎ捨ててきたのだろう。青白い裸の体が忌まわしいしこりや染みで覆われていた。じくじくした腫れ物からにじみ出た灰色の細い糸が体の上に網を作り、傾いた放射状、螺旋状の線が本棚のあいだに座った侵入者をつなぎ止めている。蜘蛛の巣のような優雅で正確な幾何学模様ではなく、なんのパターンもない、不完全な繭の中心にいるそのグロテスクな男と同様に醜いものだった。

侵入者はぴくりとも動かなかった。目の前にあるこれは死体だろう、とエイモリー・クロムウェルは思ったが、それでも距離を置いたまま声をかけた。「もし？」

クロムウェルとは逆を向いていた男の頭が、ゆっくりとこちらを向き、その顔が見えてきた。

造作はゆがんで損なわれ、目は夜の猫のように鈍く光っていたが、まぎれもなくあの人物の面影がうかがえたので、クロムウェルはたずねた。「ミスター・シャケット？」

ユタで死亡したと見られていた前リファイン社ＣＥＯは、何やら笑みとおぼしきものを浮かべた。口を開いたが、声はごく弱々しいつぶやきで、言っていることも意味をなさなかった。言葉がただぽろぽろと、自動式ビンゴゲームマシンの数字のボールのようにまろび出てくる。さらにまともな意思疎通はできそうもないと思わせるのが、言葉以外にシャケットがたてている昆虫のようなカチッ、ギャッ、ギチギチという音、動物の弱々しい鼻声、なかに蛇でもいるかのようなシャーッという音だった。

あきらかにこの男は、もう力も残っておらず、精神と呼べるものもなく、死にかけていた。

クロムウェルはこの職業を選んでからずっと、雇い主たちを悪い評判のみならず、無礼なメディアや大衆によるプライバシーの侵害からも守ってきた。彼らにふさわしい尊厳を守ることが、彼にとっては最重要の使命だった。

しかしそれは、ドリアン・パーセルの場合はあまり必要ない。とりわけあのお大尽が死んでしまったいまは。

クロムウェルはショットガンを足元に置き、スマートフォンでシャケットの動画を二分ほど撮影した。この哀れな生き物が意味のないことをつぶやき、ガチッ、ギチギチと音をたて、人間というより罠にかかった動物のような鼻声を漏らしているところを。そして写真も数多く撮り、何枚かにパーセルのちぎれた首がはっきりと写るようにした。

それからショットガンを手に取って、ゲーム室まで戻り、首なし死体と周囲の惨状を写真に収めた。そのあとは邸宅のなかを歩きまわり、目をみはるぜいたくな家具調度など、最底辺のタブロイド紙の読者や悪趣味なケーブルテレビの番組の視聴者が喜びそうなものを残らず撮影した。

クロムウェルはボストンのある一家に仕えていたころ、弁護士で私立探偵でもあるヴォーン・ラーキンと知り合う機会があった。ラーキンはその家の息子がコカインやポルノ女優やけちな万引や反政府活動に手を染めるたびにひと肌脱いでいた人物だった。

いま彼はそのラーキンに電話をかけ、自分の手元にある動画と写真の価値はどのくらいの値がつくだろうかと訊いた。返ってきた数字はきわめて印象的なものだったので、彼はその場でラーキンを代理人に雇い、何もかも送信してから九一一に電話をかけた。

警察が到着するころには、かつてリー・シャケットだったものは、ドリアン・パーセルと同じく完全に息絶えていた。

130

キップは少年とともに、少年はキップとともに生きるようになった。

世界はおしなべて順調だった。

もしくは、現在の世界の状況のなかでは、順調にいっていた。

あの九月の木曜日、どれほど恐ろしい事態が降りかかってきたかを思えば、それ以降の日々は言葉のあらゆる意味において、驚くほど〝輝かしい〟日々だった。

ベン・ホーキンスは南カリフォルニアの自宅を売り払った。

そしてパインヘイヴンに家を借りた。

彼はメーガンと付き合いはじめた。

メーガンはウッディと鹿たちの絵を描きあげた。

メーガンの代理人を務める画廊は、この絵は彼女の作品のなかで最高の額をつけるだろうと請け合った。

けれども彼女は、絵をリビングの壁にかけた。ピアノの後ろに。

ローザ・レオンはタホー湖の家を売却した。

これから来る未来の一部になろうと、パインヘイヴンへ移り住んだ。

十月初め、リタ・キャリックトンとアンディ・アージェント保安官補がエックマン保安官殺害の容疑で逮捕され、保釈も認められずに勾留された。

エックマンは寝室とバスルームに、ひそかに小型カメラを仕掛けていた。

それでリタとの放埒《ほうらつ》なセックスや、彼女がシャワーを浴びる場面の一部始終を録画していたのだった。

ふたりの最後の、夢うつつに終わった情事も含めて。

そして彼の殺害場面も。

十一月の特別選挙で、前保安官のライル・シェルドレイクが返り咲いた。

当選の夜のパーティーで、キップは彼から良いにおいを嗅いだ。

シェルドレイクは〈憎み屋〉ではない。

異常性もない。

十二月になると、ローザ・レオンとカーソン・コンロイが付き合いはじめた。

一月にはティオ・バービゾンが、ユタ州の大火災とリー・シャケットの犯罪に関連した事件の隠蔽を図ったかどで起訴された。

二日後に彼は、自分は無実であると宣言した。

そして知事選への出馬を表明した。

メーガンとベンとウッディとキップはときどき、車で旅に出かけた。

彼らはいろいろな〈ミステリアム〉のコミュニティを訪ねた。そしてあのとてつもない一日には、〈ミステリアム〉の犬たちが人間の相棒とともにパインヘイヴンを訪れていた。

誰もが〈あの日〉と、特別な意味を込めて呼ぶ日。

新しいコミュニティからつぎつぎと、ベラのもとへ送信が入ってきた。

カンザスやアラバマといった遠い場所からも。

カナダからも。メキシコからも。

三月、メーガンはベンと結婚した。

ローザが新婦の付き添い人を務めた。

キップは新郎に付き添った。

裁判所は、ドリアン・パーセルの資産はユタ州その他の被害者遺族への補償に充てられると言明した。

ハスケル・ラドローは南フランスで逮捕された。

メアリー・セルドンという偽名で暮らしていたのだった。

性転換手術を受けたあとで。

ケーブルニュースでは、ユタで生まれた遺伝子改変による怪物のストーリーが尽きることはなかった。

だがさらに大きな〈ミステリアム〉のストーリーは、いつか現実となるとてつもないニュースのことはまったく知られずにいた。

そして五月が来た。

〈あの日〉から八カ月後。

キップと家族はアイダホ州の、隠れ〈ミステリアム〉のコミュニティを訪ねた。

七十五頭の犬と、二十六人の人間の相棒たち。

犬の七十四頭には連れ合いがいた。

一頭のゴールデンレトリバーの娘には、四本足の連れ合いがいなかった。

キップは彼女が運命の相手だと知った。

彼女が同じ気持ちでいてくれるだろうかと心配になった。

彼女も同じ気持ちだった。

名はベルベットといった。

彼女はパインへイヴンへやってきた。

また一年が過ぎた。

〈ミステリアム〉の犬たちは、ほかの普通の犬よりも健康状態がいいことがわかってきた。

ほかの犬よりも長生きするのじゃないかという意見も出た。

それは確かだと思う、とウッディは言った。

キップとベルベットの子は八頭を数えた。

みんな健康だった。

みんなメーガンとベンとウッディのもとにとどまった。

ウッディはピアノを弾きはじめた。ノリノリでキーボードを弾いた。

ローザとカーソンは二頭の犬を引き取った。

彼ら五人の人間と十二頭の犬からなる家族は、つねに真実のなかで、欺瞞の入り込む余地はまったくなく、〈ワイアー〉を通じてほかの犬や人たちとともに暮らしながら、新しい世界、新しい現実が訪れる日を待っている。人間と犬が初めて力を合わせて剣歯虎《サーベルタイガー》や暴れ狂うマストドンに立ち向かったとき以来、数万年かかって進化してきた新しい世界を。人間と犬がともに暮らし、ともに遊び、ともに星空を見上げ、おたがいの死を悼み、苛酷な自然や危険な権力狂の人間たちの前でも途絶えることのなかった、おそらく千世紀もの時間をかけてつくられてきた世界を。つねにあるべきだった姿が実現する新しい世界を。悲しみの川は変わらずに流れつづけても、すべての人間と犬がおたがいへの献身を惜しまず、川に架かる橋となって安全な岸から岸へと渡し合う、そんな世界を。

訳者あとがき

少年は犬を愛するものさ。――「少年と犬」（ハーラン・エリスン、伊藤典夫訳、『世界の中心で愛を叫んだけもの』所収、ハヤカワ文庫）

オレハ、ナンノタメニ生キテイルノダ？――『ベルカ、吠えないのか？』（古川日出男、文春文庫）

「人間の心とはちがった心がもうひとつあって、それが人間の心と協力しあう。そうして、人間の心の及ばないことを見たり、理解したり、時には哲学を展開したりするかもしれないのですからね」――『都市』（クリフォード・D・シマック、林克己訳、ハヤカワ文庫）

人間並みに賢い犬？　神を冒瀆する話さ。街頭では暴動が起き、ホワイトハウスは焼かれ、混沌が世を包むだろうよ。――『ティンブクトゥ』（ポール・オースター、柴田元幸訳、新潮文庫）

「犬は、地上最強と言ったろ」――『MASTERキートン』（浦沢直樹・勝鹿北星・長崎尚志、小学館）

「あそぼ」――『動物のお医者さん』（佐々木倫子、白泉社）

この本の冒頭にある犬関連の箴言《しんげん》の引用を眺めていると、自分でもまねをしたくなって、家の本棚で目についた本から適当に抜き出してみたのだが、なんだかまるで違うものになってしまった。まあそれでも、時代や洋の東西を問わず、犬という存在に「人間の最良の友」以上の何かを感じ取り、そこから想像力をふくらませる作家が一人や二人でないということはよくわかる。本作『ミステリアム』の著者ディーン・クーンツも、まちがいなくそのなかに入れられるだろう。

クーンツといえば、もう今更だが、米国を代表するエンタテインメント小説の名手で、ホラー・サスペンスを主たる作風とし、半世紀近くも第一線に君臨しつづける巨匠中の巨匠だ。無類の犬好き作家としても有名で、著作にもたびたびミステリアスな犬のキャラクターを登場させてきた。ただ、明確に人間と同等の高い知能を持った犬が出てくる話は、知るかぎり一九八七年作の『ウォッチャーズ』だけだった。『ウォッチャーズ』の〝アインシュタイン〟は遺伝子工学で生み出された、いわば実験動物だ。本作に登場するキップもまた、すばらしく知能の高いスーパードッグ。しかもアインシュタインと同じゴールデンレトリバー。あとで触れるいくつかの理由からも、『ミステリアム』はたぶん、『ウォッチャーズ』の正統な続編といっていい作品だ。

『ウォッチャーズ』の邦訳が文春文庫から出版されたのは一九九三年で、もう三十年近くも前のことになる。当時、運良くその訳出をまかされたのだけれど、駆け出しだったあのころは、どんな原書を前にしても一行進んでは戻り、書いてはまた書き直すというのをくり返していた記憶がある。ところがあの本では、初めて訳文がすらすら出てきて、特に後半からクライマックスにかけてはほぼ一気に仕上げることができた(締め切りに追われていたというのもありますが)。ただしそれは訳者の技量とはまったく関係なく、すばらしくリーダビリティの高い文章を書く大作家のおかげだったとすぐに思い知らされるのだが。とにかく今回の作業中も、あのときとほぼ同じ感覚がよみがえってきたものだ。

本作のキップの出自は謎に包まれているが、彼は生まれ持った不思議なテレパシー能力を通じて、ひとりの人間の少年に引き寄せられていく。ウッディは並外れた知能を持ちながら、自閉症のために孤独を抱えた十一歳の男の子。そしてまだ若いキップもやはり、その知能ゆえに孤独を感じている。こうしたひとりぼっちの主人公と犬とのあいだに絆が生まれるというのも、『ウォッチャーズ』と共通する構図である。

ウッディは母親メーガンとの二人暮らしで、父親は不可解な事故死を遂げていた。彼は恵まれた頭脳とハッキング技術を駆使して真相に近づいていくが、そのために父を死に至らしめた黒幕から追われる身となる。同時にメーガンにも、遺伝子実験の事故によっておぞましい怪物と化したひとりの男が迫ってくる。想像を絶する危機に陥った母と子の運命やいかに? その鍵を握るのが、〝犬を超えた犬〟キップの存在なのだ。

クーンツは作家デビューのあと、しばらくSFを書いていた時期があった。だとすれば当然、初めに引用したエリスンやシマックの古典的名作には目を通していただろうし、そこから「もしも犬に人間並みの知能があったら?」との着想を得て、『ウォッチャーズ』の執筆に至ったという仮定は成り立ちそうだ。ただし『ウォッチャーズ』を書いたころにはまだ、実際に犬と暮らした経験はなかった。つまりあくまで犬は、作家が小説を書くうえで、そのすぐれたイマジネーションを展開させる触媒《しょくばい》のひとつだったということだろう。

やがて一九九九年、トリクシーという名の元介助犬がクーンツ家にやってくる。クーンツと妻のガーダはたちまちこのゴールデンレトリバーに魅せられるのだが、そのあたりのいきさつは、二〇〇九年に書かれたノンフィクション〝*A Big Little Life: A Memoir of a Joyful Dog Named Trixie*〟(大きくて、ささやかな命)にくわしい。トリクシーは「陽気で愛情深く、賢くてすばらしく行儀の良い」犬だったが、それだけにとどまらず、「際立った知性、ユーモアのセンス、スピリチュアルな面」まで見せるようになる。そしてクーンツの見方にも次第に変化が生まれてくる。「……わたしはこう確信するに至った。トリクシーには魂がある……彼女の魂はわたしやどんな人間のそれと比べても汚れのない、無垢なものなのだ」

トリクシーとの暮らしを経たあとで書かれた『ミステリアム』は、クーンツの独壇場というべき手に汗握るサスペンス小説でありながら、犬の本質にまで深く踏み込み、その内面を描き出すというテーマ性も備えている。キップは〝ぼくはどこから来たのか〟と問いかけ、自らの存在理由をつきつめながら、人間とのより強い絆を求める。さらにクーンツは、知性を持った犬が周囲の人間たちに、ひいては社会に及ぼす影響にまで想像を馳せていく。だから読者は、この息をもつがせぬ第一級のエンタテインメントを堪能しつつ、キップの愛らしさに目を細めながら、彼とウッディの胸を打つ交流の向こうに、犬という無垢なフィルターを通した新たな世界への憧れやビジョンを見ることもできるのだ。

『ウォッチャーズ』のラストで、アインシュタインが自らの知能を受け継いだ仔犬たちを見ながらつぶやいた言葉に、彼の人間の相棒トラヴィスが応える場面がある。

『いつかみんな遠くへ行く』

「いつか時間がたって、たくさんの仔犬ができたら……みんなが世界じゅうに散らばるんだ」

このシーンの答えが、まさに本作なのだ。そういう意味でもたしかに、あのクーンツ全盛期の名作の続編と呼ぶにふさわしい――と同時に、二〇二〇年代を迎えてもいっこうに突破口の見えてこない、この新たな時代に向けた傑作だと思う。

そして物語の終盤の展開を見るにつけ、これはやはり、クーンツが犬に捧げた作品なのだとも感じさせられる。人間をはるかに超える戦闘能力を備え、味方にすればこの上なく頼もしい。それでいて人間の一番の友であり、遊び相手でもある。またときには人間の心の及ばない、別の世界の一端を見せてもくれる。本作はそんな敬愛すべきワンコへの、クーンツからの切なるラヴレターでもあるのだ。

最後に一言だけ。普段あまりこういうことは書かないのだけれど、『ウォッチャーズ』の熱心な読者にして犬ラヴァーであり、本書の刊行を実現された編集担当のOさん、Yさん、そして『ウォッチャーズ』に引き続きすばらしいカバー絵を描かれた藤田新策さん。かくも得がたい配剤に、そして自分も訳者としてそこに加わることのできた幸運に、心からの感謝を。

「こうした犬が毎日わたしに見せてくれるような特質を、人間もしょっちゅう示すことができさえすれば、地球はもっとずっとすばらしい星になるだろう」
――ディーン・クーンツ

二〇二一年三月

訳者紹介　松本剛史

和歌山県出身。英米文学翻訳家。主な訳書にクーンツ『これほど昏い場所に』(ハーパー BOOKS)、『ウォッチャーズ』『ハイダウェイ』、ティンティ『父を撃った12の銃弾』(すべて文藝春秋)、フリーマントル『クラウド・テロリスト』、パイパー『堕天使のコード』(すべて新潮社)など。

ハーパーBOOKS

ミステリアム

2021年4月20日発行　第1刷

著　者　ディーン・クーンツ

訳　者　松本剛史《まつもとつよし》

発行人　鈴木幸辰

発行所　株式会社ハーパーコリンズ・ジャパン
東京都千代田区大手町1-5-1
03-6269-2883(営業)
0570-008091(読者サービス係)

印刷・製本　中央精版印刷株式会社

定価はカバーに表示してあります。
造本には十分注意しておりますが、乱丁(ページ順序の間違い)・落丁(本文の一部抜け落ち)がありました場合は、お取り替えいたします。ご面倒ですが、購入された書店名を明記の上、小社読者サービス係宛ご送付ください。送料小社負担にてお取り替えいたします。ただし、古書店で購入されたものはお取り替えできません。文章ばかりでなくデザインなども含めた本書のすべてにおいて、一部あるいは全部を無断で複写、複製することを禁じます。

この書籍の本文は環境対応型の植物油インクを使用して印刷しています。

© 2021 Tsuyoshi Matsumoto
Printed in Japan
ISBN978-4-596-54152-9